Dipl. Ing. Paul Decrinis, geboren 1968 in Kärnten, studierte erfolgreich Telematik und Wirtschaft in Graz. Nach dem Studium arbeitete er als Datenbankentwickler. Seit 2017 gehört er dem Syndikat, der Vereinigung der Krimiautoren, an.

PAUL
DECRINIS

BLUTIGES
GELÜBDE

Überarbeitete Neuausgabe Februar 2021

© 2021 dp DIGITAL PUBLISHERS GmbH

Made in Stuttgart with ♥
Alle Rechte vorbehalten

BLUTIGES GELÜBDE

ISBN 978-3-96817-605-5
E-Book-ISBN 978-3-96817-567-6

Covergestaltung: Vivien Summer
Umschlaggestaltung: ARTC.ore Design
Unter Verwendung von Abbildungen von
© Shutterstock.com: © ozrimoz © j.chizhe © javarman
Lektorat: Birgit Förster
Satz: dp DIGITAL PUBLISHERS GmbH
Druck und Bindung: Books on Demand GmbH, Norderstedt

Copyright © April 2020, dp Verlag, ein Imprint der dp DIGITAL
PUBLISHERS GmbII
Dies ist eine überarbeitete Neuausgabe des bereits April 2020 bei dp
Verlag, ein Imprint der dp DIGITAL PUBLISHERS GmbH erschiene-
nen Titels Verdacht (ISBN: 978-3-96817-065-7).

Dieses Buch widme ich

meinem Onkel Diplomkaufmann Ludwig Niki Decrinis,

meinem Onkel Doktor jur. Alexander Duller und

meinem Cousin Klaus Duller.

Leider war es euch nicht vergönnt,

den Tag der Veröffentlichung meines Romans

BLUTIGES GELÜBDE

zu erleben.

ERSTER TEIL

Es weinen nicht die Lindenblüten um die Seele dieses Menschen.
(Aus einem lettischen Volksgedicht)

07:05 UHR

»Polizeinotruf«, meldete sich Inspektor Katolnigg, »Grüß Gott.«

»Hier ist Kaplan Birkner. Ein Maskierter bedroht unseren Direktor.« Es klang, als presste der Anrufer jedes Wort einzeln durch die Leitung.

»Wo sind Sie gerade?«, fragte der Polizist.

»Im zweiten Stock beim Fenster zum Lindenhof.«

»Welche Adresse?«

»Im Bischöflichen Gymnasium!«

»Was passiert da?« Inspektor Katolnigg gab die Anschrift der Schule ein und alarmierte per Knopfdruck die ersten Streifen.

»Ja, da ... da werden ... da werden Geiseln genommen.«

»Wie viele Geiseln?«

»Soll ich die zählen?«, fragte der Anrufer.

»Ungefähr«, bat Katolnigg um eine Schätzung.

»Es dürften in etwa ... in etwa zwanzig sein.«

»Wie viele Täter?«

»Einer. Er trägt einen schwarzen Umhang. Mit seiner Maske sieht er aus wie Zorro.«

»Bewaffnet?«

»Bis auf die Zähne! Er hat schon in die Luft und auf den Altar geschossen. Der ist extrem aggressiv.«

Auf dem Schaltpult betätigte Katolnigg den Knopf für die Rettung. »Gibt es Verletzte?«

»Noch nicht, aber bald, wenn Sie nicht gleich kommen!«

»Ganz ruhig, Herr Birkner. Die Streife ist unterwegs zu Ihnen. Wissen Sie, wo genau sich der Täter mit den

Geiseln verschanzt hat?« Der Daumen wanderte zu einem gelb umrahmten Knopf mit der Überschrift *EKO COBRA*. Mit einem Fingerdruck löste Katolnigg den Einsatzalarm für die Spezialeinheit aus.

»Ja, der Täter ist im Lindenhof und zwingt den Direktor, vor dem Altar zu knien.« Der Anrufer verfiel in einen Flüsterton. »Ich habe das Fenster einen Spalt weit geöffnet und mein Handy auf das Fensterbrett gelegt. Vielleicht hilft es euch.«

»Willkommen in der Gemeinschaft!«, hörte Katolnigg die kreischende Stimme des Täters. »Na, Todesernst, wie viele stehen auf eurer Abschussliste? Unsere Schülerzeitung, den Freireflex, habt ihr abgedreht! Ihr Schweinepriester habt mein Leben zerstört. Nun greift ihr überall nach der Macht. Nicht nur im Bischgym! Jetzt ist aber Schluss damit!«

Es knallte.

»Oh, mein Gott«, stammelte der Anrufer. »Er hat gerade den Direktor erschossen.«

»Spart euch die blöden Plakate mit dem ›Warum?‹«, krächzte die Stimme des Mörders.

Es krachte erneut.

Dann wieder.

Panisches Gebrüll.

Katolnigg tippte. Auf dem Bildschirm tauchte in dem Feld, das den Vorfall beschrieb, ein Wort auf.

Amok.

07:10 UHR

Ein Maunzen zog Sabrina Mara aus der Traumwelt. Die Katze setzte die Massage auf Sabrinas Brust fort.

»Ginger, ich hab doch heute frei«, sagte Sabrina verschlafen zu dem rot getigerten Kater und drehte sich um. Zugleich wurde ihr klar, dass der Versuch, sich die gemütliche Wärme des Schlafes zu erhalten, sinnlos war. Das Tier stupste schnurrend die Schnauze gegen ihre Nase. Dann spürte sie den sanften Stoß der Tatze an der Wange.

»Axel.« Sabrina tastete nach ihrem Freund. Ihre Finger gruben sich in das leere Laken. Beim nächsten Gedanken verschwand der Schreck. Ihr Schatz hatte Bereitschaftsdienst im Stützpunkt der Spezialeinheit Cobra.

Der Stubentiger setzte sich auf ihre Brust, schaute seinem Frauchen in die Augen und zwinkerte. Sie ließ die Hand über den Rücken des Tieres gleiten.

»Gleich gibt es Frühstück, Ginger.« Sabrina richtete sich auf. Sofort sprang die Mieze vom Bett herunter.

Sabrinas Weg führte sie zum Kühlschrank, aus dem sie eine Dose Nassfutter und ein Fläschchen Whiskas-Katzenmilch herausholte.

Die schneeweiße Tonic eilte mit hochgestrecktem Schwanz zu ihrem Bruder in die Küche und schmiegte sich an Sabrinas Beine. Ein Schnurren begleitete das Absetzen des Futters.

Wie würden die Katzen reagieren, wenn sie ein Kind von Axel bekäme? Würde es von ihr die schokobraune Haut erben, die ihr Schatz an ihr so wunderschön fand?

Bei dem Gedanken an Nachwuchs huschte ein Lächeln über ihre Lippen.

Handyklingeln störte Sabrinas Ausflug in die Zukunft. Sie eilte ins Schlafzimmer und nahm das Gespräch an.

»Mara, aus dem freien Tag wird heute nichts.« Es war Kurt Hutnagl, ihr Vorgesetzter in der Gruppe Leib und Leben im Landeskriminalamt Steiermark.

»Warum?« Sabrina Mara setzte sich auf den Bettrand.

»Verbrecher halten sich leider nicht an unseren Dienstplan.« So angespannt hatte sie ihren Chef selten erlebt. »Und schon gar keine Amokläufer. Ich brauche Sie, und zwar sofort.«

»Wo?« Sie kramte in der Schublade des Nachtschränkchens nach Notizbuch und Kugelschreiber.

»Im Bischöflichen Gymnasium! Die Cobra klärt es ab. Mara, wo sind *Sie* gerade?«

»Zu Hause.«

»Dann wird's Zeit, dass Sie sich auf den Weg machen. Wir treffen uns in fünfzehn Minuten am Hasnerplatz vor der Pädagogischen Hochschule. Ich warte im Einsatzleitwagen auf Sie.«

Ein Klicken signalisierte, dass Hutnagl das Telefonat beendet hatte.

Ihre Halsschlagader pochte. Musste Axel auf ein bewaffnetes Kind schießen, um andere zu retten? Natürlich gehörte auch das zum Job der Spezialkräfte, aber so etwas wünschte sie niemandem. Schon gar nicht ihrem Freund.

Sabrina seufzte und erhob sich. Nach einer Katzenwäsche schälte sie sich aus dem Pyjama und schnappte sich eine frische Hose und eine weiße Leinenbluse aus dem Kleiderschrank. Vor dem Schrankspiegel justierte sie mit einer Rundbürste die gestern gelegte Wasserwelle nach und verteilte etwas Haargel auf die schwarzen Haare. Auf das Rouge noir auf den Lippen und Mascara auf den Wimpern musste sie verzichten. Ebenso ließ sie das Parfüm links liegen, stattdessen griff sie zum Deo und gönnte sich zur Erfrischung ein paar Spritzer.

Im Flur ignorierte Sabrina das Boot, mit dem sie heute auf der Mur paddeln wollte, und schlüpfte stattdessen in ihre Ledermokassins. Dann schnappte sie sich die Handtasche, verstaute Notizbuch, Kuli und Smartphone darin und machte sich auf den Weg.

07:30 UHR

Sabrinas Puls beschleunigte sich etwas, während sie vom Gaspedal stieg. Durch die Windschutzscheibe sah sie eine Menschentraube an der Haltestelle der Linien drei und fünf. Dass die Leute vor der Pädagogischen Hochschule nicht auf die nächste Straßenbahn warteten, erriet sie auf den ersten Blick. Manche hielten ihre Handys an die Ohren. Andere versuchten mit wilden Gesten, die Polizisten davon zu überzeugen, sie wenigstens auf den Hasnerplatz zu lassen.

Sabrina ließ die Fensterscheibe runter, nahm die Kokarde in die Finger und glitt auf die Kollegen zu. Diese nickten und wiesen sie mit der Kelle an, nach links abzubiegen. Wenig später fuhr sie an mehreren Blaulichtwagen vorbei und parkte ihren meeresblauen Golf hinter einem Rettungswagen.

Sie stieg aus, eilte zum Befehlskraftwagen und klopfte an die Tür.

Die Schiebetür des VW-Busses öffnete sich quietschend. Der Geruch von Aftershave drang in ihre Nase. Das Logo von Raumschiff Enterprise auf dem roten T-Shirt fiel ihr sofort auf. Dass der Kriminaltechniker die Star-Trek-Welt seiner Jugendjahre nie verlassen hatte, überstieg ihr Verständnis. Wie konnte ein Dreißigjähriger, dem die blonden Haare ausdünnten, noch immer meinen, ständig Scotty spielen zu müssen? »Willkommen an Bord, Lieutenant Uhura«, grüßte er. Fehlte nur noch, dass Christof Istel salutierend die Hand an die hohe Stirn hob.

Im Gegensatz dazu spiegelte sich in Hutnagl die Gefahr, welche die Lehrer und Schüler des Bischöflichen Gymnasiums bedrohte. Die hellblauen Augen strahlten nicht die übliche Zuversicht aus. Im Gegenteil verstärkten das grau melierte Kopfhaar und der schwarze Schnauzer den besorgten Blick. Wie gewohnt trug Hutnagl das weiße Seidenhemd, doch die blaue Krawatte samt Nadel mit der emaillierten Muschel fehlte.

»Willst du dich zum Chief Petty Officer setzen?« Istel zeigte auf einen knapp Sechzigjährigen in Uniform. Die Rangabzeichen wiesen ihn als Chefinspektor aus.

Sabrina nickte und ließ sich auf dem freien Sitz bei der weißen Tafel nieder, während Istel neben ihrem Chef Platz nahm.

Hutnagl deutete mit seinem kantigen Kinn auf den Chefinspektor. »Teuschl, wie sieht es mit der Abriegelung aus?«

»Weiträumig abgesperrt. Für den gibt's kein Entkommen, falls der noch drin ist.«

»Gut.« Hutnagl presste seine schmalen Lippen zusammen, sodass sie sich zu einem Strich verkleinerten.

»Haben wir schon einen Platz für die Pressefritzen?«, warf Sabrina ein.

»Die Kreuzgasse«, antwortete der Chefinspektor. »Die kriegen einen Blick auf die Schule, und wir haben sie dort immer gut im Griff.«

»Wenigstens etwas.« Hutnagl seufzte. Er zog eine Dose Kautabak aus der Sakkotasche und umklammerte sie. »Ganz ehrlich, das schaut nach einer Amoklage aus. Wir wissen, dass der Täter im Lindenhof den Direktor erschossen hat. Dann ist er in das Schulgebäude zurück. Kurz darauf dürfte er eine Granate gezündet haben. Deshalb habe ich gleich die Cobra hineingeschickt. Und die haben auf der Toilette neben dem Haupteingang eine Sporttasche voll Munition und eine Bombe gefunden. Das Bombenkommando kümmert sich gerade darum. Und was können wir jetzt tun?« Hutnagl legte die Dose Kautabak auf den Tisch und öffnete sie. »Beten und Tabak kauen.«

Sabrina warf einen Blick auf ihre s.Oliver-Armbanduhr. Ein Amoklauf in einer katholischen Schule war das Allerletzte, was sie sich wünschte. Wie viele Mütter könnten bald ihre Kinder glücklich in die Arme schließen? Wie oft würde die schreckliche Aufgabe auf sie zukommen, gegenüber den Eltern das Unaussprechliche in Worte kleiden zu müssen? Wie viele Väter würden heulend zusammenbrechen? Niemand konnte das jetzt sagen. Auf ihrer Armbanduhr zog der Sekundenzeiger still seine Bahn.

Hutnagl nahm ein Stückchen Kautabak aus der Dose und legte es sich in den Mund. »Herr Istel«, wandte er sich an den Kriminaltechniker, »haben wir den Notruf von der Leitstelle schon erhalten?«

»Aye, Captain.«

»Können Sie ihn abspielen?«, fragte Hutnagl.

»Aye.« Istel öffnete das Notebook. Seine Finger flogen über die Tastatur. Wenig später ertönte aus dem Laptop das Telefonat, das zu dem Einsatz geführt hatte.

»Wir sind uns alle einig«, führte Hutnagl nach dem Soundfile aus, »dass Kaplan Birkner ein Spitzenzeuge ist. Ich will ihn als Erstes befragen.«

»... wenn er es überlebt hat«, murmelte der Chefinspektor.

»Wollen wir's hoffen.« Sabrina seufzte. Solange sich die Cobra nicht meldete, konnte sie nur raten, wie viele Opfer der Amoklauf gefordert hatte. Falls es ganz blöd lief, dann würde ihr geliebter Axel das Bischöfliche Gymnasium als Leiche verlassen. Nie wieder würde sie dann den beruhigenden Unterton in seiner festen Stimme hören, nie mehr würde sie ihren Kopf an seine Schulter lehnen können, und der Zauber der Liebe würde für immer im Dunkel der Trauer verschwinden. Ihre Finger klammerten sich an die Tischplatte.

Hutnagl fuhr sich mit der Hand über die Haare, als wollte er sie frisieren. »Wie auch immer. Der Hasnerplatz wird unser Sammelplatz. Für die Befragungen brauchen wir einen geeigneten Raum.«

»Da fällt mir der Sozialraum drüben in der PH ein.« Mit vibrierenden Fingern deutete Sabrina zur Pädagogischen Hochschule. Sie grübelte. »Wenn wir Herrn Birkner vernehmen, wäre das Soundfile vielleicht hilfreich für uns.«

»Captain. Lieutenant Uhura. Ich überspiele es euch.«

Sabrina legte das Handy auf den Tisch, und Hutnagl tat es ihr gleich. Der Techniker stellte die Verbindung zu den Geräten her und startete die Übertragung. Dabei sprang ihr Istels Daumennagel ins Auge, der einen halben Zentimeter über die Fingerkuppe ragte. Vergeblich hatte sie sich bemüht, es ihm auszureden, denn Istel hielt es für sein Markenzeichen. Nach zwei Minuten war der Transfer fertig.

»Dachstein eins von Cobra eins, kommen«, krähte es aus den Lautsprechern.

Hutnagl nahm das Funkgerät in die Hand. »Dachstein eins hört.«

»Durchsuchung abgeschlossen und Objekt gesichert. Ein Toter, keine Verletzten, kein Tatverdächtiger. Kommen.«

Sabrina ballte die Faust und löste sie sofort wieder. Allein Axel über Funk zu hören, kam einer Frohbotschaft gleich, die ihresgleichen suchte. Was für eine Leistung der Cobra, dass es nur beim Mordopfer im Lindenhof blieb. Wow. Sie verdiente einen Eintrag ins Guinness-Buch der Rekorde, wenn man den Täter gefasst hätte.

»Evakuierung einleiten«, befahl Hutnagl. »Falls ihr auf einen Kaplan Birkner stoßt, meldet es mir.«

»Verstanden«, bestätigte Axel Kleingott.

Hutnagl legte das Funkgerät auf dem Tisch ab. »Wir haben ein Wunder erlebt. Der Allmächtige hat seine Schutzengel ausgeschickt und das Bischöfliche vor einem Blutbad bewahrt.«

»Aber den Täter hat er uns nicht geliefert«, konterte Sabrina.

»Der ist einfach rechtzeitig weg«, warf Chefinspektor Teuschl ein. »Das erklärt, wieso niemand verletzt worden ist und die Cobra auch keine Verdächtigen gefunden hat.«

»Oder er hat sich unter die Opfer gemischt, als er uns bemerkt hat«, mutmaßte Sabrina.

Hutnagl nickte. »Macht alles Sinn.« Er wandte sich an Istel. »Für die Untersuchungsstraße benutzen wir in der PH die Turnhalle. Schließen Sie ...«

»Captain«, unterbrach ihn Istel, »auf den Sportdecks riecht es immer so nach Schweiß. Mir gefiele die Messe neben der Kombüse besser. Ich möchte bald mal was essen.«

Sabrina grinste. Kein Wunder, dass der Kriminaltechniker über so eine Körperfülle verfügte, wenn er dauernd nur ans Futtern dachte.

»Herr Istel, ich brauche Ihnen nicht zu erzählen, dass die Untersuchungsstraße Platz braucht. Und wo haben wir den?«

»Ja, dann werden wir doch auf dem Sportdeck die Lehrer und Schüler nach Schmauchspuren von terranischen Waffen abscannen.«

»Istel«, fuhr Hutnagl den Kriminaltechniker an. »Wie oft muss ich Ihnen noch sagen, dass wir hier nicht im Kindergarten sind? Bitte lassen Sie den blöden Captain bleiben, und machen Sie Ihren Job! Und geben Sie mir Meldung, wenn der Test bei irgendwem anschlägt. Haben wir uns jetzt verstanden?«

Istel starrte ins Leere wie ein nass gespritzter Kater. Dann nickte er.

»Und Sie, Frau Mara«, wandte sich Hutnagl an Sabrina, »kümmern sich um den Sozialraum.«

***

Das war knapp gewesen, so richtig knapp.

Er hatte es gerade noch nach draußen geschafft, als es geknallt hatte. Die mächtige Eichentür am alten Haupteingang hatte zwar gezittert, jedoch hatte sie der Druckwelle standgehalten. Kein einziger Splitter war auf die Grabenstraße geflogen. Niemand hatte die Explosion bemerkt. Die Autos waren so wie an jedem Tag gefahren.

Trotzdem hatte er weggemusst.

So schnell wie möglich.

Martinshörner. Bald hätte es von Bullen gewimmelt. Gleich wären sie in der Kreuzgasse aufgetaucht. Wenn er sich nicht aus dem Staub gemacht hätte, wäre er ihnen aufgefallen.

Die Polizeisirenen waren näher gekommen.

Er war höchste Zeit gewesen.

Losgestürmt war er über den Zebrastreifen.

Da hatte er seinem Instinkt vertraut.

Rechts hatte sich ihm ein Schlupfloch geboten. Er hatte nur den Fuß auf das Grundstück des Nachbargymnasiums in der Kirchengasse gesetzt, um aus der Gefahrenzone zu entkommen. Er war über den Parkplatz jener Schule auf die andere Seite gehuscht. Dort war er am Eingangstor stehen geblieben und hatte auf die Bergmanngasse gespäht.

Rasende Streifenwagen.

Blaulicht.

Martinshörner.

Ein schwarzes Ungetüm, eine Mischung aus Auto, Laster und Rammbock, war an ihm vorbeigeprescht. Aus dem Dach hatten zwei Köpfe mit Sturmhaube und Einsatzhelm hervorgeragt.

Cobra, übernehmen Sie.

Bei dem Gedanken hatte er grinsen müssen.

Sie hatten ihn keines Blickes gewürdigt.

Er hatte es geschafft. Es war alles nach Plan verlaufen.

Er hatte die Verkehrsader überquert, war einige Straßenzüge entlang weitergewieselt, bis das Jugendstilhaus am Ende der Grillparzerstraße aufgetaucht war. Das Eingangsgatter im Maschendrahtzaun hatte sich noch nie so leicht öffnen lassen wie diesmal. Es hatte nicht einmal gequietscht. Ein Zeichen, dass er den Sand im Getriebe seines Lebens beseitigt hatte.

Beschwingt hatte er die Haustür aufgesperrt, war in das Hochparterre geeilt und von dort aus über die Wendeltreppe in den zweiten Stock hochgerannt. Endlich hatte er die Tür hinter sich versperren können. Fürs Erste war er in sicheren Gefilden angekommen.

Im Flur seiner Wohnung sah er im Spiegel die Schweißperlen in seinem Gesicht. Die Haare fielen ihm chaotisch in die Stirn. Der Schweiß hatte dunkle Flecken auf dem T-Shirt hinterlassen. Auch die Hose hatte die Mission nicht unbeschadet überstanden. Aber das war jetzt egal.

Er schaltete den Radiowecker auf der Kommode ein. Antenne Steiermark spielte ein Lied. Vielleicht brachten Sie nach dem Song seine Heldentat zur Sprache.

Neben dem Radio ruhte eine Schachtel Parisienne, in der sich nur noch eine einzige Fluppe befand. Sie lag verkehrt herum in der Packung.

Die Glückszigarette.

Er holte sie hervor und ließ sich auf dem antiken Polstersessel, dem Kanadier, fallen.

»Wir spielen für Sie die aktuellen Hits. Nun kommt der neueste Superhit von Lady Gaga.«

Die kräftige Stimme der Sängerin trällerte über den Äther.

Hatte die Polizei ein Nachrichtenverbot verhängt? Wäre ja typisch, wenn sie ihn totschwiegen. Eine Nachrichtensperre hielt ihn nicht auf. Dafür sorgten allein Facebook, Twitter und die Videoportale. Sobald er die folgende Aktion startete, musste man darüber reden.

Spätestens dann kehrte ihn niemand mehr unter den Teppich.

Ein Griff nach dem Feuerzeug erweckte einen Augenblick später die Flamme zum Leben. Kurz darauf glühte der Tabak auf. Wie schön, sich nach der erfolgreichen Mission zu entspannen. Die Zigarette half, das Lied abzuwarten.

Die letzten Takte verstummten.

Es durfte nicht wahr sein.

Ohne Kommentar spielten sie noch einen Song.

Sie versuchten, ihn zu ignorieren. Lächerlich. Eine SMS an den Medienmann reichte aus, um das Problem aus der Welt zu schaffen. Doch galt es nun, den restlichen Glimmstängel zu genießen.

»Hier ist Antenne Steiermark mit einer Sondermeldung: Amoklauf im Bischöflichen Gymnasium. Die Cobra ist in die Schule eingedrungen und sucht den Täter. Wie viele Opfer die Tat gefordert hat, können wir noch nicht sagen. Wir werden Sie informieren, sobald es Neuigkeiten gibt. Bleiben Sie dran.«

Nichtssagend.

Dennoch konnte er einiges damit anfangen. Sie hatten soeben bestätigt, dass ihm Zeit blieb. Während die Cobra im Bischgym herumirrte, bereitete er sich in der Wohnung in aller Ruhe auf Phase zwei vor. Er dämpfte die Zigarette aus, erhob sich aus dem Armsessel und entledigte sich der schweißgetränkten Kleidung. Wie schön, ein letztes Mal den Teppichboden unter den nackten Füßen zu spüren und für eine Dusche ins Badezimmer zu schreiten.

Erstmals stand in der Kabine ein Held, der notfalls zum Sterben bereit war. Das Wasser prasselte auf seinen Körper, es massierte seine Schultern und floss die Arme hinab. Über die Finger lief es, ehe es sich an den Fingerkuppen sammelte und in die Duschtasse abtropfte.

Ich wasche meine Hände in Unschuld.

Das Warmwasser verlor an Kraft. Er drehte den Armaturenhebel nach rechts und genoss den wärmeren Strahl.

Noch verstand niemand, dass er in Wahrheit dem Bischgym gedient und es von *Todesernst* erlöst hatte.

Nach dem überraschenden Ableben des Vorgängers hatten sich Lehrer, Eltern und Schüler in einem Brief an den Bischof für den beliebten Chemieprofessor eingesetzt. War auch logisch, denn der hatte an die Talente in allen Jugendlichen geglaubt und sie motiviert. *Todesernst* hingegen hatte sogar nach dem Abitur den Vätern seiner »Lieblinge« gesteckt, dass sie zu blöd für ein Studium seien.

Todesernst hatte die Strippen in der Kirche gezogen, um sich selbst zum Direktor zu küren. Angeblich hatte der Chemiker auf den Posten verzichtet, um Administrator zu werden. Dabei wusste doch jeder, dass dieser Schritt genauso freiwillig wie die Teilnahme des Klosterschülers an der Klassenmesse gewesen war.

Keine Frage, er duschte sich in Unschuld.

Sanft trug er das Shampoo auf seine Haarpracht auf. Er schloss die Augen und wusch sich die Haare. Das Kraulen der Finger auf der Kopfhaut fühlte sich herrlich an. Das Wasserrauschen wirkte wunderbar entspannend. Frische verdrängte das abgekämpfte Gefühl. Er lauschte dem Prasseln der Tropfen in der Duschtasse.

Später öffnete er den Mund und ließ es in den Rachen regnen. Es füllte die Wangen aus. Dann schluckte er und nahm bewusst wahr, wie das Nass seinen Weg in den Magen fand. Es erquickte ihn.

Wasser des Lebens.

Bis gestern hatten alle unter *Todesernst* gelitten. Der Tyrann hatte das volle Programm gefahren, um so manchem den Alltag zu vermiesen. Aber heute war der Tag der Abrechnung gekommen.

Wasser des Todes.

Als Einziger in der Stadt besaß er es. Wenn er es über Graz regnen ließ, konnte er Tausenden ein qualvolles Ende bereiten.

Noch wusste das keine Seele.

Tabun hieß die letzte Option.

Der Feldzug hatte erst begonnen.

Paukenschläge, Trompeten und Trommeln aus dem Radio rissen ihn aus seinen Gedanken. Er drückte auf den Armaturenhebel, stieg aus der Dusche und trocknete sich ab. Aus dem Badezimmer eilte er ins Wohnzimmer.

Dramatische Hintergrundmusik begleitete die Worte der Sprecherin. »Antenne Steiermark hat das Programm geändert und informiert Sie laufend und aktuell über den Amoklauf im Bischöflichen Gymnasium. Unser Reporter Norbert Fink ist für uns live vor Ort. Hallo Norbert?«

»Hallo Michaela«, erwiderte Fink die Begrüßung.

»Es soll im Bischöflichen einen Amoklauf gegeben haben. Weißt du inzwischen mehr darüber?«

»Nun. Eine schwarz vermummte Person ist heute früh in das Bischöfliche Gymnasium eingedrungen.

Der Täter hat im sogenannten Lindenhof das Feuer eröffnet und dürfte den Direktor erschossen haben. Ob es weitere Tote oder Verletzte gibt, kann man noch nicht sagen. Gerüchten zufolge hat der Täter auch eine Handgranate gezündet. Die Cobra ist bereits in die Schule eingedrungen, um den Amokläufer zu stoppen.«

»Was siehst du im Moment?«, hakte die Moderatorin nach. »Kannst du uns die Situation schildern?«

»Ich befinde mich gerade in der Grabenstraße vor dem Bischöflichen Gymnasium in Graz. Man sieht hier nichts außer Chaos. Es ist ein Blaulichtmeer aus vielen Rettungswagen, Notarztwagen, Polizeiwagen. Natürlich ist es auch schwierig für die Eltern, die besorgt sind um ihre Kinder. Die mit ihren Kindern in Verbindung stehen über Handy, die natürlich auch das Verkehrschaos mit verursachen. Ob es weitere Tote und Verletzte gibt, kann man derzeit noch nicht sagen. Ebenso weiß man noch nicht, ob sich der Täter irgendwo im Gebäude verschanzt oder die Flucht ergriffen hat.«

Triumphierend ballte er die Faust.

»Ist über den mutmaßlichen Täter irgendetwas bekannt?«

»Nein, aber ich versuche, Kontakt mit dem Pressesprecher der Polizei herzustellen. Doch hier ist ein derartiges Chaos. Ich habe ihn nicht ausfindig machen können, und rund um das Bischöfliche Gymnasium herrscht natürlich Ausnahmezustand. Moment«, Norbert Fink stockte, »ich erfahre gerade, dass man demnächst mit der Evakuierung beginnen will.«

»Antenne-Korrespondent Norbert Fink live vor dem Bischöflichen Gymnasium in Graz, wo sich heute früh ein Amoklauf ereignet hat. Wir halten Sie weiter auf dem Laufenden.«

Dafür sorge ich, ihr werdet heute noch weltberühmt.

Zeit für Phase zwei.

Über die Kleidung für die kommende Etappe brauchte er nicht lange nachzudenken. Gestern hatte er sie auf einem Hocker hergerichtet. Nach Slip, Socken und Bermudahose band er sich den Geldgürtel, mit dem er die Schlüssel transportierte, um den Leib. Darüber zog er sich ein T-Shirt, auf dem ein blaues Blitzsymbol prangte, an.

Hier konnte er, hier durfte er auf keinen Fall bleiben. Norbert Fink hatte es ihm soeben bestätigt. Die Cobra wusste es schon. Bald war auch das LKA darüber informiert, dass im Bischgym ein Todesritter den Tyrannen hingerichtet hatte. Spätestens wenn die Polypen das Foto fanden, kämen sie dahinter, wer *Todesernst* hingerichtet hatte.

Also nichts wie weg, bevor die Zeit ablief.

Das Smartphone blieb für eine ultimative Funktion auf der Kommode zurück. Stattdessen schnappte er sich den bereitgelegten USB-Stick. Im Flur schaute er mit Wehmut in die Wohnung. Hierher war er nach dem Abitur gezogen. Nun verließ er sie für immer.

Die Tür fiel mit lautem Hall ins Schloss. Raschen Schrittes lief er die Wendeltreppe hinab, bis er den Keller erreichte. Die allerletzte Fahrradfahrt seines Lebens stand auf dem Programm. Er schob das blaue Herrenrad durch die hintere Kellertür.

Nicht auffallen, ermahnte er sich. Dennoch beäugte er die Hecken auf beiden Seiten, die ihn vor neugierigen Blicken schützten.

»Hast du schon gehört?«, vernahm er eine Frauenstimme vom Grundstück nebenan. »Im Bischöflichen hat es einen Amoklauf gegeben.«

»Dass so etwas bei uns passiert«, antwortete eine andere Frau. »Ich mache mir solche Sorgen um den Rupert.«

»Um Gottes willen. Der geht ja dort zur Schule.«

Ignorieren!, befahl er sich.

Für einen Todesritter von Graz gab es heute noch viel zu tun. Er rollte seinen Drahtesel durch den überdachten Durchgang, schwang sich auf den Sattel und fuhr los.

08:15 UHR

Ein schmächtiger Mann betrat den Sozialraum, den Sabrina für die Befragungen in der Pädagogischen Hochschule organisiert hatte. Die rotbraunen Haarlocken auf der hohen Stirn und die blassbraunen Augen hinter der Nickelbrille verursachten ihr ein flaues Ziehen im Magen. Dazu trug er ein Hemd, das dem Klischee eines Theologen entsprach.

»Kontrollinspektorin Mara.« Sie schritt auf ihn zu, reichte ihm die Hand und fragte sich, wieso ihre Knie schlotterten. Ihr gegenüber stand schließlich keine wuchtige Finalgegnerin bei der Polizei-EM im Ringen, sondern sie hatte es mit einem traumatisierten Zeugen zu tun.

»Benedikt Birkner.« Der Händedruck fühlte sich seltsam an. »Ich bin Kaplan und Präfekt in unserem Bischöflichen Internat.«

»Kurt Hutnagl.« Sabrinas Chef zeigte nach dem Handschlag auf die modernen Bilder neben der Küchenzeile. »Dieses Gekritzel wird Sie doch nicht ablenken, oder?«

Kaplan Birkner lächelte. »Na, Picasso ist das keiner.«

»Auch kein Klimt. Bei mir zu Hause hängt ein Poster vom Lebensbaum.« Hutnagl wies auf die Sitzgarnitur. »Hochwürden, setzen wir uns.«

Birkner nickte. Er ließ sich auf dem Sofa vor dem zwei Meter hohen Fenster nieder.

»Zuerst brauchen wir Ihren Ausweis«, sagte Sabrina. »Wir werden Sie als Zeugen befragen.«

»Selbstverständlich.« Birkner zog seine Geldbörse aus der Hosentasche. Mit zitternden Fingern zupfte er das hellblaue Kärtchen hervor und übergab es ihr.

Er trug die Nickelbrille wie auf dem Foto. Die braunen Locken stimmten mit dem Bild überein, doch der Oberlippenbart war einer Rasur zum Opfer gefallen. Das Alter hatte Sabrina aufs Jahr genau richtig eingeschätzt; vor 35 Lenzen hatte er das Licht der Welt erblickt. Birkner ähnelte einem Pfarrvikar aus ihrer Kindheit in den Osttiroler Bergen.

»Sie sind also Magister Benedikt Birkner.« Sie schämte sich für den bibbernden Unterton in ihrer Stimme. »Woher stammen Sie?«

»Ursprünglich aus Gnas, seit meiner Jugend lebe ich in Graz. Ich habe in Graz Theologie studiert und vor zwei Jahren die Priesterweihe empfangen. Jetzt bin ich in unserem Bischöflichen Internat Kaplan.«

Die Stimme des Zeugen passte perfekt zu ihrer Kindheitserinnerung. Die Anspannung wollte sich nicht lösen. »Haben Sie Verwandte in Osttirol?«

»Nein.« Kaplan Birkner schüttelte den Kopf.

Reiß dich zusammen!, schien Hutnagl mit seinem Blick zu sagen. *Bleib professionell.*

Es holte sie aus ihrer Kindheit in den Osttiroler Bergen in die Grazer Gegenwart zurück. Sie reichte Birkner den Ausweis. »Wollen Sie einen Kaffee?«

»Habt ihr Wasser?« Kaplan Birkner verstaute die Ausweiskarte in seiner Geldbörse, die er wiederum in seiner Hosentasche verschwinden ließ.

Hutnagl zwinkerte ihr zu. »Mir bringen Sie bitte einen Schwarzen.«

»Kein Problem.« Sabrina schritt zur Kaffeemaschine. Mit seinem Augenzwinkern hatte ihr Vorgesetzter ihr zu verstehen gegeben, dass er die Vernehmung durchführen wollte. Ihr war das recht, denn das Störfeuer der Erinnerung an ihre Jugend in Osttirol hätte ihr die Arbeit enorm erschwert. Mit einem Lächeln auf den Lippen öffnete sie die Klappe der Kaffeemaschine, nahm die Kanne heraus und füllte die Tassen. »Chef, Sie trinken ihn mit zwei Stück Zucker, oder?« Sabrina übergab ihm die Schale und überreichte ihm den Würfelzucker auf einem Unterteller.

»Danke.« Hutnagl ließ die Zuckerwürfel in die dunkle Brühe fallen.

Sabrina schüttete etwas Milch in ihren Kaffee und goss Leitungswasser in das Glas für den Zeugen. Sie stellte die Getränke auf den Tisch und setzte sich neben Hutnagl auf das Sofa. Dann nahm sie ihr Handy aus der Handtasche, aktivierte die Diktierfunktion und legte es auf den Couchtisch.

»Heute ist der schlimmste Tag meines Lebens. Nicht nur als Präfekt, sondern vor allem als Priester und als Mensch.« Kaplan Birkner faltete seufzend die Hände. »Dass es ausgerechnet unser Bischöfliches Gymnasium treffen musste. Unglaublich, was der Irre uns angetan hat. Ich helfe euch, wie immer ich nur kann, ihn zu schnappen.«

Hutnagl zog das Notizbuch aus der Brusttasche seines Hemds. »Also, Hochwürden, dann fangen wir gleich mit Ihrer Hilfe an. Erzählen Sie uns so genau wie möglich, was Sie heute früh beobachtet haben. Lassen Sie sich ruhig Zeit. Jedes Detail kann absolut entscheidend sein.«

Kaplan Birkner hielt ein Weilchen inne und seufzte. »Ich wollte auf mein Zimmer gehen, um dort das Brevier zu beten. Auf dem Weg hab ich Frau Professor Kremser getroffen, die ins Konferenzzimmer wollte. Wir haben uns zuerst nichts dabei gedacht, als wir die Schülertraube vor den Fenstern zum Lindenhof gesehen haben. Dann haben wir ein Knallen gehört, und da haben wir gleich nachgeschaut.«

Der Zeuge formte mit Daumen und Zeigefinger einen Kreis. »Dort war ein maskierter Typ im Zorrokostüm. Er hat wie von Sinnen auf die Schüler und den Direktor eingebrüllt. Uns war sofort klar, dass die Sache richtig gefährlich wird. Also hat Professor Kremser die Kinder schnellstens vom Fenster verscheucht und sich mit ihnen im Biologiesaal nebenan verbarrikadiert. Ich habe dann den Notruf gewählt und mir gedacht, dass ich euch helfe, wenn ihr das Gebrüll des Täters mithören könnt.«

»Ja, das hat funktioniert«, Hutnagl deutete mit dem Kinn auf Sabrina, »wir werden darauf noch zurückkommen. Wie ging es weiter?«

»Tja.« Kaplan Birkner verschlug es die Stimme. Er griff nach dem Wasserglas. »Er hat den armen Herrn Direktor gezwungen, vor dem Altar auf die Knie zu fallen. Er hat eine Tirade losgelassen und dann ...«, die Lippen des Klerikers bebten, »... dann hat er ihn eiskalt erschossen. Er hat irgendwas Flaches in den Kragen der Leiche gesteckt und dann ist er in Richtung Grabenstraße weggelaufen. Wer noch dort war, ist in die entgegengesetzte Richtung gerannt. Keine Sekunde zu früh. Kurz danach hat es irrsinnig laut geknallt, sodass das Glas der Tür zum Lindenhof zerborsten ist. Da war ich mir sicher, dass der Typ Amok läuft.«

Kaplan Birkner wartete einige Momente und stieß einen Seufzer aus. »Gott sei Dank ist dann nichts mehr passiert. Da hat der Herr die himmlischen Heerscharen zu uns geschickt.«

»Stimmt.« Hutnagl blickte einen Augenblick lang zu Sabrina. »Ich habe das vorhin mit meiner Kollegin besprochen.«

Nicht schon wieder! Sabrina verdrehte die Augen.

»Hochwürden«, Hutnagl blätterte in seinem Notizheft zu einer leeren Seite, »haben sie eine Idee, was den Mörder dazu bewogen haben könnte, ausgerechnet den Lindenhof als Tatort zu wählen?«

»Ja, allerdings.« Ein kurzes Lächeln erschien auf dem Gesicht des Zeugen. »Bei uns steht stets der gelebte Glaube im Mittelpunkt. In der Fastenzeit bieten wir den Schülern ein Mal in der Woche die Möglichkeit, vor dem Unterricht die heilige Messe in unserer Gemeinschaft zu feiern. Meist zelebrieren wir sie in der Schulkirche, aber wenn das Wetter es uns erlaubt, weichen wir dafür ab und zu in den Lindenhof aus. Auf der Pinnwand hinter dem Haupteingang geben wir bekannt, wo die Fastenmesse stattfindet.«

»Wann und wie wird das entschieden?«, fragte Sabrina.

»Manchmal leg ich das fest«, antwortete Kaplan Birkner, »aber meistens der Spiritual.«

»Wer ist denn das?« Ihr sagte der Begriff gar nichts.

Hutnagl hob den Zeigefinger. »Mara, das kommt von dem lateinischen Wort Spiritus. Es hat aber nichts mit dem Fusel zu tun, sondern damit ist ein Geistlicher gemeint. Er ist mit einem normalen Pfarrer vergleichbar, nur dass er eben als Seelsorger für dieses Haus zuständig ist.«

»Schön erklärt«, lobte Kaplan Birkner.

»Wer hat diesmal die Entscheidung getroffen?«, hakte sie nach.

»Unser Spiritual.«

»Wann?« Sabrina roch die erste Fährte.

»Gestern am späten Nachmittag. Am frühen Abend habe ich mit meiner Gruppe den Altar für den Gottesdienst gestaltet.«

Hutnagl nahm den Kugelschreiber in die Hand und drückte zwei Mal auf den Knopf. »Ist Ihnen etwas aufgefallen?«

Kopfschütteln.

»Also gut, Herr Kaplan, kommen wir nun zum Mitschnitt Ihres Notrufs. Mir geistern da ein paar Fragen durch den Kopf.« Hutnagl zog sein Handy hervor und spielte die Aufnahme ab.

»Willkommen in der Gemeinschaft«, bemerkte Sabrina nach dem Ende der Sequenz. »Was könnte der Täter damit gemeint haben?«

»Entschuldigung.« Birkner nahm die Brille ab und legte sie auf den Couchtisch. Mit einem Papiertaschentuch wischte er sich eine Träne aus den Augen. »Der Direktor hat auf Pünktlichkeit bestanden. Oft musste er die Schüler ermahnen. Dafür hat er gern auch diesen Spruch benutzt.«

»Herr Kaplan, fällt Ihnen spontan jemand ein, der notorisch zu spät kam?«

Der Erzieher setzte sich nach Hutnagls Frage die Brille wieder auf. »Da hat es durchaus ein paar

Kandidaten gegeben, aber eines sage ich euch gleich. Von denen kommt keiner infrage. Wissen Sie, in unserem Augustinum legen wir in allen Institutionen Wert auf Achtung und Ehrfurcht. Wir lösen die Probleme auf Basis des Evangeliums. Sollte sich jemand nicht an die Grundregeln des christlichen Miteinanders halten, wird er bei uns nicht alt.«

»Verstehe.« Sabrina hatte keine Ahnung, warum die Präsenz dieses Priesters sie geistig in ihre Kindergartenzeit zurückversetzte und ihr so die Luft zum Atmen nahm. »Er hat von Schweinen geredet«, presste sie ihre Frage hervor. »Wen könnte er da noch gemeint haben?«

»Wahrscheinlich war er wütend auf die Professoren und Präfekten«, sagte Birkner.

»Er hat aber gesagt: Ihr Schweine greift überall nach der Macht«, sagte sie. »Gibt es irgendjemanden in Ihrem Haus, der in einem Parlament sitzt oder dafür kandidiert hat? Oder der sich sonst irgendwie politisch engagiert hat?«

»Nein.« Birkner lachte auf und schüttelte den Kopf. »Machtgier ist in unserem Augustinum etwas völlig Fremdes. Als christliche Erzieher bemühen wir uns, Bescheidenheit vorzuleben.«

»Der Täter hatte das Opfer *Todesernst* genannt«, hakte Hutnagl nach. »Warum?«

»In unserer Gemeinschaft haben wir es auch mit pubertärem Protest zu tun. Leider brauchen manche länger, um den Geist unseres Hauses zu begreifen. Der Direktor war bei der Leistungsbeurteilung sehr streng. Wenn der Schüler den Stoff nicht beherrschte, gab er in Einzelfällen sogar in Religion eine Fünf. Da meinen einige Außenseiter, unseren Direktor so nennen zu können. Sie suchen die Schuld beim Professor anstatt bei sich. Das verstehen Sie doch, oder?«

»Hochwürden«, bohrte Hutnagl weiter. »Vermuten Sie, dass es ein Schüler war?«

»Die verzerrte Stimme habe ich eindeutig erkannt.«

»Mmh«, brummte ihr Chef. »Haben Sie einen konkreten Verdacht?«

»Sie gehört dem Sprecher des Internetvideos. ›Warum!‹ heißt es.« Birkner klopfte mit dem Zeigefinger auf den Tisch. »Vor zwei Jahren haben wir euch auf diesen Drohfilm hingewiesen.«

»Ja, wir haben uns damit beschäftigt.« Hutnagl fuhr mit der Hand über seine Haare.

»Eine einzige Amokdrohung.« Birkner hielt einige Augenblicke inne. »Mir kommt es so vor, als hätte ich dieses Machwerk erst gestern gesehen. Es verherrlicht die Massenmörder von A bis Z und bezeichnet sie als heilige Amokläufer. Man stelle sich das mal vor. Das haben wir sofort YouTube gemeldet. Die haben es gleich vom Server genommen und den Account gesperrt. Und ich sage euch: Dem traue ich alles zu. Noch mehr Morde oder Wilderes. Der macht einen Rachefeldzug gegen unsere Professoren und Präfekten. Aber wieso muss immer erst was passieren, bis die Polizei endlich eingreift?«

»Hochwürden«, entgegnete Hutnagl. »Wir haben sofort nach dem Urheber des Videos gesucht. Leider umsonst.«

»Für YouTube«, warf Birkner ein, »braucht man ein Google-Konto. Ihr müsstet doch den Urheber des Videos ermitteln können, oder? Das kann ja nicht so schwer sein.«

»Der war nicht blöd«, konterte Sabrina. »Er hat natürlich ein Pseudonym benutzt, oder glauben Sie wirklich, dass er Thunderbolt heißt?«

»Warum habt ihr unser Augustinum nicht observiert?«, warf er der Kripo vor.

»Haben wir«, erwiderte Hutnagl. »Der Verdacht, dass mehr hinter dieser Drohung steckt, hat sich jedoch nicht erhärtet.«

Es klopfte.

»Herein«, sagte Hutnagl.

»Ich habe es nicht eher geschafft.« Die Staatsanwältin betrat den Raum und reichte keuchend dem Zeugen, Hutnagl und Sabrina die Hand. »Opitz.« Sie brachte ihren Namen kaum hervor.

»Falls Sie durstig sind«, Sabrina deutete auf die Kästen oberhalb der Küchenzeile, »die Gläser stehen da oben.«

»Danke.« Die Staatsanwältin schnappte sich ein Wasserglas und setzte sich auf die Couch. Langsam nahm das Schnaufen ab. Ihre Brille rutschte etwas nach unten, sodass ihr Gesichtsausdruck trotz des schwarzhaarigen Pagenschnitts an eine strenge Lehrerin erinnerte. »Könnt ihr mich bitte auf den aktuellen Stand bringen?«

Hutnagl berichtete, was man bereits über den Mord wusste, und legte danach für einen Moment die Hand auf die Schulter des Zeugen. »Wir sollten den Herrn Kaplan in die Tatortbesichtigung einbinden. Er hat in der brenzligen Lage die Nerven bewahrt und uns zugleich Beweismaterial geliefert. Er ist ein Tatzeuge, wie man ihn sich nur wünschen kann. Außerdem kennt er das Haus wie niemand sonst.«

Opitz rückte ihre Brille zurecht. »Keine schlechte Idee.«

Ein strahlendes Lächeln huschte über Birkners Gesicht. Sein Daumen und Zeigefinger deuteten eine Lupe an. »Ich habe auf die wesentlichen Details geachtet. Sie werden sehen, dass Gott mir ein Adlerauge geschenkt hat.«

Das hatte noch gefehlt. Dieser Eifer war die Garantie für Spurenvernichtung. Welcher Teufel hatte die Staatsanwältin geritten, dass sie dem zustimmte? Nicht nur die Pater-Brown-Ambitionen setzten Sabrina zu. Erneut drifteten ihre Gedanken zu jenem Tag, an dem sie heulend an der Tür zu ihrem Elternhaus gestanden hatte. Damals hatte Mama sie aufgerichtet. Doch mit den Bildern aus ihrer Kindheit im Kopf vermochte sie kaum professionell zu arbeiten. Sie beschloss, das Problem elegant zu lösen.

»Herr Birkner«, Sabrina bemühte sich um eine freundliche Miene, »fühlen Sie sich denn imstande, zum Tatort zurückzukehren? Ich sage es Ihnen ganz ehrlich. Es könnte zu viel für Sie sein.«

»Leicht ist es nicht für mich.« Birkner atmete tief ein. »Aber ich muss alles tun, damit der feige Mörder hinter Schloss und Riegel kommt.«

»Nun gut«, Opitz griff an ihren Ohrschmuck. »Halten Sie sich bitte genau an unsere Anweisungen.«

»Selbstverständlich«, antwortete Kaplan Birkner.

Hutnagl räusperte sich. »Dann gehen wir's an. Ich gebe dem Amtsarzt Bescheid.«

***

Die Leute hielten ihn für einen harmlosen Radfahrer, und das war gut so. Die letzten Meter führten ihn an den Fuß des Ruckerlbergs. Schwer atmend stieg er am Ziel von seinem Fahrrad ab. Setzte ihm etwa die beginnende Steigung zu, oder lag es an den Zigaretten?

Völlig egal.

Die Gartentür quietschte. Den Stainzer Hartgneis entlang spazierte er, ein Todesritter von Graz, auf den Eingang der zwei Stockwerke hohen Villa zu. Griechische Säulen trugen eine Veranda, deren Geländer aus Stein das noble Flair der Gründerzeit versprühte. Über dem Balkon umrahmten Kringel aus Gips ein vierteiliges Wappenschild. Im ersten Feld prangte ein weißes Kreuz auf karminrotem Hintergrund. Im Quadrat daneben schien die Sonne über den verschneiten Bergen. Links unten leuchteten die goldenen Weintrauben über der hellroten Fläche. Das letzte Viertel enthielt ein schnörkeliges Monogramm, das in dunklem Rot in den Schnee gezeichnet war. Der Schriftzug über dem Schild verriet, wem das Domizil gehörte:

Franziscenhaus.

Neben dem Eingang fiel ihm erstmals seit Langem die verdreckte Messingtafel auf. Ein Eingeweihter kannte die Inschrift, doch ein Besucher hatte es schwer, den Text zu entziffern:

Katholische Akademische Hochschulverbindung
Franzisca zu Graz,
Gegründet am
6. Juni 1954

Er überschritt die Schwelle. Eine Mischung aus kaltem Rauch, verschüttetem Alkohol und muffigem Holz stieg ihm in die Nase.

Der Geruch hatte sich seit seinem allerersten Besuch der Bude nie verändert. Damals hatten ihn die Studienkollegen ausgelacht, nachdem er den Dufflecoat am Blumenornament des Treppengeländers aufgehängt hatte. Nur sein bester Freund hatte nicht mitgewiehert. »Nimm es nicht so tragisch«, hatte der zu ihm gesagt, den Mantel genommen und ihn auf einen Haken an der Garderobe gehängt. Sie waren zum Festsaal im ersten Stock geschlendert. Nach ein paar angenehmen Gesprächen war das peinliche Gefühl verschwunden. Bald hatte es ihm gedämmert, dass auf der Franzisca ein wertschätzendes Miteinander herrschte.

»Omnes ad loca! Omnes surgite zum Einzug der Chargierten!« Mit jenem Satz startete das legendäre Studentenfest, das sie Kneipe nannten. Die Kostüme der Vorsitzenden der Veranstaltung erinnerten an die Uniformen aus den Tagen Napoleons. Mit dem Schlagen von stumpfen Fechtwaffen auf den Tisch sorgten sie vor jedem Lied für Ruhe. Anfangs war es ihm bizarr erschienen, doch im Lauf des Abends fand er Gefallen an den Ritualen. Das gemeinsame Feiern von Studenten und namhaften Personen aus Politik und Wirtschaft faszinierte ihn. Mit einem hohen Tier von der Kripo oder einem Vorstand einer Großbank einen Krug zu stemmen, verlieh dem Zeremoniell etwas Magisches. Am Ende des Events hatte er die Entscheidung gefällt und das Aufnahmegesuch unterzeichnet.

Hier in diesem Haus hatte seine Reise begonnen, die ihn zu einem Todesritter gemacht hatte. Dennoch hatte er die Unterschrift nie bereut. Im Lauf der Zeit inspirierten ihn die Bargespräche mit wichtigen Leuten, die man in der Verbindung als Alte Herren bezeichnete. Laufend war sein Stolz gewachsen, ein aktiver Bursch der Franzisca zu sein. Passend zu der Überzeugung, ein waschechter Couleurstudent zu sein, marschierte er zum Klubraum auf dem Dachboden hinauf, wo er an der Bar das letzte Budenbier zapfte. Langsam floss der Gerstensaft in das Bierglas. Dann stellte er das Glas ab, schlenderte zum Radio und schaltete es ein.

Eine Fanfare verkündete ihm, dass er es im richtigen Moment getan hatte.

»Hier ist Antenne Steiermark mit den neuesten Entwicklungen zum Amoklauf im Bischöflichen Gymnasium! Der Täter befindet sich auf der Flucht. Vor einer Stunde war die Lage noch sehr unübersichtlich. Unser Reporter Norbert Fink berichtet für Sie live vor Ort. Norbert, weiß man inzwischen schon mehr?«

»Nun. Die Gerüchteküche brodelt, aber es kristallisiert sich heraus, dass der Direktor ums Leben gekommen ist. So, wie es aussieht, hat die Tat wie durch ein Wunder keine weiteren Opfer gefordert. Dass vor allem die Eltern erleichtert sind, ist überall zu spüren. Durch das rasche Einschreiten der Cobra konnte wahrscheinlich Schlimmeres verhindert werden.«

Sie hatten null Ahnung, worum es ging. Bald würde er noch eine Botschaft senden, die den Medien mehr Klarheit über den sogenannten Amoklauf brachte.

»Wissen wir schon etwas über den Täter?«, fragte die Nachrichtensprecherin.

»Es dürfte ein männlicher Täter sein. Sein Alter ist momentan unbekannt. Ob er Schüler dieser Schule ist oder war, weiß man zurzeit auch noch nicht. Man vermutet, dass er im Umkreis des Bischöflichen Gymnasiums untergetaucht ist. Es wurden auch Straßensperren errichtet. Die Polizei bittet, zu Ihrer Sicherheit im Raum Graz keine Anhalter mitzunehmen.«

»Ich fahre nie Autostopp!«, murmelte der Todesritter.

»Gibt es Möglichkeiten für die Eltern der Schüler dieser Schule, an Informationen zu gelangen, die darüber hinausgehen?«, fragte die Moderatorin.

»Nun«, sagte Norbert Fink. »Es herrscht noch immer Chaos hier. Das Gebäude müsste inzwischen zur Gänze durchsucht worden sein. Soeben wird mir gemeldet, dass die Evakuierung begonnen hat. Die Schüler und Lehrer werden vorläufig in der benachbarten Pädagogischen Hochschule untergebracht. Die Polizei will um halb zehn Uhr in der Kreuzgasse eine Pressekonferenz geben. Eventuell erfahren wir da Näheres darüber, was die Eltern tun sollen.«

»Sobald wir mehr wissen, bringen wir Sie sofort auf den neuesten Stand. Antenne Steiermark hat das Programm geändert und berichtet laufend und umfassend über das Bischöfliche Gymnasium, wo es heute einen Amoklauf gegeben hat. Nun zu den weiteren Nachrichten ...«

Es lief alles bestens. Das Glück musste er sich erhalten. Er nahm das volle Bierglas, gönnte sich einen großen Zug und stieß einen Genussseufzer aus.

Mit dem Bier in der Hand trottete er zum Rechner. Dort trank er einen weiteren Schluck und stellte das Glas auf dem Computertisch ab.

Nach dem Hochfahren des Computers steckte er den mitgebrachten USB-Stick in den dafür vorgesehenen

Anschluss. Alles klappte, wie es sollte. Er loggte sich auf dem exotischen Videoportal ein. Gott sei Dank war der Account dort bislang unversehrt geblieben. Auch das Hochladen lief wie am Schnürchen. Bald würde die Welt verstehen, worum es ging. Mit einem Mausklick startete er die Videobotschaft.

Der Trauermarsch aus dem Musical Evita dröhnte aus den Lautsprechern. Beim Anblick einer Reihe von Grabkerzen inmitten eines Teppichs aus Blumen, musste er lächeln. Dazwischen tauchte immer wieder ein Foto oder eine Engelsfigur auf. Dauernd garnierten selbst gebastelte Plakate den Kitsch des Gedenkens. Darauf las er stets das gleiche Wort.

WARUM?

»Servus!«, sagte eine Frauenstimme hinter ihm.

Er erschrak. Die kannte er nur zu gut. Beim letzten Mal hatte sie nicht sehr freundlich geklungen.

Gleichzeitig drückte er auf die Tasten ALT und F4.

Der Webbrowser verschwand. Auf dem Monitor war nur noch das Verbindungswappen zu sehen.

Er drehte sich zu ihr um.

Hier stand sie, die Dunkelblonde mit den schulterlangen Haaren, und sah ihn unschuldig an. Wie immer war sie wie eine Schaufensterpuppe für Sommermode mit Schminke und Schmuck herausgeputzt.

»Habe ich dich erschreckt?«

Jenny, was soll die blöde Frage?

»Nein«, antwortete er. »Warum?«

Sie lächelte und legte die Handtasche auf die Bartheke. »Wieso so schüchtern?«

Hoffentlich hatte sie nicht bemerkt, welches Video er gerade am Rechner ansehen wollte. Er erhob sich, nahm das Bierglas vom Computertisch und ging auf die Bar zu. »Wir haben uns lange nicht mehr gesehen.«

»Ich hätte nie gedacht, dass wir uns auf der Verbindung wiedertreffen«, sagte sie. »Netter Zufall, gell.«

»Stimmt, netter Zufall«. Er stellte das Glas auf der Theke ab, eilte zum Radio und schaltete es aus. Wenn Jennifer Stefanetz die Meldung aus dem Bischöflichen Gymnasium hörte, käme garantiert die Diskussion auf, wer der Mörder wäre. Kein Todesritter durfte sich in dieser heiklen Phase der Mission auf so etwas einlassen.

Jetzt konnte er ein Lächeln riskieren. »Willst du etwas trinken?«

»Machst du mir einen Cappuccino?«, flötete sie.

»Klar doch.« Er startete die Kaffeemaschine. »Wie lange bist du schon auf der Bude?«

»Ich bin gerade erst gekommen. Wieso?«

»Egal, ist nicht so wichtig.«

Das Mahlwerk hörte auf zu brummen; es folgte ein Klacken und Piepsen. Er holte die Tasse von der Tropffläche. Seine Hände zitterten, als er sie vor ihr abstellte. Beinahe hätte er etwas Kaffee verschüttet. Auf den Handflächen hatte sich dieser verfluchte Schweißfilm gebildet. Mit einer Papierserviette wischte er sich diskret die Finger ab.

»Warum so nervös? Ich beiße doch nicht.«

»Es ist alles okay.«

»Du wirkst aber angespannt. Ist doch ein schöner Tag.«

Ob es sich um einen guten oder schlechten Tag für einen Todesritter handelte, hing vom Erfolg seiner

Mission ab. Und der fußte darauf, wie lange er sich mit dieser Kuh herumschlagen musste.

Jennifer nahm den ersten Schluck. »Das alles erinnert mich an Peter.« Sie seufzte.

Diskret sah er auf Jennys Armbanduhr. Noch blieb ihm Zeit bis zur nächsten Station des Feldzugs. Allerdings musste er darauf achten, dass er sie rechtzeitig von der Verbindung wegbrachte.

»Das tut mir leid.«

»Ich sage dir, am Anfang war er ein süßer Kerl, aber nachdem wir zusammengezogen sind, ist es richtig schlimm geworden mit ihm. Nicht einmal drei Monate nach der Hochzeit bin ich in unserer Wohnung auf Peter und eine seiner Affären gestoßen.«

Sie trank einen Schluck. »Er hat sich nicht einmal dafür geschämt. Hat mir vorgeworfen, dass ich ihm dauernd nachspioniere. Dass ich schuld daran bin, dass es so weit gekommen ist. Der hat mir eiskalt gesagt, dass es aus ist, und hat mich rausgeschmissen. Dabei habe ich geglaubt, dass ich meinen Seelenpartner gefunden hatte.«

Ihr Leid bewies, dass es höchste Zeit war, zu handeln. Der Todesritter trank einen Schluck Bier. »Betrügen kommt für mich nicht infrage. Dafür ist mir die Liebe viel zu wertvoll. Das habe ich dir schon vor sieben Jahren auf der Bude gesagt.«

»Stimmt. Du bist total anders. Das habe ich gleich gemerkt. Du verstehst mich wie sonst kein Mann.«

»Ich gebe mir alle Mühe.«

Jennifer nippte an ihrer Kaffeetasse. Auf ihre Fingernägel hatte sie einen Glitzerlack aufgetragen. »Was hat sich so bei dir getan? Arbeitest du noch bei Siemens?«

Die Weiber mit ihrem Gespür. Warum schnitten sie dauernd die unguten Themen an? Fehlte nur, dass sie nach *Todesernst* fragte.

Er griff zur Schale, führte sie zum Mund und nahm einen Schluck; der bittere Geschmack passte zu den Erinnerungen.

»Nein. Diese Firma ist schon Geschichte. War so eine blöde Intrige. Du glaubst nicht, was so ein Meeting bei Rotary ausmachen kann. Da haben mich ein paar Großkopferte beim Bereichsleiter schlechtgemacht. Dann hat der Abteilungsleiter mich in sein Büro zitiert. ›Wie geht es Ihnen?‹, hat der mich scheinheilig gefragt, um mich gleich darauf abzumahnen. Vierzehn Tage später hat der Personalchef mir gesagt, dass auch der Betriebsrat nichts gegen mein Ausscheiden hätte.«

Er stellte das halb volle Bierglas auf der Theke ab.

»Die Jobsuche danach war echt beschissen. Vielen Dank für Ihre interessanten Unterlagen, aber wir haben uns leider für einen anderen Kandidaten entschieden oder: Wir erlauben uns, Ihre Bewerbung in Evidenz zu halten«, zitierte er mit hoher Stimme aus den verlogenen Abfuhren. »Die haben nicht einmal die Eier zum Absagen. Entweder rumlügen oder gar keine Antwort geben. Acht Monate lang habe ich kämpfen müssen, bis ich endlich einen neuen Job gefunden habe.«

»Wo?« Jenny hob ihre Tasse und trank daraus.

Er ächzte. »Bei Ernst & Partner. Das ist der beschissenste Posten, den es überhaupt in der IT gibt. Die haben mir gleich am Anfang das Leben zur Hölle gemacht. Die wollen mich endgültig in den Abgrund stoßen. Aber ich habe die Gefahr erkannt und einen Nebenjob als Stadtführer gefunden.«

»Cool.« Jenny deutete auf die Kartons auf dem Tisch gegenüber der Bar. »Er hat meine letzten Sachen in diese Schachteln getan, und ich hole sie gerade ab. Da muss ich dir noch was zeigen. Da siehst du, was für ein Kotzbrocken der Peter ist.«

Er lächelte. Der Todesritter wusste das seit der Lumpenparty vor sieben Jahren, aber Jenny hatte dafür leider mehr Zeit gebraucht.

Sie kramte in ihrer Handtasche, holte ihr Handy heraus und tippte darauf herum. Dann hielt sie ihm die SMS von Peter vor die Nase.

Dein Zeug ist nun vogelfrei auf der Bude. Wer weiß, wann im Burschensalon das Schloßberglied gesungen wird?

»Ja, und?«, fragte er.

»Da sind die Leonardo-Weingläser dabei. Die hat mir mein Opa kurz vor seinem Tod zum Achtzehnten geschenkt. Hier will man sie als Biertulpen missbrauchen!« Sie legte das Smartphone auf der Bartheke ab.

»Ex und dann zerschellt das Glas«, murmelte er. Jedem steirischen Couleurstudenten war klar, was diese SMS bedeutete. Sobald eine Runde beim Studentenlied »Träumend sah vom Schloßberg nieder« an diese Zeile gelangte, flog oft manch gläserner Krug mit Wucht zu Boden.

»Wir müssen sie in Sicherheit bringen. Und zwar so schnell wie möglich«, führte er aus. »Heute heiratet Peter sogar kirchlich, und da sind alle Bundesbrüder nach der Messe zur Agape eingeladen. Da werden einige nachher angeheitert hierherkommen.«

»Peter hat so ein Talent, Leuten wehzutun.«

»Stimmt.« Es weckte in ihm eine schmerzliche Erinnerung. »Bei der Lumpenparty hat er sein wahres Gesicht gezeigt.«

»Da hast du mir so leidgetan.« Jenny packte das Handy wieder in ihre Handtasche. »Kann ich dich um einen Gefallen bitten?«

Er seufzte und trank einen Schluck. »Welchen?«

»Als Franzisce bist ja auch du eingeladen.«

»Ja, warum?«

»Weil ich mich um halb zwölf mit meinem Anwalt in der *Alten Münze* treffen werde. Du kannst Peter einen schönen Gruß von Dr. Posetto und mir ausrichten. Am besten im Dom! Sag ihm ruhig, dass ich ihn ausziehen werde bis aufs letzte Hemd.«

Wenn das kein Zeichen für einen Todesritter war. Diesmal musste er sich das Lächeln nicht abzwingen. Stattdessen zog er ein allerletztes Mal an der Parisienne. Die Freude über die gute Nachricht ließ er mitsamt dem Rauch in die Lungen strömen. Sein Feldzug hatte sich soeben wesentlich vereinfacht.

08:50 UHR

»Unser Haupteingang.« Kaplan Birkner deutete auf den dunklen Glasanbau vor dem Schulgebäude und stieß einen Seufzer aus. »Mir wäre es lieber, wenn ich euch unser Haus aus anderem Anlass zeigen dürfte.«

augustinum, las Sabrina.

Das fahle Grau der Taube sowie der Schriftzug auf dem schwarzen Glas verstärkten ihr Unbehagen. Es schien ihr, als zerquetschte ein harter Griff aus dem Nichts ihren Brustkorb, um ihr die Erinnerungen an ihren größten Fehler in den Kopf zu pressen.

Zusammenreißen!

Sabrina hielt die Luft an. Gemeinsam mit Hutnagl, Staatsanwältin Opitz, Kaplan Birkner und dem Amtsarzt marschierte sie auf den dunklen Glaswürfel zu. Die elektrischen Schiebetüren öffneten sich.

Der Campus lebt, las Sabrina die in Silber gehaltene Inschrift auf dunklem Hintergrund. Ein kurzes Lächeln huschte über ihre Lippen. *Irgendwie skurril.*

Hinter dem gläsernen Sarkophag erstrahlte die zwei Stockwerke hohe Eingangshalle im Tageslicht. In der Wand gegenüber führten zwei quadratische Durchgänge in den Gang dahinter. Auf der Etage darüber hatte man in gleicher Art die Vierecke in die Mauer gestanzt, sodass es wie ein riesiges Kreuz aussah.

Zwischen den Passagen stand die Pinnwand, die Birkner bei der Befragung erwähnt hatte. Auf einem DIN-A4-Zettel wiesen übergroße Buchstaben darauf hin, dass die Fastenmesse heute um 06:30 im Lindenhof stattfand.

Ein Mosaik aus Fliesen, das die Seitenwand ausfüllte, weckte Sabrinas Aufmerksamkeit. Welche Botschaft die bunten Flecken enthielten, blieb ihr jedoch verborgen.

»Das dürfte auch kein Picasso sein«, sagte Sabrina zu Hutnagl und deutete auf das Monumentalbild.

»Nein.« Kaplan Birkner seufzte. »Der Künstler hat es extra für unser Augustinum angefertigt. Es soll den ordnenden Geist über der Schöpfung darstellen. ›Brannte nicht unser Herz‹, hat er das Werk genannt. Entlehnt aus der Erzählung über die nach dem Tod Jesu verzweifelten Jünger auf dem Weg nach Emmaus.« Ein Seufzer folgte. »Es erinnert uns daran, dass wir auch in dieser schweren Stunde Jesus vertrauen dürfen.«

»Das gehört zum Glauben und ist Ihr Metier.« Mit Herzklopfen wandte Sabrina den Blick von dem Riesenmosaik ab. »Deswegen sind wir aber nicht hier. Sondern um einen Mord aufzuklären.«

»So ist es«, bekräftigte Hutnagl.

»Herr Oberstleutnant?!« Ein uniformierter Polizist kam durch den rechten Durchgang auf sie zu.

»Was gibt's?«, fragte Sabrinas Chef.

»Die Cobra hat da drinnen eine Sporttasche voller Munition entdeckt. Dazu eine Bombe, Marke Eigenbau. Man würde meinen, dass er einen Amoklauf geplant hat.«

»Sieht so aus«, schloss die Staatsanwältin.

»Gott sei Dank ist es ihm nicht gelungen, seinen Plan in die Tat umzusetzen«, sagte der Amtsarzt.

Der Streifenpolizist beugte sich zu Hutnagl vor. »Nur, das Ding ist eine Attrappe. Sehr leicht zu erkennen. Die Sprengstäbe sind aus Styropor. Wir haben zur

Sicherheit den Hund auf Sprengstoff schnüffeln lassen. Der hat nicht angeschlagen.«

Opitz entfernte sich einen Schritt von der Gruppe und kratzte sich am Ohr. »Möglich, dass der Mörder doch nicht Amoklaufen wollte.«

»Ist denkbar«, sagte Hutnagl.

»Höchstwahrscheinlich«, sagte der Kollege in Uniform.

»Wieso?«, fragte Sabrina.

»Weil die Patronen im Sportbeutel uralt sind«, antwortete der Polizist.

»Wie alt?«, hakte Sabrina nach.

»Baujahr 1934!«

»Wie bitte?«

»Die waren noch originalverpackt.«

»Jetzt machen's aber mal einen Punkt.« Hutnagl verschränkte die Arme.

»Dann folgen Sie mir aufs Klo, wenn Sie es mir nicht glauben«, grantelte der Uniformierte.

»Okay.« Sabrina folgte dem Streifenpolizisten gemeinsam mit den anderen in den Gang hinter der Vorhalle. Mit einem Grinsen auf dem Gesicht öffnete der Streifenbeamte die Tür zur Herrentoilette.

Der Geruch von Desinfektionsmittel schlug ihnen entgegen. In der Toilette stand neben dem Waschbecken ein Schubwagen mit drei Ablagen. Auf der mittleren Ebene lag ein verschnürtes Rohrpaket, aus dem vier grüne Kabel ragten. Die Zeitanzeige auf der Digitaluhr verharrte auf 10:50. Man merkte der Bombe auf den ersten Blick an, dass es sich um eine Attrappe handelte.

Sabrina nahm den Pappkarton auf der oberen Stellfläche unter die Lupe. *25 Stück Steyr–Repetierpistolen-*

Patronen Kaliber 9 Millimeter, las sie auf dem verblassten, mit Altersflecken übersäten Etikett des Deckels. Fünfzehn Projektile steckten in Reih und Glied in der Packung, während zwei Kugeln lose darin herumrollten. Der Hülsenstempel zerstreute jeden Zweifel. Das eingestanzte H im Norden zeugte von der Waffenfabrik Hirtenberger als Hersteller. Im Süden verriet die Punze das Kaliber. Die Ziffern im Osten und Westen verkündeten das Produktionsjahr: 19 und 34.

»Es gibt nichts, was es nicht gibt«, sagte Sabrina.

»Altes Polizeimotto«, kommentierte Hutnagl.

»Stimmt«, fügte Opitz hinzu.

»Und die funktionieren noch?« Birkner deutete auf die Schachtel.

»Ja, Herr Kaplan«, erklärte Hutnagl. »Munition, trocken und fachgerecht gelagert, kann man auch nach hundert Jahren noch problemlos verschießen.«

»Glauben Sie mir jetzt?« Der Uniformierte wartete die Antwort nicht ab. »Auch die mutmaßliche Tatwaffe dürfte aus dem Museum stammen. Eine Walther P38 mit dem Firmenzeichen auf dem Verschlussstück. Haben wir selten. Das Logo wurde nur bis 1940 draufgeprägt.«

»Die sich wo befindet?«, fragte Hutnagl. Sabrina meinte einen aufgeregten Unterton in seiner Stimme zu hören.

»Dort, wohin der Täter wahrscheinlich geflüchtet ist.« Der Streifenpolizist wies in die östliche Richtung.

»Das dürfte der uralte Haupteingang in der Grabenstraße sein.« Hutnagl schien ein Weilchen zu überlegen. »Ich denke, wir statten dem einen Besuch ab. Damit wir keine Spuren vernichten oder selbst welche hinterlassen, gehen wir im Gänsemarsch. Ich bin so frei, ihn anzuführen. Sie, Herr Kaplan, folgen mir.«

»Ich überlasse den Damen gerne den Vortritt«, sagte Birkner.

Hutnagl deutete auf Sabrina. »Meine Kollegin wird auf Sie aufpassen, damit wir nicht unabsichtlich Spuren vernichten.«

»Selbstverständlich.«

So brav, so harmlos hatte auch der Pfarrvikar in ihrem Heimatdorf geklungen, wenn er sich mit den Eltern unterhalten hatte. Er hatte jedoch kein Problem damit gehabt, ihr auf dem Schulhof die Ohren lang zu ziehen. Vor allen Kindern hatte er gesagt, man müsse der Göre den Teufel austreiben.

»Ich werfe ein Auge auf Sie!« Endlich hatte Sabrina den richtigen Ton getroffen. Die schwelende Angst zerstreute sich.

»Wir werden das Schlusslicht bilden«, schlug die Staatsanwältin vor.

»Wie im Leben«, bemerkte der Amtsarzt. »Die Justiz kommt nach der Medizin.«

»Genau«, sagte Hutnagl. »Abmarsch.«

Momente später bog der Tross nach rechts in einen weiten Gang ab. Drei Reihen von Bildern säumten den Korridor bis zum Ende. Das erinnerte Sabrina an einen Film, den sie vor einigen Monaten im Fernsehen gesehen hatte. Den *Club der toten Dichter* hätte man genauso gut hier drehen können. Sie musste an die Szene im Film denken, in welcher der Lehrer die Schüler zu den Fotos früherer Jahrgänge führte.

Sabrina durfte sich nicht länger mit dieser Geschichte aufhalten, sondern musste auf Birkner aufpassen. Das

ungute Gefühl verstärkte sich, dass er in seinem Über-
eifer bald Spuren vernichtete. Nach dem Flur erreichten sie hinter einer Glastür den Eingang, den die Schüler vor hundert Jahren benutzt hatten. Auch wenn die
uralte Lobby renoviert worden war, erschien es ihr, als
wäre die Zeit um 1900 erstarrt.

»Um Gottes willen!« Kaplan Birkner setzte zum Aus-
scheren aus dem Gänsemarsch an. »Die Theologie!«

Mit einem reflexartigen Griff an seine Schulter ver-
hinderte Sabrina Schlimmeres. »Bleiben Sie in der
Gruppe!«

Sabrina verstand sein Entsetzen. Die Handgranate
hatte dem Wandgemälde bei der Explosion unzählige
Wunden zugefügt. Zahlreiche Splitter hatten tiefe Ker-
ben in das Gesicht, in das rote Kleid und den Thron geschnitten, auf dem die biedere Frauenfigur saß. An der
Stelle, wo die Füße sein sollten, klaffte ein Loch. Die Explosion hatte auch die Säulen, die das Bild einrahmten,
in Mitleidenschaft gezogen.

»Ja, das hat der Täter angehabt!« Kaplan Birkner
zeigte auf den auf dem Boden liegenden Stofffetzen vor
dem beschädigten Mosaik.

Die Granate hatte einen gewaltigen Krater in den
Holzboden geschlagen. Von dem schwarzen Hut war
nur ein Fetzen, vom Umhang ein Lumpen übrig geblieben. Die Plastikmaske hatte es in tausend Stücke zerris-
sen. Nur durch enormes Glück war es nicht zum Brand
gekommen.

»Das dürfte die Waffe sein.« Hutnagl bückte sich über
den Mülleimer.

»Walther P38, 480er-Serie, der Schriftzug ist in den Ei-
chenholzgriff gestanzt. Seriennummer: 1934.«

»Schon wieder 1934.« Sabrina öffnete die Notiz-App auf ihrem Handy und trug das Detail ein. »Wenn wir Glück haben, finden wir die Waffe im zentralen Waffenregister.«

»Gute Idee, Mara.« Hutnagl strich mit dem Finger über seine ergrauten Augenbrauen. »Das machen wir, sobald wir mit der Tatortbesichtigung durch sind. Jetzt werfen wir erst mal einen Blick auf die Leiche.«

Kaplan Birkner machte Anstalten, direkt auf die zerstörte Tür zum Innenhof zuzugehen.

Abermals stoppte Sabrina ihn mit einem Griff an der Schulter. »Diesen Weg dürfen wir nicht gehen.«

»Wegen der Spuren, nicht wahr?«

»Erfasst, Hochwürden«, sagte der Chef. »Wir laufen im Gänsemarsch so zurück, wie wir gekommen sind, und gehen dann von der anderen Seite aus in den Lindenhof.«

In Hutnagls Hosentasche piepste es. Er zog das Handy heraus und warf einen flüchtigen Blick auf das Display. »Wir verschieben die erste Pressekonferenz um eine halbe Stunde. Ich ruf gleich unseren Pressesprecher an.«

***

Es war nicht blöd, Jennifer Stefanetz behilflich zu sein. Für einen Todesritter war es wichtig, sie möglichst schnell vom Grund der Franzisca zu schaffen. »Ich helfe dir gerne mit den Schachteln.«

»Danke, das ist sehr nett von dir.«

Er verließ die Bar, ging auf die Tische zu und griff sich mit beiden Händen einen Karton. »Gehen wir's an.«

Zehn Minuten später hievte er die letzte Box in den Kofferraum. »Ui, das passt gerade noch rein.«

»Danke nochmals.« Jenny warf ihm einen Kuss zu, öffnete den Wagen und setzte sich hinter das Lenkrad.

»Man sieht sich.« Der Todesritter winkte zum Abschied. Endlich machte sich Jennifer aus dem Staub. Diese Kuh hatte die Mission gefährdet, denn der Tratsch mit ihr hatte ihn viel Zeit gekostet.

Der Todesritter lief in den Burschensalon und warf einen Blick aus dem Fenster. Jennys Auto war vom Grundstück der Verbindung verschwunden.

Gott sei Dank.

Jennifer hatte ihm geholfen, das Projekt massiv voranzutreiben. Was für ein Glück, dass die Grande Dame du Stefanetz ihn in ihre Pläne eingeweiht hatte. Es war kein Zufall, dass sie sich auf der Bude getroffen und miteinander geplaudert hatten. Christus hatte ihm auf diese Weise gezeigt, auf welcher Seite er stand. Da war es für einen Todesritter nur logisch, sich dankbar dem Herrgottswinkel zuzuwenden.

Deo gratias!

Dann holte er einen Energydrink aus dem Kühlschrank und nahm vor dem Rechner Platz. Es zischte beim Öffnen der Dose. Eine Mausbewegung erweckte den Screen zum Leben. Per Doppelklick erreichte er das Videoportal.

Die Plattform meldete einen Serverausfall.

»Jesus, bitte nicht jetzt«, grummelte er und klickte auf das Symbol für erneutes Laden. Die Website verhielt sich nun gottlob so, wie sie sollte.

Endlich konnte er kontrollieren, ob der Upload des Videos geklappt hatte. Aus den Boxen ertönte das Salve Regina, der Lobgesang zu Ehren der Jungfrau Maria. Er trank einen Schluck und grinste. Auf dem Bildschirm lief die Sequenz, die er in der Basilika von Mariatrost gedreht hatte. Sie endete mit einer Laufschrift. Eine klarere Botschaft an die Welt gab es nicht!

Er leerte die restliche Dose in einem Zug, zerquetschte sie mit der Faust und zielte auf den Papierkorb in der Ecke. Klappernd landete sie im Mülleimer. »Treffer, wie immer.«

Mit einem Klick stellte er den Film auf öffentlich. Eine SMS samt Hyperlink zu seinem Video war fällig. »Schau meinen neuesten Clip an«, tippte er und fügte den Link hinzu. »Dann weißt du, was du den Reportern erzählen sollst. Ich warne dich! Pankratius.«

Er sandte die Nachricht ab und schaltete den Computer aus. Zeit, den Burschensalon ein für alle Mal zu verlassen.

09:05 UHR

»Es war so schrecklich!«, heulte ein Zehnjähriger in Finks Mikrofon. Die Schultern zuckten. »Ich habe gesehen, wie er ... wie er ... den Herrn Direktor ... erschossen hat. Ich bin geflüchtet. Weit weg von dort.«

Eine Dame im mittleren Alter schlug die Hand vor dem Mund. Falten legten sich auf ihre Stirn, als sie den Worten des Jungen lauschte.

»Das war echt arg«, ergänzte ein Jugendlicher, den Fink auf zwölf oder dreizehn Jahre schätzte. »Ich habe mir das live geben müssen. Die Fastenmesse. Erste Reihe. Das verkraftet man nicht so leicht. Bei uns ist der *Todesernst* ... äh, ich mein ... der Direx ... also der Herr Direktor ... erschossen worden.«

»Willst du uns erzählen, wie du es erlebt hast?« Norbert Fink hielt dem Teenager das Mikro entgegen.

Der nickte. »Wir haben um halb sieben in der Früh eine Fastenmesse gehabt. So wie immer in der Fastenzeit. Bis der Irre reingekommen ist. Der war bewaffnet und maskiert.« Der Jugendliche kämpfte um seine Stimme. »Er hat herumgeschrien und ist auf den Direktor los. Der hat vor dem Altar niederknien müssen. Dann hat der Typ ihm in den Kopf geschossen.«

»Das hab ich gesehen!«, unterbrach ihn der Zehnjährige. »Ich hab Angst gekriegt. Ich bin sofort weggerannt und habe meine Mama gesucht.«

»Das war wie in einem Horrorfilm«, warf die danebenstehende Mitschülerin ein. »Der Wahnsinnige hat dem toten Direx ein Foto in den Kragen gesteckt. ›Spart euch die blöden Plakate mit dem Warum. Es ist da drauf!‹ Dann hat er uns zugeschrien: ›Haut ab, wenn ihr weiterleben wollt!‹«

»Und dann sind wir weggerannt. In Richtung Park. Einfach weg. Dann hat es noch einen lauten Knall gegeben.« Der Teenager stockte. Tränen schossen ihm in die Augen. Er schaute ins Leere. »Dass diese Amokscheiße ausgerechnet hier im Bischgym passieren muss.«

»Vielen Dank.« Norbert Fink schaltete den Apparat ab. Er hatte ein Interview im Kasten, das sich sehen lassen konnte. Der Sender brachte es garantiert in den nächsten Nachrichten.

Die Dame umarmte den Jugendlichen und drückte ihn fest an sich. »Ich habe mir solche Sorgen um dich gemacht, Daniel.«

Seine Lippen bebten. »Ich habe wirklich Angst gehabt, Mama.«

»Ich weiß, Daniel. Ich bin so froh, dass euch nichts passiert ist.« Die Mutter führte ihre Kinder über den Hasnerplatz zu ihrem Auto. Die Familie stieg ein und fuhr los.

Fink grübelte. Was hatte es wohl mit diesem Foto auf sich? Was für ein Bild hatte der Täter dem Direktor nach dem Mord in den Kragen gesteckt? War es das, was ihm gerade in den Sinn kam? Dann bedeutete es, dass das Leben ihn soeben zur Story des Jahrzehnts geführt hatte.

Handyläuten setzte seinen Überlegungen ein Ende.

Die Redaktion.

Da musste er rangehen.

»Wie schaut's aus?«, fragte der Chef. »Können wir mit einem neuen Bericht rechnen?«

»Ich habe gerade ein Interview mit Augenzeugen geführt«, Fink warf einen Blick auf die Uhr. »Ich überspiele es euch noch vor der Pressekonferenz der Polizei.«

»Ich möchte es spätestens in den nächsten Nachrichten senden. Nach Möglichkeit sogar früher. Und geschnitten werden muss es ja auch noch. Schau, dass du
noch ein paar weitere Interviews zusammenkriegst.
Wir haben gerade vom Pressesprecher gehört, dass die
PK erst um zehn beginnt.«

»Werde ich machen.«

»Fein. Den nächsten Liveeinstieg gibt es, sobald wir
das Interview geschnitten haben. Spätestens aber um
halb zehn.« Der Redaktionschef beendete das Gespräch.

Fink machte sich an die Arbeit. Wenn seine Vermutung bezüglich des Fotos bei der Leiche des Direktors
stimmte, dann wäre er bald kein Radioreporter mehr.
Denn es war ihm klar geworden, welche Fragen er der
Polizei stellen musste.

09:10 UHR

»Schauen wir uns den Tatort und das Opfer genauer an«, sagte Hutnagl nach dem Telefonat mit dem Pressesprecher. »Folgen Sie mir.«

Sabrinas Chef führte die Gruppe durch einen gläsernen Flur. Augenblicke später öffnete er die Tür im Glasgang, und der Tross marschierte in den Innenhof.

Sabrina entwich ein Schnaufen. Obwohl sie den Lindenhof noch nie in ihrem Leben betreten hatte, kannte sie den Eindruck, den er vermittelte, zur Genüge. Wenn man den Fenstern Gitter verpasst hätte, hätte man als Besucher meinen können, sich in der Adresse geirrt zu haben. Die Bierbänke vor dem Altar unter der Linde verstärkten ihre Assoziation an eine Freiluftmesse im Gefängnis.

Die Tatortgruppe hatte bereits ihre Arbeit aufgenommen. Zwei Männer in weißen Overalls streiften, den Blick auf die Wiese gerichtet, umher. Sabrina beneidete ihre Kollegen nicht. Die Detonation der Handgranate hatte Splitter und zerbrochenes Glas in den Innenhof geschleudert. Vom Portal auf der Rückseite hatte nur der Glasrahmen die Explosion überlebt.

Sabrina war froh, dass der Direktor erst zwei Stunden tot war und zudem im Freien lag. So blieb allen der grässliche Geruch erspart, mit dem man oft bei Mordopfern konfrontiert wurde.

Diesem Gestank der Verwesung war sie erstmals im Kindergarten begegnet, als die Puppe ihrer Freundin verschwunden war. Wenig später hatte man sie im Garten gefunden. Daneben lag ein toter Fuchs. Tags darauf wurde sie bezichtigt, das Spielzeug gestohlen zu haben. Der Pfarrvikar war in die Einrichtung gekommen und hatte sie vor allen geohrfeigt.

Sabrina holte sich in die Gegenwart zurück und ging nach vorn zum Altartisch. Der Ermordete lag auf dem Bauch davor. Sein Gesicht oder das, was davon übrig geblieben war, hatte im wahrsten Sinne des Wortes ins Gras gebissen. Im Gegensatz dazu hatte das weiße Sakko den Anschlag unversehrt überstanden. Der Anzugkragen hob die blauvioletten Totenflecken am Nacken hervor. Das darin platzierte Fotopapier stach dadurch umso mehr heraus.

»Herr Doktor«, wandte sich Hutnagl an den Amtsarzt, »können Sie bitte mit der Totenbeschau beginnen?«

»Natürlich.« Der Arzt sah zu Birkner. »Ich muss Ihnen formhalber eine blöde Frage stellen. Ist der Tote der Direktor Leopold Ernst?«

Ein stummes Nicken reichte ihm als Antwort. Der Mediziner löste sich von der Gruppe, holte Latexhandschuhe aus der Arztjacke und streifte sie über. Er kauerte sich hin und griff vorsichtig an den Kopf des Ermordeten. Dann prüfte er die Gelenke von oben nach unten. Dabei sprach er in sein Handy: »Männliche Leiche im sechsten Lebensjahrzehnt, laut Aussage Birkner Direktor Leopold Ernst. Vorgefundene Kopfverletzungen samt Gehirnaustritt sind mit dem Leben unvereinbar. Todesursächlich ist ein Schuss in den Hinterkopf. Livores sind mit Daumen wegdrückbar. Beginnender Rigor Mortis am Kiefer. Todeszeitpunkt liegt wahrscheinlich zwischen sieben und acht Uhr morgens.«

»Das war um fünf nach sieben! Ich habe ja gesehen, wie der Verrückte ihn vor den Schülern erschossen hat«, warf Birkner ein und rannte auf das Mordopfer zu. Plötzlich ging er in die Hocke. Zielsicher schnellte die Hand zum Anzugkragen des Opfers. Er zog daran. Die Aufnahme in den Fingern zitterte, als er aufstand. »Das hat er ihm in den Kragen gesteckt. Schaut es euch an!«

Sabrina traute ihren Augen nicht. »Sind Sie völlig wahnsinnig?!«

»Warum?« Kaplan Birkner sah sie fragend an.

Sabrina atmete tief ein und stemmte die Hände in die Hüften. Sie musste daran denken, wie ihre Mutter in die Schule gestürmt war, um dem Pfarrvikar die Meinung zu geigen. Heute tat sie es ihr gleich. Sie fixierte den Pater mit strengem Blick und näherte sich ihm, bis sie sein billiges Deo roch. Sie beugte sich leicht zu ihm vor, sodass sie seinen Atem spürte. »Glauben Sie, ihm gefällt es, dass wir ihm in die Suppe gespuckt haben? Wissen Sie, was damals in Winnenden passiert ist? Da ist der Amokläufer nach Wendlingen. Und dort hat er auch noch Leute erschossen. Nur dass dort die Polizei den Täter gekannt hat. Wir haben keine Ahnung, wer es ist und was er noch vorhat. Können Sie sich überhaupt den Schmerz einer Mutter vorstellen, wenn eines ihrer Kinder von dem umgebracht wird?«

Sabrinas Herz schlug bis zum Hals. Sie wich einen Schritt zurück.

»So habe ich das noch gar nicht betrachtet.« Kaplan Birkner machte Anstalten, erneut in die Hocke zu gehen.

»Lassen Sie das!«, rief Opitz.

»Es tut mir wirklich leid! Was nun?«

»Wir werden jetzt notasservieren.« Hutnagl winkte den Kollegen im Overall herbei. »Und dass wir Ihre Fingerabdrücke sowie einen Mundabstrich brauchen, versteht sich von selbst.«

Birkner nickte betreten. In seinen zitternden Fingern flatterte das Foto. »Was soll ich damit machen?«

»Geben Sie es mir.« Der Tatortbeamte streckte die in Latexhandschuhen steckende Hand aus. Er übernahm das Bild und tütete es ein.

»Wenn wir schon dabei sind«, sagte Sabrina, »möchte ich einen Blick darauf werfen.«

»Bitte sehr.« Der Kollege von der Tatortgruppe übergab es ihr.

Sabrina konnte das Zittern ihrer Hand kaum verbergen, als sie ihm das Foto abnahm.

Die schwache Belichtung des Schwarz-Weiß-Bildes verlieh dem Ganzen eine surreale Note. Darauf waren zwei etwa vierzehn bis fünfzehn Jahre alte Jugendliche zu sehen, die auf einer Parkbank saßen. Einer hielt weinend das Modell eines Propellerflugzeugs, während der andere seinen Arm um dessen Schulter gelegt hatte. Der Torbogen hinter der Linde ähnelte dem jetzigen. Allerdings fehlte auf der Abbildung der in den Hof ragende Glaswürfel in der dritten Etage. Im zweiten Stock war die Fensterreihe mit blassweißen Buchstaben übermalt worden. »*Tie nēvaid liepas ziedi*«. Sie las die Wortfolge erneut. Mit demselben Resultat. Sie verstand nur Bahnhof.

Selbst bei genauerem Hinsehen ergaben die Zeichen keinen Sinn für sie. Handelte es sich um ein Anagramm? Sie probierte es verkehrt herum, aber das brachte sie nicht weiter.

Sabrina drehte das Bild um. Die Handschrift auf der Rückseite passte zu der Zeile auf der Vorderseite. Auf den blassen, fahlen Flecken hatte jemand eine Botschaft in einer fremden Sprache hinterlassen. Über dem Vierzeiler hielt ein hingekritzelter Löwe einen Ährenkranz. Das Symbol darin war aus vier gleichschenkligen Kreuzen zusammengesetzt.

Das Emblem und die Worte schienen vor ihr zu tanzen, als Sabrina den Vers zu entziffern versuchte:

Tie nēvaid liepas ziedi
Ta cilveka dvēseliti
Saka Māra zīledama:
Žēl būs Grācas māmuliņas

Ein einziges Wort kristallisierte sich für sie aus dem Kauderwelsch heraus. Māra! Eindeutig ihr Nachname. Hatte der Mörder damit gerechnet, dass die Nachricht sie erreichen würde? Dann musste er sie kennen. Sie fröstelte.

»Latein wird es wohl nicht sein«, wandte sie sich an ihren Chef, »denn Háceks gab es bei den Römern keine.«

Hutnagl sah sich die Aufnahme an. Seine Gesichtszüge versteinerten sich. Schweißperlen tauchten auf seiner Stirn auf. »Sieht nicht nach Latein aus.«

»Darf ich?« Birkner streckte lächelnd die Hand aus.

Sabrina hielt ihm die Rückseite vor die Nase.

Birkner schüttelte den Kopf. »Nein. Sicher kein Latein.«

Was hieß *Saka Māra*? War es rumänisch, albanisch oder slowenisch? Der Vierzeiler erweckte nicht den Eindruck.

»Ich will wissen, welche Sprache das ist und was es bedeutet.« Sabrina suchte nach *Google Übersetzer* auf ihrem Handy.

»Nicht verzetteln!«, raunzte Hutnagl.

Diese Spitze ignorierte Sabrina. »Chef, haben Sie eine Idee, was die Figur darstellen soll?«

Hutnagl zuckte mit den Schultern. »Wahrscheinlich spielt der Täter mit uns. Er fühlt sich uns überlegen. Ganz nach dem Motto: Mich erwischt ihr nie.«

Sabrina drehte das Bild um und studierte es genauer. »Ein kleines Detail wundert mich. Die Jungs sitzen auf einer Parkbank, für die Andacht habt ihr jedoch Bierbänke benutzt. Außerdem fehlen da die Glaswürfel.« Sie zeigte erst zur Cafeteria, dann zum gläsernen Vorbau im dritten Stock.

»Das Foto ist garantiert vor dem Umbau entstanden«, erklärte Kaplan Birkner. »Früher bildeten die Parkbänke ein Sechseck um die Linde. Ich bin mir völlig sicher: Es stammt hundertprozentig aus meiner Schulzeit.«

Hutnagl steckte die Hand in die Sakkotasche. »Hochwürden, wann waren Sie Schüler in diesem Haus?«

»Ich habe 1996 unser Seminar als Primaner betreten und acht Jahre später, also 2004, hier maturiert.«

»Spielte Leopold Ernst damals irgendeine Rolle?«, fragte die Staatsanwältin.

»Ja.« Der Zeuge verschränkte die Arme. »Ich hatte ihn in Religion. Er hat den Unterricht zwar mit strenger, aber väterlicher Hand erteilt.«

»Kennen Sie die Personen auf dem Bild?«, wollte Sabrina wissen.

»Ja, das sind meine Klassenkameraden.«

»Wer auf dem Foto ist wer?«, hakte Sabrina nach.

Kaplan Birkner löste die Verschränkung und deutete auf den tröstenden Knaben. »Das ist Norbert Fink.« Er wies auf den Heulenden. »Und das ist Markus Donhart.«

»Können Sie mir zufällig sagen, was aus den beiden geworden ist?«, bohrte Opitz nach.

»Norbert Fink habe ich beim letzten Klassentreffen gesehen. Der arbeitet bei Antenne Steiermark als Reporter. Zuvor war er bei irgendeiner Zeitung Volontär. Ich glaube, beim *Grazer*.«

»Und Donhart?«

»Der hat vor Kurzem hier im Haus eine Software im Dialog-Center installiert. Da hat er mir vorgejammert, dass Rainer es viel besser hätte.«

»Wer ist Rainer?«, erkundigte sich Sabrina.

»Sein Bruder. Der hat auch unser Seminar besucht. Er war fünf Jahre unter uns. Der soll sein Studium in Mindestzeit abgeschlossen haben. Zurzeit arbeitet er bei Frinis Consulting. Er dürfte ganz gut verdienen. Er hat eine Prachtvilla auf dem Ruckerlberg. Markus hat mal gesagt, Rainer sei ein habgieriges Karriereschwein.«

»Das hilft uns durchaus weiter! Wissen Sie, wo Markus Donhart sein Geld verdient?« Sabrina wechselte das Foto von der rechten in die linke Hand.

»Ja.« Birkner strahlte. »Hier bei Ernst & Partner.«

»Interessant.« Hutnagl zückte sein Notizbuch und schrieb.

»Hier bei Ernst & Partner?« Sabrina runzelte die Stirn. »Ich dachte, das da wäre eine Schule?«

»Unser Augustinum ist weit mehr als das.« Birkner streckte den Zeigefinger aus. »Seit 2009 beherbergt unser Haus einige Institutionen. Es gibt nicht nur das Gymnasium und das Internat. Auch die Kirchliche Pädagogische Hochschule und die Praxisvolksschule. Und dazu haben wir noch ein Konservatorium für Kirchenmusik. Und last, but not least: die Softwarefirma Ernst & Partner.«

»Wem gehört die Firma?«, hakte Opitz nach.

»Dem Herrn Direktor«, schoss es aus Kaplan Birkner heraus. »Damit bieten wir den Schülern die Möglichkeit, auch in der Wirtschaft Erfahrungen zu sammeln.«

»Aha.« Mit der rechten Hand zog Sabrina das Funkgerät vom Gürtel. »Wenn der Täter aus den Reihen der Softwareschmiede stammt, können wir ihn bei der Sichtung ausfindig machen. Gut denkbar, dass er jetzt in der Firma vor dem Computer sitzt und den Ahnungslosen spielt. Aber Schmauchspuren lügen nie.«

»Gute Idee, Mara«, lobte Hutnagl. »Geben Sie an Istel durch, dass wir bei der Sichtung ein besonderes Augenmerk auf die Leute von Ernst & Partner werfen.«

»Wie ist der Status?«, wandte sich Sabrina per Funk an Istel.

»Die Vortests laufen, bis jetzt aber noch ohne Ergebnis.«

»Waren Mitarbeiter von Ernst & Partner dabei?«

»Negativ.«

»Okay.« Sabrina hielt kurz inne. »Sag den Kollegen, dass die genauer zu untersuchen sind.«

»Verstanden.«

Hutnagl schnappte sich seinerseits das Funkgerät. »Wir brauchen Sie ohnedies gleich im Befehlskraftwagen. Fahren Sie in die Lange Gasse. Bei der Maueröffnung biegen Sie auf das Schulgelände ab. Halten Sie vor dem Haupteingang.«

Istel bestätigte den Funkspruch.

Birkner rückte sich die Brille zurecht. »Da fällt es mir wie Schuppen von den Augen. Es kommen nur Donhart und Fink infrage.«

»Und warum?« Sabrina befestigte die Funkgurke im Halfter.

»Erstens hat Donhart genug Zeit gehabt, unseren Herrn Direktor zu beobachten. Zweitens nannte ihn der Eindringling von heute früh *Todesernst*. Ebendiesen Spitznamen hatte er schon zu meiner Schulzeit. Markus hat ihn erfunden, und Norbert hat ihn in der Schülerzeitung verbreitet. Seither nennen die Zöglinge Professor Leopold Ernst so.«

»Hochwürden, so einfach ist es leider nicht«, sagte Hutnagl. »Da kommen einige Tausend Ex-Schüler in Betracht. Ebenso die aktuellen. Dann die Leute von all den Institutionen hier. Da haben wir noch keinen Einzigen ausgeschlossen.«

»Und drittens«, Birkner hob den Zeigefinger, »hat er dem armen Herrn Direktor, bevor er ihn erschossen hat, zugebrüllt: ›Den Freireflex habt ihr abgedreht!‹«

»Das macht die Liste der Verdächtigen nicht unbedingt kürzer«, warf Sabrina ein.

»Na bitte, meine Kinder«, widersprach Birkner. »So hieß damals unsere Schülerzeitung. Sie ist während meiner Zeit in unserem Bischöflichen Gymnasium nur drei Mal herausgekommen. In der letzten Ausgabe ist ein anonymer Schmähartikel erschienen, in dem unser Haus als ein KZ bezeichnet worden ist. *Todesernst vom Schul-KZ Graz* lautete die Überschrift. In unserer Klasse waren wir uns sicher, wer die Urheber dieser Posse waren: Denn Markus Donhart und Norbert Fink waren sauer, weil er sie angeblich heimlich im Lindenhof fotografiert hatte. Und da wäre noch was.« Birkner kratzte sich am Kopf. »Ich weiß nicht, ob ich Ihnen das sagen darf.«

»Wenn es der Klärung dient«, bemerkte Opitz.

»Es kursierte das Gerücht, die zwei seien ein schwules Pärchen. Professor Ernst soll es in die Welt gesetzt haben. Aber das kann ich mir beim besten Willen nicht vorstellen.« Seine Stimme überschlug sich. »Der Herr Direktor hat dieses Foto nie geschossen!«

»Zumindest haben wir jetzt eine erste Spur.« Aus dem Augenwinkel bemerkte Sabrina, wie Hutnagl hektisch auf seine Armbanduhr schaute. »Mich würde es nicht überraschen, wenn die Pistole auf Donhart oder Fink registriert wäre.«

»Das werden wir bald sehen. Der, auf den die Waffe registriert ist, kriegt von uns zuerst Besuch.« Hutnagl deutete auf die Tür des gläsernen Korridors. »Überlassen wir jetzt der Tatortgruppe das Feld.«

»Okay.« Sabrina folgte Hutnagl und den anderen aus dem Lindenhof. Nach wenigen Schritten erreichten sie die Eingangshalle.

»Bitte begleiten Sie denn Herrn Kaplan zurück zur Pädagogischen Hochschule«, wandte sich Hutnagl an den Amtsarzt. »Die Kollegen sollen ihm dort im Turnsaal die Fingerabdrücke abnehmen und einen Mundabstrich machen.«

Birkner nickte. Er griff in die Hosentasche und holte seine Geldbörse hervor. »Falls Sie mich später noch etwas fragen wollen, stehe ich Ihnen selbstverständlich zur Verfügung.« Er zog zwei Visitenkarten heraus und reichte sie Hutnagl und Sabrina. »Sie dürfen mich jederzeit anrufen.«

»Wir kommen gerne darauf zurück.« Sabrina steckte die Karte in ihre Blusentasche und hoffte, dass es dazu nicht kommen würde.

Der Doktor tippte Pater Benedikt auf die Schulter und deutete zu dem schwarzen Glaswürfel am Ausgang. »Gehen wir.«

»So, meine Ladys, ihr könnt hier oder draußen auf mich warten. Ich muss mal für kleine Jungs.« Hutnagl steuerte auf die Damentoilette zu.

Sabrina und Opitz tauschten verwunderte Blicke aus.

***

Phase drei stand an.

Langsam wurde es Zeit, zu Fuß das Grundstück der Studentenverbindung zu verlassen. Das Fahrrad ließ er bewusst am Zaun angelehnt zurück. Falls die Polizei nach ihm fahndete und das Rad entdeckte, gewann er wertvolle Zeit. Er grinste bei der Vorstellung, wie die Cobra in die Bude eindrang, sie auf den Kopf stellte und nur ihre Energie verschwendete.

Bergab lief es sich viel leichter als bergauf. Eine sanfte Brise massierte sein Gesicht. Der Geruch des Frühsommers drang ihm in die Nase. Seit er als Todesritter auf die Siegerstraße gewechselt war, marschierte er mit

Rückenwind durch die schmucken Villen von Sankt Leonhard. Ein Bürgerhaus erstrahlte im Sonnenschein. Was für ein Tag!

Eine Polizeisirene im Hintergrund störte seine Gedanken. Er stoppte, eilte zur Eingangstür eines Cafés und duckte sich.

Horchte.

Hatten sie das Foto entdeckt? Hatten Sie die Waffe schon gefunden? Wussten sie, wer Todesernst hingerichtet hatte? War die Treibjagd auf ihn eröffnet? Im Radio hatten sie nur vage von einem männlichen Täter gesprochen, doch das dürfte sich jeden Moment ändern. Aus der Hosentasche zog er ein Taschenradio, das er bei Siemens im Mitarbeiterladen gekauft hatte. Wie herrlich, dank alter Technik unabhängig von einem Handy zu sein. Niemand konnte ihn leicht und mühelos orten.

Er lauschte.

Kein Martinshorn weit und breit. Zumindest suchten sie in dieser Gegend nicht nach ihm. Er setzte seinen Marsch fort. Zweihundert Meter fehlten ihm noch bis zur Straßenbahnhaltestelle.

Er entwirrte die Kabel der Kopfhörer. Als er die Hörer in die Ohren steckte, spielten sie einen Hit von Robbie Williams.

Der Sänger verstummte. Das Lied klang mit den letzten Takten aus. »Antenne Steiermark hat das Programm geändert. Wir informieren Sie laufend und aktuell über den Amoklauf im Bischöflichen Gymnasium. Unser Reporter Norbert Fink hat vor Ort mit einem Schüler gesprochen, der den Mord im Lindenhof miterlebt hat.«

»Spart euch die blöden Plakate mit dem ›Warum?‹«, zitierte der Jugendliche den Todesritter, um dann seinen Senf dazuzugeben:

»Dass diese Amokscheiße ausgerechnet hier im Bischgym passieren muss.«

Das Kind hat null Ahnung!

»Norbert Fink ist für uns weiterhin vor Ort«, sagte die Moderatorin nach der Einleitung. »Hallo, Norbert, gibt es etwas Neues?«

»Die Evakuierung ist in vollem Gange. Die Polizei hat uns bestätigt, dass es bei einem Opfer geblieben ist. So schlimm das auch ist, haben alle Lehrer und Schüler Glück im Unglück gehabt. Sie sind mit dem Schrecken davongekommen. Die Pressekonferenz wurde jedoch um eine halbe Stunde verschoben. So, wie es aussieht, dürfte es eine unerwartete Entwicklung geben. Wir melden uns, sobald wir mehr darüber wissen.«

Der Todesritter wusste, was es mit der unerwarteten Entwicklung auf sich hatte. Wahrscheinlich dauerte es nur noch Minuten, bis sie zur Treibjagd bliesen. Tauchstation war angesagt. Und zwar dalli.

Eine Straßenbahn tauchte vor seiner Nase auf und glitt an ihm vorbei. Wenn er sich sputete, konnte er sie erreichen. Er rannte, was das Zeug hielt, aber die Stadtbahn entfernte sich. Gott sei Dank verzögerte sich ihre Fahrt. Nun zwangen ihn die Studentinnen vor der Kunstuni zu einem Slalom. Da schloss er zur Bim auf. Wie zum Hohn setzte sie sich in Bewegung und blieb kurz darauf stehen. Zur Haltestelle war es nicht mehr weit. Wenn er das Letzte aus sich herausholte, konnte er es schaffen. Er zog die Luft ein, aktivierte seine Reserven und hetzte auf den Straßenbahnzug zu. Mit

Müh und Not gelang es ihm, den roten Knopf an der Tür zu drücken.

Er hüpfte in den Waggon und taumelte keuchend zu einem freien Sitz. Allmählich verschwand das Stechen in seinen Lungen.

Ein leichter Ruck folgte.

Der Einser fuhr los. Das rhythmische Knattern der Räder auf den Schienen wirkte fürs Erste entspannend. Die Reise zum Stützpunkt, wo ihn niemand finden konnte, hatte begonnen.

Nach einer Kennmelodie kündigte eine weibliche Stimme die kommende Station an.

Eine Seniorin stieg ein. Ihm sprang die Mähne ins Auge, die sie zu einem Haarkranz geflochten hatte. Die alte Dame erinnerte ihn an ein Konzert der Ersten Allgemeinen Verunsicherung, wo der Sänger zwischen zwei Songs den Sketch mit Rapunzel zum Besten gegeben hatte: »Doch als ihr Haar zu Boden hing, war sie eine alte Runzel.«

Die Runzel ging auf den Rentner zu, der dem Todesritter gegenübersaß. Dessen dicke Hornbrille aus vergangenen Zeiten passte gut zu dem Opa. »Servus!«, sagte sie gedrückt und nahm neben ihm Platz.

»Martha! Schon ewig nimmer gesehen.« Hornbrille hielt inne. »Was ist denn los?«

»Im Bischöflichen hat es einen Amoklauf gegeben.«

»Was? Um Gottes willen!«

»Ich mache mir solche Sorgen um meinen Enkel.«

»Hast du denn noch nichts gehört von ihm?«

Die Runzel schüttelte den Kopf. »Hoffentlich ist ihm nichts passiert.«

Hornbrille griff nach ihrer Hand. »Er wird sich bestimmt bald bei dir melden.«

Sie seufzte. »Dein Wort in Gottes Ohr!«

Am liebsten hätte er ihnen mitgeteilt, dass alles in Ordnung war. Er lächelte den Senioren zu. Es lief absolut nach Plan.

Ein Piepsen kam aus der Handtasche der Runzel. Sie kramte herum, holte ihr Handy heraus, fummelte daran und atmete auf. »Rupert ist in Sicherheit.«

»Gott sei Dank!«, bemerkte Hornbrille.

»Der Mörder soll den Direktor erschossen haben«, meinte die Runzel. »So ein netter Herr. Was der geleistet hat. Immer trifft es die Falschen.«

»Das war bestimmt irgendein Schüler!«, sagte Hornbrille. »Nichts lernen, bei der Prüfung durchfliegen und dafür gleich Amok laufen. Den würde ich heute noch an die Wand stellen.«

Was wussten die über das angebliche Opfer? Nix! *Todesernst*, dieser Sadist, gab nie Ruhe, wenn er Leben zerstörte. Er, ein Todesritter von Graz, hatte das im Gegensatz zu den Rentnern leidvoll am eigenen Leib erfahren.

»Könnte es sein«, provozierte er die Senioren, »dass es vielleicht doch den Richtigen erwischt hat?«

Die Runzel starrte ihn mit offenem Mund an. Hornbrille fixierte ihn mit scharfem Blick. »Wie können Sie es wagen, so etwas gutzuheißen?«, bellte er ihn an.

»Ich finde das ja auch schrecklich, was den Kindern passiert ist.«

»Und der Mord ist für Sie in Ordnung?«, wetterte Hornbrille. »Ich bin entsetzt!«

»Ich meine«, bemerkte der Todesritter, »dass wir uns auch nach dem Warum des Täters fragen müssen.«

»Das hättet ihr linkslinken Gutmenschen gern. Wir sind viel zu nett zu den Verbrechern. So einer gehört an die Wand gestellt«, sagte Hornbrille. »Da gibt's überhaupt nichts zu diskutieren.«

»Ich kann verstehen, wenn Sie es so sehen. Aber manche Lehrer machen den Schülern das Leben zur Hölle. Und zwar ganz bewusst. Es könnte durchaus sein, dass dieser feine Herr Direktor Spaß daran hatte, seine Opfer zu quälen.«

»Kannten Sie ihn etwa?«, fragte die Runzel.

»Sollte ich?«, log der Todesritter und schmunzelte.

»Ich schon!« Die Runzel hob für einen Moment ihren Zeigefinger, sodass ihr Rubin im Sonnenlicht funkelte. »Ich habe selten einen so charmanten Herrn kennengelernt. Ich bin anstelle meiner Tochter zu seiner Elternsprechstunde gegangen. Einen David im Glashaus hat Professor Ernst den Rupert spitzbübisch genannt. Ich habe das so herzig gefunden.«

Die Runzel hatte keinerlei Ahnung, wovor der Todesritter das Enkelkind gerettet hatte. Wen *Todesernst* so bezeichnete, den hatte er auf dem Kieker.

»Ich bin froh, dass er in Sicherheit ist«, bemerkte der Todesritter. »Es hätte viel schlimmer kommen können.«

»Da haben Sie wohl recht.« Die Runzel nickte ihm zu.

Er grinste. »Ich glaube, er hat ein Riesenglück gehabt. Ich will nicht den Teufel an die Wand malen, doch möglicherweise hat dieser Direktor auch Sie hinters Licht geführt.«

»Das kann ich mir nicht vorstellen!«, entgegnete Hornbrille.

»Gab es in Ihrer Schulzeit keine schwierigen Lehrer?«, fragte er.

»Diejenigen, bei denen wir uns vor Angst in die Hose gemacht haben«, Hornbrille ballte die Faust und streckte den Zeigefinger, »die waren die besten. Wir haben sie zwar verflucht, aber die haben uns was beigebracht!«

Der Todesritter warf einen Blick aus dem Fenster. Die Äste der Laubbäume im Stadtpark wehten sanft im Wind. Die beiden Alten hatten keinerlei Ahnung, worum es ging.

»Jakominiplatz, zentraler Umsteigepunkt«, kündigte die Tonbandstimme die nächste Station an. »Central Transfer Point.«

»Werte Fahrgäste, bitte benutzen Sie für die Linien vier und fünf in Richtung Andritz den Schienenersatzverkehr«, gab die knarzige Stimme des Fahrers bekannt.

»Das liegt am Amoklauf«, bemerkte die Runzel.

»Kann durchaus sein.« Der Todesritter zeigte ein Lächeln. Sein Name würde bald für einen heilsamen Schock nicht nur bei den Rentnern sorgen. Noch war jedoch nicht die Zeit gekommen, ihn zu offenbaren.

Die Straßenbahn fuhr durch die Gleisdorfer Gasse. Wenig später tauchte die Lichtung im Häuserwald auf. Es quietschte. Die Bahn stoppte vor den Markthäuschen.

»Was machen Sie beruflich?«, wollte die Runzel wissen.

»Ich bin Stadtführer. Da erlebt man so einiges. Unlängst hatte ich am Schlossberg eine Führung mit einer

Schulklasse. Da hat sich der Moralverfall in unserer Gesellschaft deutlich gezeigt!«

»Weit haben wir es gebracht«, seufzte Hornbrille. »Kein Wunder bei dieser Kuschelpädagogik. Wenn es nicht klappt, wie sie es sich in den Kopf gesetzt haben, bringen sie ihre Lehrer um.«

»Entsetzlich!« Die Runzel nickte.

Die Bim fuhr wieder. Kurz darauf glitt sie an der Säule der heiligen Maria vorbei.

Das Landhaus der Steiermark tauchte im Straßenbahnfenster auf. Das Rathaus folgte. Der Todesritter stand auf. »Ich steige jetzt aus.«

»Wünsche Ihnen einen schönen Tag«, verabschiedete sich die Runzel.

»Alles Gute«, gab Hornbrille ihm mit auf den Weg.

»Danke!« Der Todesritter lächelte. Glück konnte er bei seiner Mission gebrauchen. Er verließ die beiden skurrilen Alten. Die Bronzestatue des Brunnendenkmals grüßte ihn. Unter den Arkaden des barocken Hauses spielte ein Straßenmusikant steirische Melodien. »Wo i geh und steh, tuat mir mei Herz so weh«, sang er den Erzherzog-Johann-Jodler mit. Bald würde man ihm die gleiche Ehre wie jenem Herrscher erweisen. Im Bischöflichen Gymnasium hatte er Geschichte geschrieben. Niemand ahnte, dass dies erst der Anfang seiner historischen Leistung war.

09:32 UHR

»Warten wir draußen«, schlug Opitz vor. »Frische Luft täte meinem Kopf gut.«

Sabrina schmunzelte. Sie folgte ihr aus dem Foyer durch den Glaskasten ins Freie. Dabei schien die Last auf ihren Schultern nachzulassen. »Markus Donhart und Norbert Fink«, murmelte sie. »Einer von den beiden war's.«

»Den Fink kenne ich von Antenne Steiermark.« Aus ihrer Handtasche holte Opitz eine Packung Nikotinkaugummis. »Ich bin mir sicher, dass er irgendwo in der Nähe herumschwirrt.«

»Gut möglich.« Sabrina ließ die Brise auf sich wirken. »Der Kaplan dürfte mit seinem Verdacht recht haben. Ich tippe auf Donhart.«

Die Staatsanwältin drückte das Kaugummidragee aus dem Verpackungsstreifen. »Ich tippe eher auf Fink. So als Schrei um Aufmerksamkeit. Er bringt den Direktor um und macht einen auf Amoklauf. Dann mischt er sich rechtzeitig unter die Reporter, um über das Entsetzen zu berichten. So wie ein Brandstifter bei der Freiwilligen Feuerwehr am eifrigsten beim Löschen hilft.«

»Genauso denkbar.« Sabrina folgte ihr zu dem Bereich, den die Kollegen auf dem Vorplatz vor der Turnhalle für die Einsatzkräfte ausgeflaggt hatten.

Sabrina hob das eingetütete Foto hoch. »Irgendwie ist das gruselig.«

»Was?«

Sie drehte die Fotografie auf die Rückseite und deutete auf ein bestimmtes Wort im Kauderwelsch. »Mit dem Māra könnte er mich meinen.«

»Oder auch nicht.« Opitz kaute. »Sieht so aus, als ob der Löwe und der Ährenkranz später zu dem Vers dazugekommen seien. Ich glaube, vom Täter gezeichnet.«

Sabrina nickte. »Dass er sich nur darauf bezieht? Und der Rest irrelevant ist?«

»Wäre möglich, oder?«

»Dann müssen wir rauskriegen, was der Löwe und der Ährenkranz zu bedeuten haben.«

»Das ist euer Job. Und natürlich ist die Sprache zu identifizieren und der Vers zu übersetzen.«

»Können Sie bitte das Foto hochhalten? Ich will den Vers abfotografieren und ihn an die Dolmetscher schicken.«

»Gern.« Die Staatsanwältin übernahm die eingetütete Aufnahme und hielt ihr die Rückseite hin.

Sabrina zückte das Smartphone und lichtete mit der Handykamera den fremdartigen Vierzeiler ab. Sie tippte im Display auf das Foto und aktivierte die App zum Versenden der E-Mails.

»Liebe Kollegen«, schrieb sie im Telegrammstil. »Sind im Mordfall Direktor Leopold Ernst darauf gestoßen. Vermuten Botschaft des Täters. Sprache baldmöglichst identifizieren und Übersetzung an mich schicken. Bitte Symbol klären. Vielen Dank.«

Sabrina gab die Adresse der Dolmetscher ein und sandte die E-Mail auf die Reise.

Aus dem Schulgebäude tauchte Hutnagl auf und ging auf sie zu. »Offensichtlich ist Istel noch nicht da«, sagte er. »Mir geht so einiges durch den Kopf, meine Damen.

Ich muss meine Gedanken sortieren und werde mir mal kurz die Füße vertreten.«

***

Die gläserne Liftkabine verlangsamte ihr Tempo. Sie stoppte. Das Motorengeräusch verstummte, die Türen glitten auseinander. Der Todesritter stieg aus dem Aufzug und sah sich um. Er sog die Luft ein. Einige Schritte später erreichte er die massive Eingangspforte seiner Festung, sperrte sie auf und trat über die Schwelle in das Innere des altehrwürdigen Gemäuers. Die schwere Holztür fiel hinter ihm ins Schloss.

Er verschloss sie und atmete durch. Das finale Refugium hatte er nun betreten. Feierlich marschierte er die alte Treppe hinauf und warf einen Blick in das einzige Zimmer im ersten Stock.

Ein Ungetüm aus Zahnrädern und Ketten füllte nahezu den gesamten Raum aus. »Mich hat Sylvester Funck, Bürger und Hofuhrmacher, in Graz anno 1712 gemacht und im Monat August gefertigt«, stand auf einer Metallplakette.

Bisher war es nicht nur nach Plan, sondern wie ein Uhrwerk gelaufen. Er war endgültig in der Hauptbasis auf Tauchstation. Nun konnte niemand mehr die Mission zunichtemachen.

Es knatterte. Die Räder drehten sich. Es raschelte, dann knackte es erneut. Es galt, sich in Geduld zu üben, bis er den Triumph genießen durfte.

Was für ein traumhafter Tag!

Bis gestern waren alle Projekte vom Pech durchzogen, das *Todesernst* in sein Leben geschmiert hatte. Damit war jetzt Schluss. Das Schwein hatte als Erster den Preis für all die Gemeinheiten bezahlt.

Es lief fantastisch!

Er, ein Todesritter von Graz, marschierte zum Fenster und sah auf die Stadt hinab, die ihm zu Füßen lag. Die Sonne schien über den Häusern, kein Wölkchen trübte den Himmel, und es herrschte Windstille. Die Witterung konnte nicht besser sein.

Welch herrliches Gefühl, das Uhrenzimmer wieder zu verlassen. Er schwebte die Treppe hinauf in die wahre Basis. Er öffnete die eiserne Tür und überquerte die Schwelle in das Innerste seines Reiches.

An den Wänden hatte der Todesritter prall gefüllte Säcke positioniert, die ihn im Fall des Falles beschützten. Aus einer Spalte des Stapels zog er eine Glaskugel heraus und schüttelte sie.

Das Wasser des Todes.

Die durchsichtige Flüssigkeit bedeutete die ultimative Versicherung. Wenn die Cobra das Gebäude stürmte, wartete nicht nur auf die Polizei das blaue Wunder von Graz.

Grinsend sah er sich in der Kommandozentrale um. In dem schmalen Zimmer würde er notfalls im letzten Gefecht den Heldentod sterben. Auf dem Couchtisch vom Flohmarkt lag die schlüsselanhängergroße Fernsteuerung der Alarmanlage. Ein Druck auf das Symbol eines Vorhangschlosses reichte aus, um die Anlage zu aktivieren. Ein Surren aus der Zentralstation meldete, dass er sie scharfgeschaltet hatte.

Ihm blieb ein Weilchen bis zum nächsten Missions-
auftrag. Niemand ahnte, wo die Tauchstation des To-
desritters lag. In den Picknicktaschen bewahrte er Proviant für eine Woche auf. In der Metallkiste lagerten
mehrere Liter Mineralwasser. In den Minikühlschrän-
ken bunkerte er nicht nur Bier und Energydrinks, sondern auch Amphetamin für die kommende Zeit.

Genüsslich zog er sich das T-Shirt aus, löste den Geldgürtel vom Bauch und legte ihn auf den Tisch. Er schaltete den Radiowecker ein. Ein alter, aber feiner Hit trällerte aus dem Apparat. Hatte Norbert seinen Kollegen
gesteckt, dass es sich um das Lieblingslied der Todesritter handelte?

Egal.

Jetzt galt es, bei kühlem Hopfentee zu chillen. Er
bückte sich, öffnete die Tür des Eisschranks und holte
sich die Dose heraus. Mit der Büchse in der Hand ließ
er sich auf die Korbbank fallen und warf die Füße auf
den Korbsessel daneben. Ein Zischen begleitete das Öffnen der Büchse. Der herbe Geschmack auf der Zunge
vertiefte die Entspannung.

09:37 UHR

Hutnagl marschierte den Pflasterweg, der parallel zur Turnhalle verlief, entlang. Wenige Meter später bog er nach links auf einen Schotterpfad ab. Nach gut zwanzig Schritten erreichte er die überdachte Marienstatue, die nach wie vor an ihrer angestammten Stelle im Schulpark stand.

»Mater nostra«, verkündete die blutrote Inschrift auf dem mannshohen Sockel.

»Unsere Mutter«, übersetzte er still.

Er blickte zur Mutter des Heilands auf. Das Jesuskind ruhte in ihren Händen. Es hatte Mittel- und Zeigefinger ausgestreckt. Gemeinsam mit ihr strahlte es göttliche Würde aus.

Meerstern, ich dich grüße,
o Maria, hilf!

Während der Fastenmesse war es im Lindenhof zur größten Übeltat in der Geschichte der Schule gekommen. Der Frevler hatte dem Augustinum eine gewaltige Wunde zugefügt.

Trösterin in Leiden!
o Maria, hilf!

Sowohl das Foto als auch das Video, das Hutnagl sich auf der Toilette auf dem Handy angesehen hatte, barg Sprengstoff. Enorm viel Dynamit.

Rose ohne Dornen,
o Maria, hilf!

Die Sache drohte, wesentlich weitere Kreise zu ziehen. Schlimmstenfalls stürzte der Mörder selbst Mutter Kirche in die schwerste Krise aller Zeiten. Es galt, nicht nur den Frevler zu verhaften, sondern darüber hinaus Schaden von den Dienern Jesu abzuwenden. Genau darum hatte es sich in der Videobotschaft gedreht. Es gab keine Zweifel mehr daran, was die Todesritter von Graz wollten. Einer der Schächer hatte sich offen zur Untat bekannt. Dessen Hass auf Jesus und Maria war im Clip durch die Schändung der Basilika zu Mariatrost klar zutage getreten.

Gnädig uns zuneige,
o Maria, hilf!
Maria, hilf uns allen aus unserer tiefen Not!

Hutnagl schloss die Augenlider.

»Herr«, betete er. »*Nimm den geschätzten Direktor Leopold Ernst bei dir auf. Schenke ihm Trost. Lindere das Leiden seiner Familie. Bitte hilf uns, die Todesritter rasch zu fassen. Ich flehe zu dir: Zeige mir einen Weg, wie ich meine Brüder im Herrn schützen kann.*«

Hutnagl öffnete die Augen.

»*Außerdem*«, setzte Hutnagl das Gebet fort, »*weiß ich nicht, wie ich meine Leute einsetzen soll. Ich bin mir sicher, dass Satan auch Sabrina Mara benutzen will. Wenn ich sie nach Markus Donhart fahnden lasse, wird sie früher oder später deinen Soldaten schädlich werden. Sollte ich sie auf Fink ansetzen, erst recht. Jesus, bitte sag mir, was das Klügste wäre.*«

In seinem Kopf herrschte ratlose Leere. Er musste tiefer in seiner Seele kramen. Mithilfe des Exerzitiums vom guten und bösen König hatte er oft Antworten auf schwierige Lebensfragen erhalten. Auf dem Jakobsweg hatte er diese geistige Übung vor 37 Jahren von seinem Mentor gelernt.

Hutnagl begann jene Meditation, indem er sich im Geist in das Heerlager des edlen Herrschers versetzte. Auf einem Hügel stand Christus auf vornehmem Rosse reitend. Sein Knappe hielt das blaue Heerbanner, auf dem der Edelmut das Wappen zierte. Laut ertönte der Appell des Herrn in das Tal. Bäume, Sträucher, Flüsse, Wiesen und alle Menschen erzitterten. Sein Versuch, die Ansprache des Heerführers zu verstehen, scheiterte aber.

Ihm blieb nur die Alternative, sich in Gedanken in das Hauptquartier Satans zu begeben. Wenn er den Befehl des Teufels hörte und das Gegenteil davon umsetzte, erfüllte er auch den Willen des Allmächtigen. Der Höllenfürst saß auf einem Flammenthron, seine Pracht strahlte über den Stützpunkt hinaus in die Gemeinde des Verderbens. Grausige Gestalten rund um ihn schworen Treue und Tapferkeit im Kampf gegen den Menschensohn. Sie wollten sämtliche Landstriche und Städte besuchen und keinen Menschen auslassen. Bei jedem Satz stieß der Widersacher Christi eine Stichflamme aus und die Dämonen suhlten sich in dem Feuer. Ihr Geschrei erinnerte an das Gekreische der Reporter während einer Pressekonferenz. Unmöglich, Luzifers Anordnungen zu vernehmen.

Hutnagl kehrte innerlich in das Lager des guten Königs zurück. Stille breitete sich in ihm aus. Endlich empfing er Jesu Worte: »*Möge Sabrina Mara nach Rainer Donhart fahnden!*«

»*Folge dem Rat meines Sohns!*«, schien die Muttergottes zu bekräftigen.

Es war ein offenes Geheimnis, dass ebenjene Frau Kollegin vom atheistischen Hass auf Mutter Kirche zerfressen war. Bei ihr war jederzeit mit einer Gemeinheit wider den Diener Gottes zu rechnen. Da war es das Klügste, sie sowohl vom Augustinum als auch von den anderen Knechten des Herrn so weit wie möglich fernzuhalten. Wenn er sie mit dem Bruder beschäftigte, konnte er sich halbwegs ungestört um den Frevler und den Komplizen kümmern.

»Jesus, ich danke dir.« Hutnagl bekreuzigte sich. *»Stehe dem Bischöflichen Gymnasium in dieser schweren Stunde bei. Lass es nicht an jener Freveltat zerbrechen. Gib den Professoren und Präfekten die Kraft für einen Neubeginn. Schenke den Eltern und ihren Kindern frisches Vertrauen.«*

Hutnagl drehte sich um. Er lächelte. Der Einsatzleitwagen fuhr durch die Maueröffnung und stoppte vor dem Haupteingang. Der Allmächtige hatte für ein perfektes Timing gesorgt.

09:44 UHR

Der Herr ist mein Hirte, nichts wird mir fehlen!

Kurt Hutnagl lächelte. Jesus hatte sein Gebet erhört und ihm den Rücken gestärkt. Gott hatte ihn wie König David in der Bibel auf den richtigen Pfad geleitet. Angenehme Wärme breitete sich in seinem Bauch aus. Er betrat den Einsatzleitwagen und setzte sich an den Besprechungstisch. Sabrina Mara ließ sich neben Staatsanwältin Opitz nieder.

Hutnagl sah in die Runde. »Meine Damen, ich erwarte absolutes Stillschweigen. Bevor es blöden Tratsch gibt, sollte jedem hier klar sein, welche Toiletten man am Tatort nicht benutzt. Nur so zur Erinnerung: Wir haben eine Sporttasche samt alter Munition und Bombenattrappe auf dem Herrenklo gefunden.«

Sabrina Mara und die Staatsanwältin schwiegen. Ihre Gesichter sprachen für sich. Hutnagl beschloss, das Thema zu wechseln. »Was wissen wir über Markus Donhart und Norbert Fink?«

»Ich google mal.« Istel klappte das Notebook auf und tippte auf der Tastatur. Auf dem Bildschirm poppten zwei Fenster auf. Gleich darauf erschienen die Ergebnislisten zu den Verdächtigen.

»Sieht auf den ersten Blick nicht sonderlich interessant aus«, kommentierte Hutnagl Istels Scrollen durch die Links. »Aber wir müssen sie uns natürlich schon genauer anschauen. Haben wir vielleicht was Konkreteres über die?«

Istel öffnete das polizeiliche Informationssystem. »Den Fink von Antenne Steiermark kenne ich und den gibt es auch in unserer Datenbank.«

»Lass uns sehen«, bat Opitz.

Istel drehte den Computer, sodass alle auf den Monitor schauen konnten. Ein Mann im mittleren Alter blickte Hutnagl entgegen. Seine Haarpracht sah aus, als wäre ein kleiner Tornado hindurchgefegt. Eine Nickelbrille umrahmte die hellblauen Augen.

»Hausfriedensbruch, Ausspähen von Betriebsgeheimnissen, versuchter widerrechtlicher Zugriff auf Computersysteme und üble Nachrede«, las Istel aus der elektronischen Akte vor. Er nahm den Rechner zu sich und tippte auf der Tastatur. »Im Strafregister steht aber nichts.«

»Sind auch keine Offizialdelikte«, erklärte die Staatsanwältin.

»Wie sieht es bei Markus Donhart aus?« Sabrina Mara schnappte sich das Smartphone.

»Moment.« Istels Finger glitten über die Tasten. »Der ist blütenrein.«

»Der Klassiker.« Sabrina Mara legte ihr Handy auf die Tischfläche. »Niemand traut ihm eine Straftat zu. Der ruhige Typ von nebenan. Doch dann bricht der Vulkan aus. Wir müssen unbedingt rausfinden, welche Botschaft auf dem Foto steht. Deshalb habe ich in der Zwischenzeit die Dolmetscher darüber informiert.«

»Mensch, Mara!«, fauchte Hutnagl. »Ich habe Ihnen im Lindenhof schon gesagt, dass wir uns nicht verzetteln dürfen.«

Sabrina Mara schnaufte. »Ich will der Presse nicht erklären müssen, dass wir das Offensichtliche übersehen haben.«

»Das brauchen Sie auch nicht!«, konterte Hutnagl. »Dafür ist noch immer der Pressesprecher zuständig. Und jetzt möchte ich wissen, wie es mit dem wirklich Wichtigen ausschaut. Also?«

»Moment.« Sabrina Mara tippte auf ihrem Handy herum.

Hutnagl seufzte. »Eigentlich sollten Sie Deutsch können. Was habe ich gesagt? Istel, können Sie bitte im ZWR nachschauen?«

»Kleinen Moment. Ich logge mich ein.« Istel zauberte die Maske des Zentralen Waffenregisters auf den Bildschirm. »Was wissen wir über die Waffe?«

»Mara, hoffentlich haben Sie wenigstens die Daten zur Pistole notiert.« Hutnagl zog die Kautabakdose aus seiner Sakkotasche.

»Ich suche gerade die Notiz. Ja, ich habe sie.«

»Also.« Hutnagl holte einen Tabakwürfel heraus und ließ ihn in seinem Mund verschwinden.

»Walther P38, 480er-Serie, der Schriftzug ist in den Griff aus Eichenholz gestanzt. Seriennummer: 1934.«

Istels Finger rasten über die Tastatur. »Captain, da haben wir was. Registriert auf Markus Donhart, wohnhaft in der Grillparzerstraße 77, 8010 Graz.«

»Das ist ja ganz in der Nähe.« Ein übler Verdacht formte sich in Hutnagls Kopf.

»Wer ist in dem Objekt noch gemeldet?«, fragte die Staatsanwältin.

»Moment«, Istel tippte. »Ja, ist ja interessant. Da haben wir auch einen Rainer Donhart.«

»Ist sein Bruder«, informierte Hutnagl den Techniker.

»Sonstige Familienmitglieder?«, wollte Sabrina wissen.

»Mal schauen, was das Grundbuch zur Grillparzerstraße 77 sagt.« Istel klopfte ein paar Befehle in die Tastatur. Vom Bildschirm verschwanden manche Fenster, um Platz für andere zu machen. In einer Fläche zogen die Zeilen in altmodisch anmutenden Buchstaben über den weißen Hintergrund. »Spannend, das ganze Haus gehört einem Johannes Donhart.«

Hutnagl nickte und verschränkte die Arme. »Sieht so aus, als ob die ganze Familie darin wohnt. Wir werden also allen Wohnungen dort einen Besuch abstatten. Es wäre hilfreich, wenn wir dafür ein Familienmitglied als Zeugen auftreiben könnten.«

»Ich denke an Rainer Donhart.« Sabrina Mara wischte mit den Fingern über das Display ihres Handys. »Laut Birkner hat er eine Traumkarriere hingelegt, und Markus hat ihn ein habgieriges Karriereschwein genannt. Falls es ein Rachefeldzug ist, dann kann er es auch auf Rainer abgesehen haben. Läuft's ganz blöd, kriegen wir einen Amoklauf bei Frinis Consulting.«

»Durchaus drinnen«, bemerkte die Staatsanwältin.

»Gute Idee, Mara«, wandte Hutnagl sich an seine Mitarbeiterin. »Machen Sie mir den bitte ausfindig. Melden Sie sich bei mir, sobald Sie ihn erreicht haben.«

Sabrina Mara nickte. »Wird gemacht.«

Hutnagl sah zum Dach des Einsatzleitwagens und dankte dem Herrn. Es lief wunderbar. »Nehmen Sie sicherheitshalber Frau Brandstätter von der VG Süd mit, wenn Sie ihn abholen«, riet er ihr.

»Okay.«

Hutnagl nahm den Deckel in die Hand. »Istel, können Sie sein Mobiltelefon orten?«

»Haben wir seine Nummer?«, fragte Sabrina.

»Der Name reicht schon.« Der Kriminaltechniker gab Markus Donhart auf www.telefonabc.at ein. Abermals bestätigte sich die Adresse Grillparzerstraße 77. Einen Klick später tauchte die Telefonnummer auf dem Bildschirm auf.

»Da haben wir Gefahr im Verzug«, stellte die Staatsanwältin fest. »Orten Sie dieses Handy.«

»Jetzt sollte es kein Problem sein.« Istel klopfte ein paar Befehle in den Laptop. »Sieht gut aus«, sagte er nach sechzig Sekunden. »Es hat sich gerade mit höchster Qualität beim Sendemast am Ende der Grillparzerstraße eingeloggt.«

»Sehr gut.« Hutnagl verschloss die Dose. »Die Cobra wird das Zielobjekt observieren. Falls sie Markus Donhart vor jenem Gebäude antrifft, wird sie ihn auf der Stelle festnehmen.«

Hutnagl schaute auf die Uhr und erschrak. Die Pressekonferenz startete in fünf Minuten. »Um Fink werde ich mich jetzt kümmern. Ich werde ihn genau beobachten. Sollte sich mein Verdacht erhärten, werde ich drei Mal auf das Pult klopfen. Istel, falls Sie ihn entdeckt haben, zwinkern Sie mir diskret zu. Observieren Sie ab dann diesen Herrn.«

»Aye, Captain.« Istel strahlte über das ganze Gesicht.

»Dann beamen Sie sich in die Kreuzgasse.« Hutnagl war stolz auf den Einfall, diesmal bei Istels Rollenspiel mitzumachen. »Beruhigen Sie den Pressesprecher. Sagen Sie ihm, dass ich noch ein paar Kleinigkeiten erledigen muss, aber dass ich jeden Moment zu ihm stoßen werde. Das Statement soll er machen. Mit folgenden Eckpunkten: Mord am Direktor während der Morgenmesse. Täter ist flüchtig. Vor allem das besonnene Verhalten der Verantwortlichen loben.«

»Alles klar.« Istel verließ den Einsatzleitwagen.

»Und ich besorge euch die nötigen Durchsuchungsbefehle«, versprach Opitz.

»Danke.« Hutnagl lächelte. Das nächste Telefonat würde er aus gutem Grund nicht vor Sabrina Mara führen. Für das Gespräch mit Axel Kleingott eignete sich die Halle hinter dem Seiteneingang des Bischöflichen Gymnasiums besser.

»Also«, sagte Hutnagl und rieb sich die Hände, »gehen wir's an.«

ZWEITER TEIL

Sobald der Mensch entscheidet, dass alle Mittel recht sind, um ein Übel zu bekämpfen, unterscheidet sich die Absicht nicht mehr von dem Übel, das es zu zerstören galt.
(Christopher Dawson)

10:00 UHR

In der Meldedatenbank suchte Sabrina nach Donhart. Wie erwartet tauchte der Name mehrfach auf. Den Eltern gehörte eine Zementfabrik in Fürstenfeld. Renate, die verheiratete Schwester der Gebrüder Donhart, wohnte in Wien. Vor wenigen Tagen hatte Rainer Donhart seinen neuen Hauptwohnsitz am Ruckerlberg angemeldet. Die Notiz im Informationssystem verriet, dass er die Prozesse für die Abteilungsgruppe I/B modelliert hatte. Zum Glück hatte man im Anschluss an das Projekt die Kontaktdaten gespeichert. Sabrina tippte die Nummer ins Handy und wartete auf das Gespräch.

Endlich klickte es. »Sie sprechen«, meldete sich eine angenehme Stimme, »mit der Mobilbox von Diplom-Ingenieur Rainer Donhart. Ich bin zurzeit leider nicht erreichbar. Sobald ich kann, werde ich Sie zurückrufen. Sie können mir nach dem Signalton eine Nachricht hinterlassen.«

Mist!

»Sabrina Mara, Landeskriminalamt Steiermark«, sagte sie nach dem Piepton. »Bitte rufen Sie uns dringend zurück.«

Der Link in der Polizeidatenbank führte zu dem Profil auf der Businessplattform Xing. Rainer Donhart hatte für den Master an der TU Graz zehn Semester gebraucht. Die erste Station hieß Bain & Company. Vor etwa acht Monaten war er von der renommierten Beratungsfirma in das jetzige Unternehmen gewechselt. Doch die Plattform verheimlichte ihr den aktuellen

Arbeitgeber mit dem Hinweis, dies sei nur für Rainers Kontakte und deren Kontakte sichtbar.

Sabrina googelte Rainer Donhart. Mit dem Klick auf den zweiten Eintrag landete sie auf der Website, auf der Frinis Consulting ihre führenden Berater vorstellte. Ein Foto zeigte einen Rothaarigen mit modischer Frisur, der ihr kaum älter als dreißig erschien. Lächelnd verschränkte er die Arme. Das weiße Seidenhemd, die noble Krawatte und das jugendliche Aussehen passten perfekt ins Klischee eines erfolgreichen Consultants:

Diplom-Ingenieur Rainer Donhart
Geschäftsbereichsleiter Business Intelligence.
Kompetenzbereiche:
Risikomanagement,
Prozessmanagement.

Am oberen Rand erspähte sie den unscheinbaren Link zur Kontaktseite der Firma. Sie tippte die angegebene Nummer in ihr Handy.

»Sabrina Mara von der Kriminalpolizei«, meldete sie sich. »Wir müssen dringend mit Herrn Rainer Donhart sprechen!«

»Ich fürchte, ich muss Sie enttäuschen«, sagte die Empfangsdame. »Er ist heute nicht im Haus.«

»Wo können wir ihn erreichen?«

»Moment, ich schaue nach.« Das Klappern von Tasten drang durch den Hörer. »Das sieht schlecht aus. Er ist den ganzen Tag über bei einem Kunden.«

»Bei wem?« Sabrina griff nach einem Schmierzettel. Es gab etwas an ihrem Job, das sie hasste: die Telefonrallyes. Niemand zeigte sich für ihr Anliegen zuständig.

Man wurde zigmal weitergeleitet, bis man endlich einen brauchbaren Ansprechpartner erreichte.

»Wir dürfen keine Kundendaten an Dritte herausgeben. Vom Vorstand angeordnet. Kundenschutz. Sorry.«

»Es geht um Mord!«

»Was hat unsere Firma damit zu tun?«

»Wir müssen dringend Herrn Donhart sprechen.«

»Tut mir leid, versuchen Sie es morgen wieder.«

»Es stehen Menschenleben auf dem Spiel.«

»Ausnahmsweise. Ich verbinde Sie mit Magister Koch.« Die Empfangsdame verstummte. Eine rockige Melodie sollte die Wartezeit verkürzen. Sabrina betrachtete das Ankh-Symbol auf ihrem silbernen Armband, während sie auf das Ende des Gedudels hoffte. »Der gewünschte Gesprächspartner meldet sich in Kürze«, verkündete die Tonbandstimme. »Bitte haben Sie noch etwas Geduld.« Erneut erklangen die ersten Takte.

Nach drei Warterunden durchbrach eine harte Stimme die Tonfolge. »Koch!«

»Sabrina Mara, Landeskriminalamt Steiermark.«

»Meine Assistentin hat mich über Ihr Anliegen informiert. Worum geht es genau und wie kann ich Ihnen helfen?«

»Wir müssen wegen einer Straftat mit Herrn Rainer Donhart reden.«

»Hat er was angestellt?« Verwunderung schwang in der Frage mit.

»Wir benötigen ihn als Zeugen.«

»Dann kann ich nicht weiterhelfen. Nur so viel: Herr Donhart ist außer Haus bei einem wichtigen Termin.«

»Bei welchem Kunden?«

»Sicherlich hat Ihnen die Empfangsdame bereits gesagt, dass wir hier keine Namen nennen. Ich persönlich habe ihr diese Anweisung gegeben.«

»Wir ermitteln in einem Mordfall!«

»Schön!« Die Stimme durchschnitt die Stille in der Leitung. »Wer garantiert mir, dass Sie wirklich von der Polizei sind?«

»Wir kommen gern mit der Streife vorbei, wenn Sie das unbedingt wollen. Oder sollen wir öffentlich nach Ihrem Mitarbeiter fahnden?«

»Muss das jetzt sofort sein?«

»Heute früh ist der Direktor des Bischöflichen Gymnasiums erschossen worden. Es besteht Grund zur Annahme, dass der Mörder Herrn Rainer Donhart ins Visier nimmt.«

»Wie bitte?« Es folgte ein Räuspern. »Im Ernst?«

»Herr Koch«, Sabrina legte all ihre Autorität in die Waagschale. »Ausschließen können wir das nicht. Wir benötigen Rainer Donhart ganz dringend.«

»Also gut«, lenkte der Firmenchef ein. »Ich werde ihm den Notfall sofort mitteilen. Er wird im Zentralfoyer der Raiffeisen Landesbank auf Sie warten.«

Sabrina beendete das Telefonat.

Eine Woge der Erleichterung durchströmte sie. Der Fall führte sie endlich aus der beklemmenden Atmosphäre der kirchlichen Schule heraus. Das Gefühl, das Sabrina empfand, ähnelte jener Panik, die sie als Kind bei ihrer Flucht aus der Sakristei hatte. Gedämpft von den Jahren, die seit ihrer unheimlichen Begegnung mit dem Pfarrvikar vergangen waren. Von ihr aus konnten die störenden Erinnerungen aus der Kindheit gern im Bischöflichen Gymnasium bleiben. Dazu mischte sich jenes befreiende Gefühl, das sie an dem Tag verspürt hatte, als sie nach Graz in ein neues Leben gezogen war.

Sabrina lächelte und rief die Polizeipsychologin an.

***

»Ergreifungsdurchsuchung in der Grillparzerstraße 77, zweiter Stock«, hörte Hutnagl, wie Axel Kleingott den Befehl bestätigte.

»Die Wohnung liegt oben links am Ende der Spiraltreppe«, ergänzte Hutnagl.

»Verstanden.«

»Der Pressesprecher und ich werden demnächst vor die Reporter treten. Ich werde Zeit schinden, aber ewig kann ich die nicht hinhalten. Also beeilt euch. Gebt mir laufend den Status per SMS durch, vor allem dann, wenn ihr in die Wohnung eingedrungen seid.«

»Machen wir.«

Es piepste.

Hutnagl beendete das Telefonat und sah auf die verblassende SMS. Das genügte, um seinen Puls zu beschleunigen.

Hoffentlich hast du dir das neueste Video angesehen! Dann weißt du, was du sagen wirst. Denk daran. Graz ist unter meiner Kontrolle!

»Hochmut kommt vor dem Fall!«, dachte Hutnagl. Der Frevler zappelte im Netz, wusste es nur noch nicht. Beschwingt verließ Hutnagl die Halle hinter dem Seiteneingang des Bischöflichen Gymnasiums, die er zum Telefonieren genutzt hatte. Er ging durch die Lange

Gasse, am Rundtürmchen vorbei, auf die Kreuzgasse zu.

»Er kommt!«, schrie jemand. Das Raunen der Presseleute wurde lauter. Ein Polizist hob das Absperrband. Hutnagl schlüpfte darunter hindurch und stellte sich neben dem Pressesprecher an das Rednerpult. Er holte sein Notizbuch aus der Hosentasche, schlug es auf und legte es auf das Pult. Die aufgeschlagene Seite beschwerte er mit dem Handy.

Sein Erscheinen hatte ausgereicht, um bei den Journalisten für Ruhe zu sorgen. Er ließ seinen Blick entlang der Reportermeute schweifen. Dabei blieb bei er einem Mann hängen, dessen Haare chaotisch zu Berge standen. Er hielt das gelbe Mikrofon mit dem roten Schriftzug *Antenne Steiermark* in Richtung Hutnagl. Wie erwartet war Norbert Fink zum Tatort gekommen.

»Grüß Gott, meine Damen und Herren! Ich werde Sie jetzt über die heutigen Ereignisse im Bischöflichen Gymnasium informieren«, legte der Pressesprecher los. »Kurz vor Beginn des Unterrichts ist ein maskierter Mann in die Schule eingedrungen. Im Lindenhof hat zu diesem Zeitpunkt eine Morgenmesse stattgefunden. Der Täter hat den Direktor zum Freilichtaltar geführt und hat ihn dort vor den Augen der Schüler erschossen. Danach ergriff er die Flucht. Wir können nicht ausschließen, dass der Mörder noch bewaffnet ist. Aus diesem Grund warnen wir ausdrücklich davor, Anhalter im Raum Graz mitzunehmen.«

Hutnagl blickte in die Runde. In der ersten Reihe entdeckte er einen dickeren Typen in einem karierten Sakko. Seine Brille erinnerte ihn an die Freaks in den billigen TV-Komödien. Die schwarzen Haare hatte er zu einer braven Scheitelfrisur gelegt.

»Die Cobra hat sich systematisch durch das Gebäude vorgearbeitet und es gründlich durchsucht«, setzte der Pressesprecher das Statement fort. »Sie hat die Lage sehr schnell in den Griff bekommen. Leider ist es uns nicht gelungen, den Direktor zu retten, aber wir konnten alle anderen aus dem Augustinum unversehrt in Sicherheit bringen. An dieser Stelle bedanke ich mich bei den Professoren und den Präfekten. Ihr vorbildliches Verhalten hat entscheidend dazu beigetragen, dass alle Eltern ihre Kinder unverletzt in die Arme schließen konnten.«

Der Pressesprecher legte eine kurze Kunstpause ein und schloss das Statement ab. »Neben mir steht der leitende Ermittler und Einsatzleiter Oberstleutnant Kurt Hutnagl. Er steht jetzt für Ihre Fragen zur Verfügung.«

Auf Hutnagls Handy erschien Kleingotts Botschaft. *Wir starten, sind in Kürze in der Täterwohnung.*

***

Axel Kleingotts Team positionierte sich zwischen zwei Ahornbäumen, die jedoch nur spärlichen Schutz boten. Es reichte kaum für ein Überraschungsmoment. Er schaute zu den bunten Fensterscheiben im Vorbau über dem Eingang. Dann guckte er zu dem gemauerten Balkon im zweiten Stock. Er sah niemanden. Ein übergroßes Gesicht aus Gips starrte vom Giebel herab. Es grinste ihn hämisch an.

»Wie ist bei euch der Status?«, fragte Axel die Partie per Funk, die auf der anderen Seite des Hauses in Stellung gegangen war.

»Nichts Auffälliges.«

»Loslegen«, befahl Axel. »Go! Go! Go!«

Er eilte den Zaun entlang. Ein Blick zum Erker. Nix. Abbiegen. Auf die Pforte zulaufen. Zentralschlüssel bereithalten. In die Sprechanlage stecken. Ein Summen. Haustür öffnen. Eindringen, rauf über die Steinstufen. Durch die hölzerne Flügeltür ins Hochparterre. Zur drei Stockwerke hohen Spiraltreppe. Sie schlängelte sich an der runden Mauer im weiten Bogen nach oben. Engel auf dem Deckengemälde.

Axel bedeutete dem Trupp, ihm zu folgen. Sie jagten die Stufen hoch. Der erste Stock! Stille. Null Reaktion. Nur der Atem eines Kollegen im Nacken. Wie trainiert weitermachen, lautete die Devise.

Sie rannten zu ihrem Ziel in der zweiten Etage. Axel lauschte. Hinter der Eingangstür schien es ruhig zu sein.

»Den Hermann bereit machen«, sagte er zu zwei Kameraden und wich zur Seite.

Diese richteten den Rammbock auf das Türschloss aus. Holten aus. Schwenkten die Ramme. Ein Pumpern. Die Tür hielt stand. Das Ganze noch mal. Bum. Widerstand. Abermals.

Ein Splittern.

Die Tür flog nach hinten.

Sie drangen ein.

Axel wies das Team wortlos an, die Zimmer links zu überprüfen. Er stürmte in den Raum geradeaus. Eine Badewanne, das Waschbecken, Handtücher, eines vor

Kurzem benutzt. Eine tropfende Brause in der freien Duschkabine. »Badezimmer sicher.«

»Küche und Esszimmer sind leer!«, tönte ein Mitglied des Trupps.

Im Salon auf der rechten Seite lauerte niemand. Die ausgedrückten Kippen und die verstreute Asche auf dem Teppichboden bezeugten, dass sich jemand hier aufgehalten hatte. Auf dem Boden lag ein durchgeschwitztes T-Shirt. »Sicher«, Axel deutete mit der Waffe auf die Innentür, die in die benachbarte Kammer führte.

In den Schränken fanden sie Werkzeug.

Jedoch keinen Markus Donhart. Nicht mal in Stücken.

Verdammt!

Axel nahm den Helm ab. »Ich gebe dem Einsatzleiter Bescheid.«

***

Hutnagl kannte das Raunen der Presse bei spektakulären Fällen. Stets das gleiche Theater. Wie die Kinder an Sankt Nikolaus versuchten die Reporter, das Fragerecht zu ergattern. Er hatte seinen Entschluss gefasst und zeigte auf den vollschlanken Journalisten im karierten Sakko in der ersten Reihe.

»Haben Sie bereits einen Verdacht?«

»Es tut mir leid. Aus kriminaltaktischen Gründen darf ich darüber nichts preisgeben. Es gibt allerdings konkrete Anhaltspunkte, die wir zurzeit verfolgen.«

»Gehen Sie von einem Racheakt eines frustrierten Jugendlichen aus?«

»Auch dazu dürfen wir momentan nichts sagen.«

»Gab es weitere Opfer?«

»Nein.« Erneut sah Hutnagl in die Runde. Wieder rissen sich die Medienleute darum, ihn zu befragen. Er deutete auf eine Radioreporterin auf der anderen Seite.

»Plante der Täter einen Amoklauf?«, fragte eine ORF-Korrespondentin.

Hutnagl konnte sich ein Lächeln kaum verkneifen. Diese Frage musste kommen wie das Amen im Vaterunser. Contenance hieß das Gebot der Stunde. »Es ist nicht ganz von der Hand zu weisen, aber der Tatablauf spricht klar dagegen. Der Attentäter führte eine Handgranate mit sich. Damit hätte er überall in der Schule ein Blutbad anrichten können. Er hat sie zu Beginn seiner Flucht in einem selten benutzten Gang hochgehen lassen. Das alles spricht dafür, dass er *nur* den Direktor ermorden wollte.«

Wie gehabt wanderte Hutnagls Blick durch die Menge und blieb bei einem bärtigen Typen hängen. Vor Kurzem hatte er jenem Journalisten von der Kleinen Zeitung ein Interview für eine Serie über die spannendsten Kriminalfälle gegeben. Er zeigte auf ihn.

»Unsere Redaktion hat ein Video im Internet entdeckt. Darin wird Robert Steinhäuser als ein heiliger Amokläufer von Erfurt verherrlicht. Im Clip werden sowohl das Gutenberg-Gymnasium als auch das Bischöfliche Gymnasium als Hort des Hochmuts bezeichnet. Kennt die Polizei das Video?«

Hutnagl atmete durch. »Wir werten auch diese Information aus.«

Es piepste, die Botschaft auf dem Handy verhieß nichts Gutes. *Zielperson weiterhin flüchtig*, las er. Langsam sollte Hutnagl die Pressekonferenz zum Abschluss bringen. Er deutete auf Norbert Fink. »Bitte.«

»Es kursieren Gerüchte, dass der Täter nach dem Mord ein Foto bei der Leiche hinterlassen hat. Angeblich ist darauf ein heulender Junge im Lindenhof zu sehen. Sein Freund sitzt neben ihm auf der Parkbank und tröstet ihn. Dürfte das etwas über das Motiv aussagen?«

Bingo! Der präsentiert Täterwissen auf dem Silbertablett.

Es wäre ein Leichtes, Norbert Fink auf der Stelle zum Beschuldigten zu erklären und ihn aufzufordern, die Kollegen zur Befragung in den Einsatzleitwagen zu begleiten. Doch das war hintanzustellen. Fürs Erste reichte es, dass Istel Fink nicht aus den Augen verlor. Drei Mal klopfte Hutnagl auf das Stehpult. Istel gab mit einem Zwinkern zu verstehen, dass er das Zeichen verstanden hatte.

»Wir würden die Ermittlungen gefährden, wenn wir uns über die Details am Tatort ausließen.«

Auf dem Pult piepste abermals Hutnagls Smartphone. Die Botschaft könnte vom biblischen Hiob stammen, kam aber von Sabrina Mara: *Habe Rainer Donhart erreicht, wir holen ihn demnächst ab.*

Es wurde Zeit, der Täterwohnung einen Besuch abzustatten. Wenn sich Hutnagl nicht beeilte, kam Sabrina Mara noch vor ihm dort an. Höchste Eisenbahn, den Presseauftritt zu beenden. »Werte Damen und Herren, es sind neue Indizien aufgetaucht, die meine sofortige Aufmerksamkeit erfordern. Sobald uns weitere interessante Fakten vorliegen, erhalten Sie von uns eine erneute Pressemitteilung. Vielen Dank.«

10:18 UHR

Niemand war dazu in der Lage, vor einem Norbert Fink seine Nervosität zu verbergen. In diesem Fall hatte er nicht nur ins Schwarze getroffen, sondern die Zielscheibe mit der Frage nach dem Foto durchbohrt. Dass Hutnagl die Pressekonferenz gleich darauf abgebrochen hatte und in den abgesperrten Bereich geflohen war, sprach Bände. Diese Reaktion hatte ihn verraten. Norbert Fink hatte goldrichtig gelegen: Bei der Aufnahme handelte es sich wirklich um das uralte Bild, auf dem Markus und er im Lindenhof auf der Parkbank saßen.

Das Interview mit den traumatisierten Schülern hatte ihn auf eine fulminante Fährte gesetzt. Wem sonst waren die schrägen Hintergründe des Anschlags im Bischgym vertraut? Bald würde er, Norbert Fink, die Reportage der Superlative abliefern. Wenn er das Ding geschickt nach Hause bringen würde, wäre das der Grundstein für eine große Journalistenkarriere.

Wie wäre es mit einer Doku im ORF? In seinen Gedanken tauchte der Programmpunkt auf: Die größten Schwerverbrecher Österreichs von und mit Starreporter Norbert Fink.

Er lächelte. Im Kopfkino hörte er seine Stimme: »*In Graz hat der spektakuläre Mord im Bischöflichen Gymnasium tiefe Wunden geschlagen. Im Zuge der Dokumentation begebe ich mich auf Spurensuche nach den Motiven des Täters. Wir besuchen die Praxis eines Gerichtspsychiaters und das Büro eines Kriminalpsychologen. Seltsame Fakten begleiten den Fall.*«

Ja, die Story hatte etwas Besonderes. Über jener Bluttat schwebte mehr als das, wonach die Medien jagten. Viele meinten, es ginge im Vorfeld um Killerspiele, Selbstinszenierungen oder irre Botschaften. In Wahrheit reichte diese Geschichte sehr lange zurück. Nicht in die Kindheit des Verbrechers, sondern viel weiter zurück in eine Epoche, in der sein Urgroßonkel eine düstere Voraussage gemacht hatte.

Vor Jahren hatte Norbert Fink sein Buchprojekt über den lettischen Nostradamus ad acta gelegt. Jetzt aber ergab sich die Perspektive, mehr als nur einen Bestseller zu schreiben. Vielmehr könnte er bald in einer Reihe mit den Gebrüdern Wright stehen. Niemand hatte vor Wilbur und Orville geglaubt, dass der kontrollierte Motorflug machbar war, bis sie es der Welt gezeigt hatten. Und ihm bot sich die Chance, es ihnen gleichzutun und eine uralte Frage der Menschheit zu lösen. In naher Zukunft würde er beweisen, dass seriöse Prophezeiungen möglich waren.

Ein Lächeln folgte diesem Gedanken. Er drängte zum Polizeiband am Ende der Kreuzgasse und versuchte, Hutnagl auszuspähen. Auf der Grabenstraße hielten einige Polizisten Wache; da hatte es keinen Sinn, den leitenden Ermittler zu verfolgen.

Dafür versprach der Weg in die Grillparzerstraße 77 mehr.

Viel mehr.

Unter Umständen erarbeitete er sich einen Vorsprung gegenüber der Polizei. Mit Sicherheit lag er im Wettrennen um die spannendste Information vor seinen Kollegen. Bei seinem nächsten Bericht würde

Norbert Fink vor der Täterwohnung stehen. Er brach
auf.

10:45 UHR

Eine Kollegin in Zivil und Sabrina marschierten in das Foyer der Raiffeisen-Landesbank. In der Schalterhalle wartete ein rothaariger Typ mit verschränkten Armen vor dem gläsernen Logo. Er sah zwar so wie auf dem Foto aus, doch das Grinsen war aus seinen Gesichtszügen verschwunden. Die blauen Augen starrten ins Leere. Der Bartflaum unterstrich den besorgten Gesichtsausdruck.

»Sind Sie Diplom-Ingenieur Rainer Donhart?« Sabrina ging auf den jungen Herrn zu.

Der Unternehmensberater nickte.

»Sabrina Mara.« Ein Händedruck folgte.

Rainer Donhart schlug ein. Nur das Zittern seines Daumens verriet seine Unruhe. »Geht es um meinen Bruder?«

»Besprechen wir das draußen!?« Die Kollegin wies Richtung Ausgang.

»Ich hab es geahnt«, murmelte Rainer Donhart.

»Einen kurzen Moment«, sagte er etwas lauter und zog sich hinter den Bankschalter zurück. Er griff zum Festnetztelefon und holte das Handy aus der Hosentasche. Während des Gesprächs tippte er hektisch auf dem Gerät herum.

Rainer Donhart steckte das Handtelefon ein und ging auf Sabrina zu. »Ich habe die Abnahme auf morgen verschieben können.«

Sie liefen mit ihm zum Polizeiauto vor der Bank. Sabrina öffnete die Tür. »Bitte steigen Sie ein.«

Rainer Donhart nahm auf der Rückbank neben einer füllligen Dame mittleren Alters Platz. Sie setzte ein Lächeln auf ihr breites Gesicht und reichte ihm die Hand. »Konstanze Brandstätter«, stellte sie sich ihm vor. »Psychologin von der Verhandlungsgruppe Süd.«

Vorn ließ sich die Kollegin hinter dem Steuer und Sabrina auf den Beifahrersitz nieder.

»Klären Sie mich auf, worum es geht«, bat Rainer Donhart.

»Herr Donhart.« Die Psychologin schob ihr Haar über ihre Schulter, als wollte sie ein paar Augenblicke Zeit gewinnen. »Die Geschichte ist für uns alle unangenehm.«

»Also doch!«

»Ja, es geht um ihn.« Sabrina drehte sich zu ihm um, sodass sie ihm in die Augen schauen konnte.

Rainer vergrub den Kopf in seinen Händen. »Ich habe es kommen sehen!«

»Was haben Sie kommen sehen?«, fragte Konstanze Brandstätter.

»Können wir wenigstens von hier wegfahren?! Ich bin Consultant und möchte meinen Kunden nicht erklären müssen, warum ich in diesem Auto sitze.«

»Worauf warten wir?«, raunte Sabrina.

Der Wagen setzte sich in Bewegung.

»Was genau hat er durchklingen lassen?«, hakte Sabrina nach.

»Markus glaubt, das Bischgym sei an seiner Misere schuld. In Wahrheit ist er es selbst. Im Studium ist er jahrelang nicht vorangekommen. Selbst einen Job suchen?« Der Bruder lachte kurz auf. »Fehlanzeige. Er hat geglaubt, dass ich ihm einfach so einen Job bei Frinis

Consulting besorgen könnte. Dauernd hat er mir damit in den Ohren gelegen. Ich habe ihm immer wieder gesagt, dass er das ohne Studium vergessen könne. Und sein Lebenslauf ist nicht gerade das Gelbe vom Ei.«

»Erzählen Sie mir mehr darüber?«, bat die Psychologin.

»Effizient gesprochen: Er ist faul.« Rainer Donhart fuhr mit dem Daumen über seine Augenbraue. »Am Anfang hat er noch damit geprahlt, Informatik in Mindestzeit studieren zu wollen. Aber ab dem vierten, fünften Semester hat er hauptberuflich Computer gespielt. Da ist er dann natürlich nicht mehr vorangekommen.«

Eine wegwerfende Handbewegung folgte. »Mit dreißig war Markus noch immer meilenweit davon entfernt, jemals fertig zu werden. Da haben meine Eltern ihm ein Ultimatum gestellt: Entweder er würde im nächsten Jahr mit seinem Studium endlich vorankommen oder sie würden ihm den Geldhahn zudrehen.«

»Und?«, fragte die Psychologin.

»Er hat nur auf ein Wunder gehofft und nichts gelernt.« Rainer seufzte. »In dem Jahr darauf hat er es lediglich geschafft, zwei Prüfungen zu verhauen. Also hat unser Vater alle Hebel in Bewegung gesetzt und ihm einen Posten in der Landesverwaltung besorgt. Aber gleich beim ersten Problem hat er den Job hingeschmissen und ist zu Siemens gewechselt.«

»Wie ist es ihm dort ergangen?«, wollte Sabrina wissen.

»Da hat er sich auch nicht lange gehalten.« Ein Seufzer folgte. »Unser Papa hat Tacheles mit ihm geredet und ihn im Augustinum bei Ernst & Partner als

Programmierer untergebracht. Das war der größte Fehler! Ich habe gewusst, dass das nie klappen würde.«

»Warum?«, fragte die Psychologin nach.

»Ernst & Partner ist die Firma von Professor Ernst. Mein Vater und er haben sie mit zwei Leuten aus der Kirche gegründet. Sie kümmern sich um die EDV von Donhart Cement und machen die Stundenpläne für das Bischöfliche Gymnasium.«

»Wer stand sonst noch auf der Kundenliste?«, bohrte Sabrina nach.

»Die anderen Institutionen vom Augustinum und«, Rainer Donhart kratzte sich am Kopf, »da war das eine oder andere kleine Projekt für so ein Weingut in Spanien. Mit so einem komplizierten Namen.«

»Herr Donhart«, hakte Sabrina nach. »Wieso konnte das mit der Arbeitsstelle ihres Bruders bei Ernst & Partner nicht gut gehen?«

»Weil Markus laufend Probleme mit Professor Ernst hatte. Dabei wollte unser Vater ihn endlich ans Arbeiten bringen. War ja höchste Zeit, dass er etwas Disziplin lernt. Sonst wird der nie einen Job behalten.« Rainer Donhart runzelte die Stirn. »Was, wenn er jetzt auf die Eltern losgeht? Ich muss sie warnen!«

»Das haben wir bereits erledigt«, gab die Psychologin ihm Bescheid. »Die Kollegen haben sie erreicht. Machen Sie sich keine Sorgen.«

»Wie geht es weiter?«, fragte Rainer Donhart.

»Wir konnten sein Handy in der Grillparzerstraße orten«, erklärte Sabrina. »Das Haus ist umstellt, und die Cobra macht sich zum Eindringen bereit.«

»Welche Rolle fällt da mir zu?« Rainer Donhart schüttelte den Kopf. »Ich bin doch nicht Rambo.«

Die Psychologin schluckte. »Niemand wird Rambo spielen. Weder die Cobra noch Sie. Falls sich Ihr Bruder dort verschanzt hat, könnten Sie uns helfen, ihn zur Aufgabe zu bewegen.«

»Okay«. Rainer Donhart hielt die Hand ans Kinn. Der kleine Finger verschwand für einen Moment zwischen den Lippen. »Und wie?«

»Probieren Sie, ihn anzurufen«, schlug die Psychologin vor. »Und bitte geben Sie mir das Telefon, sobald er das Gespräch annimmt.«

Rainer Donhart holte das Handy aus der Hosentasche und betätigte eine Kurzwahl. Er wartete, während sie in die Glacisstraße bogen. »Er geht nicht ran«, gab er es nach mehreren Versuchen auf. »Ich erreiche immer nur die Mailbox.«

»Sprechen Sie ihm etwas drauf, was ihn neugierig machen könnte«, riet Konstanze Brandstätter. »Sie kennen ihn doch am besten.«

Rainer Donhart seufzte. »Und was?«

»Hätte Ihr Bruder nicht gern einen Job bei Frinis Consulting?« Sabrina zog die Augenbrauen hoch.

Ein geringschätzendes Lächeln huschte über Rainers Gesicht. »Markus ist sich darüber im Klaren, dass er eher die sechs Richtigen im Lotto erraten würde.«

»Versprechen Sie es ihm trotzdem!«, riet ihm die Psychologin. »Bitten Sie ihn um einen raschen Rückruf, damit Sie einen Termin für das Vorstellungsgespräch vereinbaren können.«

»Das wird er mir nie abkaufen.«

»Wir müssen Markus Donhart erreichen, nur darauf kommt es jetzt an«, erklärte die Psychologin.

»Ich versuche es noch einmal.« Rainer Donhart tippte auf dem Android-Handy und hielt es dann an sein Ohr.

»Geh doch ran«, murmelte er.

Der Wagen fuhr hinter dem Stadtpark in die Bergmanngasse. Nach dreihundert Metern bogen sie erneut nach rechts ab und verlangsamten ihre Fahrt.

»Wieder nur die Mailbox!«

»Hi Markus!« Seine Stimme klang angespannt. »Ich hab eine tolle Neuigkeit für dich! Herr Koch möchte dich kennenlernen. Ruf mich gleich zurück, damit wir einen Termin für ein Bewerbungsinterview ausmachen können!«

»Gut gemacht«, lobte die Psychologin.

Sie stoppten vor dem Krankenhaus der Kreuzschwestern und stiegen aus.

»Markus ist zu Hause«! Rainer Donhart deutete auf den goldfarbenen Ford Fiesta. »Ganz sicher. Da parkt sein Auto. Weit kann er nicht sein. Was jetzt?«

»Wie gesagt«, bemerkte die Psychologin. »Wir hoffen, dass er bald anbeißt und Sie zurückruft.«

»Und was, wenn nicht?« Rainer Donhart starrte sie zweifelnd an.

»Dann wird die Cobra stürmen.« Sabrina zeigte zu einem Trupp von bis an die Zähne bewaffneten Polizisten, die auf ihren Einsatz warteten.

Ein Hüne löste sich aus der Gruppe und ging auf Sabrina zu. »Ist das der Durchsuchungszeuge?«

»Ja, Axel.« Sabrina hatte ihren Freund trotz der Einsatzmontur erkannt. Die warme Stimme hatte ihn verraten. Sie hatte schon vor drei Jahren auf dem Polizeiball den magischen Klang gehabt und das gewisse Etwas in ihr gezündet. Auch der Gang, die Gestik und die kastanienbraunen Augen hinter der Sturmmaske erinnerten sie an jene Eleganz, mit der er sie beim Tanz geführt hatte. Kein Wunder. Der durchtrainierte Körper strahlte mit jeder Faser Entschlossenheit aus.

»Wie es aussieht, dürfte sich Markus Donhart hier verschanzt haben«, fuhr die Psychologin fort, »auch wenn er bisher die Kontaktversuche seines Bruders ignoriert hat.«

»Das glaube ich weniger.« Axel zeigte auf das Jugendstilhaus am Ende der Straße. »Wir haben die Wohnung bereits durchsucht. Die Tatortgruppe ist schon längst da drinnen tätig.«

»Was?«, riefen Rainer Donhart, Konstanze Brandstätter und Sabrina Mara im Chor.

»Anweisung von Kurt Hutnagl höchstpersönlich.« Axel beugte sich zu ihr vor. »Gefahr im Verzug.«

»Wie bitte?« Sabrina schüttelte den Kopf. Ihr Brustkorb schnürte sich zu. Die Galle kochte in ihr hoch. »Mich schickt er auf die mühselige Suche nach dem Zeugen, und dann lässt er die Wohnung mir nichts, dir nichts stürmen. Ich könnte kotzen!«

»Es kommt noch dicker.« Axel legte die Hände an die Hüften. »Hutnagl ist gleich hereingeflitzt. Wie von der Tarantel gestochen. Hat als Erstes das Handy auf der Kommode gecheckt. Dann ist er durch die Räume gefegt, als würde er irgendwas suchen. Im Hobbyraum hat er Donharts Dokumente durchgesehen. Bei einem Lieferschein hat er irgendwie schockiert gewirkt.«

Sabrina nickte.

»Was passiert jetzt?«, wollte Rainer Donhart wissen.

»Meine Kollegin und ich werden Sie in die Wohnung Ihres Bruders begleiten.«

11:18 UHR

Genug gechillt.

Ein Blick auf die Tischuhr auf dem Couchtisch reichte für den Todesritter aus. Die Zeiger mahnten zur Aktivität.

Er öffnete den Reißverschluss des Geldgürtels und förderte den Schlüssel zu seiner Schatztruhe zutage. Dann erhob er sich von der Korbbank, verließ die Kommandozentrale und ging in den Raum nebenan. Dort hockte er sich vor die Waffenkiste, entriegelte das Vorhängeschloss und klappte den Deckel auf.

Darin lagen zwei Bräute des Soldaten.

Zwei Mosin-Nagant, Baujahr 1934, und dennoch neuwertig.

Vorsichtig löste der Todesritter die Halterungen, welche die Waffen an ihrem Platz hielten. Nun konnte er nach einer greifen und sie aus der Kiste holen.

Was für ein Gefühl, das vier Kilo schwere Ding in den Händen zu halten. Zärtlich streichelte er den 120 Zentimeter langen Lauf. Mehr als achtzig Jahre alt und noch immer eine Wucht von Gewehr. Das Fernrohr über dem Repetierhebel unterstützte ihn beim Anvisieren weit entfernter Ziele. Oft hatte Donhart mit ihr schwierige Distanzschüsse geübt. Sogar auf bewegliche Zielscheiben hatte er geschossen. Auf dem Schießstand des Schützenvereins waren Donhart und die Mosin-Nagant ein Paar geworden. Er lehnte die Büchse an die Wand neben dem Fenster. Ein zusätzlicher Griff in den Behälter brachte den Ladestreifen und die Munition hervor. Behutsam steckte er Patrone für Patrone in die

Schiene des Magazins. Dieses führte er in die Magazin-
öffnung. Ein Klicken verkündete, dass die Vollstrecke-
rin der Rache bereit für die nächste Aktion war.

***

Die Cobra trainiert ständig, und es gibt nur einen Anlass, das Training zu unterbrechen: den Einsatz.

Kleingott erinnerte sich an genau jene Zeile in der
Broschüre, die sie bei den Vorführungen unter die
Leute brachten.

Heute führte besagter Grund zur zweiten Trainingspause des Tages. Der Amoklauf im Bischgym hatte sich
als ein brutaler Mord mit einem flüchtigen Täter entpuppt. Die Verhaftung des Killers hatte sich in eine Ein-
dringübung ohne Täterdarsteller verwandelt.

Allerdings verhielt sich einer dabei komisch.

Kurt Hutnagl, leitender Mordermittler im LKA und
Sabrinas Chef.

Warum hatte er den Einsatzbefehl gegeben, obwohl
er kurz zuvor Sabrina mit der Suche nach einem
Durchsuchungszeugen beauftragt hatte? Wo lag die Gefahr im Verzug? Das eingeloggte Täterhandy erklärte
das, aber woher wusste Hutnagl, welche der sechs
Wohnungen die Richtige war? Mehr noch, er verfügte
über detailliertes Wissen darüber, wie es im Haus aussah. Sonst hätte er ihm nicht mitgeteilt, dass die Treppe
an der Wand eines Zylinders hochläuft und dass die
Eingangstür zur Täterwohnung direkt am Ende der
Stiege liegt.

All das ging mit zwei zugedrückten Augen als Zufall durch, doch Hutnagls nervöses Agieren in Donharts Höhle übersah nur ein Blinder. Kannte er etwa den Mörder? Versuchte er, ihn zu decken? War das der paradoxe Grund dafür, dass er so hektisch auf die Razzia gedrängt hatte?

Es spielte eigentlich keine Rolle. Was der Chef der Gruppe Leib/Leben tat oder unterließ, war eine andere Baustelle. Falls Kleingott nachbohrte, brachte er Sabrina in Schwierigkeiten. Sollte sich der Verdacht als Luftschloss entpuppen, dann erst recht. Da war es klüger, keinerlei unnötige Risiken einzugehen.

Kleingott seufzte und betrat den Mannschaftstransporter. »Fahren wir.«

»Hoffen wir, dass das heute die letzte Trainingspause war.« Der Kollege am Steuer startete den Wagen und fuhr los.

Kleingott schwieg. In seinem Magen bildete sich ein Knäuel. Er beugte sich nach vorn und schloss für einen Moment die Augen. Der Knoten in seinem Bauch löste sich, als er es erkannte. Ja, es gab eine Chance, den Ball flach zu halten und zugleich nicht feige zu sein.

**

»Gehen wir«, sagte Sabrina zu ihrer Kollegin und Rainer Donhart.

Sie staksten auf den Jugendstilbau zu. Trotz des Alters hatte das Gebäude aus den letzten Tagen der Monarchie nichts von seiner Ausstrahlung verloren. Zwei

Ahornbäume flankierten den Schotterweg hinter dem leicht verrosteten Gatter am Eingang des Grundstücks.

Das Innere zeugte von der verblassenden Würde des Hauses. Die Steinstufen führten sie zu einer hölzernen Flügeltür im Hochparterre. Dahinter schlängelte sich an der runden Mauer eine steinerne Spiraltreppe in weitem Bogen nach oben.

»Markus wohnt im zweiten Stock«, bemerkte Rainer Donhart. »Wie lange wird die Durchsuchung dauern?«

»So lange, wie wir halt brauchen«, antwortete Sabrina. Gemeinsam mit der Kollegin und Rainer Donhart stieg sie die ersten Stufen der Wendeltreppe hoch. »Gehen Sie ruhig davon aus, dass wir mindestens die nächsten drei, vier Stunden hier arbeiten.«

»Ich schlage vor, dass wir die Durchlaufzeit reduzieren, indem wir uns auf das Wesentliche konzentrieren. Also, was wollen Sie von mir wissen?«

»Über welche Fertigkeiten verfügt Ihr Bruder?«, fragte Sabrina.

»Wie ich schon gesagt habe, Computerspielen konnte er am besten. Vor einer Woche oder so hat Markus mit ein paar Freunden so ein Ballerspiel gezockt. Die waren so laut, dass ich sie angemotzt habe. Ich muss ja arbeiten.«

»Sie sind am Ruckerlberg gemeldet, oder?«, hinterfragte Sabrina seine Aussage.

»Ja, ich wohne dort mit meiner Frau, aber das Heimbüro habe ich noch nicht verlegt.«

»Wer war bei dem Spieleabend dabei? Und welches Game war das genau?«, bohrte Sabrina.

»Woher soll ich das wissen?« Rainer Donhart verzog die Lippen. »Wahrscheinlich so ein Ballerspiel! Mir egal. Interessiert mich so viel wie der Reissack in China. Ich bin aus diesem Alter raus.«

Sabrina beschloss, es vorläufig dabei zu belassen und das Thema zu wechseln. »Welche Fernsehsendungen schaut Ihr Bruder am liebsten?«

»Na ja, meist hat er sich Mist wie ›Mein dunkles Geheimnis‹ oder ›Anwälte im Einsatz‹ angeschaut. Von ›Autopsie‹ auf RTL II hat er uns auch oft vorgeschwärmt.«

Sabrina nahm ihr Handy in die Hand und notierte sich die Serien. »Fällt Ihnen zufällig eine Folge ein, die ihm besonders gefallen hat?«

Rainer Donhart schüttelte den Kopf. »Nicht dass ich wüsste.«

Sie erreichten den zweiten Stock. Die dumpfen Stimmen wurden klarer. Hinter der Eingangstür wartete eine blitzblank geputzte Diele. An der Garderobe hing ein modischer Blazer über gepflegten Halbschuhen. Das glänzende Parkett passte nicht in das Klischee einer Täterwohnung.

»Sauberes Quartier«, bemerkte Sabrina.

»Man könnte fast meinen, wir seien an der falschen Adresse.« Der Beamte im Schutzanzug kam auf sie zu.

»Unsere Putzfrau«, erklärte Rainer Donhart, »reinigt jede Woche die Wohnungen in diesem Haus. Gestern war halt die von Markus dran.«

Hutnagl trat durch die Tür auf der Seite in den Flur und ging auf sie zu. »Ah, ich sehe, Mara, Sie haben Rainer Donhart schon aufgetrieben.«

Mit Mühe unterdrückte Sabrina ihren Zorn. Sie hätte sich die schwierige Suche nach dem Zeugen sparen können.

»Ich hatte einen wichtigen Abnahmetermin«, sagte Rainer Donhart zu Hutnagl. »Zum Glück konnte ich dem Kunden den Notfall erklären. Sonst hätte unsere Firma eine Konventionalstrafe bekommen.«

»Herr Donhart, ich muss es Ihnen eigentlich nicht erklären, aber ich tue es trotzdem.« Hutnagl deutete auf das Smartphone auf der Kommode. »Es hat sich hier eingeloggt, und deshalb sind wir davon ausgegangen, dass sich Ihr Bruder hier verschanzt hat.«

Die Staatsanwältin kam aus dem Zimmer und stellte sich neben den Chef. »Herr Donhart, das mit dem Handy kann ich bestätigen. Das war eindeutig Gefahr im Verzug. Der Richter hat die Durchsuchung inzwischen schon genehmigt.«

Rainer Donhart lehnte sich lässig an die Vertäfelung. »Halten Sie Markus für so blöd? Haben Sie etwa geglaubt, dass er hier auf Sie warten würde?«

Sabrina nahm Rainer ins Visier. »Spielen Sie sich nicht so auf. Sie haben uns im Auto den goldenen Ford Fiesta gezeigt. Da haben Sie mir gesagt, dass Ihr Bruder fix zu Hause sei.«

Hutnagl ging einen Schritt auf den Consultant zu. »Herr Donhart, überlassen Sie es uns, wie wir unseren Job machen. Mich interessiert bei der Gelegenheit, ob Sie das Drohvideo gegen das Bischöfliche Gymnasium kennen.«

Rainer Donhart hielt inne. »Als Drohvideo würde ich es nicht unbedingt bezeichnen.«

»Und warum?«, fragte Sabrina nach.

»Er gibt dem Bischgym die Schuld an seinen Misserfolgen. Es ist zwar eine Hasstirade gegen die Schule und gegen den Direktor. Er meint, dass Professor Ernst schuld sei, wenn dort das Gleiche wie in Erfurt passiert. Typisch Markus halt.«

»Wenn das keine Amokdrohung ist«, empörte sich die Staatsanwältin, »was dann?«

»Dass er aber so weit gehen würde, dort jemanden umzubringen, habe ich ihm nicht zugetraut.«

»Sieht aber ganz danach aus«, stellte Hutnagl fest.

»Ich vermute das Video auf seinem PC«, sagte Sabrina zum Tatortbeamten. »Habt ihr den schon gecheckt?«

»Wir sind noch nicht dazu gekommen.«

»Dann schauen wir mal.« Sabrina drehte sich zu Rainer Donhart. »Wo steht der Computer?«

»Im Wohnzimmer.«

Sie folgten Rainer Donhart in die Stube. Sabrina roch den Teppichreiniger. Die Aussage, dass die Putzfrau am Tag zuvor tätig gewesen war, schien zu stimmen. Der Raum passte besser ins Klischee. Nicht nur der eingetrocknete Fleck zeugte von den Jahren, die der graue Teppichboden auf dem Buckel hatte. Manche Zigarette hatte ihm eine Narbe eingebrannt. Die Abdrücke früherer Möbel hatten ihren Grundriss in die Fasern gestanzt, als handelte es sich um die Kornkreise in Südengland.

Sabrina ging auf den PC zu, der sich auf einem massiven Eichenschreibtisch befand. Auf dem Monitor tauchte in Schwarz-Weiß ein junger Kerl mit Kappe, Sonnenbrille und Trenchcoat auf. Bewaffnet mit einer Pumpgun stand er in martialischer Pose. Rote Buchstaben verkündeten die Botschaft: *Sebastian Bosse hat es kapiert. TODESERNST, du nicht!*

Rainer Donhart seufzte. »Typisch Markus.«

»Auf dem Bildschirmschoner kommen immer wieder diese Typen«, bemerkte ein Tatortbeamter. »Kennt den wer?«

»Der Amokläufer von Emsdetten.« Sabrina setzte sich auf den Plastikstuhl vor dem Computer. »Er trat im Internet als Resistant-X auf. Das da am Schirm ist ein Ausschnitt aus seinen Videos. Die hat der vor der Tat ins Netz gestellt.«

Das Bild wechselte.

Ein blonder Typ in einem Kampfanzug zielte mit einem Sturmgewehr auf den Betrachter.

Grausam, aber notwendig - Anders Behring Breivik.

»Heftig!«, kommentierte Rainer Donhart.

Wer Wind sät, wird Sturm ernten. Doch wer wie TODES-ERNST den Sturm ignoriert, bekommt den Orkan geliefert.

»Herr Donhart«, keifte Opitz. »Wollen Sie uns noch immer erzählen, dass Ihr Bruder dem Bischöflichen Gymnasium nicht mit Amok gedroht hat?«

»Ich sehe diesen Bildschirmschoner zum ersten Mal.«

Sabrina ließ den Daumen auf die Leertaste fallen. Ein Dialogfenster öffnete sich. BITTE GEBEN SIE DAS PASSWORT EIN.

»Herr Donhart«, wandte sich Sabrina an Rainer. »Haben Sie eine Idee?«

»Pankratius.«

»Warum?« Sabrina tippte es in das vorgesehene Feld.

»Weil er sich auf den Spielplattformen so nennt.«

»Probieren wir's«, meinte Hutnagl, worauf Sabrina auf die Eingabetaste drückte.

UNGÜLTIGES PASSWORT – KEIN ZUGRIFF!

Sabrina starrte auf den Screen. Garantiert hatte Donhart mit dem Aufkreuzen der Polizei gerechnet und sich ein schwieriges Losungswort ausgedacht. Sie klickte auf den Okay-Button. Aus Frust klopfte sie eine Kombination aus Ziffern, Buchstaben und Sonderzeichen in die Tastatur.

UNGÜLTIGES PASSWORT – KEIN ZUGRIFF!

»Frau Mara«, sagte ihr Chef. »Wir müssen uns in der Wohnung umsehen. Vielleicht hat er es in seiner Dokumentenmappe notiert. Ich werde noch mal einen Blick darauf werfen.«

»Machen Sie das«, antwortete Opitz.

»Okay.« Hutnagl verschwand durch die Seitentür im Nebenzimmer.

Auf dem Bildschirm war die Fehlermeldung verschwunden. Stattdessen sah man einen jungen Mann, der drohend eine Pistole in der Hand hielt. Auf seinem schwarzen T-Shirt prangte der Schriftzug *Humanity is overrated.* Am unteren Rand verkündete eine Laufschrift die Botschaft: *Ihr werdet mich als krank, irr, psychopathisch, kriminell oder mit sonst einem Mist bezeichnen!* - Auch Pekka-Eric Auvinen hätte dich abgeknallt, TODESERNST.

»Immerhin was Neues«, kommentierte Opitz das frische Bild auf dem Monitor. Ein Löwe stand aufrecht daneben und hielt einen Ährenkranz in den Pranken. Darin befand sich auf silbergrauem Hintergrund ein rotes Kreuz mit vier Querbalken.

Jetzt hat es sich auszersetzt! TODESERNST, nun handle ich!

»Das ist doch das Symbol von dem Foto, das wir beim Direktor gefunden haben, oder?« Sabrina drehte sich zur Staatsanwältin um.

»Stimmt.«

»Ich schau mal in meinen Mails, ob die Dolmetscher schon was rausgekriegt haben.« Sabrina startete die App, wartete wenige Sekunden und scrollte dann durch die Liste der neuen Nachrichten, ohne auf die Antwort zu stoßen.

»Das darf doch nicht wahr sein«, sagte sie. »Da kann ich gleich Google Translator fragen.«

»Wird wahrscheinlich so eine Fantasiesprache sein«, lästerte Rainer Donhart. »Irgendwas aus einer Spielwelt oder was weiß ich.«

»Schauen wir mal.« Sabrina griff nach ihrem Handy und suchte in den Fotos nach dem fotografierten Vers. Dann zoomte sie das Bild, sodass sie den Vierzeiler abschreiben konnte.

Tie nevaid liepas ziedi
Ta cilveka dvēseliti
Saka Māra zīledama:
Žēl būs Grācas māmuliņas

Wort für Wort tippte Sabrina auf der App in das Feld für den fremdsprachigen Text.

»Herr Donhart«, stellte Sabrina nach der ersten Verszeile mit leichtem Vergnügen fest. »Es ist keine Fantasiesprache.«

»Sondern?« Rainer Donhart hob die Augenbrauen für einen Moment an.

»Lettisch.«

»Spannend.« Rainers zynischer Unterton war nicht zu überhören.

Sabrina ignorierte die Spitze und gab die restlichen Zeilen ein. Sie lachte auf und las die »Übersetzung« vor:

Sie sind keine Lindenblüten.
Die Seele dieser Person
Mary Sally sagt:
Grazer Mumien werden es bereuen.

»Bringt uns kaum weiter«, Sabrina widmete sich wieder dem PC.

Mit einem Brummen kam Hutnagl aus dem Nebenzimmer zurück. »Scheint euch auch nicht besser zu ergehen als mir. Ich habe nichts Brauchbares gefunden. Ich fürchte, wir verzetteln uns nur. Bauen wir den Computer doch ab und bringen ihn in die Kriminaltechnik. Die sollten das Passwort knacken können. Mit Raten kommen wir eh nicht weiter.«

»Das sehe ich im Sinne der Durchlaufzeit genauso«, gab Rainer Donhart von sich.

»Istel könnte auch hier einen Blick drauf werfen.« Sabrina klopfte mit der flachen Hand auf den Bildschirm.

»Wohl kaum, Frau Kollegin«, erwiderte Hutnagl. »Schon vergessen, dass ich ihn mit der Observierung von Fink beauftragt habe? Und das hat seinen guten Grund.«

Sabrina schwieg. Auf dem Monitor erschien das Porträt eines Herrn in schwarzem Hemd und weißem Sakko. Das schneeweiße Kopfhaar verdeckte nicht die hohe Stirn oberhalb der Brille. Am Kinn trug er einen charakteristischen Spitzbart.

»Moment«, Sabrina deutete auf den Schirm. »Das ist er doch. Der Direktor.«

»Ja, das ist Professor Ernst«, bestätigte Rainer Donhart.

Auf dem Bildschirm tauchte ein rotes Fadenkreuz über dem Auge auf. Die blutrote Laufschrift kündigte das Attentat im Bischöflichen Gymnasium an. *Du machst dem Spitznamen alle Ehre, nun werde ich zu deinem TODESERNST!*

Endlos lief das Schriftband in verschiedenen Versionen, aber ein Wort blieb die Konstante in jeder Variante. Trübte Markus Donhart die Abscheu gegen den ehemaligen Lehrer, sodass er an nichts anderes dachte? Das ließ sich auf der Stelle herausfinden.

»Einen Versuch wage ich noch.« Sabrina hämmerte TODESERNST in die Tasten.

»Funktioniert nicht, wetten?«, meinte Hutnagl.

»Schauen wir mal.« Sabrina drückte auf Enter.

Es flackerte. Die Endlosschleife der Amoktäter hörte auf. Die vertrauten Symbole erschienen auf dem Desktop.

»Mehr Glück als Verstand!«, murmelte Hutnagl.

»Sein Hass war der Leitfaden«, entgegnete Sabrina.

11:34 UHR

»Wollen wir hoffen, dass das die einzige Sicherung ist, die er hier eingebaut hat.« Sabrina lehnte sich für einen Augenblick zurück.

»So, wie ich ihn kenne, eher nicht«, sagte Rainer Donhart.

Hutnagl deutete auf den PC. »Schauen wir mal, ob wir das Drohvideo gegen das Bischöfliche Gymnasium finden.«

Sabrina rief den Windows-Explorer auf. ›Warum!‹ *heißt es*, schallte die Stimme von Kaplan Birkner in Sabrinas Kopf. Sie tippte das Fragewort samt Rufzeichen ins Suchfeld, worauf eine Liste mit einem einzelnen Eintrag erschien. Nach einem Doppelklick auf die Filmdatei startete der Clip ohne Mätzchen.

Dass das Video nicht von einem Profi stammte, fiel sofort auf. Die zusammenkopierten und abgefilmten Sequenzen flimmerten grobkörnig auf dem Schirm. Schlecht gesetzte Schnitte sorgten bei jedem Übergang für Augenschmerzen.

Auf dem Monitor tauchte bildfüllend ein Brett aus hellem Holz auf.

Warum?, lautete die Inschrift in fetten Buchstaben.

Ein ruckartiger Zoom folgte. Das Schild versank in einem Meer aus Blumen und Kerzen. Ab und zu verkündete ein Engel aus Porzellan die Todesnachricht. Auf den Zetteln zwischen den Grablichtern wiederholte sich laufend dieselbe Frage.

Warum?

Nach einer Weile verschwand das Blumenmeer rasch in der Schwärze. Pauken, Trompeten und ein verzerrender Bass begleiteten ein Kauderwelsch lateinischer Wörter, das aus den Lautsprechern des Rechners drang. Ein Foliant in altem Ledereinband schoss aus dem Hintergrund hervor. Auf dem Buchdeckel ruhte ein Schaf.

»Mann, wie anmaßend!«, gab Hutnagl von sich. »Der macht sich zum Lamm Gottes auf dem Buch mit den sieben Siegeln.«

Der Wälzer auf dem Bildschirm vergrößerte sich, sodass man die Seiten sowie die Lederbänder zusammen mit den Deckeln sah. Gemächlich zogen die goldenen Wappen auf den Bändern vorbei. Es blieb genug Zeit, jede Inschrift zu entziffern.

Erfurt!
Blacksburg!
Montreal!
Euskirchen!
Emsdetten!
Winnenden!
Graz?

»In diesen Städten hat's einen Amoklauf mit Schusswaffen gegeben, und den in Graz hat die Cobra verhindert.« Sabrina schrieb die Liste in ihre Notizapp.

Das erste Goldsiegel zerbrach, die Teile flogen über den Monitor und gaben den Blick auf das Gutenberg-Gymnasium frei. Der Schatten eines entsetzlichen Verbrechens hatte sich in die Fassade jener Schule gebrannt. Vor dem Haupteingang zeugten Blumen und Grabkerzen vom Ausmaß der Katastrophe. Ein Sperrband der Polizei flatterte im Wind. Junge Menschen betrachteten heulend das Hauptportal. Sie umarmten sich, suchten Trost und fanden nichts als Verzweiflung. Ein Brett inmitten eines Blumenmeers folgte. Die schwarze Tafel wuchs, bis man die Kreideschrift darauf lesen konnte:

Thüringen trauert um die sinnlosen Opfer!

Der Film erstarrte zu einem Standbild.

»Sinnlos?«, fragte eine verzerrte Stimme.

Ein Porträt füllte den Bildschirm aus. Es zeigte einen Jugendlichen. Die Akne am Kinn und die Schlieren auf der Schultafel im Hintergrund wirkten so unschuldig. Der Name des gescheiterten Gymnasiasten aus Erfurt hatte sich in das kollektive Gedächtnis eingebrannt. Durch ihn war das Schulmassaker nach Europa gekommen.

»Die Direktorin war sich zu fein, um sich mit ihm zu beschäftigen«, dozierte die Roboterstimme. »Er wollte Informatik studieren, aber sie verwehrte ihm seinen Traum! Stattdessen warf sie ihn wegen einer Kleinigkeit von der Schule. Sie verletzte dabei sämtliche Regeln. Nur weil sie ihn nicht mochte! Mutwillig verbaute sie ihm alle Perspektiven! Jetzt muss sie mit ihrer Schuld leben.«

Eine blutrote Schrift in fetten Lettern drängte sich in den Vordergrund.

**DER HEILIGE AMOKLÄUFER
ROBERT STEINHÄUSER
BESTRAFTE
IHREN HOCHMUT!**

Im Hintergrund ertönte eine Fanfare. Die Inschrift verschwand. Auf die linke Bildschirmseite wurde das Rundtürmchen des Bischöflichen Gymnasiums geknallt. Auf der rechten Hälfte half eine Laufschrift, die elektronisch verzerrte Anklage zu verstehen:

»Das Bischgym glaubt, eine Eliteschule mit Tradition zu sein. In Wahrheit zerstört es seit 190 Jahren Leben von Kindern und Jugendlichen! Für die Professoren und die Erzieher sind die Schüler keine Menschen. Weil sie sich auf dem Weg zur Menschwerdung befinden. Was für eine Sauerei!«

Die Buchstaben verblassten und hinterließen Schwärze auf dem Monitor. Sabrina hatte das Gefühl, als flöße die Dunkelheit aus dem Rechner in die Täterwohnung. Es kam ihr so vor, als verteilte sie sich im Wohnzimmer. Der Stundenzeiger der Pendeluhr schien in Schockstarre zwischen der Elf und der Zwölf zu verharren.

Sabrina schauderte.

Wenn Donhart in der Schule einen Amoklauf plante und die Cobra ihm in die Suppe spuckte, musste er extrem wütend sein. Weder hatte es die Polizei geschafft, ihn zu fassen, noch kannte jemand die Pläne des Mörders. Sabrina entschied, den Film weiterlaufen zu lassen.

Auf dem Bildschirm tauchte ein Steinbau auf, den vier angelegte Türme umrahmten. Das Bauwerk strahlte die Würde einer mittelalterlichen Burg aus. Countrymusik begleitete die Bilder von einem Campus mit altehrwürdigen Gebäuden neben modernen Labors.

»To arms, to arms and conquer peace for Dixie«, kam der Gesang aus dem Lautsprecher.

Eine Detailaufnahme zeigte die Beine eines Mannes beim Marsch durch einen Gang. Der Sound wurde unerträglich.

»Entschuldigung, geht's ein bisschen leiser?«, bat Rainer Donhart.

Sabrina drückte auf eine Taste, sodass der übersteuerte Ton leichter auszuhalten war.

Das Knallen der Schüsse drang gedämpft aus den Boxen. Auf dem Display sah Sabrina die Detailansicht einer schießenden Glock.

Es folgte ein harter Schnitt.

Polizisten gingen hinter einem Busch in Deckung. Sie zielten mit ihren Waffen auf den Eingang eines Hauses. Aber sie feuerten nicht. Es knallte. Die Kamera wackelte, für einen Moment erschienen dicke Regenwolken am Himmel. Die Bäume wogten im Wind. Dann herrschte Stille.

Totenstille.

Die vom Klang zweier Handzimbeln zerstört wurde.

Ein ehrwürdiger Sandsteinbau trat in Erscheinung. Die Fenster und die Architektur rund um die Pforte erinnerten Sabrina entfernt an das Portal von Notre-Dame. Auf dem Monitor erschien ein weißer Schriftzug.

Norris Hall,
Virginia Tech University,
Blacksburg, Virginia.
Montag, 16. April 2007
32 Tote – 29 Verletzte.

Schwärze überblendete das Bild samt Inschrift. Ein Siegel tauchte in der Mitte des Bildschirms auf. Ein einziges Wort in geschwungener Handschrift stand darauf.

Warum?

Es zerbrach.

Ein Asiat in Kampfmontur trat auf. Er hatte sich in einem Raum mit kahlen Kacheln selbst gefilmt. Der aggressive Gesichtsausdruck sprach Bände, als er die Kriegserklärung vorlas:

»Euer Mercedes war nicht genug, ihr Gören. Eure goldenen Halsbänder reichten nicht, ihr Snobs. Euer Aktienfond genügte nicht. Euer Wodka und Cognac waren nicht genug. All euer Prassen reichte euch nicht. Das hat eure hedonistischen Bedürfnisse nicht erfüllt! Ihr hattet alles! Ihr hattet hundert Milliarden Chancen, das hier zu vermeiden. Aber ihr habt euch entschieden, mein Blut zu vergießen. Ihr habt mich in die Ecke getrieben und mir nur eine Option gelassen. Das war eure Entscheidung. Ihr habt nun Blut an euren Händen, das sich nie mehr abwaschen lässt.«

Eine Fanfare ertönte, eine blutrote Schrift in fetten Lettern verkündete die Botschaft:

DER HEILIGE AMOKLÄUFER
SEUNG-HUI CHO
RÄCHTE
DIE HABGIER!

»Ihr seid gierig!«, erklärte die elektronisch verzerrte Stimme. »Ihr verachtet sogar jene, die weniger besitzen als ihr. Wisst ihr um das Leid in den Diamantminen? Es ist euch egal. Ihr möchtet lediglich die Weiber beeindrucken. Für den Erfolg gehen manche Anwälte rücksichtslos über Leichen!«

Der Monitor verdunkelte sich für einen Moment. Nahezu friedliche Töne flossen aus den Lautsprechern. Weder übersteuert noch zu laut trällerte Tom Jones einen Song. Sabrina hatte als Teenager zu den Klängen dieses Liedes in der Disco getanzt und dabei die Musik durch ihren Körper strömen lassen.

Sexbomb, sexbomb,
you're my sexbomb, sexbomb

Ein harter Schnitt auf einen hässlichen Bau folgte. Zwei Takte später fügte sich ebenso übergangslos die Innensicht eines Flurs in Schwarz-Weiß an.

Sexbomb, sexbomb

Ein unscheinbarer Bursche in unauffälliger Jacke, etwa 25 Jahre alt, marschierte durch einen Gang. Das verhüllte Gewehr verhieß auch in farblosen Bildern nichts Gutes.

Sexbomb, sexbomb

Der Bewaffnete drang in einen Lehrsaal ein, schoss in die Decke. Mit grimmigem Blick selektierte er die Studenten nach Art der Nazis. Typen nach rechts, Mädels nach links. Dann ließ er die Männer laufen.

Sexbomb, sexbomb

Todesangst spiegelte sich in den Gesichtern der jungen Frauen. In einer Detailaufnahme umklammerten sich zwei Hände, als ahnten sie den bevorstehenden Absturz in den Tod.

Der Hit von Tom Jones verkroch sich in den Hintergrund, und die Stimme des Eindringlings drängte sich in den Vordergrund. »Wisst ihr, wieso ihr hier seid?«

»Nein«, die Lippen der Geiseln bebten.

»Ihr wollt Ingenieurinnen sein, aber ihr seid eine Gang von Feministinnen. Ich hasse Feministinnen.«

»Es ist nicht wahr, wir sind keine Femi...« Der Kugelhagel unterbrach die Wortführerin für immer.

Stille.

Schwärze.

Ein goldenes Siegel tauchte auf. Sabrina blieb genug Zeit, um die Inschrift zu lesen.

Montreal!

Das Siegel drehte sich um. Auf der Rückseite erschien ein einziges Wort:

Warum?

Der Hit ertönte wieder. Es wirkte so, als ob Tom Jones den Text in den Raum brüllte.

Sexbomb, sexbomb

Standbilder reihten sich im Takt der Musik aneinander: ein Atelier. Das Porträt eines Machos in Schwarz-Weiß. Ein Plakat, das die Vernissage eines Fotokünstlers bewarb. Mit wackliger Kameraführung abgefilmte Aktbilder.

Es folgte ein schneller Themenwechsel wie so oft in dem Video. Das Landeskrankenhaus. Föten aus Kunststoff. Bilder eines Embryos. Dessen Einzelteile. Zerhackt in einer Nierenschale aus Edelstahl.

Schwärze.

Endlich kehrte Ruhe ein. Sie währte so lange, bis die blecherne Stimme den Lauftext vorlas:

Die Gesellschaft ist enorm verdorben. Sie fördert Sex ohne Verantwortung. Sie stopft Pornografen das Geld in den Hintern und nennt es Kunstförderung. Kein Wunder, dass auf den Kinderschlachthöfen Hochbetrieb herrscht. Wo bleiben da eure Plakate mit dem ›Warum?‹? Aber bei den verruchten Feministinnen von Montreal heult ihr!

Die Laufschrift verschwand. Der Bildschirm verdunkelte sich. Eine blutrote Schrift füllte den Monitor aus:

DER HEILIGE AMOKLÄUFER
MARC LÉPINE
KÄMPFTE GEGEN
DIE GOTTLOSE LUST!

Sabrina hörte Hutnagls schweren Atem. Ein brennender Geschmack breitete sich in ihrem Mund aus. Erleichtert erinnerte sie sich daran, noch nichts gegessen zu haben. Sonst hätte sie auf den Computer gekotzt. Wie krank musste der Täter sein, um auf die Idee zu kommen, einen Amokschützen mit diesem Hit zu verherrlichen?

Ein Choralgesang gepaart mit Triangelklängen und sanften Trommelschlägen setzte ein. Zwei Schüsse hallten aus dem Lautsprecher. Auf dem Bildschirm erschien ein Rechtspfleger, der von einer Kugel in der Brust getroffen worden war. Der Jurist rutschte die Treppe hinunter, während die Blätter aus den Akten sich chaotisch im Treppenhaus verteilten. Über ihn stieg ein bewaffneter Typ in Gummistiefeln hinweg und lief nach oben.

Kurz darauf war der Täter in voller Montur sehen. Das zusammengebundene Kreuz aus Knoblauchzehen vor seiner Brust hob sich von dem schwarzen Lackmantel ab. Kommentarlos ermordete er einen Unbeteiligten und marschierte weiter.

»Moment.« Sabrina hielt den Film an. »Das Knoblauchkreuz ähnelt doch dem Symbol, das wir bei dem Foto gefunden haben.«

»Frau Kollegin«, maulte Hutnagl. »Ja, mit viel Fantasie. Lassen Sie weiterlaufen, ich habe eine andere Vermutung.«

Mit Mühe verschluckte Sabrina ihre aufkeimende Wut und drückte auf die Entertaste. Der Film lief weiter und zeigte eine von Todesangst gezeichnete Frau.

»Um Gottes willen, er schießt«, schrie die Sechzigjährige in den Gerichtssaal. »Hilfe!«

Der Richter griff zum Telefon und richtete einen verzweifelten Appell an die Polizei.

Zu spät.

Der Täter drang in den Verhandlungsraum ein.

Mit gesenkter Waffe.

Ein unschuldiger Blick.

Der Richter, die Zeugin und der Staatsanwalt starrten vor Entsetzen.

Lähmung. Zitternde Lippen. Der Amoktäter ging auf die Frau zu. Er umarmte sie, schüttelte den Kopf und schoss ihr zweimal in den Unterleib.

Der Täter ging zum Richtertisch und zielte. Das Gesicht des Richters zitterte im Angesicht des Todes. Der Killer zuckte mit keiner Wimper, als er die Waffe in seiner blutverschmierten Hand auf den Kadi richtete und zweimal abdrückte. Dann legte der Amokläufer die Pistole auf dem Tisch ab, griff nach einer roten Schnur, die aus seinem Rucksack hing. Er zog daran, und es knallte.

Im Film riss die Explosion ein Loch in die Außenmauer des Gerichtsgebäudes. Dann verdunkelte sich der Bildschirm.

Abermals tauchte ein goldenes Siegel auf, und erneut blieb genug Zeit, um die Inschrift zu lesen.

Euskirchen!

Das Siegel drehte sich um. Auf der Rückseite erschien wieder das *Warum?*.

Die blecherne Stimme verkündete die Anklage, die zugleich als Laufschrift am Monitor auftauchte.

Die Lustgesellschaft lässt ungeborene Kinder abschlachten, und unsere Gerichte verurteilen die Aufdecker dieses Skandals als Stalker. Hier wird kein Recht gesprochen, sondern Gottes Recht mit Füßen getreten. Es war höchste Zeit, dass jemand dagegen ein Zeichen setzte.

Auf dem Monitor erschien abermals eine blutrote Schrift.

DER HEILIGE AMOKLÄUFER
ERWIN MIKOLAJCZYK
RÄCHTE DAS UNRECHT
IM GERECHTEN ZORN!

»Ich denke«, keuchte Hutnagl, »dass wir uns den Rest sparen können. Ich habe jetzt schon einen Verdacht.«

»Und welchen?« Sabrina hielt das Video an.

Hutnagl zog seine Dose Kautabak aus der Sakkotasche. »Ganz klar, die sieben Laster: Hochmut, Habgier, Wollust, Unmäßigkeit, Zorn, Neid und Trägheit. Die Motivlage dürfte damit zusammenhängen.«

»So wie in *Seven?*«, fragte Opitz.

»Der Film mit Morgan Freeman und Brad Pitt?«, ergänzte Rainer Donhart.

»Genau der«, bestätigte die Staatsanwältin.

»Das ist sein Lieblingsfilm«, bemerkte Rainer Donhart, »aber das traue ich ihm niemals zu. Markus hat zwar ein echtes Problem mit Professor Ernst, aber so durchgeknallt ist er sicher nicht.«

»Herr Donhart«, hörte Sabrina Hutnagls sonore Stimme. »Ich habe das Gefühl, dass er sich davon hat inspirieren lassen. Er wird uns weitere Opfer bescheren, wenn wir ihn nicht bald stoppen.«

Sabrina erhob sich, drehte sich zu ihrem Chef und lehnte sich am Schreibtisch an. »Na ja, im Bischöflichen war das Foto doch sehr auffällig auf der Leiche platziert. Da haben wir den Vers und den hingekritzelten Löwen mit dem Kranz und dem komischen Kreuz. Das kommt in *Seven* nicht vor.«

»Herr Donhart«, überging Hutnagl Sabrinas Einwand. »Können Sie mir Markus' DVD-Sammlung zeigen?«

»Ja, da ist sie.« Rainer Donhart deutete auf ein Regal.

Sabrina und Hutnagl schritten darauf zu. In der obersten Reihe lagerten die DVDs. Auf den Brettern darunter standen diverse Ratgeber, Dan Browns Romane sowie esoterische Schinken. *Spurlos, Neues aus dem Bermudadreieck*, las Sabrina auf einem der Buchrücken. *Das große Handbuch der Geheimgesellschaften* lautete die Inschrift auf dem Einband. *Mächtig, männlich, mysteriös*, hieß ein anderer Foliant.

Eindeutig ein Typ mit Hang zu Verschwörungstheorien.

Sabrinas Blick fiel auf einen schwarzen Bucheinband, auf dem ein rotes Balkenkreuz im Ährenkranz abgebildet war. Sie zog den Wälzer heraus. Ihre Intuition hatte sie nicht getäuscht. Auf dem Cover erblickte sie jenes Wappen, das ihr auf dem Foto bei der Leiche und am Bildschirmschoner begegnet war. *Milites Domini Jesu Christi*, hieß der Titel. Sie öffnete das Buch.

»Nicht verzetteln, Frau Kollegin.« Hutnagl hielt ihr eine DVD hin.

Sabrina schloss die Schwarte, stellte sie zurück auf das Regal und übernahm die DVD-Box. Die verschwommenen Gesichter von Norman Freeman und Brad Pitt sowie die schlierige, kalkweiße Schrift stachen ins Auge.

Seven.

Hutnagl griff nach einer anderen Filmbox. »Na, als dann. Da haben wir's ja. *Polytechnique*.«

Hutnagl drückte Sabrina die Schachtel in die Hand. Der Klappentext verriet klein gedruckt in französischer und englischer Sprache, dass es im Film um den Amoklauf vom 6. Dezember 1989 an der Polytechnischen Hochschule in Montreal ging. Sabrina studierte die Bilder in Schwarz-Weiß auf dem Umschlag. Finstere Kälte breitete sich in ihrem Bauch aus. Sie verwandelte sich Zug um Zug in ein nervöses Kribbeln. Eines stand fest: Markus Donhart hatte einiges vor.

»Da haben wir noch mehr Material für dieses Hetzvideo«, riss Hutnagl Sabrina aus ihren Gedanken und reichte ihr einen dunkelblauen DVD-Container.

»Tag der Abrechnung«, lautete der Titel. Auf dem Cover posierte Christoph Waltz in schwarzer Latexjacke. Über der Stirn trug er ein Schweißband. Die blutgetränkten Finger umklammerten eine Pistole. Sabrina wendete die Verpackung und las die Inhaltsangabe. Es ging um jenen Mann, der im Amtsgericht von Euskirchen sieben Menschen getötet und sich im Gerichtssaal in die Luft gejagt hatte.

»Da sind wir schon auf dem richtigen Dampfer, Mara.« Hutnagl verschränkte die Arme. »Kopieren Sie das Drohvideo auf einen USB-Stick, und dann fahren wir mit den DVDs ins Revier. Schauen Sie sich die Filme an, und entwickeln Sie eine Version, wo wir mit dem nächsten Mord rechnen müssen.«

»Leblose Person am Schlossbergplatz«, krächzte es aus den Funkgeräten. »Notarzt geht von einem Verbrechen aus.«

Hutnagl seufzte und ließ sich von einem Beamten aus der Tatortgruppe ein Walkie-Talkie übergeben.

»Hier Stadtpolizeikommando«, kam ein Kollege ihm zuvor. »Unser Kriminalreferat übernimmt!«

»Ich schicke euch Kontrollinspektorin Mara«, gab ihr Chef durch.

»Verstanden, Ende.«

Hutnagl stellte sich vor die Tür, die zum Hobbyraum führte. Über sein Gesicht huschte ein Strahlen. »Das Filmschauen müssen wir hintanstellen. Zuerst sollten wir rausfinden, ob man den Mord einem der sieben Laster zuordnen kann. Und wenn ja, welchem. Rufen Sie mich sofort an, wenn Sie etwas rausgefunden haben. Und ich werde mich jetzt um diesen Fink kümmern. Also gehen wir's an.«

11:50 UHR

Axel Kleingott verließ die Duschkabine, trocknete sich ab und zog sich die Uniform für den Innendienst an. Trotz der Anstrengungen verzichtete er auf das Mittagessen. Er zog sich stattdessen in das Zimmer zurück, das man für die Bereitschaft reserviert hatte.

Dort schnappte er sich das Handy und wählte die Nummer seines Spezis. Sie hatten sich während ihrer Ausbildungszeit bei der Cobra kennengelernt, doch dem Freund war eine Karriere bei den Spezialkräften verwehrt geblieben. Beim Belastungsmarathon am Ende der Ausbildung war er über eine harmlose Wurzel im Wald gestürzt. Es hatte für einen Kreuzbandriss gereicht. Nach der Genesung hatte der Spezi es wieder probiert, jedoch reichte es nicht mehr für die Wiederaufnahme. Wenig später war er bei der Abteilung für interne Ermittlungen gelandet.

»Irgendwann musste der Schulamoklauf auch zu uns kommen«, meldete sich der Spezi.

»Hat so ausgesehen, war aber keiner.«

»Was?«

»Die Kundschaft ist in diesem Fall bei uns zu suchen.«

»Wie bitte? Bei einem Gymnasium mit so gutem Ruf?«

»Mir kommt so manches spanisch vor.«

»Und was?«

»Mir ist aufgefallen, dass der Einsatzleiter unrund ist. Er hat Sabrina mit der Fahndung nach dem Zeugen für die Durchsuchung beauftragt. Und uns hat er gleich danach den Einsatzbefehl für die Razzia erteilt. Angeblich wegen Gefahr im Verzug.«

»Wo liegt das Problem?«

»Die Ortskenntnis über das Zielobjekt war ausgezeichnet.«

»Und?«

»Die konnte er nie und nimmer in der kurzen Zeit ermittelt haben.«

»Okay.«

»Dann sind wir hin, haben das Haus gestürmt, aber von einem Täter weit und breit keine Spur. Dafür ist wenig später der Einsatzleiter in die Wohnung getigert und hat sie hektisch nach irgendwas durchsucht. Ich habe das Gefühl, dass mit ihm etwas nicht stimmt. Mit Hutnagl ist was faul, das sag ich dir.«

»Und was soll ich da für dich tun?«

»Schau bitte nach, ob es früher einmal eine Ermittlung gegen Kurt Hutnagl gegeben hat. Und falls ja, worum es sich da gehandelt hat.«

»Na, wenn das alles ist, mache ich das gern.«

***

»Die Polizei«, hörte Fink die Stimme der Moderatorin im Headset, »hat vor dem Bischöflichen Gymnasium in Graz eine improvisierte Pressekonferenz über den Amoklauf abgehalten. Antenne-Reporter Norbert Fink war für Sie dabei. Was gibt's Neues?«

Fink hielt das Mikrofon direkt vor dem Mund, zählte still bis drei und legte los. »Bei der Pressekonferenz hat der Einsatzleiter zur allgemeinen Überraschung einen Amoklauf ausgeschlossen. Es dürfte sich eher um einen spektakulären Rachemord handeln. Über den flüchtigen Mörder wollte die Polizei noch wenig preisgeben. Soviel mir bekannt ist, dürfte der Täter männlich und etwa 35 Jahre alt sein. Über das Motiv können wir momentan nur spekulieren.«

»Wie ist die Lage vor Ort?«

»Ich befinde mich vor einem Haus in der Nähe der Schule, wo der mutmaßliche Täter wohnt. Die Cobra ist dort eingedrungen, hat ihn aber nicht gefunden. Er ist also weiterhin flüchtig.«

»Wie stellt sich die Situation für die Anrainer dar?«

»Wie es aussieht, war zum Zeitpunkt der Razzia keiner der Anwohner daheim. Da ist Gott sei Dank niemand in Gefahr geraten. Zurzeit riegelt die Polizei das Haus ab, und die Ermittler haben es bereits gemeinsam mit einem Zeugen betreten.«

»So weit Norbert Fink vor Ort«, sagte die Moderatorin. »Er wird sich wieder melden, sobald es neue Entwicklungen gibt.«

Kurz nach dem Radiogespräch läutete das Handy. Er stellte die Ausrüstung ab und nahm das Gespräch an.

»Norbert«, meldete sich der Redakteur. »Gerade soll am Schloßbergplatz jemand erschossen worden sein.«

»Okay.« Fink hielt einen Augenblick inne. »Da kommt der Einsatzleiter mit einer Kollegin heraus. Die werde ich gleich in die Mangel nehmen.«

»Mach das. Wenn sie ablehnen, weißt du, was zu tun ist.«

»Natürlich.«

»Viel Glück.« Der Redakteur beendete das Telefonat.

Fink verstaute das Mobiltelefon und marschierte auf die Ermittler zu. »Haben Sie zwei Minuten Zeit für ein Interview mit Antenne Steiermark?«

»Nein«, gaben sie brüsk von sich.

»Frau Kommissarin«, sagte Fink. »Sie kommen soeben aus der Täterwohnung. Was hat die Durchsuchung ergeben?«

»Inspektor heißt das bei uns«, antwortete die Dunkelhäutige mit mürrischem Unterton.

»Sie werden mit mir vorliebnehmen müssen.« Hutnagl deutete auf seine Kollegin. »Frau Mara hat was Wichtigeres zu tun, nicht wahr?«

»Gerade ist in der Redaktion die Meldung von einem zweiten Mord reingekommen. Gehen Sie davon aus, dass die beiden Taten miteinander zusammenhängen?«

»Da wissen Sie mehr als wir«, konterte Hutnagl. »Wir ermitteln immer in alle Richtungen. Gut, dass Sie hier sind. Wir müssen gemeinsam einen Sachverhalt abklären.«

Fink fragte sich, was die Polizei wohl von ihm wollte. Wenn er es geschickt anstellte, konnte er daraus ein Exklusivinterview zu den Hintergründen der Taten machen. Er lächelte. »Okay, ich muss die Redaktion darüber informieren, dass ich ein Gespräch mit dem Einsatzleiter habe.«

Hutnagl nickte. Er nahm das Walkie-Talkie in die Hand. »Istel, kommen Sie zwecks Befragung in den Einsatzleitwagen.«

12:00 UHR

Hutnagl öffnete die Schiebetür des Befehlskraftwagens und deutete auf einen Stuhl. »Herr Fink, steigen Sie bitte ein, und nehmen Sie Platz.«

Fink setzte sich gegenüber von Hutnagl und Istel hin, stellte das Mikrofon auf dem Tisch ab und aktivierte es.

»Ich glaube, das wird nicht nötig sein.« Hutnagl lächelte.

»Warum?« Der verdutzte Blick verriet den Treffer ins Schwarze.

»Weil wir hier die Fragen stellen«, antwortete Hutnagl.

Istel neigte den Kopf etwas zur Seite. »Haben Sie wirklich geglaubt, dass das ein Exklusivinterview mit dem Einsatzleiter wird?«

»Also packen Sie das Mikro wieder ein«, drängte Hutnagl.

»Okay.« Fink drehte das Gerät ab und verstaute es in der Tragetasche.

»In der Kreuzgasse ist mir bei der Pressekonferenz eine Ungereimtheit aufgefallen.« Hutnagl verschränkte die Arme und lehnte sich zurück.

»Welche Ungereimtheit?« Fink rutschte auf der Stuhlfläche herum.

Es sah gut aus. Der wirkte nervös. Nun galt es zu klären, wer der Täter und wer der Komplize im Bischöflichen Gymnasium war. Der Fisch zappelte im Netz, und Hutnagl musste ihn nur noch an Land ziehen. »Die Personalienfeststellung können wir uns schenken. Wir kennen uns ja noch von der Verbindung. Doch die

Belehrung muss sein. Norbert, es ist auch in deinem Interesse, dass wir den Mord am Direktor so rasch wie möglich aufklären.«

»Logo.« Fink blickte zur Tür. »Dann wollen wir's schnell machen. Am Schloßbergplatz hat's ja Action gegeben.«

»Waren Sie Schüler am Bischöflichen Gymnasium?«, fragte Istel nach dem knappen Rechtsvortrag von Amts wegen.

Fink nickte. »Leider sogar intern!«

»Warum leider?«, insistierte Hutnagl.

»Ich weiß schon, worauf ihr hinauswollt, und ich sage es euch gleich: Die Anstalt war der reinste Horror! Doch wenn ihr glaubt, dass ich deshalb *Todesernst* umgebracht habe, liegt ihr aber so was von daneben!«

»Du kannst ruhig uns überlassen, was wir glauben.« Hutnagl fügte eine Pause ein. »Erzähle uns von deiner Schulzeit.«

»Mir kommt es vor, als wäre alles erst gestern gewesen. Obwohl es so lang her ist, dass die Leidenszeit in dem verfluchten Internat begonnen hat. Mama hat geahnt, was auf mich zukommt. Sonst hätte sie nicht beim Abschied geweint. Kurz danach haben sie uns in den Studierraum getrieben, um uns allen die Regeln vor den Latz zu knallen. Mich hat es nie in diese sogenannte Eliteschule mit Tradition gezogen. Das Heimweh zerriss mich, doch das hat weder meine Eltern noch den Präfekten interessiert.«

»Präfekten?«, fragte Istel.

»So nennt man im Bischöflichen Internat die Erzieher«, erklärte Hutnagl.

»Mich wundert's, dass ich den Irrsinn acht Jahre ausgehalten habe. Um sechs Uhr morgens wurde man für das völlig sinnlose Frühstudium geweckt. Vor dem Frühstück eine Danksagung, vor dem Unterricht ein Eröffnungsgebet, nach der letzten Stunde ein Schlussgebet. Natürlich musste vor dem Essen ein kollektives Gebet gesprochen werden. Vor dem Abendessen konnten wir zwischen Studium oder Messbesuch wählen. Wow, total liberal!« Die wegwerfende Handbewegung verriet den Hass, der immer noch in Fink loderte. »Religiöse Gewalt jederzeit! Ich sage es euch ganz offen: Im Bischgym herrscht organisiertes Pharisäertum!«

Wenn der sich so reinsteigert, wird er sich selbst überführen.

Hutnagl beschloss, Öl in das lodernde Feuer zu gießen. »Wie hat sich das geäußert?«

»Dauernd lagen sie uns mit den sieben Lastern in den Ohren. Es lief wie auf der ›Farm der Tiere‹. Alle in der Gemeinschaft sind gleich, nur manche sind gleicher. *Todesernst* ist – äh, war - der personifizierte Stolz. Jedermann hat es gewusst, aber aussprechen durfte es niemand. Ein Pharisäer, wie er im Buche steht. ›Wer sich selbst erhöht, wird erniedrigt werden‹, würde Jesus zu ihm sagen.«

Hutnagl verkniff es sich, Fink zu widersprechen. Vielmehr galt es momentan, die Tirade, auch um Christi willen, zu ertragen.

»Wasser predigen und Wein trinken!«, setzte Fink fort. »*Todesernst* war das Paradebeispiel. Dass er gerne einen Schüler zum Fertigmachen herauspickt, haben alle gewusst. Sogar der Religionsunterricht war ihm dazu nicht zu schade. Gemacht hat er es meistens in Latein.«

Die Schlinge zog sich zu. Mit jedem Wort machte sich Fink verdächtiger. Er redete sich in Rage. Mit etwas Glück lieferte er unbeabsichtigt ein Geständnis über seine Rolle. »Wie soll man das verstehen? Gab es einen speziellen Vorfall?« Hutnagl löste die Verschränkung seiner Arme.

»Einen?«, kläffte Fink, »Hunderte!«

»Beschränken Sie sich auf ein Ereignis, an das Sie sich leicht erinnern und das uns verdeutlicht, was Sie meinen«, bat Istel.

ZWANZIG JAHRE ZUVOR

Norbert Fink zog beim Betreten der Toilette die Zigarettenpackung aus der Hosentasche und öffnete sie. Nur eine Kippe lag verkehrt herum in der Schachtel. »Oops, das ist blöd. Ich habe nur noch die Glückszigarette. Die müssen wir jetzt gemeinsam heizen.«

»Okay.« Markus nickte.

Norbert steckte sich den Glimmstängel in den Mund, zündete ihn an und reichte ihn Markus. Der nahm einen Zug und stieß vorsichtig den Rauch durch das einen Spaltbreit geöffnete Fenster aus. Blieb zu hoffen, dass die letzte Zigarette Markus das nötige Schwein für die Jahresprüfung bei *Todesernst* brachte. Seit der entscheidenden Klassenarbeit war eine Woche vergangen. Für Markus hatte diese mit einem Schlachtfeld aus Rot und Blau in seinem Heft geendet. Norbert war das »Nicht« vor dem »Genügend« erspart geblieben. Nun hoffte er, dass auch Markus es an das rettende Ufer schaffte.

Der nahm noch einen Zug. »Hoffentlich bekomme ich keine depperte Stelle.«

»Kriegst wahrscheinlich einen Text von Caesar.« Norbert übernahm die Zigarette und saugte daran.

»Ich weiß nicht.« Markus deutete mit dem Kinn auf den Baum. »Da fällt ein Blütenblatt runter. Und genauso sicher werde ich durchrasseln. *Todesernst* will mir einen reinwürgen.«

»Du wirst ihn abwehren!« Norbert sah vom Fenster in den Lindenhof hinab. Ruhig wie immer stand die Linde im Zentrum des Hofs, wie sie es seit Ewigkeiten tat.

Ein schrilles Läuten schallte durch die Gänge.

Mist!

Er warf die Zigarette in die Toilettenschüssel und betätigte die Spülung. Sie eilten los. Liefen die zwei Stockwerke hinunter. Düsten durch den Flur. Bis sie endlich das Klassenzimmer erreichten.

Zu spät!

Zwei Minuten.

Es reichte für den Klassenbucheintrag: 2' Donhart, Fink.

»Na, willkommen in der Gemeinschaft, meine Herren. Habt ihr es im Klo getrieben?« *Todesernst* setzte sich auf das Katheder und wartete sanft grinsend ein Weilchen. »Ihr seid schon wieder nicht pünktlich!«

Die Blicke der Klassenkameraden durchbohrten Norbert. Er nahm neben Markus in der zweiten Reihe Platz und harrte der Dinge. Er bekam kaum mit, wie *Todesernst* einen Stapel Papier aus der Tasche zog und die Zettel unter den Schülern verteilen ließ.

Todesernst massierte sich den schwarzen Ziegenbart, als freute er sich darauf, Markus fertigzumachen. »Wir haben heute eine Jahresprüfung. Mal schauen, bei wem.«

Todesernst schlug das dicke Notizbuch auf. »Ah ja, Donhart. Du hast ja gemeint, dass man sich auf seinen Lorbeeren ausruhen darf. Tja. Da muss ich noch was loswerden, damit es auch bei dir ankommt, Donhart.«

Fink starrte gebannt auf die Lippen des Lateinprofessors und fragte sich, welche Gemeinheit sie bald verkündeten.

»Gestern«, sprach *Todesernst*, »war ein großartiges Benefizkonzert im Minoritensaal, das ich für die Salesianer organisiert habe. Und wisst ihr, wen ich da getroffen habe?«

In der Klasse hatte sich eine ungewöhnliche Stille ausgebreitet.

Todesernst kratzte sich am Spitzbart. »Deine Schwester. Wissen Sie, was die über Sie erzählt hat?«

Die Sekunden streckten sich, bis *Todesernst* fortfuhr: »›Markus lässt sich nichts sagen und tyrannisiert seine Familie.‹ Donhart, aber bei mir beißt du auf Granit. Was bei mir aber zählt, ist Leistung. Was sozusagen hängen geblieben ist. Es gibt viele, die euch beneiden. Denn wer hat schon das Privileg, beim besten Lateinlehrer von ganz Österreich lernen zu dürfen.«

In Norbert keimte der Zorn. Was konnte Markus gegen diesen Hagel unternehmen, dem er ohne Schutzschild ausgeliefert war?

»Also, Donhart. Wollen wir anfangen?« *Todesernst* setzte sich auf den Stuhl hinter dem Katheder.

»Dum Romani magnas partes Italiae occupant, Tarentini Pyrrhum regem auxilio vocant«, las Markus den lateinischen Text vor.

»Also die Römer ...«, stammelte Markus.

Au weh!

»Geht's lauter?«, kam die Reaktion von *Todesernst.*

»Also die Römer besetzen den großen Teil von Italien, die Einwohner Tarents heißen Hilfe König von Pyrrhus.«

Kein guter Start. *Todesernst* hatte Markus erfolgreich verunsichert.

»Donhart, was soll das Gestammel? ›Dum‹ mit ›also‹ zu übersetzen ist nur saudumm. Dann kommt natürlich nur so ein Schwachsinn raus.«

»Dum heißt während«, flüsterte Norbert.

»Ah, das Theater im Keller braucht Souffleure«, lästerte *Todesernst.*

Gelächter schallte durch das Klassenzimmer. Es prasselte auf Norbert ein. Es schien, als schrumpfte er mit jedem Lacher der Klassenkameraden.

»Fink!« Todesernsts Stimme hallte durch die Klasse. »Glaub nicht, dass du Donhart rausreißen kannst. Du bist ja auch so eine Flasche. Dieses Mal hat's ja knapp gereicht bei dir, aber in der Sechsten wirst du dich noch umschauen.«

Norbert konnte nichts mehr für Markus tun. Was blieb anderes übrig, als hilflos den ungleichen Kampf zu beobachten? Endung für Endung, Wort für Wort und Satz für Satz trieb *Todesernst* sein Opfer in die Enge, bis er zum Todesstoß ansetzte: »Da sieht man, wie gut mein Unterricht normalerweise greift, es sei denn, man hat nicht einmal das Einfachste gelernt. Probieren wir es noch mit den nächsten zwei echt billigen Sätzen.«

»Nam eos metu liberare in animo habet. Mox in italiam contendit«, las Markus vor. Er versuchte, sogleich die erste Wortfolge zu übersetzen: »Für diese Meute hatte er in der Seele zu befreien.«

Todesernst quittierte es mit einem süffisanten Grinsen. »Schwachsinn in Reinkultur. Ob Fink die schafft?«

»Metu ist der Ablativ von metus«, riet Norbert.

»Richtig erkannt. Also?«

Norbert entschied sich für eine wörtliche Variante. »Für diese hatte er im Sinn, sie von der Angst zu befreien.«

»Tja, Donhart.« *Todesernst* lehnte sich zurück und verschränkte die Hände hinter dem Kopf. »Sogar Fink kriegt so einen primitiven Satz auf die Reihe. Was du abgeliefert hast, ist reif für den Feldhof.«

Erneut gackerten alle. Jeder in der Klasse wusste, dass es sich dabei um den Spitznamen der Nervenklinik im Westen der Stadt handelte.

»Donhart, ich würde mir eher eine Kugel in den Kopf jagen lassen, als dir eine Vier zu geben. Aber du kriegst einen Tipp von mir.« *Todesernst* löste die Verschränkung hinter dem Haupt. »Genieß die Ferien, denn die Nachprüfung schaffst du eh nicht. Du bist eine Schande für unser Bischöfliches Gymnasium. Wenn du hier bis zur Matura kämest, wäre das echt peinlich für unsere Schule.«

GEGENWART

Sabrina schwieg. Im Schritttempo fuhren sie die letzten Meter den Straßenbahnschienen folgend durch die Sackstraße auf den Schloßbergplatz zu. Nach einem hellgrünen Bürgerhaus bog die Fahrerin ab. Sie steuerte das Auto über die Bordsteinkante und hielt auf dem gepflasterten Platz vor einer orangefarbenen Kirche an.

Sabrina nahm ein frisches Paar Latexhandschuhe aus dem Handschuhfach, verstaute es in der Jackentasche und stieg aus.

»Hier gibt es nichts zu sehen!« Der Polizist drängte einen Passanten vom rot-weißen Absperrband weg, das sie zwischen dem Palais und dem Gotteshaus aufgespannt hatten. Der Fußgänger wechselte die Straßenseite. Er suchte erst zögernd, dann rascher das Weite.

Sabrina marschierte auf den Uniformierten zu und zückte ihren Ausweis. »Wer war das denn?«

»So ein hysterischer Wichtigtuer.«

»Wer leitet hier die Ermittlungen?«

»Ich.« Ein hagerer Mann stiefelte auf Sabrina zu. Der Overall war viel zu groß geschnitten für ihn. Die Haare schimmerten durch die Kapuze, und einige Strähnen lugten aus dem Schutzanzug hervor. Aufgrund der blondbraunen Mähne und der kastanienbraunen Augen war es ein Leichtes zu glauben, ein bekannter Schlagersänger hätte während des Wechsels vom Schlager zur Polizei eine Verjüngungskur gemacht.

»Sabrina Mara?«, fragte er.

Sie nickte. »Genau die.«

»Folgen Sie mir bitte.«

Der Erschossene lag gekrümmt auf dem Pflasterboden. Sein Alter schätzte Sabrina auf knapp fünfzig. Für die Schuhe hatte er einige Hunderter hingelegt. Im Vorjahr hatte sie ein Paar aus dem Hause Oxford aus Straußenleder in einem exklusiven Geschäft in Mailand gesehen. Den noblen Anzug und das Hemd hatte er wohl kaum beim Discounter gekauft. Ein Siegelring hob sich sowohl von den Fingern als auch von dem in den Boden eingelassenen Messingstreifen ab, auf dem die Hand ruhte. Dreißig Zentimeter entfernt war der Aktenkoffer aus elegantem Leder gelandet. Das Loch am Hinterkopf sowie die Hirnmasse und Knochensplitter in der Blutlache auf dem Pflaster ließen einen einzigen Schluss zu.

»Wer ist die Leiche?« Sabrina holte die Latexhandschuhe aus der Jackentasche.

»Ich tippe auf Rechtsanwalt.«

»Dann schauen wir mal.« Sabrina zog die Handschuhe an. »Was wissen wir?«

»Der Täter hat vermutlich zwei Schüsse abgegeben. Der Erste verfehlte ihn und schlug hier ein.« Der hagere Tatortbeamte zeigte auf ein Einschussloch neben einem Fensterbogen in der Kirchenmauer. »Der Zweite war tödlich. Der Killer dürfte am ehesten von dort aus geschossen haben.« Der Spurensicherer wies zum barocken Prachtbau. »Unsere Leute überprüfen gerade das Palais Attems, aber das Erdgeschoss können wir schon ausschließen.«

»Wieso?«

»Im Parterre befinden sich eine Restaurationswerkstatt und eine Zeitschriftenredaktion. Die waren völlig perplex, als wir aufgetaucht sind. Sachen gibt es.« Der Tatortbeamte schüttelte den Kopf. »Sie haben's nicht einmal mitgekriegt. Dabei liegt das Opfer direkt vor dem Fenster der Werkstatt.«

»Und im Hochparterre?«

»Da sind zwei Studentenverbindungen.«

Sabrina betrachtete die Häuser am Schloßbergplatz, drehte sich um und schaute zum Fluss. »Nehmen wir an, der Täter war nicht im Palais Attems«, wandte sie sich an den Hageren. »Welche Stellen kämen da noch in Betracht?«

»Die Murseite garantiert nicht. Erstens haben alle Zeugen übereinstimmend berichtet, dass er Richtung Schloßberg ging, bevor er tot umfiel. Zweitens wissen wir, dass die Kugel ihn an der Stirn getroffen hat. Es wäre möglich, dass er den Schuss vom Springbrunnen auf der anderen Seite oder gar vom Kriegssteig aus abgefeuert hat.« Der Hagere deutete zu einer Steintreppe, die sich über die Steilwand zum Uhrturm schlängelte. »Dann hätte ihn irgendjemand sehen müssen. Also bleibt doch nur das Palais Attems übrig.« Er wies mit dem Zeigefinger auf einen deformierten Pfropfen zwischen der Messingplatte und der Kirchenmauer. »Dafür spricht außerdem der Querschläger.«

»Kaliber?«

»Sieht mir nach den üblichen neun Millimetern aus. Das passt auch zur Einschusswunde.«

»Schon abgemessen?«

»Machen wir gleich!« Der Hagere trabte los.

Sabrina sah zur Leiche. Wenn die Tat mit dem Anschlag in der Schule zusammenhing, könnte Hutnagl recht haben. Falls der Amoklauf von Erfurt als Vorbild für die Geschichte im Bischöflichen Gymnasium diente, musste das hier mit dem Massaker in Blacksburg zu tun haben. Das noble Outfit des Ermordeten unterstützte die These. In Donharts Clip folgte auf den Hochmut die Habgier. Dann kam die Lust an die Reihe. War also mit einem Mordanschlag im Rotlichtmilieu zu rechnen?

Oder plante Donhart als Nächstes wie der Amokschütze an der École polytechnique in Montreal ein
Blutbad an der FH Joanneum oder an der TU Graz? Irrsinn kombiniert mit religiösem Wahn war alles zuzu-
trauen. Fragte sich, welche Rolle Norbert Fink spielte.
Wahrscheinlich kitzelte Hutnagl zurzeit das aus dem
Reporter heraus.

»Sieht ganz nach 7.62 Millimeter aus«, riss der Spurensicherer sie aus den Gedanken. In seinem Mess-
schieber steckte das verformte Projektil.

»*Seven*«, murmelte Sabrina.

»Was bitte?« Der Tatortbeamte runzelte die Stirn.
»Der Film mit Brad Pitt und Morgan Freeman, in dem
der Serienmörder eines der Opfer ein Jahr lang ans Bett
gefesselt hatte.«

»Genau der. Ich muss an die Szene denken, in der sie
den zweiten Mord beim Rechtsanwalt untersuchen. Sie
finden platzierte Fingerabdrücke. Die führen zum folgenden Verbrechen. Wenn die Theorie stimmt, gibt es
auch hier einen auffällig unauffälligen Hinweis.«

»Soweit ich mich erinnere, stand bei *Seven* die Todsünde irgendwo am Tatort eingestanzt.«

»Die Messingstreifen! Gute Idee!«

Sabrina betrachtete die im Boden eingelassenen
Texte. Überall ragten die Buchstaben ein bis zwei Millimeter in die Höhe. *Nein: Graz: Ja*, verkündete die erste
Inschrift kurz und bündig an der engsten Stelle zwischen Palais und Kirche.

Sie ging herüber zum Streifen nebenan. *Es nehmen
dicht bei Graz die Berge überhand*, las sie. Das Hügelland
umsäumte die Landeshauptstadt von drei Seiten. Das
passte zwar zur Geografie, aber kaum zur These.

Nach zehn Metern erreichte Sabrina erneut einen auf Messing gestanzten Schriftzug. *Niemand kann mir Graz aus dem Leben herausnehmen*, lautete die Botschaft. Bezog der Täter den Satz auf sich? Nach dem Motto, dass einzig Donhart es könne. Dass er den Opfern nicht nur die Stadt nahm, sondern ihnen den ultimativen Prellbock in die Lebensbahn setzte.

Sabrina kehrte zur Leiche zurück. Der perfekt maniküre Ringfinger des Toten wies auf die Messingplatte. *Graz macht den Eindruck, als ob man vom Frieden käme aus dem Krieg*, stand darauf geschrieben.

Falls Hutnagl mit der *Seven*-Theorie recht behielt, hatte Donhart den zweiten Mord ganz bewusst genau an dieser Stelle begangen. Wenn es stimmte, lieferte die Aufnahme im Anzugkragen im Bischgym den Hinweis auf die Tat hier, während die Messingbuchstaben ihrerseits auf das dritte Attentat verwiesen. Doch es gab einen Unterschied zu den Kommissaren im Film. Sie konnte weder mit dem lettischen Vers auf dem Foto noch mit den am Boden eingestanzten Sprüchen etwas anfangen.

Sabrina seufzte.

In ihrem Kopf tauchte jene Folie auf, mit der man sie in der ersten Stunde ihrer Ausbildung zur Kriminalbeamtin konfrontiert hatte. Darauf stand lediglich ein Zitat aus Sherlock Holmes: »Es ist in der Kriminalistik von größter Wichtigkeit, dass man aus einer großen Zahl an Tatsachen diejenigen erkennt, welche zufällig, und diejenigen, die relevant sind.«

Der Ringfinger!

Sabrina zog sich die Latexhandschuhe an und ging neben der Leiche in die Hocke. Vorsichtig drehte sie die

Hand des Ermordeten und nahm den Siegelring unter die Lupe. Da war es wieder. Das rote Hammerkreuz auf silbernem Hintergrund. Kein Zweifel, das Zeichen war dasselbe, das ihr sowohl auf der platzierten Fotografie beim Direktor als auch in Donharts Wohnung begegnet war.

»Sagt Ihnen das Symbol auf dem Ring etwas?«, fragte sie den Spurensicherer.

Der schüttelte den Kopf. »Sepp«, rief er seinem Partner zu, »komm mal her.«

»Ja.« Der zweite Tatortbeamte kam hinzu.

»Sagt dir das was?« Der Hagere deutete auf den Fingerschmuck.

»Nie gesehen«, antwortete der Kollege.

»Vielleicht kriegen wir da mehr raus.« Sabrina ging neben dem Aktenkoffer in die Hocke und öffnete ihn. Hinter einem Netz hatte der Getötete die Visitenkarten aufbewahrt.

Sie zog eine heraus. Das Logo in der Mitte der oberen Hälfte stach ihr gleich ins Auge. Ein aufrecht stehender Löwe hielt ein Ährenrad in den Pranken, dessen Speichen Sonnenstrahlen glichen. »th§p«, lautete der verschnörkelte Schriftzug, der für sich den Platz auf der Radnabe beanspruchte.

Kanzlei Doktor Theodor Posetto, las sie, *Spezialist für Insolvenzrecht sowie für Ehe- und Familienrecht.*

12:15 UHR

Axel Kleingott schaute auf das Display des vibrierenden Handys. Er griff nach dem Handy und nahm das Gespräch an.

»Was hast du rausgekriegt?«, fragte er den Spezi.

»Da hat's was gegeben, aber es ist nicht der Rede wert.«

»Alter, red weiter!«

»Um einen Ritterorden, bei dem Hutnagl dabei ist. Der ist aber harmloser als die Caritas. Die Akte liegt vor mir.«

»Das war alles?«, hakte Axel nach.

»Fader geht's nimmer. Ich kann's dir gerne vorlesen, wenn du dich unbedingt langweilen willst.«

»Vielleicht den wichtigsten Absatz?«

Kleingott hörte, wie der Spezi blätterte. »Ja, da ist er: Die *Milites Domini Jesu Christi* sind ein katholischer Ritterorden, der sich hauptsächlich mit der Integration von Langzeitarbeitslosen in den Arbeitsmarkt beschäftigt. Sämtliche Ermittlungen gegen den Beschuldigten sind wegen offensichtlicher Schuldlosigkeit einzustellen.«

»Weisungen?«

»Vom Minister kam da nichts. Auch nicht von anderen hohen Tieren. Die Sache schaut glasklar aus. Und noch was: Der Kollege, der Hutnagl angeschwärzt hat, ist kurz darauf weg.«

»Vielen Dank, dass du das so schnell gecheckt hast. Du hast was gut bei mir.«

Axel beendete das Gespräch und atmete durch. Zum Glück hatte er diesen Weg beschritten, sonst wäre nicht nur sein Schatz ihren Job losgeworden. Auch er wäre im hohen Bogen aus der Cobra geflogen, denn Hutnagl hätte nicht lange herumgefackelt. Beim Polizeiball hatte er über die Kolleginnen in einer Tour gelästert. Der rassistische Unterton hatte nicht gefehlt, als er Sabrina gleich als doppelt dienstuntauglich von der Biologie her bezeichnet hatte. Dass Axel nach diesem Gespräch sie zum Tanz aufgefordert und sich spontan in sie verliebt hatte, dürfte Hutnagl nicht gefallen haben.

***

Markus Donhart hatte genug vom Schloßbergplatz gesehen. Die zweite Mission war wie geplant gelaufen.

Dr. Theodor Posetto war tot.

Mausetot.

Er, der Todesritter von Graz, hatte diesem Rüpel mit einem perfekten Schuss das Licht ausgeknipst. Er hatte einen Volltreffer gelandet. Den Fehlschuss hatte er zur Ablenkung gesetzt. Wie es aussah, mit Erfolg.

Donhart grinste. Gott hatte Jenny Stefanetz auf die Bude geschickt, damit sie ihm verriet, wann und wo sie sich mit dem Anwalt treffen würde. So hatte sie den falschen Juristen vor die Flinte der Gerechtigkeit geliefert. Allein das bewies, dass der Herr den Todesritter von Graz unterstützte.

Donhart legte das Fernrohr neben sich ab. Vorsichtig klappte er das Holzbrett in der Fensteröffnung zu. Er stieg vom Tisch herab, ging zurück in die Kommandozentrale und ließ sich auf die Korbbank fallen.

Zeit für eine Zigarette zur Feier des Erfolgs. Zum Proviant gehörte eine Stange Parisienne. Behutsam befreite Donhart die zehn Packungen von der Plastikfolie. Er lächelte, als er die erste Schachtel öffnete. Daraus zupfte er eine Kippe, drehte die Glückszigarette um und steckte sie in das Päckchen zurück. Dann holte er eine andere hervor. Nach einem lässigen Griff zum Feuerzeug glühte der Sargnagel. Absolut herrlich, nach dem Zug das angenehme Kratzen im Hals zu spüren. Einen Moment lang hielt er den Rauch in den Lungen und stieß ihn mit Genugtuung aus.

»Antenne Steiermark«, dröhnte es aus dem Radio, »hat das Programm geändert und berichtet live und umfassend vom Amoklauf im Bischöflichen Gymnasium.«

Noch immer brachten sie das Märchen, dass die Cobra im Bischgym ein Blutbad verhindert hatte. Wie lächerlich!

Am Tag der Abrechnung wurde es Zeit für die erste Mahnung.

DEINETWEGEN starb Theodor Posetto am Schloßbergplatz!, tippte er. Dann sandte er die SMS auf die Reise. Die Nächste musste denen klarmachen, wer Graz beherrschte.

Für skrupellose Existenzzerstörer gibt es Kaliber 7,62.

12:17 UHR

Sabrinas Handy klingelte. Sie ließ Posettos Visitenkarte in der Brusttasche ihrer Bluse verschwinden und nahm das Gespräch an.

»Wissen wir schon, wer das Opfer am Schloßbergplatz ist?« Hutnagls nervöser Unterton war nicht zu überhören.

»Zu 99 Prozent Dr. Theodor Posetto, ein Rechtsanwalt für Insolvenzverfahren. Macht auch Ehe- und Fam...«

»Ja, ja«, unterbrach Hutnagl sie. Er pausierte, als benötigte er Zeit, diese Information zu verdauen. »Wissen wir, wie genau er erschossen wurde?«

»So, wie es aussieht, hat der Täter zwei Schüsse vom Palais Attems aus abgefeuert. Einer davon hat ihn tödlich getroffen.«

»Kennen Sie das Kaliber?«

»7.62 Millimeter.«

»Da wäre es möglich, dass wir doch zwei unterschiedliche Fälle haben. Das Kaliber unterscheidet sich von dem im Bischöflichen. Der Fernschuss beim Anwalt steht im Gegensatz zum absoluten Nahschuss beim Direktor. Dort ein polterndes Auftreten, da ein Mord aus dem Hinterhalt.«

»Die Anschläge haben miteinander zu tun. Da bin ich mir sicher.«

»Warum?« Ein Schmatzen verriet, dass Hutnagl Tabak kaute.

»Weil es einen gemeinsamen Bezug über das Foto gibt, das wir im Lindenhof gefunden haben. Besser gesagt, über das Symbol auf der Rückseite. Der Löwe, der das Ährenrad mit dem komischen Kreuz in den Pranken hält. Es ist ebenso auf dem Siegelring des Opfers.«

Hutnagl seufzte. »Bevor Sie sich in eine Verschwörungstheorie verrennen, muss ich Ihnen etwas erklären. Sie würden das Zeichen kennen, wenn Sie keine Gottlose wären. Das ist nichts anderes als das Jerusalemer Kreuz.«

Ärger köchelte in ihr hoch. Diese Arroganz. Wie konnte er das verbindende Element zwischen den Mordopfern und der Täterwohnung vom Tisch wischen? Auch im Video war es beim Amokläufer von Euskirchen aufgetaucht. Wie es ein katholischer Fundi so weit in einem Beruf gebracht hatte, in dem es auf rationales Denken ankam, würde Sabrina niemals verstehen.

»Reden wir lieber über die *Seven*-These«, wechselte ihr Chef das Thema. »An die glaube ich eher. Denn auch in diesem Film ist der zweite Tote ein Rechtsanwalt.«

»So gesehen dürfte der Mord am Schloßbergplatz eine Kriegserklärung sein.«

»Wie kommen Sie darauf? An wen? Und was hat das mit *Seven* zu tun?«

»An die Stadt. Vermutlich an die lustverherrlichende Gesellschaft. Der dritte Teil in unserem Tätervideo. Wenn er *Seven* nachspielt, muss es einen auffällig unauffälligen Hinweis auf den nächsten Tatort geben. Da gäbe es nur eines, das irgendwie in das Schema passte.«

»Und zwar?«

»Sind Ihnen die Messingplatten zwischen der Kirche und dem Palais ein Begriff?«

»Natürlich.«

»Auf einer steht: ›Graz macht den Eindruck, als ob man zum Frieden käme aus dem Krieg.‹ Vielleicht will er mordend durch die Straßen ziehen. Als Nächstes hat er wahrscheinlich vor, entweder im Rotlichtviertel oder an der FH Joanneum oder an der TU Graz ein Massaker anzurichten.«

»Was spricht für das Rotlichtviertel und was für die Unis?«

»Er verherrlicht nach Blacksburg den Amoklauf am Polytechnikum in Montreal. Donhart hat Lepine als Kämpfer gegen die Lust bezeichnet. Dieser Typ hat doch wie die Kirche die Frauen als Pforte zur Hölle betrachtet.«

Der Seitenhieb saß. Zumindest erwiderte Hutnagl nichts. Aus der Muschel war ein Spucken zu vernehmen.

»Konzentrieren wir uns lieber auf den Fall. Wir müssen zuerst prüfen, ob die beiden Morde wirklich auf Donharts Konto gehen. Wenn ja, dann ist zu knacken, gegen wen sich der kommende Anschlag richtet. Also in erster Linie Informationen sammeln.«

»Wird gemacht, Chef.«

»Ich werde mich jetzt wieder um Fink kümmern. Wir bleiben in Verbindung.« Hutnagl beendete das Telefonat.

Sabrina fröstelte. Mit einem Kopfschütteln verstaute sie das Handy. Da schien etwas faul zu sein mit ihrem Vorgesetzten.

Fragte sich nur, was. Befand sich Hutnagl auf Donharts Liste, oder deckte er ihn? Machte er gar mit ihm gemeinsame Sache?

Für ein Gespräch mit dem Führungsstab erschienen Sabrina die Anhaltspunkte zu dünn. Sie hielt es für klüger, sich unauffällig zu verhalten und ihren Job zu machen. Dazu gehörte ihrer Meinung nach, nichts von vornherein auszuschließen. Also galt es, zu prüfen, ob und wie Kurt Hutnagl in den Fall verstrickt war.

12:23 UHR

Das Telefonat mit Sabrina hatte die letzte Hoffnung zerstört, die von Anfang an sinnlos war. Natürlich hingen die Morde zusammen, selbst wenn Kurt Hutnagl es gerne anders gehabt hätte. Falls Donhart glaubte, dass die Kripo nach seiner Pfeife tanzte, hatte er sich geschnitten. Egal, welch üble Show der Frevler veranstaltete, mit Gottes Hilfe würde die Polizei ihm das Handwerk legen, bevor er mehr Schaden anrichtete.

Hutnagl griff nach dem Funkgerät und forderte die zuständigen Kollegen im LKA auf, sich zu melden.

Es knackte. »OSE - Eins hört.«

»Öffentlichkeitsfahndung einleiten. Folgende Daten an die Medien weitergeben: Markus Donhart, 34 Jahre alt, 175 cm groß, schlank, blaue Augen, kurze, rote Haare, glatt rasiert. Bewaffnet und extrem gefährlich.«

»Verstanden, Ende.«

Dass der Komplize vor Hutnagl im Einsatzleitwagen saß, hatte Donhart geschwächt. Norbert Fink hatte ihm die Motive für den Mord im Lindenhof in einzigartiger Weise auf den Präsentierteller gelegt. Er hatte zwei Jahrzehnte nach der Lateinprüfung die angebliche Ungerechtigkeit blumig erzählt. Leicht möglich, dass Fink eine wichtige Rolle in Donharts Plänen spielte. Fink hatte zuvor die Todsünden in den Mund genommen und dem Internat Heuchelei vorgeworfen. All das passte gut zu dem Film auf Donharts Rechner.

»Nun wieder zu dir.« Hutnagl legte das Handy auf den Tisch und setzte sich ihm gegenüber hin. »Auf YouTube gab es ein Video, auf dem Amokläufer verherrlicht werden. Klingelt da etwas bei dir?«

Fink schüttelte den Kopf. »Ich schaue mir rein beruflich so manches auf YouTube an, aber von Donhart ist mir nichts untergekommen.«

»Das halte ich für Humbug.« Hutnagl schlug mit der flachen Hand auf die Tischplatte. »Als Zeuge bist du verpflichtet, uns die Wahrheit zu sagen.«

»Sie können sich strafbar machen, wenn Sie uns belügen«, ergänzte Istel.

Fink lief rot an. Er zog eine Zigarettenpackung aus der Brusttasche. »Ich kenne den Clip echt nicht!«,

»Hier herrscht Rauchverbot!«, rief Istel Fink zur Ordnung.

»Worüber haben wir uns gerade unterhalten? Über die sieben Laster.« Hutnagl beugte sich zu Fink vor. »Und worum geht es in dem Video?«

Fink zuckte mit den Schultern.

»Darum, dass die Amokläufer die Todsünden gerächt haben. Ich mag es nicht, wenn man mich veralbert.«

Fink nickte stumm.

»Kommen wir jetzt zur Ungereimtheit.« Hutnagl holte das in einem Plastiksäckchen verpackte Bild hervor und platzierte es vor Fink. »Hast du das gemeint, als du mich während der Pressekonferenz nach einem Foto gefragt hast?«

»Oh, Gott!« Fink blieb für einen Moment der Mund offen stehen. »Ja, genau das ist es.«

»Was hat es damit auf sich?« Hutnagl lehnte sich zurück. Es lief prächtig. Er musste nur den Sack zumachen.

Fink umklammerte seine Zigarettenschachtel. »Es ist eine verdammt seltsame Geschichte. Die glaubt ihr mir nie.«

»Ich will wissen, was es damit auf sich hat.« Hutnagl klopfte mit den Fingern auf die Tischplatte.

Fink klemmte den Giftstängel zwischen Zeige- und Mittelfinger. »Können wir bitte eine Rauchpause einlegen? Ich möchte nichts durcheinanderbringen.«

Die Idee gefiel Hutnagl. Eine Zigarettenpause könnte die Sache vereinfachen, ihn zum Geständnis über seine Rolle in dem Fall zu führen. »Von mir aus. Gehen wir gemeinsam mit Herrn Istel für eine Zigarettenlänge raus. Ich bin schon sehr gespannt.«

ZWANZIG JAHRE ZUVOR

»*Todesernst* ist so ein Arsch!« Norbert Fink öffnete die Tür zum Lindenhof.

Markus folgte ihm mit dem Modellflugzeug in der Hand in den Innenhof. »Der hat die Stelle extra so ausgesucht, damit er mir das Zeugnis versauen kann. Ich hab ja eh alles gekonnt.«

Norbert schwieg. Sie gingen auf die Bank vor dem Baum zu. Donhart hatte bei der Jahresprüfung wenig zustande gebracht. Diese Wahrheit wollte er dem Freund nicht ins Gesicht sagen. »Dass *Todesernst* die Klasse aufgehetzt hat, war gemein«, entschied er sich für die andere Tatsache.

Markus sah hoch zur blühenden Linde. »Der ist doch nur ein falscher Sausack! Und beim Schlussgottesdienst sitzt er in der ersten Reihe und lässt sich von allen als Superprof feiern. Total unchristlich!«

»Das ist so typisch für ihn.« Norbert setzte sich neben Markus auf die Parkbank.

Markus deutete mit dem Jagdflugzeugmodell aus dem Zweiten Weltkrieg ein Manöver an. »Weißt du, ich werde mir einen richtigen Modellflieger kaufen, so wie den da. Nur dass der echt ferngesteuert fliegt. Und darauf montiere ich ein Gewehr. Sollte *Todesernst* mich wieder durchfallen lassen, obwohl ich alles weiß, schieß ich ihn über den Haufen. Und niemand wird mich dabei sehen.«

»Markus, die kommen auch so dahinter, wer's war.«

»Dauernd hat dieser Arsch recht. Die Ferien. Kaputt.« Eine Träne kullerte über die Wange. »Ich hab ja alles gekonnt. Und dann hat er gesagt, dass ich eine Schande für die Schule bin! Wegen *ihm* werde ich nie maturieren!« Markus krümmte sich. Er konnte nicht mehr, er heulte. Bitterlich.

Norbert überlegte. Half die Geschichte aus dem Krieg, die er von seinem Großvater gehört hatte, Markus abzulenken?

»Wenn ich bis zur Matura komme, ist es ja peinlich fürs Bischgym! Hat er so gesagt.« Markus bäumte sich auf, drückte den Rücken gegen die Lehne der Bank. Das Gesicht zur Fratze verzogen, die Lider geschlossen und den Mund weit geöffnet, glich er einem kleinen Kind.

Wenn *Todesernst* ihn so sah, kam in der kommenden Stunde die nächste bissige Bemerkung wie das Vaterunser in der Messe. Norbert musste handeln. Einen Versuch war es wert. In dieser Situation war es erlaubt, ein paar Details zu Opas Story hinzuzufügen.

Norbert legte den Arm um die Schulter seines Freundes. »Er wird abstürzen! Das sagt sogar der lettische Nostradamus.«

»Wer?« Die verheulten Augen öffneten sich.

»In Lettland hat es einen Typen gegeben, der Hellsehen konnte. Und der hat gesagt, dass die Gemeinen fallen werden.«

»Aber *Todesernst*. Den hat er sicher nicht erwähnt.«

»Doch.«

»Was?« Markus wischte sich mit dem Unterarm die Tränen ab.

»Ja, echt. Und uns auch!« Norbert zog den Arm von Markus weg und lehnte sich zurück.

»Erzähl.«

»Mein Großvater hat nie über die Nazizeit reden wollen. Aber einmal zu Weihnachten hat er doch noch geplaudert darüber. Damals war er mit der Wehrmacht in Riga gewesen, und dort hat er seinen Onkel gesucht.«

»Was, du bist mit dem Hellseher verwandt?«

Norbert nickte. »Eižens Finks hat der geheißen, und der war nicht nur in Riga voll prominent. Die Schickimickis sind bei ihm ein und aus gegangen und haben sich von ihm die Zukunft deuten lassen. Sogar Opa hat ordentlich Respekt vor ihm gehabt. Denn der lettische Nostradamus hat ihm in einem Brief geschrieben, dass er im Juli 1941 als deutscher Soldat in Riga ihn suchen, aber nicht finden wird.«

»Und das ist so passiert?« Das Weinerliche in Markus' Stimme verschwand.

»Genau so.«

»Echt?« Markus kniff die Augen zusammen.

Norbert beschloss, nachzulegen. »Eižens Finks war auch Fotograf. Wenn Vollmond war, ist er aufs Land gefahren. Dort hat er sich energetisch aufgeladen. In einer Nacht hat er auch die Mondspiegelung im See fotografiert. Er hat aber vergessen, dass er einen alten Film in der Kamera gehabt hat. Also einen, auf dem schon Fotos drauf waren. Als er das Negativ entwickelt hat, ist ihm die Erleuchtung gekommen. Da hat er gemerkt, dass ihm ein Schnappschuss aus der Zukunft gelungen war.«

»Was ist auf dem Foto?«

»Der Lindenhof. Und wir. Auf der Rückseite steht ein Vers, der das Ende vom *Todesernst* vorhersagt.«

»So wie bei Nostradamus?« Markus hatte angebissen.

»Ja genau.« Norbert lächelte. »Der Vierzeiler besagt, dass nicht einmal die Linde um *Todesernst* trauern wird, weil er massig Leid über die Grazer Schüler bringt. Da haben wir noch was viel Besseres als die Schülerzeitung, die uns dieser Arsch verboten hat.«

»Was hat der Hellseher für uns vorausgesagt?«

»Dass sich hier im Lindenhof unser Schicksal erfüllen wird. Und jetzt sitzen wir hier. Und wir haben eine echte Wut auf *Todesernst*. Es ist der Anfang einer großen Aufgabe für uns.«

»Das hat der Prophet gesagt?« Markus' Augen weiteten sich.

»Wir schreiben den vollen Bestseller. Da werden die sich umschauen. Ja, wir werden richtig berühmt.« Norbert erhob sich. Die kommende Doppelstunde in Bildnerischer Erziehung stand an.

Markus deutete mit dem Flieger in der Hand den Start des Kampfflugzeugs an. »*Todesernst* wird es bereuen, dass er uns heute zur Sau gemacht hat.«

GEGENWART

Der Auftrag ihres Chefs, am Schloßbergplatz weitere Informationen zu sammeln, war leicht zu erfüllen. Sabrina musste nur in den Aktenkoffer greifen, der neben dem ermordeten Rechtsanwalt lag. Die Schriftstücke drehten sich um das eine oder andere Insolvenzverfahren. Selten handelte es sich um eine Sache aus dem Familienrecht. Die darin erwähnten Leute sagten ihr nichts, das änderte sich jedoch beim letzten Brief, den sie überflog.

»... gemäß Scheidungsurteil wurde der Beklagte Peter Almer zur Zahlung eines monatlichen Unterhaltes an die Klägerin Jennifer Stefanetz in der Höhe von € 425,– verpflichtet ...«

Vor einem halben Jahr hatte Sabrina ihren Schatz zur Vernissage von Peter Almer in das Atelier am Grazer Opernring begleitet. *Religious Acts* hieß die Ausstellung, die weit über die Stadt hinaus für Aufsehen gesorgt hatte. Ein Bild hatte die Gemüter am meisten erhitzt.

Gods Love For Black And White.

In der Bildmitte stand ein ans Kreuz gefesselter, nackter Mann. Der selige Gesichtsausdruck und die Regung im Schritt verrieten, wie sehr es dem Gekreuzigten gefiel. Links kniete ein Adonis mit kahl rasiertem Schädel. Rechts war ein Farbiger in die Knie gefallen. Die Zungen der Knieenden strebten der prall gefüllten Männlichkeit entgegen.

Lust!, schoss es ihr durch den Kopf.

Sexbomb, sexbomb, trällerte Tom Jones' Hit in ihrem Hirn.

Im Drohvideo war das Plakat kurz zu sehen gewesen, mit dem Almer für die Schau geworben hatte. Sollte Hutnagls These doch zutreffen, galt der kommende Anschlag dem Fotokünstler.

Sabrina nahm ihr Smartphone in die Hand, googelte Peter Almer und landete sogleich auf dessen Homepage. Kurz darauf gelangte sie zur Kontaktseite und drückte auf die angegebene Rufnummer.

Nach Sekunden teilte ihr eine elektronische Stimme mit, dass der Teilnehmer nicht erreichbar sei.

Sabrina atmete durch. Dann führte der Weg über die Klägerin zum Ziel. Sie sah sich im Web nach Jennifer Stefanetz um. Das Facebook-Profil lieferte nichts Verwertbares, und laut Google besaß Stefanetz keine Website. Blieb nur der Anruf bei dem Büro des ermordeten Anwalts. Auf dem Briefkopf stand die Telefonnummer von Posettos Firma, die sie in das Handy tippte.

»Anwaltskanzlei Posetto«, meldete sich die Sekretärin. »Sie sprechen mit Michaela Kreuzinger. Was kann ich für Sie tun?«

»Sabrina Mara, LKA Graz.« Spontan entschied sie, der Bürokraft den Mord an ihrem Chef zu verschweigen. »Wir ermitteln in einem komplexen Mordfall und bräuchten Ihre Hilfe.«

»Ich weiß nicht, ob ich Ihnen eine Auskunft geben darf, aber bitte, fragen Sie.«

»Wir sind auf ein Schreiben Ihrer Kanzlei gestoßen. Da geht es um eine Unterhaltsklage, und wir möchten gerne mit der Klägerin Kontakt aufnehmen.«

»Um welche geht's da genau?«

»Jennifer Stefanetz gegen Peter Almer. Können Sie mir bitte ihre Nummer geben?«

»Um was geht es denn überhaupt?«

»Wir müssen ein Alibi abklären«, log Sabrina. »Reine Routine.«

»Aber Sie haben es nicht von mir«, sagte die Bürodame.

»Ist doch klar.« Sabrina klemmte das Handy zwischen Kinn und Schulter. Sie zog Stift und Posettos Visitenkarte aus der Blusentasche. Dann presste sie das Kärtchen gegen die Wand des Palais Attems, sodass sie die Rufnummer auf der Rückseite notieren konnte.

»Nun gut.« Tastentippen klang durch den Hörer. Die Sekretärin gab die Handynummer von Jennifer Stefanetz durch. »Der Chef hat gerade einen Termin mit ihr.«

»Wo?«

»In der *Alten Münze*. Aber das wissen Sie auch nicht von mir.«

Sabrina lächelte ins Telefon. »Ist doch logisch. Vielen Dank, Sie haben uns sehr weitergeholfen.«

»Gern geschehen.«

Sie kappte die Verbindung und wandte sich an die Tatortbeamten. »Wisst ihr zufällig, wo die Kollegen die Erstbefragung durchführen?«

»In der *Alten Münze*.« Der Hagere deutete zu dem gelben Haus hinter den Straßenbahnschienen.

»Super, danke.« Sabrina verstaute den Stift und die Visitenkarte in der Brusttasche. Sie musste Jennifer Stefanetz nicht anrufen, um sie zu erreichen. Das schaffte sie schneller. Sabrina schlüpfte unter dem Polizeiband hindurch und eilte zum Lokal.

12:34 UHR

Hutnagl klopfte auf das eingetütete Bild. »Du willst doch nicht im Ernst behaupten, dass es mindestens 80 Jahre alt ist. Glaubst du wirklich, dass wir dir den Stuss mit dem Propheten abkaufen?«

»Ich werde ein Buch darüber schreiben.«

Istel sah drein, als hätte ihn ein Pferd getreten. Er drehte die vergilbte Aufnahme um. »Sollen das Symbol und der Vers die Prophezeiung sein?«

Fink nickte. »So ungefähr. Nachdem ich von der Geschichte im Bischgym erfahren habe, ist mir anders geworden.«

Hutnagl schüttelte stirnrunzelnd den Kopf. »Was soll denn das bitte?«

»YiDoghQo würden die Klingonen dazu sagen«, bemerkte Istel. »Wollen Sie uns auch noch erzählen, der lettische Nostradamus hätte das Foto auf dem Holodeck geschossen?«

»Was du uns in der Rauchpause erzählt hast, war ja ganz unterhaltsam, aber hältst du uns für komplett blöd?« Hutnagl stand auf, stützte sich mit beiden Händen auf der Tischplatte ab und beugte sich zu Fink vor. »Jetzt ist aber Schluss mit den Märchen.«

Fink wich mit dem Oberkörper zurück. »Ich weiß ja selbst, dass das unglaublich klingt.«

»Warum veralberst du uns mit so einem Blödsinn?« Hutnagl fixierte Fink mit seinem scharfen Blick.

»Weil ich nichts weglassen darf. Mein Opa hat mir die Geschichte so erzählt. Echt!«

»Donhart kannst du mit diesem Quatsch verschei-ßern, aber uns nicht!«, schrie Hutnagl Fink an.

»Tut mir leid.« Fink knickte ein.

Hutnagl setzte sich und atmete durch. »Ich erwarte von dir, dass du mir ab jetzt die Wahrheit lieferst. Sonst könnte es ungut für dich werden.«

Istel drehte das Foto um. »Welche Personen sind da drauf?«

Fink starte die Aufnahme an. Er kratzte sich an der Wange. »Keine Ahnung.«

Hutnagl schlug mit der flachen Hand auf das Bild. »Du wirst dich doch selbst erkennen.«

»Ich weiß nicht, wer die sind! Echt! Das müssen sie mir glauben!«

»Du hast keinen Alzheimer? Sagst du es nun, oder soll ich deinem Gedächtnis nachhelfen?« Hutnagl verschränkte die Arme.

Fink rückte auf seinem Stuhl hin und her. Er griff sich an die Wange, schien zu grübeln. »Markus Donhart und ich«, stammelte er.

»Na, als dann. Langsam kommen wir auf einen grünen Zweig. Willst du uns noch mitteilen, wer wirklich das Foto geschossen hat? Das weißt du auch, nicht wahr?« Hutnagl kniff die Augen zusammen.

»*Todesernst.*«

»Mühsam nährt sich das Eichhörnchen, aber es nährt sich.« Hutnagl löste die Verschränkung seiner Arme. »Vielleicht können wir das Ganze etwas abkürzen. Wenn du dein Gewissen erleichtern würdest, ginge es uns allen besser.«

Finks Augenbrauen zuckten. »Würde ich ja! Nur kann ich's nicht. Weil ich es nicht war. Echt!«

Hutnagl faltete die Finger. »Der aufgestaute Hass hat sich heute entladen. War's nicht so?«

»Nein!« Fink klopfte mit der Faust auf den Tisch. »Warum glaubt ihr mir denn nicht?«

»Das verrate ich dir gerne.« Hutnagl erhob sich, näherte sich Fink und legte ihm die Hand auf die Schulter. »Wir haben niemandem gesagt, was auf dem Foto zu sehen ist. Du hast es aber bei deiner Frage sehr genau beschrieben. Weißt du, wie das bei uns heißt?«

Fink runzelte die Stirn.

»Täterwissen, mein lieber Norbert«, sagte Hutnagl, »Täterwissen.«

»Nun, ich kenne ja das Bild! Dass ich dann weiß, wer da drauf ist, ist doch logisch.«

Hutnagl ignorierte den Einwand. »Bei der Befragung hast du mit jedem Wort das Motiv auf dem Silbertablett serviert. Dass du uns auch noch mit der absurden Prophetenstory an der Nase herumführen willst, spricht nicht unbedingt für dich. Mit einem Geständnis machst du es allen leichter.«

»Ja, ich habe damals Markus Donhart getröstet, aber *Todesernst* hat uns heimlich fotografiert. Um uns als Schwuchteln hinzustellen. Wie du dir denken kannst, bin ich deswegen im Bischgym durch die Hölle gegangen. Beim letzten Klassentreffen hat *Todesernst* mich gefragt, ob ich noch mit dem Donhart zusammen bin. Natürlich hat die ganze Klasse gegrölt. Nach all den Jahren!« Fink ballte die Faust. »So ein Widerling. Der zieht immer seine Show auf Kosten der anderen ab.«

»Verstehe«, meinte Hutnagl. »Da ist dir die Idee gekommen. Erzähl uns die Tat von Anfang an.«

Fink nahm einen Kugelschreiber vom Tisch und klemmte ihn zwischen die Finger. »Ich wusste noch aus meiner Schulzeit, dass die Fastenmessen ab und zu im Lindenhof stattfinden und dass sich *Todesernst* gern dort zeigt. So als Kontrollorgan für die ach so freiwilligen Messbesuche. Ich bin also maskiert eingedrungen und sofort dahin gerannt.« Der Kuli zitterte bei jedem Wort. »Dort habe ich gleich die Pistole gezogen. Die Kinder habe ich in die Ecke geschickt, und dann habe ich *Todesernst* erschossen. Im uralten Haupteingang habe ich die Handgranate gezündet und mich aus dem Staub gemacht. In der Kreuzgasse habe ich mich unter die Kollegen gemischt.«

»Wo haben Sie die Tatwaffe entsorgt?«, hakte Istel nach.

»Ich habe sie mit den Sachen in den erstbesten Mülleimer geworfen.« Fink steckte den Stift in den Mund und zog an ihm wie an einer Zigarette.

Hutnagl nickte. Was Fink ablieferte, reichte aus, um ihn zumindest vorläufig aus dem Verkehr zu ziehen.

»Welche Waffe haben Sie benutzt?«, grätschte Istel mit seiner Frage dazwischen.

»Eine Pistole.«

»Verraten Sie uns bitte den Typ«, ließ Istel nicht locker.

Fink überlegte zu lange. »Eine Beretta«, stammelte er. »Äh, ich habe sie mit einer Mauser verwechselt.«

Falsche Antwort!

Istel grinste. »Heiteres Tatwaffenraten.«

»Oder eine Walther?« Hutnagl schaltete vom zynischen zum strengen Unterton. »Jetzt ist Schluss mit lustig. Ihr seid die beiden auf dem Foto und habt eine gewaltige Wut auf Leopold Ernst. Für dich sieht es sehr schlecht aus. Und für Markus Donhart kaum besser. Du hast es ja selbst erwähnt: Am Schloßbergplatz hat es Action gegeben! Und ich bin, ehrlich gesagt, richtig sauer. Ich will ein für alle Mal klären, wer welche Rolle in eurem miesen Stück spielt.«

»Woher soll ich wissen, was Markus vorhat? Ich sage nur so viel: Die Klasse verhielt sich gemein Markus gegenüber. Nur habe ich mich nie von *Todesernst* aufhetzen lassen!«

»Fein, aber mich interessiert, wie ihr eure Aufgaben für heute aufgeteilt habt. Oder konkret: Was plant Markus Donhart als Nächstes?«

»Das habe ich doch schon gesagt, ich weiß es nicht!«

»Schön«, raunte Hutnagl. »Norbert, du willst es nicht anders. Du zwingst mich, förmlich zu werden.«

Fink runzelte die Stirn.

»Sie gelten von nun an als Beschuldigter. Ich gehe davon aus, dass Sie mit Herrn Donhart unter einer Decke stecken. Also besteht hier Verdunkelungsgefahr. Deswegen nehmen wir Sie in Gewahrsam. Sie können dann in der Zelle darüber nachdenken, ob Sie nicht doch lieber mit uns kooperieren wollen.«

***

Sabrina betrat die *Alte Münze.*

»Ich habe ihm vertraut. Und jetzt ist er tot«, hörte Sabrina das Jammern durch den Torbogen auf der rechten Seite.

Sabrina schritt durch den Bogen in die Gaststube.

»Wie soll ich an mein Geld kommen? Freiwillig zahlt mir Peter doch keinen Cent.« Die Stimme gehörte einer Dunkelblonden, die ihr schulterlanges Haar offen trug. Tränen hatten die Schminke verwischt. Ihr gegenüber saß eine Psychologin der Krisenintervention.

»Sind Sie Frau Jennifer Stefanetz?« Sabrina zeigte ihr die Dienstmarke.

Die Blondine nickte.

»Sabrina Mara, LKA Graz. Darf ich mich dazusetzen und Ihnen ein paar Fragen stellen?«

»Gern.«

Sabrina ließ sich neben der Psychologin nieder. »Erzählen Sie mir, was Sie in der letzten Stunde erlebt haben. Lassen Sie sich ruhig Zeit dafür.«

»Ich war noch vor dem Termin beim Kastner shoppen. Hat ja gepasst, drum habe ich das Auto in der Tiefgarage vom Kaufhaus geparkt. Es ist dann knapp geworden, also bin ich hierher gerannt. War eigentlich nicht notwendig.« Stefanetz schluckte.

»Ich habe mich in den Biergarten gesetzt und auf mein Getränk gewartet. Auf einmal höre ich ein Wahnsinnsgebrüll! Da sehe ich vor der Dreifaltigkeitskirche Dr. Posetto liegen. Um ihn eine Blutlache. Habe sofort 133 gewählt. Die Rettung war ja gleich da, aber tun haben sie nichts mehr können für ihn. Es ist so schrecklich.«

»Ist Ihnen vor der Tat etwas Merkwürdiges aufgefallen?«

Stefanetz kratzte sich am linken Ohrläppchen. Die lackierten Fingernägel glitzerten auf. »Nein, oder doch. Ich glaube, ich habe ein ganz dumpfes Pumpern und ein leises Surren gehört.«

»Können Sie sich vielleicht erinnern, von wo es kam?«

Jennifer Stefanetz schüttelte den Kopf. »Nein, leider.«

»Warum wollten Sie Doktor Posetto hier treffen?«

»Er hat mir gesagt, dass er im Stress ist. Mit Mühe hat er für heute Mittag eine halbe Stunde abzwacken können. Und er hat das mit einem Essen kombinieren wollen.«

»Was wollten Sie besprechen?«

»Die Unterhaltsklage gegen meinen Ex. Neulich hat er mir mit einem widerlichen Grinsen verkündet, dass er tausend Tricks kenne, um nicht zahlen zu müssen.«

»Wusste Ihr Ex von Ihrem Termin?«

»Mit dem rede ich nur noch via Rechtsanwalt und Gericht.« Stefanetz fuhr mit der Hand zwischen Hals und Haare und lockerte sie auf.

»Okay, verstehe.« Sabrina griff sich ans Kinn. »Weiß sonst jemand, dass Sie sich mit Doktor Posetto treffen wollten?«

»Nein.« Stefanetz runzelte die Stirn. »Oh, ja, doch. Auf der Bude hab ich es ihm erzählt.«

»Wem? Dem Ex? Wann?«

»Nein, dem nicht. Aber als ich meine Sachen von der Bude geholt habe, da habe ich es verraten.«

»Also doch dem Ex.« Sabrinas Finger trommelten auf den Tisch.

»Nein, das habe ich doch längst gesagt.«

»Sie haben mir gerade erzählt, dass Sie die letzten Sachen aus der gemeinsamen Wohnung geholt haben.«

»Nein, von der Bude. Peter hat sie auf die Franzisca gebracht.«

»Jetzt verstehe ich nur noch Bahnhof.«

»Die Franzisca ist eine Studentenverbindung. Und das Vereinslokal nennen sie Bude.«

»Ihr Ex ist bei dieser Burschenschaft?«

Stefanetz nickte. »Eigentlich eine katholische. Seit der Trennung gehe ich nicht mehr auf die Bude. Leider habe ich heute ja müssen, und da bin ich auf Markus gestoßen.«

In Sabrinas Bauch kribbelte es. »Markus Donhart?«

»Ja«, ein Kopfnicken unterstrich es.

Es schien Sabrina, als stünde die Zeit still. »Markus Donhart ist da auch dabei?«

Stefanetz bestätigte es schweigend.

»Dr. Posetto und Professor Leopold Ernst etwa auch?«

Kopfschütteln.

»Hat Donhart nervös auf Sie gewirkt?«

»Der Kaspar ist immer nervös, sobald er eine Frau sieht. Aber heute war er richtig auf Nadeln, als hätte er einen dringenden Termin. Da frag ich mich, warum er Zeit fürs Kaffeetrinken und Internetfilme schauen hatte.«

»Was hat er sich da angesehen?«

Schulterzucken. »War irgendein blödes Video.«

»Hatte es mit *Seven* zu tun?«

»Ich habe nur Servus zu ihm gesagt, und da hat er es sofort gestoppt und das Fenster am Rechner zugemacht. Aber das könnte sein.«

»Wieso?«

»Weil er ein Faible für diesen Film hat.«

»Worüber haben Sie sich mit ihm unterhalten?«, fragte Sabrina.

»Reiner Small Talk. Er hat vor allem rumgejammert. Dass man ihn bei Siemens rausgeschmissen hat, weil der Rotary Club sich gegen ihn verschworen hat. Doch auf die Idee, sich zusammenzureißen, kommt er nie. Stattdessen sucht er die Schuld dauernd bei den anderen. Das war immer schon so bei ihm.« Stefanetz öffnete ihre Handtasche und förderte einen Handspiegel zutage.

Ein komisches Gefühl machte sich in Sabrina breit. Heute Nacht hatte sie im Traum in den Spiegel geblickt und statt ihrer schwarzen Haare einen kahlen Schädel, statt ihrer Augen zwei leere Höhlen und statt ihrer Wangen jeden einzelnen ihrer Zähne gesehen. Obwohl sie wie der Tod persönlich ausgesehen hatte, waren zwölf Leute in bester Stimmung an ihr vorbeimarschiert und sie hatte allen ein frohes Festmahl gewünscht.

Nur ein Traum. In Wirklichkeit meldete sich Hunger bei ihr. Gestern hatte sie mittags nichts gegessen, und am Abend hatte es einen gemischten Salat und zwei Stück Steinofenbrot gegeben. Dazu hatte Axel ihr ein Gläschen Rotwein serviert.

»Bringen Sie mir bitte eine Tasse Kaffee und ein Glas Mineralwasser«, sagte Sabrina zum Ober.

»Mir auch«, fügte Stefanetz hinzu.

»Wie lange kennen Sie Donhart schon?«, fragte Sabrina.

Stefanetz schaute zur Decke und verdrehte die Augen. »Den Kauz habe ich vor sieben Jahren auf der Franzisca beim Budenfest kennengelernt. Und an diesem Abend bin ich leider auch auf Peter reingefallen.«

»Bitte erzählen Sie mir davon.«

Stefanetz warf einen Blick in den Spiegel. »Im Nachhinein hätte ich es da schon sehen müssen.«

Der Kellner kehrte mit den Getränken zurück und stellte sie auf dem Tisch ab. Sabrina schlug die Beine übereinander und spitzte die Ohren. Nun befand sie sich in einer Situation, in der sie am ehesten mit Schweigen die Fakten ans Tageslicht beförderte.

SIEBEN JAHRE ZUVOR

»Einen Prosecco?« Ein Student in einem verschlissenen Pagenkostüm hielt Jenny Stefanetz und ihrer besten Freundin ein Tablett hin. »Yvette, hast dir ein echt geiles Dirndl für die Party ausgesucht.«

»Danke.« Yvette schnappte sich zwei Gläser und reichte eines an Jenny.

Jenny trank den ersten Schluck. Das Prickeln erfrischte den Gaumen. »Ist Peter schon da?«

Der Kommilitone schüttelte den Kopf. »Habe ihn noch nicht gesehen, aber Markus hält das Sofa in der Knutschecke für dich besetzt.«

»Bald läuft ›Das Model und der Freak‹ in echt.« Yvette kicherte. »Schauen wir rein.«

Jenny grinste und folgte Yvette in den für das Fest abgedunkelten Kneipsaal der Franzisca. Auf einer weißen Couch in der Ecke saß ein schlanker Typ. Er beobachtete eine dahinschwelende Zigarette in einem Aschenbecher auf den Couchtisch. Das Licht der Discolampe spiegelte sich in seinen fettigen Haaren. Der ausgewaschene Aufdruck auf dem gammeligen Shirt und die löchrige Jeans passten zum Motto der Party.

Neben ihm hockte ein Mann um die fünfzig in einem Bettelmönchkostüm. Er öffnete eine kleine Dose, fingerte ein Stück Kautabak heraus und legte es sich in den Mund.

Yvette steuerte direkt auf die Sitzecke zu. »Markus, ich hab dir doch von Jennifer erzählt.«

Der Kerl sah auf, lächelte und streckte die Hand aus. »Ich bin der Markus Donhart.«

Jenny musste sich für den Handschlag zu ihm vorbeugen. Sie ekelte sich. Die schwarzen Ränder unter den angebissenen Fingernägeln waren für sie noch das geringste Problem. Die schweißnassen Finger erinnerten sie an die Hitze und den Staub in einer Fabrik. Am liebsten wäre Jenny auf die Toilette geflüchtet, aber das verbot ihr die Höflichkeit. Stattdessen setzte sie sich.

»Was studierst du?« Donhart nahm die glimmende Zigarette, zog den letzten Rest aus ihr und dämpfte sie aus.

»Journalismus und PR.«

»In welchem Semester?«

»Im sechsten.«

»Bist du noch in der Zeit?« Donhart lehnte sich zurück und biss auf seinen Fingernagel.

Jenny griff nach einer Haarsträhne und wickelte sie um ihren Zeigefinger. »Ich bin momentan bei der Diplomarbeit.«

»Bei mir wird's wohl noch etwas dauern. Kämpfe gerade mit ›Entwurf und Analyse von Algorithmen‹. Das ist echt eine blöde Prüfung.«

»Wirst es schon schaffen.« Jenny deutete mit der Sektflöte das Anstoßen an.

»Prost.« Donhart hob das fast leere Glas und trank es endgültig aus.

Aus den Lautsprechern schallten die ersten Takte zu Lady Gagas neuestem Hit. Jenny lächelte ihm zu. »Wird ein geiler Abend heute auf der Franzisca, oder?«

»Ja, ich habe mich schon lang auf das Budenfest gefreut.«

»Du, Markus.« Yvette fuhr mit der Zunge über ihre Lippe. »Wir sind durstig. Kannst uns einen Spritzer bringen?«

»Zahlst uns den?«, fragte Jenny.

»Klar doch.« Donhart stand auf und marschierte zur Bar, die sie mit Papierstreifen dekoriert hatten.

»Den könntest ausnehmen wie eine Weihnachtsgans«, flüsterte Yvette, »aber ich steh nicht so auf Freaks.«

»Mein Typ ist er auch nicht.« Jenny sah auf die Swatch aus ihren Kindertagen, die zum Piratenkostüm passte. »Wenn Peter nicht bald kommt, werde ich mich wieder aus dem Staub machen. Bin nur seinetwegen hier.«

Donhart kam mit den drei weißen Mischungen zurück, stellte die Gläser auf dem Couchtisch ab und setzte sich. »Wo bleibt dein Freund?«

»Er hat Schluss gemacht.« Jenny nahm ein paar Erdnüsse aus der Schüssel. »War leider ein Frosch. Vielleicht kommt ja heute der Prinz.«

Ein Lächeln huschte über Donharts Gesicht. »Weißt du, man muss ganz genau prüfen, ob man auch zueinanderpasst. Ich finde, wenn man zu früh miteinander in die Kiste steigt, geht es oft schief. Wisst ihr, Betrügen kommt für mich nicht infrage, dafür ist mir die Liebe viel zu wertvoll. Erst wenn man sich richtig nahe ist, darf man über das Heiraten nachdenken. Wahre Liebe lässt sich Zeit, dafür ist sie ein lebenslanges Geschenk.«

»Genau so ist es«, kommentierte der Bettelmönch.

»Aha.« Ein Moralvortrag war das Letzte, worauf Jenny Bock hatte.

»Verstehst du, ich bin nicht so ein Typ, der nur auf das Eine aus ist. Ich bin nicht so, dass ich am nächsten Morgen die arme Frau nicht mehr kenne. Für mich ist Sex die erhabenste Form von Liebe und Zuneigung.«

Der Bettelmönch nippte am Bierglas. »Ja, Gott sei Dank gibt es anständige junge Leute, die weiterdenken.«

Jenny sah auf die Uhr. Enttäuschung kroch langsam, aber sicher in ihr hoch. Eine Frechheit, die sich Peter da erlaubte. Sie saß in einem peinlichen Outfit auf der Couch und wartete auf Godot. Dass ihr ein Freak und ein Älterer im Kostüm eines Bettelmönchs Gesellschaft leisteten, machte die Situation kaum besser.

»Markus«, setzte Jenny zur Notlüge an. »Du, ich muss heute noch etwas für die Prüfung lernen.«

Donhart ließ die Hand unter dem Couchtisch verschwinden. »Wir könnten ins Operncafé auf einen Kaffee gehen.«

Jenny erhob sich, nahm die Handtasche und hängte sie über die Schulter. »Vielleicht sehen wir uns ja wieder einmal auf der Bude.«

»Ich leiste Dir gern Gesellschaft. Ich finde ... ich mein, wir sollten uns doch besser kennenlernen. Was hältst du von einem ...?«

»Mensch, kapierst es nicht?« Yvette schüttelte den Kopf.

»Servus, Jenny!« Eine wohlklingende Stimme hallte durch den Raum. »Bin ein bisserl spät, aber jetzt knallen wir auf den Latz. Nicht wahr, Mädel?«

Endlich!

In der Tür stand scheinbar ein Zeitreisender. Seine graubestrumpften Beine steckten in barocken

Halbschuhen. Die weiße Kniebundhose und der Mantel aus Satin betonten die perfekte männliche Figur. Das Krawattentuch und die Perücke hoben das attraktive Gesicht hervor.

»Peter!« Jenny lief auf den Kavalier aus dem 18. Jahrhundert zu. Sie ließ sich von ihm umarmen. Eine mystische Kraft steuerte die Lippen zu Almers Mund.

»Setzen wir uns.« Almer griff nach Jennys Hand und zog sie zur Sitzecke. »Kennst du den neuesten Budenschwank?«

»Nein.« Jenny setzte sich neben Peter.

»Ja, das war so.« Peter legte seinen Arm um Jennys Schulter. »Markus hat uns allen erzählt, dass er eine Freundin hat und dass er sie uns bei der Akademikerredoute vorstellen wird. Er ist auch mit ihr auf den Ball gekommen. Nach einer halben Stunde habe ich sie rumgekriegt. Es ist nicht schwer zu erraten, dass sie nicht mit Markus nach Hause ist.«

»Also Peter!«, schritt der Bettelmönch ein. »Ich finde das echt widerlich von dir. Dass du das ausgerechnet hier vor den Damen auftischst. Ich sage nur Religio und Amicitia. Wenn du dich nicht sofort bei Markus entschuldigst, landest du vorm Verbindungsgericht.«

»Aber das meint er doch nicht so«, entgegnete Jenny.

»Ich finde das überhaupt nicht lustig!«, herrschte der Bettelmönch sie an.

»Tut mir echt leid, Markus.« Kein Fünkchen Unsicherheit schwang in Peters Stimme. Der coole Kerl wusste, was er wollte.

Donhart schwieg. Der finstere Blick sprach für sich.

Der Bettelmönch hob den Zeigefinger. »Lass dir das eine Lehre sein.«

»Gehen wir tanzen?«, wandte sich Peter an Jenny.

»Gern.« Jenny lehnte ihren Kopf an Peters Schulter und folgte ihm auf die Tanzfläche. Passend dazu ertönte *Just Dance* von Lady Gaga.

GEGENWART

Bald wurde es Zeit, dass die Menschen erkannten, wofür der Todesritter von Graz in den Kampf gezogen war. Donhart nahm eine Dose Bier aus dem Kühlschrank und öffnete sie. Er setzte sich an den Laptop und las das vorbereitete Posting für seinen nächsten Schritt durch.

Im Radio spielten sie ein sentimentales Lied. Die Musik verstummte. »Zwei Morde erschüttern Graz«, sagte die Moderatorin. »Im Bischöflichen Gymnasium ist heute früh der Direktor erschossen worden. Dort dürfte der Täter einen Amoklauf geplant haben. Durch den raschen Eingriff der Cobra konnte der jedoch verhindert werden.«

Antenne Steiermark entlockte dem Todesritter ein Grinsen. Wie lange würden sie diesen Käse noch bringen?

»In der Mittagsstunde hat das Phantom am Schloßbergplatz zugeschlagen. Opfer dieses Mordes wurde der bekannte Grazer Rechtsanwalt Dr. Theodor Posetto. Der renommierte Psychiater Dr. Bernhard Vogl hält sich zurzeit in Graz auf und ist zu uns ins Studio gekommen. Er wird zur Persönlichkeit des mutmaßlichen Täters Stellung beziehen. Grüß Gott, Herr Dr. Vogl.«

»Guten Tag«, sagte der prominente Gerichtsgutachter.

»Die erste Frage, die der Bevölkerung unter den Nägeln brennt: Hängen die beiden Morde Ihrer Meinung zusammen?«

»Das zu klären, ist natürlich Aufgabe der Polizei. Für mich sieht es aber ganz so aus. Ich gehe davon aus, dass der Täter Schüler im Bischöflichen Gymnasium gewesen ist. Er dürfte dort viele Kränkungen erlitten und sie bis heute nicht verarbeitet haben.«

Was für ein Gefasel!

Der Gutachter hatte absolut keinen Schimmer, wovon er sprach.

»Wahrscheinlich«, setzte Dr. Vogl fort, »gibt er jener Anstalt im Allgemeinen und dem Direktor im Besonderen die Schuld an seinen Problemen. Dafür spricht, dass er den Mord im Bischöflichen Gymnasium mit einem bombastischen Aufwand in Szene gesetzt hat. Ich glaube aber nicht, dass er dort Amoklaufen wollte.«

Bingo!

Dr. Vogl kapierte es. Grund genug, sich mit einem kräftigen Schluck zu stärken.

»Wieso nicht?«, hakte die Moderatorin blöd nach.

»Weil es dann in der Schule mehrere Opfer gegeben hätte. Er hat aber gleich nach dem Mord am Direktor die Flucht ergriffen. Ich glaube eher, dass er wollte, dass man von einem Amoklauf ausgeht. Er hat so das Polizeiinteresse auf das Bischöfliche Gymnasium gelenkt, um sich in Ruhe auf den Mord am Schloßbergplatz vorbereiten zu können.«

Nicht schlecht! Donhart nahm einen Zug und ließ den Rauch in die Lungen strömen.

»Glauben Sie, dass der Killer einen Rachefeldzug gestartet hat?«

»Ich persönlich rechne damit«, antwortete der bekannte Gerichtsgutachter.

»Kann man anhand der Taten auf die Psyche des Mörders schließen?«, fragte die Sprecherin.

»Ich denke, es handelt sich hier um einen typischen Ideenfanatiker, der seine Idee über alles stellt - auch über das Leben und die Rechte anderer Menschen. Ein solcher Fanatismus entwickelt sich über lange Zeit und wird zu einem Bestandteil der Persönlichkeit. Man sieht es klar an dem Hetzvideo, das der Amokläufer ins Internet gestellt hat.«

»Haben Sie es gesehen?«

»Ich habe es mir vor zwei Jahren angesehen. Damals habe ich vor der Gefährlichkeit seines Urhebers gewarnt. Dabei handelt es sich um einen Hilferuf eines schwer Frustrierten, der an einer Persönlichkeitsstörung leidet. In seinem Lebenslauf stehen sehr viele Kränkungen. In dem Video zeigt sich die aufgestaute Wut durch rabiate Untertöne.«

Markus Donhart ballte die Faust. Was sollte der Quatsch? Sie wollten ihn als Spinner darstellen!

»Sie meinen«, sagte die Moderatorin, »der Täter würde vermutlich an einer Persönlichkeitsstörung leiden. Fällt so etwas nicht auf?«

»Nicht unbedingt«, antwortete Bernhard Vogl. »Es gibt zwei Arten von Fanatikern, die hoch Aggressiven und die Stillen. Bei ihm dürfte es sich um einen ruhigen Fundamentalisten handeln. Er ist, soviel ich weiß, bisher nicht polizeilich aufgefallen.«

»Herr Doktor Vogl, wir bedanken uns für das Gespräch.«

»Vielen Dank für die Einladung.«

Donhart machte es sich im Korbsessel gemütlich und legte die Beine auf die Lehne. Bernhard Vogl, dieser Pseudopfaffe, hatte keinen Schimmer, worum es in Wahrheit ging. Das zeigte sich allein daran, dass er nur blöd von den Kränkungen im Bischgym quasselte.

Wäre Doktor Vogl das wandelnde Röntgengerät für die Psyche, für das er sich hielt, so wüsste er, wie und wo die Tragödie ihren Anfang genommen hatte.

SIEBEN JAHRE ZUVOR

»Markus, gehen wir an die Bar«, schlug der Bettelmönch vor. »Ich lade dich auf ein Bier ein.«

»Danke.« Donhart lächelte und erhob sich. Auf dem Weg zur Theke fiel ihm auf, dass sich Jennifer auf der Tanzfläche an Peter Almer schmiegte und ihn küsste.

»Ich finde es so unfair, dass die Weiber dauernd auf die Arschlöcher abfahren«, klagte Donhart. »Egal, was ich tu, da kommt immer so ein Arsch vorbei und schon sind sie Feuer und Flamme für ihn.«

Donhart spürte eine Hand auf der Schulter und hörte die Stimme des Bettelmönchs in sein Ohr flüstern. »Wir könnten im Franzlzimmer darüber reden.«

Donhart nickte. »Man sollte der Schnepfe die Habgier mit der Knarre aus dem Schädel knallen!«

Der sanfte Druck der Finger auf Donharts Schulter verschwand. »Markus, ich verstehe ja, dass du frustriert bist, aber das will ich nicht gehört haben.« Der Tonfall des Bettelmönchs war rauer ausgefallen.

»Zwei große Bier, der Rest geht in die Fuchsenkassa.« Der Bettelmönch legte einen 5-Euro-Schein auf die Theke.

»Danke.« Ein kurzes Lächeln huschte über die Lippen des Fuchsen hinter der Bar.

»Ich gehe mit Markus ins Franzlzimmer.«

»Ich bring sie zu euch.«

»Gehen wir.«

Donhart folgte der Aufforderung und begleitete ihn in das Herzstück der KAV Franzisca. Der Raum hatte sich seit dem Tod des Verbindungsgründers Dr. Franz Strohpeter nie verändert. Hier herrschte immer noch der Geist der Fünfziger. Neben dem Kachelofen in der Ecke stand ein Schreibtisch aus massivem Holz, auf dem eine mechanische Schreibmaschine thronte. Vor dem Balkonfenster gesellten sich drei Polstersessel zu einem grünen Nierentisch in der Mitte. Der Buffetschrank aus rotbraunem Lärchenholz schien für die Ewigkeit gebaut. Die Kastentüren flankierten eine Vitrine, in der man statt der Gläser selbst gebundene Bücher aufbewahrte. Auf den schwarzen Buchrücken war der Zeitraum in goldenen Lettern eingestanzt worden. Eine dazu passende Schrankuhr komplettierte das Set.

Der Bettelmönch ließ sich auf den Sessel fallen. »Mir tut es weh, dich so leiden zu sehen.«

Donhart seufzte. »Dir geht es ja auch nicht besser. Wie willst ausgerechnet du mir gerade bei diesem Mist helfen?«

»Bevor du dich hinsetzt, geh zum Glasschrank und nimm die Bibel raus. Der Herr wird dir eine Lösung aufzeigen. Ich bin nur sein demütiges Werkzeug.«

Donhart tat, wie ihm geheißen. Auf dem obersten Regalbrett neben der Chronik von 1954 bis 1964 lag eine ehrwürdige Ausgabe der Heiligen Schrift. Auch wenn der Ledereinband in die Jahre gekommen war, fühlte er sich frisch und kräftig an. Mit tiefem Respekt trug Donhart das Wort Gottes zum Nierentisch.

Der Bettelmönch schlug das Buch der Bücher auf und blätterte darin. »Wir leben in einer sehr dekadenten Zeit. Deshalb haben es anständige und moralisch gefestigte Leute besonders schwer. Satan hat hier ordentliche Arbeit geleistet. Ehrlich gesagt, mache ich mir auch Sorgen um Jennifer.«

Das Probemitglied betrat das Franzlzimmer. »Was ist denn passiert, dass du dir Sorgen um Jenny machst?«

Der Bettelmönch nahm dem Fuchsen die Biere ab. »Nein, da ist nichts passiert.«

»Ach so.«

»Bierfuchs, lass uns bitte allein.«

»Natürlich, lieber alter Herr.« Der Fuchs verließ den Raum und machte die Tür hinter sich zu.

Donhart atmete durch.

»Hier haben wir die Antwort auf dein Problem. Matthäus 19,12. Lies in Ruhe. Lass es auf dich wirken. Es dürfte dich erleuchten.« Der Bettelmönch drehte die Bibel vorsichtig um, sodass Donhart den Abschnitt lesen konnte.

Denn es ist so: Manche sind von Geburt an zur Ehe unfähig, manche sind von den Menschen dazu gemacht und manche haben sich selbst dazu gemacht - um des Himmelreiches willen. Wer das erfassen kann, der erfasse es.

»Ich ... Ich ...«, stotterte Donhart. »Im Vers davor steht's ja: Jesus sagte zu ihnen: Nicht alle können dieses Wort erfassen, sondern nur die, denen es gegeben ist.«

Mit dem Finger fuhr sich der Bettelmönch über den Schnauzer. »Ist nicht so schwierig, Markus. Ersteres und Zweiteres können wir ausschließen bei dir. Also geht es ums Dritte, um die von Gott Auserwählten. Und es schaut bei dir genauso aus wie bei mir. Jesus meint hier klar und deutlich, dass es Leute gibt, denen um des Gottesreichs wegen eine Partnerin verwehrt bleibt.«

Der Bettelmönch ließ ein paar Momente verstreichen. »Vielleicht weißt du es noch nicht, Markus. Du bist etwas Besonderes. Ich habe dich schon länger beobachtet. So, wie es ausschaut, bist du für Höheres auserkoren.«

»Echt?« Donhart traute seinen Ohren kaum. Endlich gab es etwas anderes als unfaire Kritik. Endlich hieß es nicht, er solle so ehrgeizig und strebsam sein wie der ach so tolle Rainer. Endlich schien jemand das Potenzial zu erkennen, das in ihm schlummerte. Das war mitnichten irgendwer, kein x-beliebiger Trottel, sondern erstmals glaubte eine hochgestellte Person an ihn. Auf der Verbindung grassierte schon länger das Gerücht, dass man ihm die höchste Auszeichnung für seine umfangreichen Verdienste verleihen wollte. Seine Promotion zum »Doctor cerevisiae et vini« war nur eine Frage der Zeit.

»Ja, Markus.« Der Bettelmönch sah ihm in die Augen. »Ich sehe die Gottesgabe in dir ganz klar. Das hat sich gerade im Gespräch mit Jennifer gezeigt. Du gehörst zu jenen, die auf der Seite Jesu stehen. Da ist es naheliegend, sich in den Dienst für den Herrn zu stellen.«

»Ich studiere aber nicht Theologie.«

»Die Berufung zum Priester sehe ich auch nicht bei dir. Auch nicht die zum Religionslehrer oder zum Pastoralassistenten.«

»Was dann?«

Der Bettelmönch trank einen Schluck Bier. »Ich sehe dich als Krieger gegen den Moralverfall. Wenn du willst, werde ich dich so bald wie möglich in unseren Ritterorden einführen.«

»So etwas gibt es noch?« Donhart griff zum kühlen Blonden.

»Natürlich.« Mit den Fingern formte der Bettelmönch eine Raute. »Zum Beispiel den vom Heiligen Grab zu Jerusalem, die Malteser oder den Deutschen Orden. Sagt dir zufällig *Ordo Militium Domini Nostri Jesu Christi* etwas?«

Donhart schüttelte den Kopf.

»Wir, die *Milites Domini Jesu Christi* haben uns dem Kampf gegen das Böse in der Welt verschrieben. Wie Mutter Teresa suchen wir fähige Menschen - welche die Nächstenliebe hinaustragen und Satans Werk auf Erden bekämpfen. Drum nennen uns manche nur Ritter der Nächstenliebe. Unsere Ordensbrüder genießen hohes Ansehen und bekleiden lukrative Posten. Mit dem Ritterschlag trittst du in ein großes christliches Netzwerk ein. Und du wirst sehen: Deine Eltern werden stolz auf dich sein.«

Donhart wähnte, zu träumen. Grund genug für einen tiefen Schluck Bier.

Der Bettelmönch hob die Hand und ließ sie in der Luft schwingen. »Aber eines muss ich dir gleich sagen: Man kann sich bei uns nicht einfach so bewerben. Aspiranten werden von uns nur dann angesprochen, wenn wir überzeugt davon sind, dass wir es mit einer verdienten Persönlichkeit zu tun haben, die auch in Zukunft ihr Leben in einwandfreier Sittlichkeit nach katholischen Werten ausrichten wird.«

»Aber, ich fürchte ...«

»Dein Selbstwertgefühl täuscht dich, Markus. Ich sehe deutlich dein enormes Potenzial. Außerdem wirst du dich bei der Pilgerreise auf dem Jakobsweg noch viel besser kennenlernen. Ich verspreche dir eines jetzt schon. Der alte Markus Donhart wird in diesem Prozess gekreuzigt werden. Dafür wird ein völlig neuer Mensch in Santiago ankommen. Der, der die Gnade Gottes am eigenen Leib erfahren hat.«

»Wirklich?« Donhart konnte es kaum fassen, dass die Lumpenparty sich als ein Wendepunkt auf seinem Lebensweg herausstellte.

»Ja. Auf dem Jakobsweg kannst du in jeder Pore spüren, was es heißt, die Sorgen auf Gott zu werfen. Du darfst am Cruz de Ferro erleben, wie Jesus Christus deine Lasten abnimmt. Auf dem Weg dorthin wirst du ihn als Erlöser annehmen. Nicht oberflächlich, sondern ganz in der Tiefe deines Herzens. Und glaub mir, die Entscheidung ist in der Tat nicht leicht.«

»Ja, ich will.« Seine Neugier auf den Ritterbund steigerte sich.

»Ruhig Blut, Markus.« Der Bettelmönch stellte die Bibel in den Glasschrank zurück. »Ich werde mich bemühen, dich in den Orden einzuführen. Es wird etwas dauern, bis ich das ›Nihil obstat‹ vom Prior, dem Großprior und dem Statthalter in Wien erhalte.«

Donhart trank aus seinem Glas. »Nihil obstat?«

»Hast du in der Schule nicht Latein gehabt?«

»Das hat mir eine Ehrenrunde eingebrockt.« Dumpfe Wut auf *Todesernst* kroch in ihm hoch.

»Nichts steht dem entgegen«, übersetzte der Bettelmönch.

»Wie geht's dann weiter?«, wollte Donhart wissen.

»Ich werde dich durch das Noviziat begleiten. Das dauert doppelt so lange wie die Fuchsenzeit auf der Franzisca, etwa zwei Jahre. Dem schließt sich auf dem Jakobsweg die Pilgerfahrt zur Investitur nach Santiago de Compostela an.«

»Wow.« Donhart hob sein Bierglas. »Stoßen wir doch darauf an.«

GEGENWART

Sabrina massierte mit ihrem Daumen den Handrücken. »Hatten Sie mit Markus Donhart seit der Lumpenparty zu tun?«

Jennifer Stefanetz seufzte. »Ja, ein paarmal hat es sich nicht vermeiden lassen. Wenn ich mit Peter die eine oder andere Veranstaltung auf der Bude besucht habe. Aber um ein Date gebettelt hat er seither nimmer, falls Sie das wissen wollen.«

Sabrina trank den letzten Schluck Mineralwasser. »Auf ihren Ex dürfte Donhart nicht gut zu sprechen sein. So wie der ihn auf der Party gedemütigt hat.«

»Die haben sich nie sonderlich gut verstanden.« Stefanetz zwirbelte ihre dunkelblonden Haarsträhnen um den Zeigefinger. »Für Donhart war Peter ein sexgieriges Monster. So unrecht hat er damit leider nicht. Der hat zig Affären hinter sich. Und da rede ich nur von denen, von denen ich weiß. Ich bin mir sicher, dass der mich hintergangen hat, seitdem wir zusammen waren.«

»Und Sie haben ihn trotzdem geheiratet?«

Stefanetz seufzte. »Ich habe gehofft, dass es aufhören würde! Er hat mir immer wieder gesagt, dass es nur ein Ausrutscher war und dass ich die Wichtigste in seinem

Leben bleibe. ›Bin ich nicht mehr Studio, dann lieb ich dich alleine‹, hat er mir stets ins Ohr gesungen. Sie kennen doch das Lied, oder?«

»Sie werden es mir verraten.«

»Gold und Silber lieb ich sehr.«

Der Titel sagte Sabrina nichts. »Wie lange waren Sie mit ihrem Ex liiert?«

»Fünf Jahre, zwei davon verheiratet und dann hat er mich auf übelste Weise in die Wüste geschickt! Ich bin heim, habe ihn in unserem Bett mit diesem Flittchen angetroffen. Und wissen Sie, was er mir da sagt?« Stefanetz legte eine Pause ein. »Dass es jetzt aus ist und dass ich daran schuld bin. Dann hat er mich eiskalt rausgeschmissen. Und wissen Sie, wer diese Schlampe ist?«

»Nein?« Sabrina fragte sich, ob ihr der Name, den sie in den nächsten Sekunden zu hören bekam, im Dienst schon einmal begegnet war.

»Isabella Jantzenberger.« Stefanetz fletschte die Zähne. »Für mich hat er keinen müden Cent übrig, aber für diese Schlampe hat er Geld in Hülle und Fülle. Gleich für eine feudale Feier im Dom und im Burggarten.«

»War Donhart zur Hochzeit eingeladen?«

»Zur Agape nach der Messe haben sie alle Franziscen eingeladen. Ja, ihn also auch.«

»Sie haben mir vorhin erzählt«, bohrte Sabrina weiter, »dass Sie Markus Donhart für einen Typen halten, mit dem man alles machen kann.«

»Ja, er ist ein total unsicherer Typ.« Stefanetz nickte. »Sobald man ihm nett zuredet, macht er alles für einen.«

»Hat er auch Ihnen einen Gefallen erwiesen?«

Stefanetz grinste.

»Welchen?«, hakte Sabrina nach.

Stefanetz zwinkerte mit beiden Augen. »War ja ein toller Zufall, dass ich ihn heute auf der Bude getroffen habe. Da habe ich die Gelegenheit beim Schopf gepackt und ihm gesagt, dass er dem Ex einen schönen Gruß von Dr. Posetto und mir ausrichten soll. Am besten gleich vor dem Traualtar! Und dass wir ihn ausziehen werden bis auf das letzte Hemd.«

»Die heiraten heute?« Sabrina schluckte. Es schien, als liefe alles in extremer Zeitlupe ab. Es kam ihr vor, als wären eine Braut und ein Bräutigam unter den zwölf Gästen in ihrem Traum gewesen.

Stefanetz sah auf das Ziffernblatt ihrer edlen Armbanduhr. »Gerade eben.«

»Danke. Sie haben uns sehr weitergeholfen.« Sabrina stand auf, verließ den Raum und griff zum Funkgerät.

»Achtung!«, gab sie an alle Einheiten durch. »Erhöhte Gefahrenlage im Bereich Dom, Burggarten und Orangerie. Mit einem Anschlag auf eine Hochzeit ist dort jederzeit zu rechnen. Fordere die Cobra zur Absicherung an.«

»Verstanden«, antwortete Axel. »Wir übernehmen.«

12:51 UHR

Sabrina befestigte die Funkgurke am Gürtel, griff nach dem Mobiltelefon und wählte die Kurzwahl für ihren Chef. »Ich habe gerade die Cobra für den Burggarten angefordert. Unser Mann wird dort jeden Moment zuschlagen. Auf der Hochzeit von Isabella Jantzenberger und Peter Almer.«

»Mara«, sagte Hutnagl stockend, »wie kommen Sie darauf?«

Sabrina setzte sich auf den Barhocker an der Theke. »Der ermordete Anwalt wollte sich mit Jennifer Stefanetz wegen einer Unterhaltsklage treffen. Das haben mir die Dokumente im Aktenkoffer des Toten verraten. Ein Anruf in seiner Kanzlei hat es mir bestätigt. Ich bin also in die *Alte Münze* gegangen, wo sich die Stefanetz gerade mit einer Psychologin von der Kriseninterventon unterhalten hat, und habe sie befragt. Und jetzt kommt es ganz dicke.«

»Ja?« Hutnagl zog das A in die Länge.

»Sie hat Markus Donhart heute auf einer Burschenschaft getroffen.«

Ein Schnaufen drang durch den Hörer. »Das hat sie Ihnen einfach so erzählt?«

»Ich habe sie gefragt, wer von dem Termin mit dem Anwalt wusste. Zuerst hat sie jeglichen Mitwisser verneint, doch dann hat sie sich korrigiert. Sie wäre vormittags auf der Verbindung gewesen, wo sie zufällig auf Donhart gestoßen sei. Im Lauf des Small Talks habe sie ihm von dem geplanten Treffen mit Dr. Posetto erzählt.«

»Okay.« Sabrina hörte Hutnagls Schlucken.

»Es kommt noch heftiger, Chef. Sie hat nicht nur den Ex, sondern auch Donhart vor sieben Jahren auf einer Lumpenparty kennengelernt. Stefanetz hat bestätigt, dass Donhart ein Faible für *Seven* hat, und sie hat gemeint, dass er ein Kasper sei, mit dem man alles machen könne.«

Hutnagls Seufzen schoss durch die Leitung an ihr Ohr.

»Und jetzt kommt's: Der Ex ist niemand anders als der Fotokünstler Peter Almer, und sie ist, gelinde gesagt, supersauer auf ihn. In ihrer Tirade hat sie mir gesteckt, dass Peter Almer im Dom getraut wird und sie die Hochzeit in der Orangerie feiern wollen. Und zwar jetzt. Da habe ich geschaltet und sofort die Cobra alarmiert.«

»Dann wollen wir hoffen, dass sie es rechtzeitig in den Burggarten schaffen.« Hutnagl schwieg für ein paar Sekunden. »Scheint ein komplexer Fall zu sein. Leicht möglich, dass manche Leute Donhart für ihre schmutzigen Pläne benutzen und sein Faible für *Seven* ausnutzen.«

»Ist das nicht etwas weit hergeholt?«

»Bei Fink bin ich mir sicher, dass der mit dem Mord am Direktor zu tun hat. Bei der Pressekonferenz hat er Täterwissen preisgegeben, hat vor allen das geschildert, was auf dem Foto drauf ist. Ich hab ihn jetzt dazu befragt. Da war bald klar, dass Fink immer noch einen enormen Hass auf das Bischöfliche hegt. Wie er gemerkt hat, dass es eng wird, hat er Abenteuerliches aufgetischt, um sich rauszureden. Das ging hin bis zur prophetischen Aufnahme.«

»Nein.« Sabrina konnte es nicht fassen.

»Doch.« Hutnagl ließ einen Moment verstreichen. »Entweder hat Fink den Direktor selbst ermordet, oder er hat Donhart dazu angestiftet. Ich habe ihn vorläufig festgenommen. Die Kollegen bringen ihn gerade zum Paulustor. Ein paar Stunden gesiebte Luft könnten dem Einfaltspinsel guttun. Hoffentlich dämmert es ihm dann, dass er mit der Wahrheit besser fährt.«

»Wenn Fink Donhart als Killer benutzt hat, dann müsste es bei Posetto ebenfalls einen Auftraggeber geben.«

»Richtig.« Sabrina hörte Hutnagls Zungenschnalzen. »Ebenso im drohenden Fall Almer. Und da habe ich die Vermutung, dass die Stefanetz dahintersteckt. Also werden Sie die Rolle der Stefanetz so abklären, wie ich es beim Fink gemacht habe.«

»Alles klar.«

12:55 UHR

»Hutnagl hat mich festgenommen«, sagte Fink seinem Anwalt am Telefon. »Einfach so.«

»Ruhig Blut«, riet der Verteidiger. »Was wird Ihnen denn vorgeworfen?«

»Mord!« Fink stapfte mit dem Fuß auf den Boden. »Hutnagl will mir den Mord am Direktor vom Bischgym anhängen!«

»Wo hat man Sie hingebracht?«

»Ja, wo denn?« Fink schüttelte den Kopf über diese blöde Frage. »In den Häfen!«

»Wo genau? Jakomini oder Paulustor?«

»Paulustor!«

»Immerhin was. Sie haben Zweifel. Sonst wären Sie gleich dem Haftrichter vorgeführt worden.«

»Die haben mich behandelt wie einen Schwerverbrecher!«

»Das wird sich bald aufklären. Und dann beantragen wir sofort die Löschung dieser Daten. Machen Sie sich keine Sorgen.«

»Sie sind lustig! Die werden das so deichseln, wie sie's brauchen. Denn die benötigen einen schnellen Erfolg. Vor allem wegen der Sache am Schloßbergplatz stehen sie unter Druck. Und sie meinen, dass ich mit Donhart ...«

»Herr Fink, ich kümmere mich darum. Ich bin gleich auf dem Weg zu Ihnen. Und nutzen Sie Ihr Recht auf Aussageverweigerung. Beachten Sie, dass jedes Gespräch mit der Polizei auch eine Aussage ist. Lassen Sie also auch den Small Talk bleiben. Unterschreiben Sie bitte nichts!«

»Okay.«

»Bis gleich.«

***

»Herr Ober«, wandte sich Sabrina an den Kellner hinter der Theke. »Bringen Sie mir noch einen großen Braunen in die Stube. Und nach Möglichkeit auch einen Kuli und einen Notizblock.«

Der Barkeeper griff in die Brusttasche und reichte ihr die Sachen. »Hier, Frau Inspektor, Block und Stift kriegen Sie sofort. Den Kaffee bring ich gleich.«

Sie kehrte in das Gastzimmer nebenan zurück und ging auf Jennifer Stefanetz zu. »Es sind noch ein paar Fragen aufgetaucht, die wir besprechen müssen.«

Die Dunkelblonde sah auf. »Ja?«

Sabrina setzte sich gegenüber an den Tisch, zeichnete ein von vier Querbalken begrenztes Kreuz auf den Schreibblock und schob ihn ihr zu. »Sagt Ihnen zufällig dieses Symbol etwas?«

»Ja, ich hab's gesehen.« Stefanetz kratzte sich am Ohr. »Am Ring vom Doktor Posetto.«

»Kennen Sie vielleicht die Bedeutung?«

»Nein.«

Ihr Kopfschütteln verriet Sabrina, dass es sich nicht lohnte, sie weiterhin danach zu befragen. »Haben Sie eine Idee, wer etwas gegen Doktor Posetto haben könnte?«

»Da gibt's doch eine Unmenge von Leuten. Dr. Posetto ist auch Insolvenzverwalter. Da kann ich mir schon vorstellen, dass er einige Feinde hat. Und seine Umgangsformen sind legendär.«

»Was meinen Sie damit?«

»Beim Wahlkampf zur Landtagswahl auf der Albertina … «

»Im Wiener Kunstmuseum?«

»Nein, ich meine die Studentenverbindung in Graz.« Stefanetz deutete in südwestliche Richtung. »Ist gleich da im Palais Attems. Ist keine schlagende, sondern eine katholische.«

»Okay.« Ein flaues Gefühl breitete sich in Sabrinas Magen aus.

»Bitte Frau Inspektor«, sagte der Kellner und stellte den Kaffee vor Sabrina auf den Tisch.

»Also: Der Spitzenkandidat der ÖVP hat dort sein Programm vorgestellt. Beim Ausklang hat sich ein junger Mann angeregt mit ihm unterhalten. Auf einmal sehe ich, wie sich Posetto zwischen die beiden drängt und den Typen mit seiner Körpermasse wegschubst. Der ist dann pikiert von der Bude abgezogen, während Posetto sich mit dem Politiker noch gut eine halbe Stunde ausgetauscht hat.«

»Daran haben Sie sich erinnert, als Sie ihm das Mandat im Kampf gegen Ihren Ex gegeben haben?«

»Das auch«, antwortete Stefanetz. »An diesem Abend habe ich gesehen, dass der sich durchsetzen kann. Dass er ein selbstbewusstes Auftreten hat. Das braucht man doch bei Gericht. Sonst kommt mein Ex mit seinen miesen Tricks wieder durch.«

Sabrina lehnte sich zurück und verschränkte die Arme. »Können Sie sich vielleicht daran erinnern, wen Dr. Posetto an diesem Abend weggeschubst hat?«

»Ich habe ihn nicht gekannt.«

»Donhart vielleicht?«

»Nein, der war's nicht.« Stefanetz schüttelte den Kopf.

»Können Sie mir vielleicht sagen, ob Donhart sonst irgendein Problem mit Posetto hatte?«, bohrte Sabrina nach.

»Mit Posettos Umgangsstil hatten einige ihre liebe Not. Drum habe ich ihn ja engagiert. Auch mein Ex hat ihn nicht wirklich gemocht.«

»Okay und wie stand Donhart zu Posetto?«

»Ich glaube, dass er mit ihm auch nicht wirklich klargekommen ist.«

»Ist Ihnen etwas aufgefallen, als Sie Donhart erzählt haben, dass Sie sich mit Dr. Posetto treffen wollen?«

Stefanetz holte den Nagellack aus der Henkeltasche. »Er hat so schadenfroh gegrinst, als ich ihm gesagt habe, er soll dem Ex und seiner Schlampe einen schönen Gruß von Posetto und mir ausrichten.«

Sabrina trank einen Schluck Kaffee. Etwas stimmte da nicht. Falls Donhart ein Fan von Posetto war, hätte er ihn kaum ermordet. Bedeutete das hämische Schmunzeln, dass er in jenem Moment den Mord an Dr. Posetto beschlossen und Stefanetz es nicht bemerkt hatte? Wenn ihr Chef recht behielt, käme sie allerdings als Anstifterin für das drohende Attentat auf Peter Almer infrage.

Sabrina entschied, sie über das Drohvideo auszufragen. »Mir fällt gerade wieder ein, dass Donhart einen

Film angesehen hat, als Sie ihn heute auf der Verbindung getroffen haben.«

Stefanetz erneuerte den Lack auf den Fingernägeln. »Ja.«

»Haben Sie mir gesagt, dass er ein Fan von *Seven* ist?«

»Ja, wieso?«

»Wir sind heute auf ein Video gestoßen, in dem Donhart Amoktäter als Rächer der Todsünden verherrlicht. Kennen Sie das?«

»Nein!« Stefanetz schüttelte den Kopf. »Seine gestörten Clips interessieren mich nicht.«

»Der heilige Amokläufer von Erfurt rächte den Stolz«, zitierte Sabrina aus dem Drohvideo, »der von Blacksburg die Habgier und der von Montreal die Lust. Klingelt da was bei Ihnen?«

»Worauf wollen Sie jetzt hinaus?« Stefanetz ballte die Finger zur Faust.

»Heute früh ist im Bischöflichen Gymnasium der Direktor erschossen worden. Es spricht sehr viel dafür, dass Donhart der Täter ist.«

»Donhart, dieser Kauz?« Stefanetz lachte auf. »Der soll ein Mörder sein? Nie im Leben!«

»Das sehen wir anders. Im Video vergleicht er diese Schule mit dem Gutenberg-Gymnasium in Erfurt.«

»Sie glauben, er spielt *Seven* nach?« Stefanetz runzelte die Stirn.

»Das haben Sie jetzt gesagt. Wir sind uns sicher, dass er hinter beiden Morden steckt und einige Leute seinen *Seven*-Spleen ausnutzen.«

»Wie kommen Sie denn darauf? Ich habe Donhart nur gebeten, dass er dem Ex und seiner Schlampe einen

Gruß von Posetto und mir ausrichten soll. Das war alles.«

»Den richtet er gerade aus, oder?«, schoss Sabrina nach.

»So eine Frechheit!«, kreischte Stefanetz. »Was würde mir das bringen? Nichts, gar nichts! Dann sehe ich keinen Cent von meinem Ex. Und bevor Sie mir blöd daherkommen: Es gibt auch keine Versicherungspolice, die auf mich lautet. Und noch was: Glauben Sie im Ernst, dass ich meinen Anwalt abknallen lasse?«

»Reine Routine. Wir müssen in alle Richtungen ermitteln«, ließ Sabrina die Floskel fallen. Für den Mord an Dr. Posetto fehlte bei Jennifer Stefanetz jedes Motiv. Sollte es für die Bluttat am Schloßbergplatz einen Auftraggeber geben, so wäre der am ehesten in der Hochzeitsgesellschaft zu finden. Dasselbe kam heraus, wenn man Jennifer Stefanetz in die Gleichung einbezog. Die Lösung lag im Burggarten, egal, wie der Einsatz der Cobra ausging.

***

Noch nie in seiner langen Karriere war Kurt Hutnagl ein Fall derart an die Nieren gegangen wie dieser. Im Bischöflichen Gymnasium war er zum mündigen Christen herangereift. Vor fast vier Jahrzehnten war ihm dort die Matura mit ausgezeichnetem Erfolg gelungen. Dass die Laufbahn bei der Polizei ihn aus dienstlichen Gründen genau dorthin zurückführen sollte, wäre ihm nie in den Sinn gekommen.

Das Opfer vom Schloßbergplatz kannte Hutnagl persönlich. Bei den Rotariern hatte er mit Dr. Posetto bei den Meetings nach den Vorträgen oft ein angeregtes Gespräch geführt.

Und nun nahm Donhart den Fotokünstler Peter Almer ins Visier, von dem Hutnagl zwei Bilder erworben hatte. Dass er dafür die Hochzeit ausgesucht hatte, zeugte davon, wie sehr sich der Frevler den höllischen Mächten geöffnet hatte.

»Herr«, betete Hutnagl und richtete den Blick nach oben, »lass seinen bösen Plan nicht gelingen.«

Gott schwieg.

Stattdessen piepste das Handy.

Die SMS stach ihm ins Auge und bereitete ihm enormes Kopfweh. Ihm schwindelte; mit Mühe schaffte er es, die verblassende Botschaft zu entziffern.

21 subito.

Die Kurznachricht stammte nicht vom Frevler. Trotzdem sorgte sie dafür, dass ihm der Atem stockte. Hinter der codierten Mitteilung steckte der oberste Chef. Er forderte ein abhörsicheres Telefonat, und zwar auf der Stelle. Vermutlich ging es ihm um die umfassende Bedrohung, die vom Motiv des Verbrechers ausging.

»Mordgefahr im Burggarten«, antwortete Hutnagl per SMS.

Die Reaktion ließ nicht lange auf sich warten.

21 asap, max. 1400!!!

Hutnagl schnaufte. Aus der Sakkotasche zog er seine Kautabakdose hervor. Er öffnete sie, fischte ein Stückchen Tabak heraus und legte es sich in die Wange.

In jedem Augenblick drohte im Burggarten ein Anschlag auf das Brautpaar. Möglich, dass der Frevler in der Orangerie Sprengstoff versteckt hatte und ihn beim Hochzeitsmahl zur Explosion bringen wollte. Dann schwebte nicht nur der Bräutigam, sondern auch noch die Braut und die Gäste in Lebensgefahr.

Sofortiges Handeln war gefragt. Wenigstens hatte der oberste Chef ihm so viel Zeit gegeben, um das drängendste Problem in den Griff zu bekommen. Wenn es gelang, Donhart im Burggarten zu stoppen, fiel auch dieses Gespräch allen Seiten leichter.

»Wir müssen zur Orangerie«, sagte Hutnagl zu Istel, »fahr du.«

»Aye, Captain.« Istel wechselte in die Fahrerkabine, startete den Motor und schaltete das Blaulicht und das Martinshorn an.

Die 1850 Meter von Donharts Wohnung bis zum Burggarten fühlten sich weit an. Sogar in einem mit Blaulicht rasenden Einsatzleitwagen dehnte sich die Strecke ins Unermessliche. Die vorbeiziehenden Bäume des Stadtparks wollten kein Ende nehmen. Immerhin verblieb noch die Hoffnung, dass die Einbindung der Bevölkerung in die Fahndung Früchte trug.

***

»Amoklauf im Bischöflichen Gymnasium. In Graz bittet die Polizei um aktive Mithilfe bei der Suche nach dem Täter«, dröhnte das Radio. »Mit den Antenne Nachrichten sind Sie immer fünf Minuten früher informiert.«

Lächerlich.

Der Todesritter gönnte sich einen Schluck Red Bull.

»Ich bin Michaela Brunner«, verkündete die Sprecherin. »Im Bischöflichen Gymnasium konnte heute früh
ein Amoklauf verhindert werden. Ein schwarz geklei-
deter Täter ist noch vor der ersten Stunde in die Schule
eingedrungen und hat den Direktor vor den Augen der
Schüler erschossen. Durch das rasche Eingreifen der
Cobra konnte das beabsichtigte Blutbad vereitelt werden.«

So ein Mist!

Donhart ballte die Faust. Bernhard Vogl hatte sie eines Besseren belehrt, und sie brachten diesen Unsinn
noch immer!

»Der flüchtige Täter aus dem Bischöflichen Gymnasium war in der Altstadt von Graz erneut aktiv. Die Polizei fahndet nach Markus Donhart, 34 Jahre alt, 175 cm
groß und schlank. Er hat rote Haare und blaue Augen.
Sein Gesicht ist glatt rasiert. Zweckdienliche Hinweise
nimmt die Polizei unter der Nummer des Journaldiens-
tes des LKA 059/133/60-3333 oder unter der Notrufnum-
mer 133 entgegen. Achtung: Markus Donhart ist bewaffnet und äußerst gefährlich.«

Das Blut in Donharts Adern geriet in Wallung. Er zitterte. »Epimetheus, du Arschgeige!«, brüllte er. »Willst
du mich verscheißern, du Arschficker!«

Donhart stand auf und verpasste der Wand einen
Fußtritt. Auf dem weißen Verputz zeichnete sich der
Abdruck seiner Schuhsohle ab. Nahmen sie seine Botschaften noch immer nicht ernst? Glaubte der Einsatzleiter, dass er mit diesem billigen Polizeimist durch-
kam?

Das Zimmer erbebte unter Donharts Stimme. Die
halb volle Dose Red Bull flog durch den Raum und

prallte von der Mauer ab. Es spritzte, es schepperte. Sie landete auf dem Holzboden. Der klägliche Rest rann heraus.

Donhart wusste, wen es auszuschalten galt, um die Kraft der Botschaft zu verstärken. Er zog sich das Schweißband über die Stirn. Dann nahm er die Mosin-Nagant, die an der Wand lehnte, in die Hand. Er legte sich bäuchlings mit ihr an seiner Seite auf den Klapptisch, den er auf der Ostseite vor der Luke aufgestellt hatte. Vorsichtig bewegte er das Kippbrett. Mit dem Feldstecher überprüfte er die Lage im Burggarten.

Alles lief nach Plan. Wie vorausgesehen begaben sich die Brautleute für das Hochzeitsfoto vor die Orangerie. Der Bräutigam gestikulierte. Der Fotograf verschob den Dreifuß für die Kamera um ein paar Meter. Bald schlug die große Stunde.

Donhart legte das Fernglas ab und stopfte ein Kissen in die Fensterluke. Es diente ihm zugleich als Stativ und als Schalldämpfer. Er schnappte sich die Mosin-Nagant und richtete sie aus. Wieder ging es darum, eins mit dem Karabiner zu werden.

Die Waffe ist die Braut des Soldaten.

Der Spruch, den ihm die Ausbilder beim Bundesheer eingehämmert hatten, bewahrheitete sich erneut. Nur wer das Wesen und die Persönlichkeit seiner Flinte kennt, kann erfolgreich sein.

Langsam schob der Todesritter das Gewehr nach vorn und ließ den Lauf in das Polster auf der Fensteröffnung absinken. Er warf einen Blick durch das Zielfernrohr. Die Gebäude und die Herz-Jesu-Kirche im Hintergrund interessierten ihn genauso wenig wie das Schauspielhaus im Vordergrund. Im Gegensatz dazu verdiente der

Stadtpark mehr Beachtung. Die ruhenden Blätter der Laubbäume zeigten absolute Windstille an. Nach einem Schwenk tauchte die Orangerie im Okular auf. Reflexionen des Sonnenlichts im Glashaus erschwerten die Aufgabe. Immerhin konnte er sich an den in hellem Orange gehaltenen Würfeln orientieren, die das ehemalige Gewächshaus begrenzten. Er bewegte die Waffe nach rechts und suchte das Ziel.

Kurz darauf erschien das Hochzeitskleid im Fadenkreuz. Der senkrechte Streifen verlief genau durch ihr Brautkleid und die Brautschuhe ruhten auf der waagrechten Linie. Vom Haupt bis zur Sohle zählte Donhart vier Bogenstriche. Isabella Jantzenberger stand 450 Meter von ihm entfernt.

Wenn er die Braut aus dem Weg räumte, verstärkte Donhart die Message. Priorität genoss jedoch der Bräutigam. Er, der Todesritter von Graz, veränderte die Ausrichtung des Laufs um wenige Millimeter. So lange, bis er die Halbschuhe des Gatten ins Visier bekam und die vertikale Achse mit Almers Beinen übereinstimmte.

Konzentration war für den schwierigen Schuss das Ein und Alles, das Alpha und Omega. Den Wind brauchte er gottlob nicht zu berücksichtigen, und den korrekten Schusswinkel kannte er bereits. Donhart holte tief Luft. Er richtete das Fadenkreuz zwei Striche über dem Kopf des sogenannten Fotokünstlers aus. Abermals machte Donhart einen langen Atemzug. Er spürte den Sauerstoff durch die Nase, den Rachen und die Luftröhre in die Lunge strömen. Er konzentrierte sich auf das Körpergewicht, das auf den Tisch drückte. Donhart steuerte seine Aufmerksamkeit auf die Beckenknochen und versuchte, den Puls zu erspüren. Mit jedem Schnaufen wuchs der Fokus; das Herz pumpte langsamer das Blut. Das gab ihm die Chance, den einzelnen Herzschlag wahrzunehmen. Das Gewehr war seine Hand, das Fernrohr sein Auge und der Abzug Teil seines Nervensystems.

Drei Pulsschläge später war der Geist mit dem Projektil vereint.

Es knallte.

Ein Schlag auf seine Schulter folgte.

Und ...

Der Bräutigam brach zusammen.

Markus Donhart hatte erneut getroffen.

Die Braut stand wie angewurzelt neben ihm.

Perfekt!

Der Rückstoß hatte Donhart nicht aus dem Rhythmus gebracht.

Nutze den Moment!

Er repetierte. Mit hellem Klang klatschte die Patronenhülse auf den Boden. Sekunden später hatte er das Fadenkreuz zwei Striche über Isabellas Kopf positioniert.

Donhart lauschte dem Puls. Er nahm ihn wahr. Ein Herzschlag, Pause, noch einer.

Verdammt.

Isabella schaute verzweifelt um sich. Höchste Zeit, das Ding abzuschließen. Der Finger presste gegen den Abzug. Ein Atemzug, ein Pulsschlag. Er drückte ab.

Sie taumelte, sackte zusammen.

»Treffer«, murmelte Donhart, »wie immer bei mir.«

Er hörte sie schreien. Wie Hühner liefen sie in alle Richtungen. Herrlich, was ein Zucken mit dem Zeigefinger bewirkte.

13:03 UHR

Kleingott und seine Leute waren wie die Berserker quer durch Graz gerast. Doch die Fahrt vom Stützpunkt zum Einsatzort hatte zu lange gedauert.

Eindeutig.

Nicht zu überhören.

Hinter der Mauer schrien sie.

Kein Zweifel, das Gebrüll kam vom Burggarten her.

»Wir sind vor Ort«, funkte er über das in den Helm eingebaute Mikrofon. »Es dürften Schüsse gefallen sein. Wir klären ab.«

»Verstanden«, antwortete Hutnagl.

Kleingott deutete auf die Begleiter. »Ihr sichert die Flanke ab, Team B nähert sich der Orangerie von der Nordseite. Trupp C durchsucht die Burg. Also, los!«

Sie starteten, fegten durch das Tor auf den gepflasterten Weg. Er zeigte auf eine Treppe, dann auf den Kameraden. Der nickte, lief mit dem Gefährten die Steinstufen hinauf. Axels Team eilte entlang der Pflastersteine rauf zum Plateau. Trotz der Sommerhitze sah er nur geschlossene Fenster im altehrwürdigen Karlsbau aus dem 16. Jahrhundert.

»Wir haben die Orangerie erreicht«, hörte Kleingott den Kommandanten des Trupps aus dem Stadtpark aus dem im Helm installierten Kopfhörer.

»Für Evakuierung vorbereiten!«

»Verstanden.«

»Hilfe!« Eine Frau rannte Axel brüllend entgegen. »Er hat das Brautpaar getroffen! Macht was!«

»Wo ist der Schütze?«, rief Kleingott.

»Weiß nicht!«

»Von wo kamen die Schüsse?«

»Von da!« Sie deutete auf den Renaissancebau daneben, sank in die Knie und rollte sich in sich zusammen. Ihre Fäuste trommelten gegen das Pflaster.

»Wir brauchen dringend Notärzte und Rettung«, funkte Kleingott.

»Bring Sie runter«, wies er seinen Begleiter an.

»Sie sind in Sicherheit.« Der Kollege klopfte der Dame auf die Schulter, half ihr auf die Beine und eilte mit ihr den Pflasterpfad hinab.

Per Funk wandte er sich an den Kommandanten des Trupps in der Grazer Burg. »Der Täter dürfte sich im Friedrichstrakt oder im Karlsbau verstecken. In einem Raum mit Sicht auf die Orangerie.«

»Verstanden.«

»Zeig dich, feige Sau!« Die brüllende männliche Stimme kam von hinter einem üppigen Nadelbusch her.

Der Puls legte um einige Schläge zu.

»Schützenkette!« Axel streckte die Arme aus. Die Gefährten schwärmten links und rechts von ihm aus.

»Orangerie sicher!«, kam der Funkspruch vom anderen Trupp.

»In die Orangerie evakuieren«, befahl Hutnagl über Funk.

»Täterorientiert nach vor«, sagte Axel zu seinen Leuten.

Sie stürmten am Busch vorbei. Die Gäste rannten schreiend in alle Richtungen. Mitten im Chaos lag auf der Wiese der Bräutigam mit einem Loch im Kopf, aus dem es blutrot sickerte.

»Polizei!«, schrien Kleingott und seine Partie aus vollem Hals.

»Keine Angst, keine Angst!« Ein Herr, der auf die Sechzig zuging, kniete neben der Frau in Weiß. Sie blutete heftig an der Brust. Das Dekolleté war in ein dunkles Rot übergegangen, und das Rosenornament auf der Seite des Brautkleids hatte Blutspritzer abgekriegt.

Die Braut versuchte zu sprechen, brachte aber kein Wort über ihre Lippen. Sie spuckte Blut und kämpfte um jeden Atemzug.

Kleingott deutete zum ehemaligen Gewächshaus. »Evakuiert die Gesellschaft in die Orangerie. Ich sichere die verletzte Braut und ihren Vater ab.«

»Machen wir«, antworteten die Kollegen.

»Isa, mein Kind, bleib wach! Die Cobra ist schon da!«, rief der Vater.

Der Anblick schnürte Kleingott die Kehle zu. Er konnte sie nur vor weiteren Attacken schützen, solange er professionell blieb. »Braut in akuter Lebensgefahr. Wir brauchen dringend einen Notarzt auf der Wiese vor der Orangerie«, sprach er in das Helmmikro.

»Verstanden«, erwiderte die Rettungsleitstelle.

»Die Rettung kommt gleich. Halt durch, Isabella!«, bat der Vater mit lauter Stimme.

Die Braut schloss die Augenlider.

»Bleib wach!« Der Vater tätschelte ihr die Wangen.

»Papa«, stammelte sie und öffnete kurz die Lider, um sie sofort wieder zu schließen. Ihr Gesicht glich einem blutigen Spinnennetz. Es sah schlecht aus.

»ISABELLA!« Der Vater presste den Daumenballen fester auf die Wunde in ihrer Brust. »Bitte bleib! Bleib! Bitte! Bitte! Mach die Augen auf! Bitte!«

Kleingott kniete sich zu der verwundeten Braut und half dem Vater, die Blutung zu stoppen.

»Sie atmet nicht mehr«, gab Axel durch und startete die Herzmassage. Es knackte. Blut spritzte bei jedem Drücken aus dem Mund.

»Wo seid ihr?«, keifte Axel per Funk die Rettungskräfte an. »Himmelherrschaftszeiten.«

***

»Wir sind vor Ort«, drang der Funkspruch der Cobra aus den Lautsprechern des Einsatzleitwagens. »Es dürften Schüsse gefallen sein. Wir klären ab.«

»Verstanden.« Hutnagl legte das Funkgerät auf den Besprechungstisch, stieß einen Seufzer aus und schaute aus dem Fenster.

Soeben bogen sie nach rechts ab, rasten die letzten 200 Meter durch den Stadtpark Richtung Burgtor. Vor einem ebenerdigen Gebäude, das einem griechischen Tempel ähnelte, stoppte die Fahrt. Er konnte noch erspähen, wie die Cobra hinter dem Eingangstor zum Burggarten verschwand.

Hutnagl verschränkte die Finger und ließ die Hände auf den Tisch sinken. *Herr, bitte lass sie rechtzeitig da sein!*

Leere breitete sich in seinem Kopf aus. Es schien ihm, als tauchte er in eine dunkle Wolke, aus der es kein Entrinnen gab. Was wäre er für ein mieser Onkel, wenn es ihm, dem Chef der Gruppe Leib/Leben des LKA Graz, nicht gelänge, Isabella vor dem Frevler zu bewahren.

»Wir brauchen dringend Notärzte und Rettung.«
Kleingotts Funkspruch versetzte der Hoffnung einen
schweren Schlag. Die Finger verkrampften sich. Sie waren zu spät. Die Katastrophe war nicht mehr zu stoppen.

Für den Bittruf richtete Kurt Hutnagl den Blick nach
oben. »Herr, sieh meine Hilflosigkeit! Bitte, Jesus, ver-
birg dich nicht! Hilf uns, wie du willst, aber hilf uns!«

Er schaute auf die Telefone des Einsatzleitwagens, als
wartete er auf den Anruf des Schöpfers.

Nichts geschah.

Nur in seinem Bauch breitete sich ein flaues Ziehen
aus.

Der Sturm der Hölle drohte, alle zu verschlingen.

Instinktiv griff Hutnagl in seine Sakkotasche und
holte sein Smartphone hervor. Kurz danach startete er
die App, die einen Spruch der katholischen Glaubensin-
formation auf das Display zauberte.

Glaūb nie, dass es zū spät ist!, stand in gelben Lettern
auf dunkelrotem Grund. In der unteren, linken Ecke
gaben ihm weiße Buchstaben einen Rat:

Jesūs sagt: ›Für Gott ist alles möglich.‹

»Orangerie sicher!«, kam der Funkspruch eines
Trupps der Cobra herein.

»*Danke, Jesus.*« Hutnagl ließ das Handy in der Sakkotasche verschwinden, nahm das Funkgerät in die Hand
und betätigte die Sprechtaste. »In die Orangerie evakuieren.«

Aus dem Fenster des Wagens erspähte Hutnagl einen
Kollegen von den Spezialkräften, der eine Dame um die
vierzig an die Rettungsleute übergab. Die Knie der Frau
schlotterten; sie schaffte es kaum, einen Fuß vor den

anderen zu setzen. Das starre Gesicht verriet ihm, dass mit dem Übelsten zu rechnen war.

»Braut in akuter Lebensgefahr. Wir brauchen dringend einen Notarzt!«

Der Funkspruch erlaubte kein Jammern. Handeln war angesagt. Hutnagl sprang aus dem Leitwagen, lief auf die Rettungsleute und die verstörte Frau zu. »Ist einer von euch Notarzt?«

»Mein Kind«, stammelte sie.

»Was ist mit ihm?«, fragte ein Sanitäter.

Sie starrte ins Leere. »Notarzt in Wien.«

»Kommen Sie.« Der Sanitäter führte sie zum Rettungswagen.

»Wer ist von euch Notarzt?«, wiederholte Hutnagl die Frage mit barscherem Ton.

»Ich«, antwortete ein glatzköpfiger Mann um die dreißig.

»Er hat die Braut angeschossen. Machen Sie was, aber rasch.«

Der Doktor starrte ihn kurz an. Dann lief er gemeinsam mit dem Sanitäter los. Sie rannten in den Burggarten und hängten Hutnagl trotz der Arzttasche in der Hand beinahe ab. Mit Mühe schaffte er es, mit den Sanitätern auf dem Weg über die Pflastersteine Schritt zu halten.

»Hierher!«, rief ein Kollege von der Cobra, der neben der Braut kniete.

Sie erhöhten das Tempo und trabten die letzten Meter zu der Verletzten.

»Bleib!«, brüllte der Brautvater. »Die Rettung ist schon da! Wir haben es gleich gepackt.«

Der Arzt prüfte den Puls, schnitt das Brautkleid auf und schüttelte den Kopf. »Da geht nichts mehr. Tut mir leid.«

»NEIN! Mein Kind. NEIN! NEIN!« Der Vater krümmte sich heulend und umklammerte die Braut. »WARUM?«

13:10 UHR

Hutnagls Atem stockte. Schwarzer Nebel umhüllte ihn. Das nervöse Ziehen in seinem Bauch ging in eine Explosion innerer Nadelstiche über. Wasser schoss ihm in die Augen. Im Hals bildete sich ein Kloß. So dürfte es sich in der Hölle anfühlen, wenn ein Dämon die verlorene Seele piesackte.

Er drehte sich von den anderen weg, griff in die Hosentasche und ballte die Faust. Was auch immer Donhart unternahm, niemals würde Hutnagl nach dessen Pfeife tanzen. Schon gar nicht nach dem feigen Mord an Isabella!

»Herr«, betete er, »*Isabella ist tot. Nimm Sie auf bei dir. Schenke ihr das Glück, das ihr der Frevler genommen hat.*«

Von der Trauer durfte sich Hutnagl nichts anmerken lassen. Er öffnete die Faust, fingerte ein Papiertaschentuch aus der Packung und wischte sich diskret die Träne von der Wange. Dann schnäuzte und räusperte er sich demonstrativ, ehe er sich zur Gruppe zurückdrehte.

»Kollege«, fragte er Kleingott. »Haben wir ihn wenigstens?«

»Die Durchsuchung der Burg läuft noch.«

»Okay.« Mit einem Seufzer ließ er das benutzte Taschentuch in der linken Sakkotasche verschwinden. Spätestens jetzt hätte Hutnagl von sich aus das Gespräch mit dem obersten Chef gesucht. Es musste einen Weg geben, wie man die brennende Lunte löschen und den Frevler zum Teufel schicken konnte. Ein Blick auf seine Charmex Senator verriet, dass ihm noch fünfzig

Minuten verblieben, um das abhörsichere Telefonat in die Wege zu leiten.

Jetzt vom Einsatz zu verduften, käme einem beruflichen Selbstmord gleich. Auch im Einsatzleitwagen war an dieses Ferngespräch nicht zu denken. Sobald er ein Gerät aus der Telefonwand nahm, lief die Aufzeichnung. Es gab nur einen Ort, wo es jederzeit möglich war. Im Geist wanderte er in seiner Maisonette in das Arbeitszimmer, wo auf dem Schreibtisch aus Mahagoni ein Telefon aus längst vergangenen Tagen stand. Wie passend wäre es, dafür das Erbstück des Großvaters zu benutzen. Wäre er jetzt zu Hause, würde er sich für die Unterredung mit dem obersten Chef in den Ledersessel setzen. Dann würde er den Hörer von der vergoldeten Gabel nehmen und seine Nummer wählen. In aller Ruhe hätten sie nach einer Lösung für das Problem Markus Donhart gesucht.

Würde und hätte.

Hier im Burggarten blieb ihm lediglich der Griff zum Handy. Er aktivierte es. Sofort erschien die App, die er zuletzt gestartet hatte. Vielleicht lieferte der nächste zufällige Spruch den Hinweis für sein Dilemma. Mit dem Finger wischte er ein neues Spruchplakat auf das Display. Auf dunklem Blau tauchte der erste Teil der Botschaft in grellgelber Schrift auf: *Liebe und Wahrheit lösen viele Probleme.* Darunter lautete der in weißen Buchstaben geschriebene Rat: *Lass dich von Gott führen.*

Natürlich. Es galt, dem wahrhaft obersten Heerführer zu vertrauen. Auch wenn ein Problem aus menschlicher Sicht nicht lösbar erschien, kannte Jesus immer noch einen Weg. Im passenden Moment würde der Heilige Geist ihm eingeben, was zu tun sei.

Hutnagl atmete durch und holte sich ein weiteres Spruchplakat auf den Bildschirm.

Deine alltägliche Arbeit soll ein Weg zū Gott sein, lautete die Botschaft in gelber Schrift auf dunkelbraunem Hintergrund. Die weiße Inschrift setzte ihn auf Schiene: *Tū alles mit Liebe ūnd Sorgfalt!*

Genau darum ging es. Mit diesem Motto war Hutnagl seit jeher durch das Berufsleben geschritten. Es hatte ihn auch durch die Einvernahme von Norbert Fink geleitet. Er verstaute das Handy in seiner Sakkotasche, zog sein Notizbuch aus der Brusttasche und überflog die Eintragungen von heute.

Im Klo eine geraucht, las Hutnagl aus der Vorgeschichte der ominösen Lateinstunde, die Donhart die Nachprüfung eingebrockt hatte. Er war am Vormittag so wie die damaligen Schüler vorgegangen, als er nach der Tatortbesichtigung ein Video angesehen hatte. Doch eignete sich kein WC der Welt dafür, ein Gespräch mit dem obersten Chef zu führen. Er blätterte zurück, bis er auf die Aussagen von Kaplan Birkner stieß.

Rainer, von Markus als Karriereschwein bezeichnet.

Hutnagls Herz machte vor Freude einen Sprung. Der Herr hatte ihn auf unkonventionellem Weg zur Lösung geführt. Er verstaute das Notizbuch in der Brusttasche, holte das Handy hervor und betätigte die Kurzwahl für Sabrina Mara.

Hutnagl fackelte nicht lange. »Das Brautpaar ist tot. Isabella ist in den Armen ihres Vaters gestorben.«

Ein Seufzer drang durch den Hörer. »Haben wir ihn?«

»Die Cobra durchsucht noch die Burg, aber ich brauche Sie jetzt. Wir müssen so oder so unser weiteres

Vorgehen besprechen. Der Leitwagen steht vor dem Café Promenade.«

»Und die Staatsanwältin?«, fragte Sabrina.

»Okay, ich ruf Frau Opitz gleich an.«

Hutnagl beendete das Gespräch und sah nach der Kurzwahl für die Staatsanwältin. Das Smartphone fiepste. Das Vibrieren übertrug sich auf den Handteller. Auf dem Display erschien eine Nachricht:

Schlampen und Lustmolchen liefere ich Kaliber 7,62.

Sollte Donhart glauben, dass der Chef der Gruppe Leib/Leben nach der Pfeife des Frevlers tanzte, hatte er sich geschnitten. Abermals griff er in die Hosentasche nach einem frischen Taschentuch, mit dem er sich den Schweiß von der Stirn wischte. Es blieb ihm nichts anderes übrig, als beizeiten in die Offensive zu gehen. Früher oder später würde sein Mobiltelefon in den Fokus der Ermittlungen geraten. Da vermochte proaktives Handeln die Lage zu entschärfen.

Hutnagl öffnete den jüngsten Nachrichtenverlauf, wählte die brisantesten SMS aus und löschte sie. Natürlich wusste er, dass das wenig brachte. Jeder Techniker konnte den Chatverlauf im Nu rekonstruieren. Jedoch kaufte er damit die Zeit, die er für das Gespräch mit dem obersten Chef so dringend benötigte.

»Kleingott, halten Sie hier die Stellung, bis die Burg sicher ist. Ich schicke dann die Tatortgruppe zu euch.«

»Machen wir«, antwortete der Cobrabeamte.

»Halten Sie mich auf dem Laufenden.« Hutnagl wählte die Nummer der Staatsanwältin und marschierte los.

13:25 UHR

Sabrina war mit Blaulicht durch die Fußgängerzonen in der Altstadt vom Schloßbergplatz zum Café Promenade gefahren. Dass sie während der Fahrt die Blicke der Passanten auf sich gezogen hatte, war kein Wunder gewesen. Dass Hutnagl nach ihrer Ankunft vor dem Burggarten nervös wirkte, überraschte sie umso mehr.

Dieser Eindruck schwächte sich kaum ab, als sie sich in den Einsatzleitwagen zu Hutnagl, Istel und der Staatsanwältin Opitz setzte.

»Durchsuchung der Burg abgeschlossen«, krächzte es aus den Lautsprechern. »Zielperson nicht vorgefunden.«

Hutnagl nahm das Funkgerät in die Hand, führte es an den Mund und gab der Tatortgruppe einen Befehl: »Cobratrupp bei den Leichen ablösen. Und Spurensicherung starten.«

Der zittrige Unterton in der Stimme ihres Chefs bekräftigte ihr mulmiges Gefühl.

»Verstanden.«

»Evakuierung zum SPK vorbereiten«, gab Hutnagl an die Cobra durch.

»Verstanden«, bestätigte Axel den Befehl, bald die Gäste von der Orangerie zum Stadtpolizeikommando in der Nähe zu führen.

Hutnagl legte das Funkgerät ab. »Bringen wir uns gegenseitig auf den aktuellen Stand. Das Brautpaar ist tot. Dass die Durchsuchung der Burg erfolglos verlaufen ist, haben wir alle gerade gehört. Wir müssen rausfinden, was er als Nächstes plant. Also, Frau Mara, was haben Sie am Schloßbergplatz herausgefunden?«

»Ich habe Frau Stefanetz das Symbol gezeigt, das wir bei beiden Opfern gefunden haben. Es hat ihr nichts gesagt. Aber die These, dass andere sein Faible für *Seven* ausnutzen, könnte stimmen. Ihr Hass auf ihren Ex war offensichtlich.«

Hutnagl gab eine Mischung aus Seufzen und zufriedenem Brummen von sich.

»Peter Almer?«, fragte die Staatsanwältin nach.

Sabrina nickte.

»Und wie genau soll Stefanetz das ausgenutzt haben?«

»Sie hat mir erzählt, dass sie Donhart heute auf der Bude einer Studentenverbindung getroffen hat. Dort bat sie ihn, Peter Almer auf der Hochzeit einen schönen Gruß von ihr auszurichten.«

»Das riecht nach einem Mordauftrag«, sagte Istel.

»Ich habe sie auch damit konfrontiert. Sie hat zwar wütend geantwortet, aber sich nicht dabei überführt. Für Stefanetz ist Donhart ein Kauz, aber kein Mörder. Und das glaube ich ihr.«

»Und warum?«, fragte Opitz skeptisch.

»Es sieht für mich eher danach aus, dass die sich reinwaschen will«, warf Hutnagl ein.

»Weil Almers Tod der Stefanetz nichts bringt. Im Gegenteil. Sie fürchtet, dass sie keinen Cent vom Ex sieht, wenn der tot ist. Da fehlt jedes Motiv für einen Mord. Und bei Dr. Posetto ist's das Gleiche. Denn der hat sie vor Gericht gegen Peter Almer vertreten. Am ehesten kommen wir weiter, wenn wir die Hochzeitsgäste befragen.«

Hutnagl sah auf seine Armbanduhr. »Dr. Posetto war auch Insolvenzverwalter. Da macht man sich allein durch die Tätigkeit so manche Feinde. Ob irgendein Pleitier heute im Burggarten unter den Hochzeitsgästen war, wage ich jedoch zu bezweifeln. Frau Mara, so kommen wir nicht weiter.«

»Wenn Dr. Posetto mit der Unterhaltsklage Almer Geld abknöpft, dann gibt es zumindest bei Almer ein Motiv, oder?«

»Ganz ruhig, Frau Kollegin. Wir sollten weiterhin *Seven* als Leitfaden nehmen. Laut Donhart-Video steht der Direktor für den Stolz, der Anwalt für die Habgier und der Fotokünstler für die perverse Lust.«

»Eine kirchliche Heirat hat kaum was mit der Lust zu tun, die im Video thematisiert wird«, gab Opitz zu bedenken.

»Almers Aktfotos allerdings schon«, erwiderte Hutnagl.

»Dann müsste der nächste Anschlag«, die Staatsanwältin richtete sich die Brille, »irgendwie mit dem vierten Amokläufer im Drohvideo zu tun haben.«

»... und mit der Todsünde, die der angebliche Heilige da rächte«, führte Hutnagl fort und wandte sich an Sabrina. »Ich würde sagen, Sie fahren ins Revier und schauen sich *Seven* und das Donhart-Video genau an. Entwickeln Sie daraus eine These, wer am ehesten das nächste Opfer sein könnte.«

»Ich habe schon eine Erleuchtung.« Sabrina biss sich auf die Lippe.

»Und die wäre?« Hutnagl sah abermals schnaufend auf die Uhr.

»Die Siegel am Anfang des Films. Da standen die Städte drauf, in denen es einen Amoklauf mit Schusswaffen gegeben hat.«

»Worauf wollen Sie hinaus?«, fragte die Staatsanwältin.

»Euskirchen kommt da als Viertes. Dort hat der Täter im Amtsgericht ein Blutbad angerichtet. Denkbar, dass Donhart den Mord an Dr. Posetto mit dem Verherrlichen von diesem Typen angekündigt hat. Und dann passt die Reihenfolge nicht mehr.«

»Finden Sie es im Büro heraus, und geben Sie mir Bescheid.«

Sabrina sah zur Staatsanwältin. Welcher Grund verbarg sich dahinter, dass Hutnagl die Prioritäten so setzte? »Wenn das stimmt«, sagte Sabrina, »ist aber das Habgieropfer noch offen. In *Seven* hat der Täter immer einen versteckten Hinweis auf das nächste Opfer hinterlassen. Wenn er das nachspielt, wird es dort auch etwas geben, das uns zu seinem nächsten Ziel führt. Außerdem galten die Attentate in der Schule und am Schloßbergplatz einer Person, aber im Burggarten haben wir es mit einem Doppelmord zu tun. Wir müssen rauskriegen, warum er auch die Braut ermordet hat. Das schaffen wir nur, wenn wir die Hochzeitsgäste befragen.«

»Das sehe ich genauso«, sagte die Staatsanwältin.

Hutnagl stieß einen Seufzer aus und sah auf die Uhr. »Gut, Frau Mara. Befragen Sie die Hochzeitsgäste, und begleiten Sie die Evakuierung. Geben Sie mir Bescheid, wenn Sie etwas Neues herausgefunden haben.«

»Frau Opitz«, wandte sich Hutnagl an die Staatsanwältin, »würden Sie mir bitte den Gefallen tun und den
Führungsstab auf den aktuellen Stand bringen?«

Die Staatsanwältin nickte stumm.

Hutnagl rieb sich die Hände. »Ran an die Arbeit.«

13:34 UHR

Hutnagl richtete die Augen nach oben und dankte Gott für die Unterstützung, die er ihm soeben zuteilwerden ließ. Der Herr hatte ihm einen Weg gezeigt, wie er mit dem obersten Chef unauffällig und abhörsicher telefonieren konnte. Für die Besprechung hatte er ihm zur rechten Zeit die richtigen Worte eingegeben. Genau so, wie es Jesus verheißen hatte. So hatte er die Staatsanwältin sowohl von Donharts Wohnung als auch von den Hochzeitsgästen geschickt weglotsen können. Bei Sabrina Mara war es nicht so gut gelaufen, aber die Befragung der Gäste würde ein gehöriges Weilchen dauern. Damit hatte der Herr jene Zeit gekauft, die Hutnagl für das anstehende Telefonat so dringend benötigte.

»Istel, wir müssen zurück in die Täterwohnung.«

Der Kriminaltechniker schaute Hutnagl mit verdatterter Miene an.

»Wir kommen rascher an den Mörder, wenn wir seinen nächsten Schritt vorhersehen. Und wer kennt Markus Donhart besser als sein Bruder?«

»Auch logisch, Captain.« Istel startete den Wagen.

Fünf Minuten später hielten sie vor dem Haus der Familie Donhart am Ende der Grillparzerstraße.

Wieder piepste Hutnagls Handy. Er holte es aus der Sakkotasche, sah auf das Display und las die SMS.

Vergiss die Öffentlichkeitsfahndung, las er, *schwule Sau!*

Eine Frechheit, Hutnagl so zu beschimpfen. Seit der Wallfahrt auf dem Jakobsweg vor drei Jahrzehnten war er nie unzüchtig gewesen. Unkeusche Gedanken waren ihm seither völlig fremd! Was bildete sich der Frevler ein? Kein Einsatzleiter der Welt folgte den Anweisungen eines Mörders. Für Donhart führten zwei Wege in die Hölle: entweder direkt oder via Gefängnis.

»Herr Istel, ich brauche Ihre Hilfe. Donhart schickt mir laufend höhnische SMS. Seine Arroganz ist unsere Chance, ihn zu orten.« Hutnagl entsperrte das Handy und reichte es dem Kriminaltechniker.

Istel blickte auf das Display. »Eines fällt mir gleich auf, Captain. 0828 ist keine Vorwahl für einen Netzanbieter, sondern ein Nummernkreis für kostenpflichtige Dienste mit vorgeschriebener Obergrenze.«

»Das heißt?«

»Dass er die Kurznachrichten über einen webbasierten Service verschickt.« Istels Hand zitterte leicht, als es erneut piepste. »Der Typ scheint sich uns überlegen zu fühlen.«

»Was hat er mir jetzt geschrieben?«

»Graz ist unter meiner Kontrolle! Sind dir Menschenleben weniger wichtig als dein Scheißorden?« Istel reichte ihm das Telefon zurück.

Hutnagl schnappte es sich. »Herr Istel, sehen Sie eine Chance, diesen Hund zu orten?«

»Das könnte schwierig werden. Sollte er vor einem PC sitzen, geht es relativ leicht, nur ist es ziemlich ungenau.«

»Können wir mit der Ungenauigkeit leben?«

Istel verzog das Gesicht. »Mit Glück erwischen wir die richtige Gegend. Mit Pech kommt aber ein völliger Blödsinn raus. Wenn er nicht an einem PC sitzt, wird das Ganze noch komplizierter. Dann können wir nur noch beten, dass er die SMS über einen öffentlichen WLAN-Hotspot schickt.«

Hutnagl ließ einen Stoßseufzer los und sah auf die Uhr. Bis zum Gespräch mit dem obersten Chef blieb ihm knapp eine viertel Stunde. »Istel, wir haben schon vier Opfer. Da brauche ich nicht extra zu erwähnen, dass wir jede Möglichkeit probieren müssen, um den Irren zu stoppen.«

»Ich werde mein Bestes geben, aber versprechen kann ich nichts.«

Hutnagl räusperte sich. »Machen Sie einfach Ihren Job. Die Mara befragt gerade die Hochzeitsgäste, und ich werde mich in der Täterwohnung umsehen. Und Sie orten mir Markus Donhart.«

»Alles klar, Captain.«

***

Sabrina nahm ein Paar Latex-Einweghandschuhe aus der Packung und verließ den Einsatzleitwagen. Nach wenigen Metern erreichte sie den verwitterten Torbogen und ging durch das schmiedeeiserne Tor. Die Auffahrtsstraße erschien ihr als ein Trauerflor, der sie auf ein Plateau führte. Symbolisierten die Wasserbecken den Strom der Tränen, der auf sie wartete? Die grelle Sichtschutzwand, welche die Tatortgruppe aufgestellt hatte, hob sich vom Grün des Burggartens ab. Sie befand sich in der Nähe eines Nadelbuschs, hinter dem die Wiese vor der Orangerie lag.

Fünf Meter vor den Wandelementen stand eine verlassene Kamera auf einem Stativ. Wahrscheinlich hatte sich das Brautpaar gerade für das Hochzeitsfoto aufgestellt, als Donhart es getötet hatte. Was hatte sich dieses kranke Hirn dabei gedacht, genau jenen Augenblick zu wählen? Bewegte ihn die perverse Machtlust, größte Freude in tiefste Trauer zu verwandeln? Trieb ihn religiöser Wahn an, oder verbarg sich dahinter banaler Neid? Ging es ihm um eine krude Reinszenierung von *Seven*, wie Hutnagl behauptete? Oder verband das Hammerkreuz die vier Morde miteinander?

Sabrina lief an der Kamera vorbei auf den Spalt zu, der durch zwei Wandelemente gebildet wurde.

Ein vollschlanker Kollege kam heraus und schob die Kapuze seines weißen Schutzanzugs zurück. »Ist kein schöner Anblick.«

Sabrina fragte sich, welcher Horror wohl hinter den Sichtschutzwänden auf sie wartete, und marschierte durch den Spalt.

Da lag es.

Das Brautpaar.

Peter und Isabella Almer.

Tot.

Seltsam verrenkt.

Der Gatte hatte die Augen eigenartig verdreht, als wollte er das Skurrile im letzten Moment seines Lebens zeigen. Ein Pfropfen an der Schläfe und ein paar eingefärbte Grashalme zeugten von dem gewaltsamen Tod. Der graue Cut schien das Attentat unbeschadet überstanden zu haben. Das Einstecktuch stimmte mit der dezenten Krawatte überein. Am Hemdkragen entdeckte Sabrina jedoch einen Blutfleck. Über die Brust lief die Miniaturschärpe in Weinrot, Gelb und Violett. Eine Kappe mit rubinrotem Samtüberzug war neben dem Kopf gelandet und erinnerte entfernt an eine Polizeimütze.

Die geschlossenen Augenlider der Braut und das Spinnennetz aus eingetrocknetem Blut auf ihrem Gesicht ließen nur einen Schluss zu: Sie war regelrecht verblutet. Kein Wunder, dass die schulterlangen Haare der Ermordeten blutgetränkt aussahen. Vom Weiß des Brautkleids war im Dekolleté nichts mehr zu sehen. Von dort aus verlief eine Blutspur bis zu den Rosenornamenten auf der Seite.

»Ich verstehe nicht, warum er in blinder Wut Bräutigam und Braut erschossen hat.« Der Kollege stellte sich neben sie und seufzte. »Muss es auch nicht verstehen.«

»Können wir sagen, von wo die Schüsse kamen?«

»Wie denn, wenn wir noch nicht mal das Projektil gefunden haben? Von den Hülsen ganz zu schweigen.« Eine wegwerfende Handbewegung folgte. »Ich versteh nicht, warum niemand den Irren gesehen hat. Wir fahnden doch öffentlich nach ihm. Tarnkappe wird der keine aufhaben, oder?«

Sabrina seufzte. Sie streifte sich die Latexhandschuhe über, ging neben dem erschossenen Bräutigam in die Hocke und zog vorsichtig den Ehering vom Finger. Die Gravur auf der Innenseite offenbarte ihr nicht das, was sie sich erhofft hatte. *Für immer Isabella,* las sie, doch es fehlte jegliche Symbolik. Sie steckte ihn an den Ringfinger zurück, überprüfte die Anzugtaschen und widmete sich dem Einstecktuch, aber sie fand nicht, wonach sie suchte.

Der Link zu den anderen Morden des Tages tauchte nicht auf. Nirgendwo erblickte Sabrina den Löwen, der einen Ährenkranz und das Hammerkreuz in den

Pranken hielt. Ebenso stieß sie auf kein Indiz, das ihr erklärte, wieso ihr Chef sie vom Tatort im Burggarten fernhalten wollte.

Sabrina widmete sich der Braut und nahm die Brauttasche unter die Lupe. Sie brauchte nicht lang zu kramen, um nur das Übliche zu finden.

Mit einem Ächzen stand sie auf. »Sind die Hochzeitsgäste schon evakuiert?«

»Das dürfte jederzeit losgehen«, antwortete der Kollege im Schutzanzug.

»Okay.« Sabrina schlüpfte durch den Spalt der aufgestellten Sichtschutzwand und lief über die Wiese zur Orangerie. Vor dem Eingang warf sie die Latexhandschuhe in den Mülleimer.

Hinter der Tür stieß sie auf einen Beamten der Cobra. »Wir fangen jeden Moment mit der Evakuierung an. Wir warten nur noch auf das Go vom Stadtpolizeikommando.«

An der Stimme hatte Sabrina ihren Schatz erkannt. »Axel, ich möchte mich hier noch umsehen und vielleicht die eine oder andere Frage stellen.«

»Dann würd ich mich jetzt aber beeilen.« Axel steckte die Hände in die Hosentaschen. Seine schräge Kopfhaltung verriet, was er von ihrer Überlegung hielt. »Ich fürchte, da wirst du wenig rauskitzeln. So fertig, wie die sind.«

»Ich versuch's trotzdem.«

Sabrina betrat den Festsaal, der sich in eine Trauerhalle verwandelt hatte. Einige kauerten heulend an den Tischen, deren fröhliche Blumengedecke nur noch absurd wirkten. Andere starrten aus dem wandhohen

Fenster, manche schafften es nicht, den Blick von der goldbraunen Wand abzuwenden.

»Warum?«, murmelte eine ältere Dame, die mit mehreren Personen an einem Rundtisch saß. Ein in Violett gehaltenes Schildchen verriet, dass es sich um Tisch Nummer zwei handelte.

»Omi, das versteht ja keiner«, pflichtete ein Mädchen bei, das gegenüber von der Seniorin saß. Sabrina schätzte die schlanke Frau im zartrosa Kleid auf Mitte zwanzig. Die elegante Hochsteckfrisur stand im Kontrast zu den schwarzen Strichen, die ihr die Tränen auf die Wangen gezeichnet hatten. Sie lehnte ihren Kopf an die Schulter eines jungen Dicken, der eine weinrote Studentenkappe aufgesetzt hatte. Unter dem Jackett trug er ein weißes Hemd. Über dessen Brust lief ein Band in den Farben Karminrot-Gelb-Violett. Der Ledergürtel passte zur Anzughose, und die glänzenden Schuhe rundeten sein Äußeres ab. Auch er hatte geweint. Die Wülste unterhalb der Augen sprachen für sich.

»Ich bin Sabrina Mara von der Kripo.« Sie zückte die Kokarde. »Darf ich Ihnen ein paar Fragen stellen?«

Die Leute am Tisch nickten stumm. Der Dicke nahm die weinrote Studentenkappe ab. Darunter tauchten hellblonde Strähnen auf, die den dunklen Locken eine besondere Note verliehen.

»Ich bin Karin Dröger, und das ist mein Enk...« Die Seniorin stockte und schluckte. »Mein Enkerl, die Esmeralda, und ihr Freund Patrick Litwin.«

Sabrina nahm auf einem gepolsterten Stuhl Platz. »Ich weiß wie schwer das für euch ist, aber die ersten

Stunden nach einer Tat sind für uns entscheidend. Wollt ihr mir erzählen, wie ihr sie erlebt habt?«

Esmeralda zuckte mit den Schultern.

»Ich werde es versuchen.« Der Dicke fuhr sich mit den Fingern durch die Haare und stützte das Kinn mit der anderen Hand. Es schien, als ringe er um Worte für das Unfassbare. »Die Messe war aus, und wir sind in den Burggarten geschlendert. Der Fotograf hat Peter und Isabella gebeten, sich vor der Orangerie aufzustellen, und dann ist er mit dem Stativ einige Meter zurückgegangen. Und da ... da ... ist es passiert.« Ein Heulkrampf schüttelte ihn.

»Peter ist umgefallen«, übernahm die Seniorin, »und kurz darauf hat es mein Enkelkind erwischt. Es ging alles so schnell!«

»Papa ist zu ihr hin und hat ihr helfen wollen. Da ist ihr schon das Blut aus der Nase gekommen!« Zitternd griff Esmeralda nach der Serviette. Ihre Hand streifte das Weinglas. Es rollte über die Tischkante, fiel auf den Boden und zerbrach.

»Entschuldigung.« Die Seniorin machte Anstalten, aufzustehen.

»Oma, lass es«, sagte Esmeralda. »Es ist sowieso alles egal.«

»Sind Sie die Schwester der Braut?«, fragte Sabrina.

Ein Heulkrampf beantwortete die Frage.

»Wir können Isabella nicht mehr retten. Das stimmt. Aber wir werden denjenigen fassen, der hinter all dem steckt. Wir werden alles dafür tun, dass er seine gerechte Strafe bekommt.«

Die Seniorin und Patrick Litwin nickten.

Esmeralda nahm heulend das Namenskärtchen vor ihrem Platz in die Hand.

»Fällt euch jemand ein, der mit Peter oder Isabella eine Rechnung offen hatte? Schließen Sie niemanden aus.«

»Da gab es jemanden im wahrsten Sinne des Wortes«, sagte Litwin. »Ich weiß nicht, ob Sie auf der letzten Vernissage vom Peter waren.«

»Der Heiratsantrag war echt süß.« Esmeralda zerriss das Namenskärtchen. Ein Heulkrampf folgte. Sie warf die Überreste in den Tischabfalleimer.

»Ja.« Sabrina lächelte ihr zu. Der Abend vor einem halben Jahr tauchte in ihrem Kopf auf.

Peter Almer war im weißen Anzug vor die Besucher getreten. »Bevor ich das Event eröffne, muss ich dich, liebe Isabella, etwas Wichtiges fragen. Ich habe absolut keinen Bock, da noch länger zu warten.«

Stille hatte den Saal erfüllt. Man hätte den Aufprall einer Nadel auf dem Boden hören können. Ein nervöses Zittern hatte sich in die Stimme des Künstlers gemischt. »Ohne deine Unterstützung wäre ich nie so weit gekommen. Du bist der Grund, warum ich es geschafft habe. Du bist der bedeutendste Mensch, dem ich je begegnet bin. Ich kann es dir nicht oft genug sagen, wie sehr ich dich liebe.«

Almer griff in die Tasche seines Sakkos und fiel vor der Brünetten im roten Abendkleid auf die Knie. »Du hast mir jetzt schon ein glückliches Leben geschenkt. Ich möchte den Rest meiner Lebenszeit daran arbeiten, es dir zurückzugeben. Willst du mich heiraten?«

»Ja.« Isabella hatte über das ganze Gesicht gestrahlt und den Knienden umarmt. Applaus begleitet von

Pfiffen war aufgebrandet. Almer hatte sich erhoben, die Frischverlobte geküsst und allen zugewinkt.

»Also jemand, der eifersüchtig auf die Brautleute war?«, fragte Sabrina. »Gibt es da wen, dem diese Heirat so richtig gegen den Strich ging?«

Die Seniorin nickte. »Ja, der Bruder meiner Schwiegertochter. Der ist ja päpstlicher als der Papst. Immer wieder hat er gesagt, dass diese Hochzeit nichts weiter als ein kirchlich sanktionierter Ehebruch wäre.«

»Aha.« Sabrina verstand nur Bahnhof. Dass die katholische Kirche auf einmal Scheidungen guthieß, war ihr neu.

»Alles hat er getan, um die Heirat zu verhindern«, setzte die Alte fort. »Den übelsten Rechtsverdreher hat er Peter auf den Hals gehetzt. Mit einer Unterhaltsklage hat er die Beziehung zwischen Peter und seiner Ex retten wollen.«

Verquere Logik, aber die würde auch zu Hutnagl passen.

»Wie kann man nur so verbohrt sein?« Patrick Litwin drückte seine Studentenmütze zusammen. »Die Klage gegen Peter ist so was von lächerlich.«

Sabrina zog Posettos Visitenkarte aus der Brusttasche. »Ist es zufällig der?«

Die alte Dame warf einen flüchtigen Blick darauf und nickte. »Ja, das ist er. Ein Prolet, echt übel.«

»Absolut«, pflichtete Litwin ihr bei. »Die Stefanetz hat keinen Groschen für den Herrn Anwalt bezahlt, das Geld kam von da.« Er deutete mit der Mütze in der Hand auf den freien Stuhl. »Und wenn schon, dann hätte man den da verklagen müssen.«

»Und warum?«, hakte Sabrina nach.

»*God's Love For Black and White* wurde sogar im Feuilleton besprochen. Dann kommt noch *Das letzte Abendmahl* dazu. Beide Bilder hat dieser Herr nie bezahlt!« Abermals stach er mit der Studentenmütze in die Richtung des freien Platzes. »Aber für den miesen Rechtsverdreher war das Geld da! Ich hätte es vor allen gesagt. Drum hat Peter ihn eingeladen!«

Esmeralda sah zu Sabrina und meldete sich zu Wort. »Ausnehmen wollen hat ihn die Stefanetz. Glauben Sie, dass sie's war?«

»Wir können jetzt noch nichts sagen, wir ermitteln in alle Richtungen.«

Sabrina drehte die Visitenkarte um, nahm den Kuli aus der Brusttasche und malte auf der Rückseite ein Hammerkreuz. »Sagt Ihnen dieses Symbol etwas?«

Kopfschütteln.

»Und Ihnen?« Sie zeigte es Litwin und der Seniorin mit gleichem Resultat.

»Meine Damen und Herren!« Axel zog mit kräftiger Stimme die Aufmerksamkeit auf sich. »Wir beginnen jetzt mit der Evakuierung zum Stadtpolizeikommando. Bleiben Sie in der Gruppe, bis wir unser Ziel erreicht haben. Bitte folgen Sie uns.«

Patrick Litwin half Esmeralda aufzustehen. Mit Tränen in den Augen folgte die Seniorin der Enkeltochter, ihrem Freund und den anderen Gästen zum Ausgang.

Sabrina nahm die Namenskärtchen unter die Lupe. Nirgendwo entdeckte sie darauf einen Löwen, der den Ährenkranz mit dem Hammerkreuz in den Pranken hielt. Links oben hatte man zwei überlappende Herzen in die Karte gestanzt. Unterhalb des Vornamens bedankte sich das Brautpaar für das Kommen des Gastes.

Auf Sabrinas Platz hätte jetzt eine Anita gesessen. Sie umrundete den Tisch. Die Seniorin hieß Irmgard, neben ihr hätte ein Robert gespeist. Esmeralda und Patrick hätten ihnen gegenübergesessen. Im Schock dürfte sich Esmeralda auf den falschen Stuhl gesetzt haben. Das entsprechende Kärtchen war während der Befragung im Tischabfalleimer aus Porzellan gelandet. Sabrina griff nach dem Behälter, öffnete ihn und leerte die Papierschnitzel auf den Teller. Das Puzzle aus den vier Teilen zusammenzusetzen, ging schnell. Kurt hieß die Person, an der Patrick Litwin kein gutes Haar gelassen hatte.

Sabrina folgte den Letzten aus dem Saal und sah sich im Vorraum um. Neben dem Eingang entdeckte sie die Tafel, die den Sitzplan offenbarte. Sie ging die Namen des zweiten Tisches durch. Der Eintrag am Ende der Liste zog ihr den Boden unter den Füßen weg.

»Kurt Hutnagl«, murmelte sie.

13:49 UHR

Der Anschlag im Burggarten und jener am Schloßberg-platz erschienen in einem neuen Licht. In beiden Fällen spielte ihr Chef eine wichtige Rolle. Hutnagl steckte tiefer in der Sache drin, als Sabrina je gedacht hatte. Er war sogar so weit gegangen, Dr. Posetto mit der Unterhaltsklage zu beauftragen, um Almers Ehe mit Jennifer Stefanetz zu retten. Zugleich wollte er damit Almers Heirat mit seiner Nichte verhindern.

Sabrina wandte sich von der Sitzplantafel ab. Die letzten Hochzeitsgäste schlurften durch die hölzerne Flügeltür aus der Vorhalle nach draußen. Gemeinsam mit einer Dame von der Krisenintervention schloss sie sich dem Zug an. Ein rot-weiß-rotes Polizeiband wies den Weg zu einer Metalltreppe, die vom Burggarten in den Stadtpark führte.

Sabrinas Gedanken wanderten zum Mord im Bischöflichen Gymnasium. Welchen Part hatte Kurt Hutnagl in diesem Fall inne? Was hatte Donhart mit der platzierten Aufnahme bezweckt? Wieso hatte der Chef von Anfang an dem Vers auf dem Foto eine sehr niedrige Priorität gegeben? War die Nachricht etwa an Hutnagl gerichtet? Konnte es sein, dass der Chef mit dem Täter unter einer Decke steckte?

Trotz der warmen Temperatur im Freien und zweier Männer der Cobra, die das Gelände absicherten, fröstelte ihr der Rücken. Wenn sie diese Frage klären wollte, dann musste sie zurück zu Kaplan Birkner. Die Kälte verstärkte sich mit jeder Stufe, die sie abwärtsstieg. Erneut schossen ihr Bilder aus längst vergangenen Tagen durch den Kopf.

SEINERZEIT
Ein Kindergarten in den Bergen Osttirols, Österreich

Margit sieht traurig aus. »Die Lena ist weg.«

»Die Polizei geht sie suchen.« Zwei Kappen nehme ich aus der Kiste.

»Komm, Margit«, sage ich zu ihr.

Wir setzen sie uns auf.

»Die hat mir der Osterhase gebracht.«

»Ja.« Ich erinnere mich an die schwarzen Haare und blauen Augen der Puppe.

Margit wirft einen Blick ins Spielzelt.

Keine Lena weit und breit.

»Tschu, Tschu, Bärenpuppe!«, sagt Wolfgang.

»Wo ist die Lena?« Meine Freundin dreht sich zum Buben. »Hast du sie?«

Ein Grinsen. »Der Fuchs hat sie gefressen.«

Margit heult, geht zu Boden und strampelt.

»Ich werde sie finden!«, sage ich und mustere ihn. Er riecht nach Stall. So wie der Kater, der am Tag danach tot war.

»Ohne Kopf im Garten«, riet Wolfgang.

Margit springt auf und läuft hinaus.

Ich laufe ihr nach.

»Tante!« Sie schreit laut. So laut, dass es das ganze Dorf hören muss.

Es ist nicht zu übersehen. Unter dem Baum sehe ich die Puppe.

Kaputt.

Der Kopf baumelt lose am Rumpf. Ein Ärmchen steckt in der Sandkiste. Das andere ist vor der Rutsche. Beide Beinchen sind beim Zaun. Daneben liegt ein toter Fuchs.

Margit heult. Ich muss auch weinen.

»Wir bringen die Lena zum Puppendoktor«, sagt die Tante. »Der macht sie wieder ganz.«

Ich weiß, dass das nicht stimmt.

»Der Wolfgang hat die Lena kaputt gemacht!«, plärrt Margit.

Ich will sie trösten. Ich drehe mich zu Wolfgang. »Gott wird dich kaputt machen!«

»So was sagt man nicht!«, erklärt mir die Tante.

Ich bin wütend. »Wenn ich groß bin«, schreie ich, »gehe ich zur Polizei. Und dann kommt der Wolfgang ins Gefängnis.«

GEGENWART

All die Jahre war es für Sabrina klar gewesen, dass der Fuchs nichts mit der Attacke auf Margits Puppe zu tun hatte. Diese Tat hatte eindeutig der Rüpel auf dem Kerbholz.

Sie fragte sich, welche Untaten in der Biografie von Markus Donhart standen. Viele Serienmörder hatten als Kinder mit gespenstischen Aktionen für Aufsehen gesorgt. Wahrscheinlich wäre auch Wolfgang der Polizei eines Tages als dicker Fisch ins Netz gegangen. Jedoch war er eine Woche nach der Sache im Kindergarten von einem Auto erfasst und getötet worden.

Sabrina stieg über die Stufen der Metalltreppe und kam als Letzte im Stadtpark an. Nach wenigen Schritten über eine Wiese erreichten sie den asphaltierten

Parkweg. Sie versuchte, sich auf den Augenblick zu konzentrieren, aber es gelang ihr nicht. In ihrem Bauch drehte sich alles, als sie am Verkehrsgarten vorbeigingen. Sie konnte sich nicht dagegen wehren. Unerbittlich zog es ihren Geist wieder in die ferne Vergangenheit.

SEINERZEIT
Ein Kindergarten in den Bergen Osttirols, Österreich

Was ist los? Warum schauen mich alle so komisch an?

Auch die Tante sieht traurig drein.

Wolfgang ist tot.

Ich habe gesehen, wie es passiert ist. Er hat meine Katze gejagt. Er hat ihr wehtun wollen. Mila ist über die Straße gelaufen. Er ist ihr nachgerannt. Dann ist das Auto gekommen.

Die Tante hat gesagt, dass wir uns heute von ihm verabschieden. Wir sitzen im Kreis. Vor uns liegen Blätter. Auf allen Zetteln sehe ich ein schwarzes Kreuz. In der Mitte des Raums befindet sich ein großes Foto. Da ist Wolfgang drauf. Und davor brennt eine rote Kerze.

Der Kaplan kommt. Er hat einen violetten Stoffstreifen um den Hals gelegt, der auf beiden Seiten bis zu den Füßen reicht. Seine schwarzen Locken sehen aus wie die Hörner des Krampus. Er sieht zornig aus. Mich gruselt es.

Er setzt sich neben der Tante hin. Die nimmt die Gitarre in die Hand. Wir singen für Wolfgang ein kurzes Lied.

Dann ist es aus.

»Wolfgang wohnt jetzt im Himmel beim Jesus«, sagt der Kaplan. »Nun bekommt ihr einen Segen von ihm.«

Er steht auf, geht zu Anita und zeichnet ihr mit den Fingern ein Kreuz auf die Stirn. Dann der Berta, dem Anton, der Katharina, dem Paul, der Barbara und der Margit. Dann kommt er zu mir.

»Du lügst«, sage ich. »Du bist nicht der Jesus.«

Er schaut mich grimmig an. Sein Kinn macht kauende Bewegungen. Dann fährt seine Hand aus. »Frech sein auch noch.«

Ich höre ein Knallen. Vor meinen Augen blitzt es. Die Wange brennt.

»Wegen dir ist er vors Auto!«, höre ich ihn brüllen.

Er umklammert meinen Arm. Ich versuche, mich aus seinem Griff zu befreien. Keine Chance. Schläge prasseln auf meinem Hintern, dann auf meinem Rücken. Endlich lässt er von mir ab.

Der Schmerz nimmt mir die Luft. Ich muss heulen, um atmen zu können. Ich verkrieche mich ins Spielzelt. Ich will zu Mama.

GEGENWART

Ruhig bleiben!, ermahnte sich Sabrina.

Der Einsatz drohte zu einem Desaster auszuarten, wenn sie den Sturm ihrer Erinnerungen nicht bald in den Griff bekam. Es galt, sich auf das Jetzt zu konzentrieren. Sabrina folgte der Gruppe zum alten Holztor in der Sauraugasse. Dahinter führte ein betonierter Pfad zum Hintereingang des Ämtergebäudes. Nach einer Minute erreichten sie das überdachte Atrium, wo die Grazer so manchen Amtsweg hinter sich brachten.

»Bitte stellen Sie sich tischweise auf«, bat ein Evakuierungshelfer die Hochzeitsgesellschaft. »Wir werden jetzt feststellen, ob alle vollzählig hier sind. Dann können Sie sich jederzeit an die Betreuungskraft Ihrer Wahl wenden.«

Die Hochzeitsgäste nickten.

»Ist das Besprechungszimmer frei?« Sabrina lief auf Axel zu.

»Moment.« Axel ging rasch zu einem Kollegen, übergab ihm das Kommando für seinen Trupp und kehrte zu ihr zurück.

Sie führte ihren Freund durch die Glastür aus dem Atrium. Dann bogen sie nach rechts ab und suchten das erste freie Zimmer auf.

»Was hast du rausgefunden?«, fragte Axel.

»Wir haben in der Täterwohnung ein Video auf dem Rechner entdeckt. Darin verherrlicht er frühere Amokläufer als Rächer der sogenannten Todsünden. Der Chef glaubt also, dass Donhart *Seven* nachspielt.«

»Und du?« Axel verschränkte die Arme.

»Ich eher nicht.«

»Warum nicht?«

Sabrina rieb sich am Unterarm. »Na ja, der Direktor steht für den Hochmut und der Fotokünstler für die Lust. Beim Anwalt habe ich so meine Zweifel. Der passt zwar zur Habgier, die der Täter von Blacksburg angeblich bekämpfte. Aber genauso gut zum gerechten Zorn, der den Typen in Euskirchen motiviert haben soll. Und bei der Braut stimmt überhaupt nichts mehr.«

»Das sehe ich genauso.« Axel löste die Verschränkung der Arme und legte die Hand an die Hüften. »Mir weicht da viel zu viel von *Seven* ab. Als Drittes hätte eigentlich die Faulheit drankommen müssen.«

»Hutnagl wollte mich partout zum Filmschauen ins Büro schicken. Ich hab kämpfen müssen, um die Hochzeitsgäste zu befragen. Ich sag dir, mit dem ist einiges faul.«

»Ich habe meinen Spezi bei der Internen angerufen und gefragt, ob es da mal was gegen Hutnagl gegeben hat.«

»Und?«

»Fehlanzeige.«

»Aber hier steckt er metertief drinnen. Er hat übrigens *God's Love For Black and White* gekauft.«

»Ach du liebes bisschen!« Axels Augenbrauen zuckten. »Bei der Vernissage ist mir so ein Kauz im Schnürsamtsakko aufgefallen. Der hat nicht das Bild, sondern den roten Punkt darunter angestarrt. Ich habe so ein Gefühl gehabt, dass der Doppelmord im Burggarten genau damit zu tun hat. Und jetzt das!«

»Hutnagl hat's auch nie bezahlt.«

»Das haben dir die Gäste erzählt?«, murmelte Axel.

»Mehr noch! Die Braut ist seine Nichte.«

»Was?« Axels Mund blieb für ein Weilchen offen.

»Und noch was. Hutnagl hat mit allen Mitteln die Hochzeit verhindern wollen. Darum hat er Dr. Posetto mit einer Unterhaltsklage gegen Almer beauftragt.«

»Wen?« Tiefe Falten legten sich auf Axels Stirn. »Das Opfer vom Schloßbergplatz?«

Sabrina nickte.

»Dann wirst du klären müssen, ob es auch eine Verbindung von Hutnagl zum Mord von heute früh gibt.«

»Das habe ich mir auf dem Weg hierher auch gedacht, aber...«

»Was aber?« Axel beugte sich zu ihrem Ohr runter, als wollte er ihr eine Liebesbotschaft zuflüstern. »Du hast Angst.«

Sabrina konnte ein Nicken nicht unterdrücken. Bilder aus den Tagen vor ihrer Erstkommunion fegten ihr durch den Kopf.

SEINERZEIT
Eine Pfarrkirche in den Bergen Osttirols, Österreich

Mama hat mir gesagt, dass ich nun öfter als sonst in die Kirche gehen muss. Bald findet meine Erstkommunion statt. In Religion haben wir einige Geschichten von Jesus gehört. Wenn er nicht gestorben wäre, dann wäre er irgendwann einmal in unser Dorf gekommen, um von Gott zu erzählen.

Dann hätte ich ihn gefragt, ob die Wahrheit immer wichtig ist. Bestimmt hätte er Ja gesagt. Und ich würde ihm so viele Fragen stellen. Zum Beispiel, wo Papa ist und ob er ihn zu Mama bringen kann. Dann wäre sie nicht mehr so traurig. Und ich könnte ihn dann endlich kennenlernen. Der Kaplan meint, dass ich bei der Erstkommunion Jesus begegnen werde und er uns alle zum Abendmahl eingeladen hat. Mit der Erstbeichte sollen wir uns darauf vorbereiten.

Man hat mir erzählt, dass ich dort dem Pfarrer erzählen muss, wann ich schlimm gewesen war und was ich da gemacht habe. Denn wer nicht brav ist, auf den ist nicht nur Mama, sondern auch der liebe Gott böse.

Denn Christus hat uns alle gern, und er will sich mit uns versöhnen.

Ich bin Jesus nie begegnet. Also habe ich mit ihm keinen Streit. Ich kapiere nicht, was für ein Theater die Großen aufführen. Wo bleibt da der Sinn? Vielleicht kriege ich heute die Antwort. Ich lausche aufmerksam, was der Kaplan in der Predigt sagt.

»Bald empfangt ihr zum ersten Mal das Sakrament der Buße«, spricht der Priester von der Kanzel herab. »Jesus lädt euch zu seinem Abendmahl ein. Darum müssen wir unser Gewissen erforschen. Wo haben wir gesündigt? Zum Beispiel können wir uns fragen, ob wir ein Kind nur wegen seiner Hautfarbe gehänselt haben.« Sein Blick verharrt auf mir. Seine Augen lassen nicht von mir ab. Ich zittere. Margit sitzt neben mir und gibt mir die Hand. Ich schaue zum Altarbild, aber ich spüre, wie alle mich anstarren.

»Wir dürfen keinen Menschen«, setzt der Kaplan fort, »nur auf das Äußerliche reduzieren. So ließe sich vermeiden, dass manche Kinder in Sünde geboren werden.«

Ich verstehe nicht, was er meint, aber es macht mir Angst. Was wird mir in der Sakristei passieren? Mich fröstelt. Ich überlege mir, was ich ihm gestehen soll. Im Laden habe ich den Lolli gestohlen und ein paar Mal mit Margit einen Streit gehabt. Und dass ich einmal auf dem Friedhof vor Wolfgangs Grab gestanden und ihm gesagt habe, er hätte damals die Puppe nicht zerstören und die Katze nicht jagen dürfen.

Es ist besser, dem Kaplan das nicht zu sagen. Soll ich lieber beichten, dass ich gelogen habe. Aber er hat ja auch geschwindelt. Jesus wird bei der Erstkommunion nicht dabei sein. Da bin ich mir sicher.

Die Wort-Gottes-Feier ist aus. Wir gehen einzeln in die Sakristei, um vor Gott unsere Sünden zuzugeben. Ich komme als Letzte dran.

Ich betrete den Raum. Muffiger Geruch schlägt mir entgegen. Der Kaplan hat auf einer geschnitzten Sitzbank Platz genommen. Er trägt wieder diesen violetten Stoffstreifen, der auf beiden Seiten bis zu seinen Füßen reicht.

Er winkt mich zu sich. »Komm, setz dich neben mich.«

Meine Gedanken rasen. Ich will es rasch hinter mich bringen. Lolli gestohlen, Margit beleidigt und der Mama nicht gefolgt. Die drei Sünden sollten reichen. Ich gehorche. Mit unsicheren Schritten gehe ich auf ihn zu und lass mich auf der Bank nieder. Mir wird es gruselig.

»Im Namen des Vaters und des Sohnes und des Heiligen Geistes. Amen.« Ich mache das Kreuzzeichen.

»Gott, der unser Herz erleuchtet«, flüstert der Kaplan, »schenke dir wahre Erkenntnis deiner Sünden und seiner Barmherzigkeit. Amen.«

»Heute ist meine erste Beichte«, sage ich das Sprücherl auf, so, wie ich es in der Schule gelernt habe. »Ich bekenne vor Gott, dass ich folgende Sünden begangen habe. Ich habe einmal der Mama nicht gefolgt, habe im Geschäft einen Lolli gestohlen und einmal mit Margit gestritten.«

»Ich habe dich vor Kurzem auf dem Friedhof an Wolfgangs Grab gesehen«, wirft mir der Kaplan vor. »Was hast du da gemacht?«

Ich schweige.

»Mein Engelein, der Herr Jesus hat auch dich gern, aber der Versucher hat von dir Besitz ergriffen.« Er beugt sich zu mir vor. Ich kann seine Fahne riechen. »Das ist sehr schlimm, weißt du?«

Mich ekelt es. Endlich lehnt er sich wieder zurück. Mein Unbehagen wächst. Ich weiß nicht, was ich jetzt sagen soll. »Meine Sünden tun mir alle leid«, presse ich hervor.

»Ich gebe dir eine besondere Buße. Besorge dir eine Blume, gehe damit zu Wolfgangs Grab, und dann bete ein Vaterunser für ihn. Bitte ihn um Entschuldigung, dass du ihn vor das Auto gehetzt hast.«

»Er hat meiner Katze wehtun wollen«, will ich sagen, aber ich nicke still. Ich will nur weg von hier.

»Ich spreche dich los von deinen Sünden im Namen des Vaters und des Sohnes«, endlich macht er das Kreuzzeichen, »und des Heiligen Geistes.«

»Amen.« Ich stehe auf und will weggehen.

»Gott hat dich ganz neu gemacht.« Er fasst mich an den Hüften. »Da in der Nähe sitzt die Sünde. Du willst so sein wie die anderen, oder? Da muss ich dir den Teufel ein für alle Mal austreiben.«

Er zieht mich zu sich. Er will, dass ich mich auf seinen Schoß setze. Ich schaue auf seine Kutte. Bin verwirrt. Im Bereich des Beckens hebt sich ein seltsamer Hügel. Ich spüre, wie der Raum sich verengt. Wie die schweren Möbel auf mich zurasen und mich zerquetschen wollen. Ich reiße mich von ihm los. Muss da raus. Ich suche die Tür. Er will mich fangen, aber ich bin schneller. Schaffe es aus der Sakristei zum Altar. Stolpere. Schlage mir den Ellbogen auf, aber ich ignoriere das Brennen. Rapple mich im letzten Moment auf. Ich renne zum Ausgang der Kirche und kämpfe mit der schweren Kirchentür. Ich hechle. Ich stemme mich gegen sie. Dann gibt sie endlich nach.

Frei!

Raus in die frische Luft.

Ich schreie, als ich durch den Friedhof presche.

Schau mich um.

Dieses Mal bin ich ihm knapp entkommen.

Früher oder später wird er mich kriegen.

Ich zittere.

Dann ziehe ich nach Hause.

Heulend.

GEGENWART

»Brinchen«, bellte Axel. »Hallo!«

Sabrinas Knie schlotterten. Nun wurde ihr klar, wieso. Benedikt Birkner glich jenem Pfaffen, der ihr Leben beinahe zerstört hatte. Sie dachte, dass sie diese Sache längst verarbeitet hatte, doch nun waren die Erinnerungen mit voller Wucht zurückgekehrt. Ihr Körper bebte. »Immer wenn ich es mit Kirchentypen zu tun habe, kommt's mir hoch. Aber so extrem wie jetzt war's noch nie.«

»Hör mir gut zu.« Axel stellte sich neben sie. Kurz danach ruhte sein starker Arm auf ihrer Schulter. Sie ließ sich dichter an ihn heranziehen. »Du wirst diesen Dämon nur besiegen, wenn du dich ihm stellst. Heute hast du die Chance dazu.«

Sabrina erstarrte.

Ihr Atem wurde kürzer, heftiger.

Ihr Herz klopfte.

Axel hatte wie so oft recht. Angst verschwand nicht, indem man vor ihr floh. Sie wartete nur auf der anderen Seite. Wenn Sabrina die Rolle Hutnagls in dem Fall klären wollte, musste sie da durch.

Diskret führte Sabrina den Nagel ihres Daumens in das Nagelbett des Mittelfingers. Es tat weh, verdammt weh. Als Volksschulkind hatte sie die Angst betäubt, indem sie sich selbst körperliche Schmerzen zugefügt hatte.

Es funktionierte auch jetzt. Die Entschlossenheit kehrte zurück. Sabrina griff in ihre Brusttasche und zog die Visitenkarten heraus. Kurz darauf hielt sie jene von Benedikt Birkner in der linken und das Smartphone in der rechten Hand. Sie tippte die Nummer ab und musste nicht lange auf das Gespräch warten.

***

Hutnagl betrat die Täterwohnung und marschierte direkt auf Rainer Donhart zu. »Wir müssen noch einen Sachverhalt abklären. Ich möchte dafür etwas frische Luft schnappen. Wie wäre es mit dem Balkon?«

Rainer Donhart öffnete die gläserne Balkontür. »Bitte, ich helfe immer gerne. Was wollen Sie von mir wissen?«

Hutnagl folgte dem Consultant auf die Veranda. Er brauchte dringend ein Telefon für das Gespräch mit dem obersten Chef. Es galt, konzentriert zu bleiben, zumal es nur die eine Chance gab, Rainer Donhart zur Herausgabe der Schlüssel für dessen Heimbüro zu bewegen.

»Wollte Ihr Bruder nicht von Ernst & Partner weg?«, fragte Hutnagl.

Rainer Donhart lehnte sich an das Balkongeländer und steckte die linke Hand in die Hosentasche. »Das habe ich schon im Polizeiauto Ihrer Kollegin erzählt. Ich halte es für ineffizient, wenn wir dauernd das Gleiche durchkauen.«

»Darum geht es mir nicht.«

»Sondern?« Rainer Donhart lächelte.

»Um Ihren Erfolg. Wie läuft es bei Frinis Consulting?«

»Gut, ich bin inzwischen Bereichsleiter für Business Intelligence.«

»Ganz im Gegensatz zu Markus.«

Rainer Donhart grinste überheblich. »Ja, da sieht man den Unterschied zwischen Fleiß und Faulheit.«

Hutnagl nickte. »Ja, wir Christen fürchten die Trägheit, nicht wahr?«

»Stimmt. Man könnte hier auch zackiger werkeln.«

»Schlampige Arbeit zerstört die Freude«, konterte Hutnagl und blickte diskret auf seine Armbanduhr. »Das wollen wir nicht, oder?«

»Worauf soll das hinauslaufen?« Rainer Donhart spielte mit dem flaumigen Bart an seiner Wange.

Hutnagl ließ seine Hand in der Sakkotasche verschwinden. »Wen betreuen Sie in Ihrem Unternehmen? Wer sind denn Ihre Kunden?«

»Diskretion gehört zu meinem Job.« Rainer Donhart zog die Hand aus der Hosentasche, verschränkte die Arme und grinste, als könne man ihm nichts anhaben.

Hutnagl lehnte sich ebenfalls an das Balkongeländer und spiegelte so Rainers Körperhaltung. »Der Vorstand der Raiffeisenlandesbank weiß Ihre Zuverlässigkeit zu schätzen. Das Innenministerium ist von Ihnen begeistert. Die Zentrale der D.A.S.-Rechtsschutzversicherung lobt Sie in den höchsten Tönen.«

Das Grinsen auf Rainers Gesicht wich einem offenen Mund.

Langsam kam die Zeit, dem Herrn Consultant die Forderung mitzuteilen. »Ich gehe davon aus, dass Sie weiterhin auf dem Erfolgsdampfer bleiben möchten. Also bitte ich Sie nur um eine Kleinigkeit.«

»Und die wäre?«

Hutnagl sah demonstrativ auf seine Charmex Senator. »Ich werde in zehn Minuten ein extrem wichtiges Telefonat führen. Und zwar vom Festnetz aus. Allein und ungestört einen Stock tiefer in Ihrem Arbeitszimmer.«

Rainer Donhart hob abwehrend die Hände. »Ein gutes Gefühl habe ich nicht dabei. Ich habe da absolut vertrauliche Unterlagen von meinem aktuellen Projekt liegen.«

»Herr Donhart, Sie kennen ja den Spruch vom Apfel und dem Stamm. Sie wissen doch selbst, wie leicht die Stimmung beim Kunden umschlägt, wenn man einen Massenmörder in der Familie hat.« Hutnagl streckte dem Bruder die offene Handfläche entgegen.

»Wir wollen beide nicht, dass Sie so wie Markus unsere Nächstenliebe benötigen. Haben Sie zufällig die Schlüssel?« Rainer Donhart ließ den Schlüsselbund in Hutnagls Hand fallen. »Der mit dem roten Kranz öffnet die Wohnungstür. Der mit dem grünen die Tür zum Heimbüro.«

»Vielen Dank.« Hutnagl lief durch die Küche, stoppte und drehte sich um. »Herr Donhart, Sie können sich auf meine Diskretion verlassen, und ich erwarte sie auch von Ihrer Seite.«

Rainer Donhart zog die Mundwinkel nach oben.

Das Lächeln erschien Hutnagl mehr als gequält, doch das war ihm egal. Wichtig war vielmehr, dem obersten Chef seine Zuverlässigkeit zu signalisieren. Er verließ die Täterwohnung und eilte das Stockwerk runter zur Eingangstür von Rainers Wohnstätte. Sekunden später sperrte er die Wohnungstür von innen zu. Dann durchquerte er den Flur, bis er vor der Glastür zum Heimbüro stand. Er fingerte sich durch den Schlüsselbund, suchte nach dem richtigen Schlüssel, den er in das Schloss steckte. Er öffnete die Tür, betrat das Büro und setzte sich auf den Ledersessel hinter dem massiven Schreibtisch aus dunklem Eichenholz. Es gelang Hutnagl kaum, sich zu beruhigen, auch wenn der Raum ihn an das eigene Arbeitszimmer erinnerte.

Hutnagl faltete die Hände und dachte an das Wort Gottes, das er heute früh bei seiner täglichen Andacht im Stundenbuch gelesen hatte.

Was mich erschreckte, das kam über mich, wovor mir bangte, das traf mich auch.

Im selben Moment war die erste Hiobsbotschaft aus dem Bischöflichen Gymnasium eingetroffen. Dieser Vers aus dem Buch Hiob hatte sich als Prophezeiung entpuppt.

Noch hatte ich nicht Frieden, nicht Rast, nicht Ruhe, fiel neues Ungemach mich an.

Er stieß einen Seufzer aus und atmete durch. Es konnte nur noch schlimmer werden. Bestimmt würde der oberste Chef auch die Hochzeit zum Thema machen. Hutnagl hatte alles in seiner Macht Stehende getan, um sie zu verhindern. Dass diese Katastrophe Isabella das Leben kostete, hätte er sich selbst in seinen schaurigsten Albträumen nicht ausgemalt.

Er legte das Mobiltelefon auf eine aufgeschlagene Mappe, die Rainer Donhart für sein neuestes Beratungsprojekt angelegt hatte. Die streng geheime Telefonnummer des obersten Chefs befand sich weder im Smartphone noch im Notizbuch, sondern in Hutnagls Kopf. Es handelte sich um eine Rufnummer, welche nur ein sehr kleiner Kreis kannte und die man ausschließlich in absoluten Notfällen benutzen durfte. Außer man hatte eine SMS mit dem Code 21 erhalten. Dann war ein Telefonat über genau jene Nummer Pflicht.

Dass er das Gespräch vom Festnetzanschluss im Heimbüro des Consultants führte, hatte Vorteile. Erstens erschien die Verbindung in keiner Anrufliste auf Hutnagls Handy. Zweitens hinterfragte auch im schlimmsten Fall niemand den gewählten Ort für das Ferngespräch. Da die Polizei nach Markus Donhart fahndete, ließ sich das leicht erklären.

Hutnagls Blick fiel auf ein älteres Poster der Katholischen Jungschar, das an der Seitenwand hing. Es zeigte Rainer Donhart in einer Gruppe Jugendlicher auf einer saftig grünen Wiese. Das vierstöckige Haus am rechten Rand und die Bäume im Hintergrund verrieten, dass man das Bild am Sportplatz des Bischöflichen Gymnasiums aufgenommen hatte. Ein schwarzhaariges Mädchen neben Rainer Donhart hielt die Heilige Schrift in der Hand. Hutnagl las die in schwarzen Lettern aufgedruckte Parole.

Suchen. Finden. Die Bibel.

Hutnagl seufzte. Erstmals seit Langem bemerkte er das Wirken Satans. Er zweifelte, ob das Wort Gottes die Antwort auf die brennendste Frage lieferte: Warum war der Frevler nicht schon bei der ersten Prüfung auf dem Jakobsweg gescheitert?

FÜNF JAHRE ZUVOR
Kloster Roncesvalles, Navarra, Spanien

Kurt Hutnagl folgte dem Prior durch die Gänge der Abtei. Trotz der Hitze draußen zog kühle Luft durch das Gemäuer des 880 Jahre alten Baus.

Der Weg führte durch die Kirche zu einer Treppe, über die man zum Kreuzgang gelangte. Die steinernen Bögen und die Andeutungen der Grabnischen zeugten davon, wie der Glaube im Wandel der Jahrhunderte lebendig geblieben war. Über den Hintereingang betraten sie die *Casa Prioral*, wo sie Ruhe vor den im Ort herumstreichenden Pilgern hatten.

Hinter der Eichentür befand sich der Raum, in dem er vor drei Jahrzehnten den Anfangstest der Ordensritter mit Bravour bestanden hatte. Wie damals versammelten sich Mentor und Prior in diesem Zimmer, um auf einen pilgernden Aspiranten zu warten. Mit dem Unterschied, dass nun Kurt Hutnagl der Meister war, der sich gespannt fragte, ob und wann der Schüler eintreffen würde.

Hutnagl warf einen Blick aus dem Fenster. Eine Wallfahrergruppe schleppte sich zum Grillrestaurant. Die tief stehende Sonne verriet, dass es Zeit für Donharts Ankunft wurde.

»Mit welcher Botschaft hast du ihn zum Schein versetzt?«, fragte der Prior.

Mit der Hand fuhr Hutnagl über seine Haare, als wollte er sie frisieren. »Ich habe ihm gestern geschrieben, dass ich unerwartet zum BKA-Chef befördert werden soll. Dafür sei mir ein Kurs auferlegt worden, der heute früh beginnt. Leider könne ich ihn nicht nach Santiago begleiten.«

Der Prior griff nach einem bedruckten Blatt. »Ich habe ein schlechtes Gefühl bei ihm. Von Bruder Augustinus habe ich wenig Gutes gehört. Er hat sogar vor ihm gewarnt.«

Hutnagl setzte sich an den Eichentisch. »Die Lehre Jesu Christi verlangt, dass wir ihm eine Chance geben. Ich habe mir was dabei gedacht. Donhart weist enormes Potenzial auf. Er hat mehrfach bewiesen, dass der gottlose Zeitgeist an ihm abprallt.«

»Da steht, dass Donhart die Hochschulreife nur mit Müh und Not erlangt hat. Ferner, dass er beim kleinsten Problem herumflucht, alles hätte sich gegen ihn verschworen. Für Bruder Augustinus ist Donhart nicht dumm, sondern nur faul. Ich sehe keinen Grund, an diesen Ausführungen zu zweifeln. Ich bin mir sicher, dass wir nach dem Sonnenuntergang noch immer auf unseren Herrn Aspiranten warten werden.« Der Prior legte den Zettel wieder ab.

Hutnagl sah auf den dreiarmigen Kerzenständer. »Pater Gorka, was Sie Donhart vorwerfen, sind mit Verlaub Kinkerlitzchen. Ich bekämpfe seit Jahrzehnten das Widerwärtige in Österreich. Nicht nur im Gebet. Auch ganz konkret bei der Polizei. Was ich da erlebe, schlägt oft dem Fass den Boden aus. Und was haben wir bei Donhart? Nicht einmal einen Strafzettel. Ich wette den besten Grappa, dass der kommt.«

»Ich halte mit einem Antikwein aus meinem Geburtsjahr dagegen.« Der Prior schenkte sich ein Glas aus der Wasserkaraffe ein.

In diesem Moment klopfte es.

»¡Entrar!«, rief der Prior.

Die Tür öffnete sich quietschend. »Un peregrino especial«, sagte der Mönch.

»Muy bien, Frater Luar.«

»Por favor, pasa.« Der Frater führte den besonderen Wallfahrer herein. Markus Donhart wirkte müde und abgekämpft von den ersten 27 Kilometern. Die Startetappe hatte ihm so zugesetzt, dass seine Augen noch blassblauer als üblich wirkten. Die roten Haare lugten über das Schweißband und machten dennoch einen verschwitzten Eindruck.

»Kurt?« Erstaunen spiegelte sich in seinem Gesicht. Wie in Trance lehnte er den Pilgerstab an die Wand.

»Mein lieber Pilger! Herzlich willkommen in Orreaga!«, nannte der Prior den baskischen Namen von Roncesvalles. Donharts Gesichtsausdruck schien noch verwirrter.

Der Frater deutete auf den Boden zwischen Eingang und der schweren Vitrine. »Sie können Ihre Pilgersachen dort ablegen.«

Donhart löste den Bauchgurt des Rucksacks und befreite sich von der Last.

»Frater Luar, holen Sie mir bitte aus dem Weinkeller den Valdevegón, Jahrgang 1965«, bat der Prior.

»Padre Gorga, das ist unser Bester.«

»Es gibt etwas Besonderes zu feiern.«

»Si, Padre.« Kurz darauf schloss sich die Tür.

»Mein Freund, kommen Sie her zu uns.« Der Prior winkte Donhart zu sich. Mit leichtem Stirnrunzeln folgte er der Aufforderung und nahm auf dem freien Stuhl Platz.

Die untergehende Sonne verblasste, wenn Hutnagl auf die strahlende Freude in seinem Innersten schaute. Er hatte den Unkenrufen zum Trotz recht behalten. Sein in vielen Kriminalfällen trainiertes Gespür hatte ihn nicht im Stich gelassen. »Markus, ich gratuliere dir von Herzen. Du hast dich als zuverlässig erwiesen, und damit haben nicht alle gerechnet. Hut ab!«

Der Prior trank einen Schluck Wasser. »Du hast die erste Prüfung deiner Ernsthaftigkeit mit Bravour bestanden. Ich muss gestehen, dass du mich positiv überrascht hast. Du bist losgepilgert, obwohl Kurt Hutnagl dich zum Schein versetzt hat.«

Hutnagl verschränkte die Arme. »Ja, Markus, wir freuen uns immer über fähige Leute. Nicht jeder kann als Ritter unseres Herrn dienen. Auf der Bude habe ich dich genau beobachtet, und mir ist klar geworden, dass so mancher Bundesbruder sich komplett in dir täuscht. In Wahrheit hältst du dich stark an das Wort Gottes, und das wissen wir zu schätzen. Ich habe ja auf der Franzisca erlebt, wie du unter dem grassierenden Sittenverfall leidest. Daher habe ich dich auf diese ganz besondere Pilgerreise eingeladen. Sie ist für beide Seiten die endgültige Entscheidung, ob wir gemeinsam den schwierigen Weg als Soldat Jesu Christi gehen wollen.«

Donhart schwieg. Er blickte sich um. Offenbar hatte er keine Ahnung, was gerade ablief und wie er reagieren sollte.

Nach einem Klopfen an der Tür kam der Frater mit einer etwas angestaubten Flasche Rotwein herein und zeigte sie erst dem Prior, dann Hutnagl. Schlieren auf dem vergilbten Etikett und die aufgedruckte, schwer erkennbare Jahreszahl 1965 verrieten, dass der Gastgeber die verlorene Wette einlöste. Der Frater stellte die Phiole auf dem Eichentisch ab, marschierte zum Schrank und nahm drei Weingläser und eine Karaffe mit. Die Gläser überreichte er dem Prior. Den Glasbehälter mit langem Hals und breitem Boden stellte er neben dem Kerzenständer. Aus der Kutte holte er ein Feuerzeug und zündete die Kerzen an. Behutsam, einem meditativen Akt gleich, öffnete er mit dem Korkenzieher die Phiole. Vorsichtig griff er nach der Flasche und dem Dekanter und hielt sie über die Kerzenflamme. In sachtem Fluss wechselte der Wein in die Karaffe. Die Sekunden zogen sich, bis es endete. Schließlich übergab der Frater dem Prior den edlen Tropfen und verließ lächelnd den Raum.

»Unserem Weinvergnügen steht nun nichts mehr im Wege.« Der Prior griff nach der Weinkaraffe und füllte die drei Gläser.

Hutnagl nahm den Becher in die Hand. »Markus, ich werde dich auf deiner Reise nach Santiago de Compostela begleiten, so, wie ich es dir vor zwei Jahren im Franzlzimmer versprochen habe. Morgen geht es nach Zubiri und übermorgen nach Pamplona.«

Der Prior griff zum Wasserglas. »Wissen Sie, wer dort bekehrt worden ist?«

»Ignatius von Loyola«, antwortete Donhart.

Der Prior gönnte sich einen Schluck Wasser. »Genau! Der erste tapfere Soldat Jesu Christi ist unser Vorbild. Wir nutzen die Wallfahrt für die großen Exerzitien, die er uns geschenkt hat. Wir beschäftigen uns mit dem Fundament, auf dem unser Leben steht. Täglich stellen wir uns die Frage, ob unser Haus auf Sand oder auf Fels gebaut ist. Wir überlegen uns an jedem Abend, was zwischen Gott und uns steht.«

»Markus, hast du den kiloschweren Stein dabei?« Hutnagl prüfte, ob der Aspirant bereit war, zu gehorchen, selbst wenn es sich um scheinbar sinnlose Anweisungen handelte.

Donhart nickte. Er stand auf, öffnete den Rucksack und kramte darin herum, bis er einen faustgroßen Kieselstein zutage förderte. Mit dem Finger zeigte er auf den schwarzen Schriftzug. »Da. Ich habe da dick und fett *Todesernst* draufgeschrieben.«

»Sehr gut!«, lobte der Prior.

Donhart runzelte die Stirn. Im Zeitlupentempo packte er den Stein in den Ranzen. »Warum?«

»Du hast etwas Wichtiges erkannt«, bemerkte Hutnagl.

Donhart kehrte mit einem Lächeln auf seinem Gesicht zum Eichentisch zurück und setzte sich.

»Der Hass auf deinen ehemaligen Latein- und Religionslehrer ist ein Hindernis auf dem Weg zu Gott. Deshalb finde ich es super, dass du genau das auf deinen Sorgenstein geschrieben hast.« Hutnagl hob das Glas.

Der Prior tat es Hutnagl gleich. »Möge der heilige Ignatius von Loyola eure Exerzitien inspirieren. Trinken wir darauf, dass Markus Donhart ein guter Soldat unseres Herrn Jesus Christus werden möge.«

GEGENWART

Zwei Schüsse, ein Volltreffer. Das Brautpaar war tot. Mausetot. Markus Donhart hatte wieder die Richtigen getroffen. Was für eine Erfolgsbilanz!

Das Geschrei im Burggarten hatte wie Jubel geklungen. Der Tisch, auf dem er gelegen hatte, hatte sich in diesem Moment in ein Königsbett verwandelt. Die Mosin-Nagant in seiner Hand war zum Zepter geworden.

Gestern noch hatten sie ihn für den geschmähten Loser gehalten. Heute war er der tapfere Held, und morgen würden die Zeitungen ihn als Sieger feiern. Der Angriff auf die Hochzeit hatte sich als durchschlagender Erfolg erwiesen. Er hatte es geschafft. Ja, geschafft. Verdammt noch mal! Geschafft! Endlich lief ein Projekt so, wie er es geplant hatte.

Donhart zog das Gewehr nach hinten und legte es neben sich ab. Vorsichtig griff er an das Kippbrett und schloss die Fensterluke. Er glitt vom Klapptisch herab, ging in die Kommandozentrale, hob das Päckchen Parisienne auf und ließ die Schachtel auf das Gartentischchen fallen.

Nun galt es, im Refugium die Ruhe nach dem Sturm abzuwarten und im Schutze der Dunkelheit das Weite zu suchen.

Rhythmisches Klimpern auf dem Klavier, begleitet von einem Klatschen, drang aus dem Radio. Donhart konnte es nicht fassen, dass Antenne Steiermark den uralten Hit von Bob Geldof brachte. Der Song arbeite sich zum Refrain vor. »Tell me why«, tönte es aus dem Apparat. »I don't like mondays.«

Sie wollten ihn als Wahnsinnigen hinstellen, der ohne Grund Leute erschoss. Sie hatten ja keine Ahnung. Weder, was Markus Donhart, noch, was die anderen Krieger von Erfurt bis Winnenden betraf.

»Sag mir, warum?«, übersetzte Donhart den Liedtext.

Die Filme auf seinem YouTube-Kanal lieferten die Antwort auf jene Frage, aber niemanden interessierte es. Im Gegenteil, man ignorierte seine Mahnungen und ließ dem Moralverfall freien Lauf. Man sorgte dafür, dass Google den Account sperrte. Lieber schrieb man nach jedem Amoklauf das blöde ›Warum?‹ auf selbst gebastelte Papptafeln. Wie wäre es zur Abwechslung mal mit einem ›Wieso?‹ oder einem ›Weshalb?‹?

War Markus Donhart der Einzige, der sich darüber wunderte, dass immer wieder diese idiotischen Schilder auftauchten? Kapierte kein Mensch, dass es nur die logische Folge war, wenn man die Botschaft der modernen Himmelsboten in den Wind schlug? Heute brachte er, Markus Donhart, der Todesritter von Graz, das Werk der heiligen Amokläufer zur Vollendung.

Hunger meldete sich. Donhart griff in die Picknicktasche, holte ein belegtes Baguette heraus und biss kräftig hinein. Der würzige Geschmack weckte Erinnerungen an den besten Bocadillo con Salami, den er jemals gegessen hatte.

FÜNF JAHRE ZUVOR
Burgos, Kastilien und León, Spanien

Die Sonne gewann an Kraft. Markus Donhart schwitzte wie noch nie auf dem Jakobsweg. Es lag nicht nur an den Feldern der nordspanischen Steppe, die den Pilgern einen Vorgeschmack auf die gefürchtete Meseta gaben. Der Pfad führte Hutnagl und Donhart auf eine Hochebene. Auf dem eisenroten Boden bildeten ausgelegte Steine weitläufige Spiralen.

Hutnagl deutete auf die Laubbäume am Horizont. »Ich muss dir dort etwas Wichtiges zeigen. Es wird deine Seele erquicken.«

Donhart schwieg und folgte seinem Mentor. Sie pilgerten an der Steinspirale vorbei auf die Baumreihe zu.

Was für ein Ausblick!

Vor ihm dehnte sich die Ebene aus. Kornfelder, so weit das Auge reichte. Mittendrin lag die Großstadt, von der Markus Donhart so manche Legende gehört hatte.

Burgos.

Hutnagl ließ den Arm über die Landschaft schweifen. Mit dem Finger wies er auf das Häusermeer in der Steppe. »Dieses Panorama lässt das Herz jedes anständigen Christen höherschlagen. Markus, lass diesen einzigartigen Augenblick auf dich wirken.«

Eine Brise sorgte für eine angenehme Abkühlung. Vögel zwitscherten in der Nähe, die Zweige der Laubbäume raschelten. Das Goldene in den Weizenfeldern war ein Zeichen für den inneren Reichtum, den der Dienst in der Armee Gottes, des Herrn, brachte. Die

Entscheidung, Jesus als obersten Heerführer in der Schlacht des Lebens anzunehmen, gab ihm enorme Kraft. Sie zeigte sich in der Luft, die über der Metropole schimmerte.

Donhart spürte, wie Hutnagl den Arm um seine Schulter legte. »Burgos ist für uns *Milites Domini Jesu Christi* eine gesegnete Stadt. Dort haben sich im Lauf der Zeiten stets neue Retter des Glaubens gefunden. Steigen wir hinab. Nimm jeden Eindruck auf den letzten Kilometern bewusst wahr. Dann spürst du, dass der Heilige Geist in dieser Gegend besonders stark wirkt.«

Donhart nickte. Sie marschierten weiter. Der Weg führte sie durch die Äcker zum Flughafen. Dahinter zerstörten die Fabriken den Zauber des Jakobswegs. Nach einem Kreisverkehr kehrte die Magie des Pilgerwegs zurück. Auf einem Sockel saß ein Reiter in Bronze auf einem Pferd. Er hatte dem Tier die Sporen gegeben. Das Schwert hielt er ausgestreckt in Richtung des Feindes, während sein Mantel im Wind flatterte.

»Weißt du, wer das ist?«, fragte Hutnagl.

Donhart schaute auf das Denkmal.

»El Cid.« Hutnagl pausierte für ein paar Momente. »Dieser Held hat den Islam aus Kastilien vertrieben. Er wird deshalb heute noch von den Spaniern als Nationalheld verehrt. Betrachte den ersten Soldaten Jesu Christi genau. Er hatte hier in seiner Heimatstadt eine Basis errichtet, um den christlichen Glauben zu erneuern. Wir werden morgen einen Abstecher zum alten Grab El Cids machen.«

Donhart nickte. »Interessant.«

Schweigend gingen sie nebeneinanderher. Burgos hatte keine Kosten gescheut, um den Weg zur

Bischofskirche zu weisen. Man brauchte nur den roten Pfeilen auf den Pflastersteinen zu folgen. In regelmäßigem Abstand folgte eine Jakobsmuschel aus Kupfer. Die Gebäude gewannen mit jedem Meter, den sie zurücklegten, an Schönheit. Am Hauptplatz strahlten die Häuser in majestätischem Glanz. Im Hintergrund erkannte Donhart die Türme der Kathedrale.

»Fühlst du die Größe dieses Platzes?«, fragte Hutnagl.

»Ja, es herrscht eine besondere Atmosphäre hier.«

Hutnagl zeigte auf den Balkon des Rathauses. »Kein Wunder, Markus. Von hier aus hat Francisco Franco den Sieg über die Gottlosen verkündet. Damals im Jahre 1936 schritt er ein, um das Land vor dem Kommunismus zu retten. Die Atheisten hielten die Macht in Madrid und hatten ihr satanisches Werk begonnen. Wie im Mittelalter El Cid für Jesus kämpfte, tat es ihm Franco im 20. Jahrhundert gleich.«

»Ein Kämpfer gegen den Moralverfall?«, fragte Donhart nach.

Hutnagl nickte. »Ja, er hat dem linken Irrsinn ein Ende bereitet und so von Spanien enormen Schaden abgewendet. Er ist selbstverständlich bei uns als Ehrenritter eingetreten, und wir haben viel von ihm lernen dürfen.«

Donhart seufzte. »Wir bräuchten wieder so einen.«

»Nur Geduld.« Diesen väterlichen Unterton in Hutnagls Stimme hatte Donhart bisher noch nie gehört. »Wir alle müssen warten, bis die Zeit dafür reif ist. Gehen wir hinauf zur Kathedrale. Ich werde dort für die christliche Erneuerung Europas beten. Bitten wir den Herrn, dass er uns bald erneut einen Großen wie El Cid oder Franco senden möge.«

»Natürlich.« Donhart folgte Hutnagl durch die Gassen des mittelalterlichen Burgos, bis die Bischofskirche vor ihren Augen auftauchte. Auf den Spitzen der Türme wuchsen, Stalagmiten gleich, kleine Türmchen empor. Je näher man ihnen kam, desto mehr schlugen die weißen Mauern den Pilger in ihren Bann. Gott hatte das Licht der Sonne auf die Darstellung zweier Skulpturen auf der Kirchenmauer ausgerichtet.

Die rechte Plastik stellte ein Mischwesen aus Löwe und Mensch mit Schnauzbart dar. In den Pranken hielt die Figur einen Ährenkranz. Darin prangte ein Kreuz mit den Querbalken an den Enden.

»Das ist ja unser Ordenssymbol«, sagte Donhart.

»Ja, Markus.« Donhart spürte Hutnagls Hand auf der Schulter. »Der Gründer hat es für den Orden auserkoren, als er genau hier stand. Im Gegensatz zum Zeitgeist damals hat Dr. Strohpeter weder Engelbert Dollfuß noch Österreich verraten. Im Gegenteil; er hat erkannt, dass es Löwenkräfte bedarf, wenn man für eine Gesellschaft im Sinne Jesu Christi kämpft.«

Donhart nickte. *Hoffentlich erlange ich durch die Pilgerreise so eine Stärke.*

»Wir machen morgen einen Abstecher nach San Pedro de Cardeña. Der Kardinalkreuzmeister und der Generalpräfekt warten dort im Kloster auf uns. Wir müssen darüber reden, wie es dir bislang mit den Exerzitien ergangen ist. Es ist beiden ein Anliegen, das persönlich mit dir zu besprechen.«

Donhart hielt den Atem an. Er brachte kein Wort hervor. In weniger als 24 Stunden lernte er die obersten Würdenträger der Ordensritter kennen.

»Ist halb so wild.« Donhart spürte ein sanftes Klopfen auf der Schulter. »Genießen wir in Ruhe den Abend bei einem Glas Rioja. Hier in der Nähe gibt es die besten Bocadillos überhaupt.«

GEGENWART

Norbert Fink öffnete das Fenster und schaute durch das Gitter hinaus in den Hof.

Wann kam er endlich? Wenn der Verteidiger ihn nicht bald hier rausholte, verlor er den Verstand.

Fink steckte sich eine HB an. Der erste Lungenzug brachte ihm kaum den ersehnten Trost.

»Ich würde nicht so viel rauchen«, sagte der Zellengenosse.

»Wieso?« Fink wunderte sich, warum der Mitgefangene sich um seine Gesundheit sorgte.

»Du wirst schon noch sehen. Spätestens dann, wenn du was von denen brauchst.«

Fink seufzte. *Todesernst* und das Bischgym hatten ihm erneut schwere Unbill gebracht. Er hatte den Fehler begangen, die Wahrheit über jene Schule zu erzählen. Dass er sich damit erst recht bei Hutnagl verdächtig machte, hätte er sich denken können, ja sogar müssen.

Fink zog an der Zigarette.

Ihm waren die Gäule durchgegangen. Der Pferdegalopp im Kopf hatte dafür gesorgt, dass er die Geschichte von Eižens Finks und dem Foto erzählt hatte. Natürlich hatten sie ihm kein Wort geglaubt. Dann hatte er ihnen das aufgetischt, was sie hören wollten.

Dass *Todesernst* sie im Lindenhof fotografiert hatte.

Aber es war zu spät gewesen. Es hatte ihm nichts mehr gebracht. Sie hielten ihn für den Mörder des

Direktors. Blieb zu hoffen, dass es dem Verteidiger gelang, ihn rauszupauken.

Vielleicht hatte die Sache etwas Gutes. Sie könnte seinem Buch nutzen, wenn er schrieb, dass ihn das Fotos des großen Propheten aus Lettland unschuldig ins Gefängnis brachte.

Bei dieser Idee schmeckte ihm der nächste Zug umso besser.

14:03 UHR

Sabrina steckte das Handy ein, verließ das Besprechungszimmer und kehrte ins Atrium zurück.

»Ich brauche einen Wagen«, rief sie.

»Hier!«, meldete sich ein Inspektor. »Wohin?«

»Ins Bischöfliche.«

»Okay.«

Sabrina verließ die Polizeiinspektion und setzte sich in den Streifenwagen. Sie beschloss, während der kurzen Fahrt auf dem Handy die Notizen zum ersten Mord durchzugehen. Der Täter hatte nicht ohne Grund das Foto auf der Leiche des Direktors platziert. Auf der Rückseite hatte das Wörtchen Māra ihre Aufmerksamkeit geweckt. Wollte Donhart ihr eine Botschaft zukommen lassen? Und wenn ja, welche? Warum hatte Hutnagl sich so dagegen gesperrt, die Übersetzung des Verses in die Wege zu leiten?

Der Blick auf ihre E-Emails verriet ihr, dass die Dolmetscher ihr bislang die Antwort auf ihre Anfrage schuldig geblieben waren. Sie wählte deren Nummer. Zum Glück dauerte es nicht lange, bis sich der Ansprechpartner am anderen Ende der Leitung meldete.

»Ich weiß, ich bin lästig, aber es ist wichtig. Ich habe Ihnen eine Mail zu einem fremdsprachigen Vers geschickt, den wir auf einem Foto im Mordfall Leopold Ernst gefunden haben.«

»Ich habe den Posteingang noch nicht gecheckt, Moment.« Ein Weilchen verging. »Ja, da haben wir's.« Ein paar Sekunden zogen vorbei. »Dürfte lettisch oder litauisch sein. Die Kollegin dafür ist leider im Urlaub. Wie dringend ist es denn?«

»Wir haben eine Mordserie und befürchten weitere Opfer.«

»Ich habe davon im Radio gehört. Ganz klar. Ich werde die Mail sofort mit Dringlichkeitsvermerk an das Institut für Baltistik der Uni Greifswald weiterleiten.«

»Danke.« Sabrina beendete das Telefonat. Der Fahrer lenkte den Streifenwagen auf das Schulgelände und stoppte vor dem schwarzen Glaswürfel.

Sie marschierte auf den gläsernen Sarkophag zu. Die Türen öffneten sich, ihr Brustkorb dagegen schnürte sich zu.

Doch jetzt gab es kein Zurück. Sie ließ den Glasanbau hinter sich und erreichte die Eingangshalle. Das zwei Stockwerke hohe Monumentalbild aus Fliesen stach ihr abermals ins Auge. Noch immer sagten ihr die bunt zusammengemischten Flecken nichts. Allenfalls symbolisierten sie für Sabrina das Dunkle, das die Kirche so oft unter dem Hellen verbarg.

Ihr Blick fiel auf die in einer Nische angebrachte Holzbüste eines Bischofs. »*Ihr schüchtert mich nicht mehr ein!*«, donnerte sie dem Kirchenfürsten in Gedanken entgegen. »Das habe ich mir im Kindergarten geschworen. *Ich werde das Licht in euer Dunkel bringen, verlasst euch drauf.*«

***

275

Epimetheus, ich bin unbesiegbar, tippte Donhart in den Laptop. Bald wird es Zeit, dass du dich am Mariahilferplatz der Presse zeigst.

Ein Druck auf die Enter-Taste sandte die Botschaft an den Herrn Einsatzleiter. Bald würde jeder kapieren, worum es wirklich ging. Spätestens dann, wenn Kurt Hutnagl am befohlenen Ort vor die Presse trat.

Donhart hockte sich in die Ecke und öffnete das Paket. Aus dem Pappkarton schälte er eine Gipsskulptur heraus, die er auf seiner letzten Tour nach Burgos erworben hatte. Vorsichtig hob er die Statue, die ein Mischwesen aus Löwe und Mensch darstellte, auf den Hocker. Mit der Hand strich er über die Klauen und den Ährenkranz. Dann landeten die Kartonreste vorläufig im Nebenraum. Bei der Rückkehr schaltete er die Filmkamera, die auf einem Stativ stand, ein. Er richtete das Objektiv auf die Chimäre aus und schnalzte mit der Zunge. Schließlich ging er zum Notebook und überprüfte die Verbindung.

Breitbeinig stellte sich Donhart neben die Plastik, ließ die Unterarme sinken und lenkte den Blick auf die Kamera. »Hier spricht Todesritter Pankratius. Alles läuft nach Plan A. Ihr habt mein Leben zerstört, und ihr wollt noch viele andere ruinieren. Ich habe eure Machenschaften an die Medien weitergegeben, aber auch die sind von euch unterwandert. Darum zwingt ihr mich zu härteren Maßnahmen. Es ist nur eine Frage der Zeit, bis die Steiermark, Österreich und ganz Europa mich als den großen Retter verehren wird.«

Donhart verpasste der Gipsskulptur einen Tritt. Sie fiel vom Hocker und zerbrach mit dumpfem Knall in zwei Teile. Er musste grinsen. Der Löwenkopf hatte sich vom Torso gelöst.

»Tja, Epimetheus«, setzte er fort. »Ich habe dir nach der Mission im Bischöflichen Gymnasium eine Botschaft zukommen lassen. Du hättest der Presse erzählen müssen, dass ich die erste Schale des Zorns über Todesernst entladen habe und dass sie mein Manifest lesen sollen. Du hast nur feige den typischen Polizeimist verzapft. Was hat denn die Cobra verhindert, Herr Einsatzleiter? Gar nichts! Ich habe Todesernst wie beabsichtigt vor den Augen der Schüler hingerichtet. Hättest du stattdessen die Operation Emmaus mutig offenbart und das Ende der Milites Domini Jesu Christi verkündet, wäre der Krieg aus. Dann hätte ich mich freiwillig der Polizei gestellt. Epimetheus, du hast mich wieder einmal nicht ernst genommen. Du hast nicht glauben wollen, dass sich Graz in meiner Hand befindet. Jetzt hast du Doktor Posetto und natürlich auch das Brautpaar auf dem Gewissen.«

Donhart hielt inne, kontrollierte die Kamera und begab sich zurück in Position. »Auch Gott steht auf meiner Seite. Er hat mir die Botin Jennifer Stefanetz gesandt. So habe ich dank ihrer Hilfe das Werk des heiligen Amokläufers von Euskirchen vollendet. Wie viele Leben hat Doktor Posetto für die Banken und die Großkonzerne zerstört? Ihr nennt diesen Existenzzerstörer ohne Manieren Eustachius.«

Donhart ballte die Faust und zeigte sie dem Camcorder. »Ihr Pharisäer habt die Wahl. Ich werde jeden von euch Schweinen terminieren, bis Kurt Hutnagl alias Epimetheus vor die Presse tritt und im Interview mit Norbert Fink alles über die Operation Emmaus offenlegt.« Er verschränkte die Arme und lächelte. »Na, Epimetheus, bist du schon nervös? So wie damals vor dem Kardinalkreuzmeister und dem Generalpräfekten?«

FÜNF JAHRE ZUVOR
Kloster San Pedro de Cardeña bei Burgos, Kastilien und León, Spanien

Ein Mönch lotste Donhart und Hutnagl in einen Saal. Die verschieden groß gehauenen Steine in den Mauern verstärkten die adelige Stimmung, die der Raum ausstrahlte. Das Wappen der Ordensritter auf der Stirnseite, der mächtige Eichentisch mit zwanzig Sitzen und der eiserne Kronleuchter ließen erahnen, wie wichtig jene Konferenzhalle dem Ritterorden war. Auf der Seitenwand sorgten die streng schauenden Heiligen auf den lebensgroßen Gemälden für gehörigen Respekt. Nahezu einsam und dennoch prominent saßen zwei Männer an der Mitte der langen Tafel. Der Greis in scharlachroter Robe verdeckte das schüttere Haar mit einer blutroten Kappe.

Donhart erschauderte.

Erstmals in seinem Leben setzte er sich mit einem echten Kardinalpriester an einen Tisch. Neben dem Kleriker saß ein Typ in Hutnagls Alter. Der Maßanzug aus feinstem Glencheck verriet, dass auch er nicht am Hungertuch nagte.

»Das sind Eminenz Fernando Kardinal Rossario y Iglesias und der Generalpräfekt Hjalmar Birowsky.« Der Mönch zog die Stühle hervor und bat die Pilger, gegenüber der hohen Herren Platz zu nehmen.

»Wir wünschen, allein zu tagen«, sagte der Würdenträger nach dem Begrüßungsritual.

»Natürlich. Ich muss mich ohnedies dem Stundengebet widmen. Fühlt euch wie zu Hause.« Der Mönch verließ den Raum, und die mächtige Eichentür fiel ins Schloss.

»Als Kardinalkreuzmeister trage ich als geistliches Oberhaupt vor Gott die letzte Verantwortung für die *Milites Domini Jesu Christi*. Leider bin ich nicht mehr der Jüngste. Die Bürde des Alters erlaubt mir sehr wenig. Meine Unterstützung für die Ordensritter beschränkt sich also auf das Gebet und auf die Investituren. Die weltlichen Dinge regelt der Generalpräfekt.« Der Kleriker deutete zu seinem Sitznachbarn.

»Es ist mir eine Ehre, Eminenz«, dröhnte die tiefe Stimme des Kavaliers im Nobelanzug. »Die Entwicklung unseres Ordens ist eine stetige Herausforderung, der ich mich gerne stelle.«

Der Kardinalkreuzmeister füllte ein Glas mit Wasser. »Wie laufen die großen Exerzitien, Epimetheus?«

Hutnagl räusperte sich. »Bislang gut. Er hat zwar ein Problem mit Augustinus, doch das kriegen wir in den Griff.«

»Mit Augustinus?«, fragte Donhart nach.

»Professor Doktor Leopold Ernst. Welche Probleme liegen zwischen dir und ihm?« Der Generalpräfekt verzog die Lippen. Seine Finger trommelten sanft auf den Eichentisch.

Donhart rutschte das Herz in die Hose. Er starrte die obersten Ordensleiter an. Gehörte *Todesernst* zu den *Milites Domini Jesu Christi*? Hatte man vor diesem Kerl denn nie Ruhe? Jenem feinen Herrn Direktor verdankte er eine Reihe von Schwierigkeiten. Nun saß der Typ auch noch bei den Ordensrittern.

»Mein Herr, wir bitten um eine Antwort«, hakte der Kardinalkreuzmeister nach.

»Ich hatte ihn in Religion und Latein. Seinetwegen habe ich eine Klasse wiederholen müssen. Aber das ist schon lange her«, ging Donhart vorsichtig auf die Frage ein.

Der Kardinalkreuzmeister lächelte. »Du hast bestimmt die geistige Übung vom guten und bösen König gemacht. Was hat dir Satan zugeflüstert? Du darfst ruhig offen mit uns reden.«

Donhart atmete tief durch.

»Der Teufel hat mir alle Gemeinheiten von *Todeser...* äh, Professor Leopold Ernst ins Gedächtnis gerufen. Zum Beispiel hat er mich eines Tages vor der ganzen Klasse Familientyrann genannt. Luzifer will mich zum Mord verführen. Eminenz, das macht mir große Angst.«

Die Ordenschefs nickten.

»Was sagt der gute Herrscher in der Geistesübung?«, fragte der Generalpräfekt.

»Er hat mich an meinen Firmspruch aus dem Evangelium erinnert. *Schließe ohne Zögern Frieden mit deinem Gegner, solange du mit ihm noch auf dem Weg zum Gericht bist.*«

Der Kardinalkreuzmeister faltete die Hände und schloss die Augen. Donhart hörte jeden Atemzug des Würdenträgers.

»Pankratius wäre ein passender Ordensname für dich«, sagte der Kardinal. »Wenn du den Zorn in dir überwindest, kannst du alles besiegen, was sich dir entgegenstellt. Dieser Name soll dich ermahnen, keine falschen Feinde ins Visier zu nehmen, sondern nur den wahren Widersacher Jesu Christi zu bekämpfen. Die Exerzitien werden dir die nötige Kraft und das Rüstzeug geben. Epimetheus, erkläre ihm, wie wir organisiert sind.«

Hutnagl lächelte und füllte Rotwein aus der Karaffe in das Glas. »Der Generalpräfekt schafft unmöglich das Ganze allein. Darum stehen ihm einige Präfekten zur Seite.«

»So wie im Bischöflichen Internat?«, fragte Donhart.

»Nein. Stell dir das wie eine Regierung vor. Den Kardinalkreuzmeister kannst du mit dem Bundespräsidenten vergleichen. Der Generalpräfekt ist so etwas Ähnliches wie der Bundeskanzler, und die Präfekten sind das Analoge zu den Ministern. In diesem Raum tagt die Präfektenkonferenz zweimal im Jahr.«

Donhart nickte. Er erlaubte sich, zum Merlot zu greifen.

»Wir sind ein internationaler Orden«, setzte Hutnagl seinen Vortrag fort. »Er untergliedert sich in Balleien, Komtureien und Vogteien. Auf jeder Ebene haben wir einen sakralen und einen profanen Leiter. Eine Ballei entspricht meistens einer Nation. Sie wird vom Balleimeister geleitet, und der Großprior unterstützt ihn bei der religiösen Führung. Die Komturei wirkt auf Landesebene. In der Steiermark zum Beispiel trage ich als Komtur die weltliche und der Generalvikar als Prior die geistliche Verantwortung. Bei Bedarf gründen wir in den Bezirken eine Vogtei. Dort dienen uns erfolgreiche und glaubensfeste Ritter als Vogte, und die Seelsorger vor Ort unterstützen sie als Propste spirituell.«

»Wow.« Donhart trank einen Schluck Rotwein.

»Danke, Epimetheus.« Der Kardinalkreuzmeister faltete die Hände und streckte die Zeigefinger ab.

»Alphäus«, wandte er sich an den Generalpräfekten, »ich denke, wir können ihm einen ersten Einblick in unsere Mission gewähren.«

»Freilich.« Der Generalpräfekt trank einen Schluck Wasser. »Vor fast achtzig Jahren hat Spanien sich von Gott abgewandt. Damals hat die sogenannte Volksfrontregierung den Sittenverfall gefördert und Mutter Kirche den Krieg erklärt. Man hat in diesen unsäglichen Tagen Priester verfolgt und grausam ermordet. Doch es gab gottestreue Generäle, die dem Treiben nicht tatenlos zusahen. Unter Francos Führung griffen sie beherzt ein und retteten das Land vor dem Kommunismus.

Kurz nach der Rettung Spaniens ist Professor Franz Strohpeter auf dem Jakobsweg nach Santiago gepilgert. Auf der Pilgerreise hatte er viel von dem Leid gesehen, das die linken Atheisten gebracht hatten. Während der heiligen Messe am Grabe des Apostels hat er die Stimme des Allmächtigen in sich gespürt und unseren Ritterorden gegründet. Seither gilt unser Kampf, gescheiterten Leuten guten Willens wieder auf die Beine zu helfen und die christliche Sittlichkeit in die Welt zu tragen.«

Der Kardinalkreuzmeister seufzte. »Die Sittenverderbnis hat Ausmaße erreicht, die sich der Gründer in den schlimmsten Albträumen nicht ausmalen konnte. Umso mehr freue ich mich, wenn sich Menschen in der heutigen Zeit für den schmalen Weg Jesu Christi entscheiden. Wir brauchen jeden Einzelnen von euch bei uns. Darum werden wir dir reinen Wein einschenken. Das Leben bei uns ist nicht einfach und verlangt totale Opferbereitschaft. Wir erwarten von allen Rittern Unterordnung und Gehorsam gegenüber den Oberen.«

»Damit wir uns richtig verstehen: Wir sind ein militärischer Orden.« Der Generalpräfekt deutete auf das Gemälde des Ignatius von Loyola. »Wir agieren so wie der da. Was in unseren Augen weiß erscheint, halten wir für schwarz, sofern es die hierarchische Kirche so entscheidet. Das heißt, Befehle ausführen und keine sinnlosen Diskussionen.«

Hutnagl klopfte mit dem Zeigefinger auf den Tisch. »Wir verlangen, dass ein Mann im Ritterstand auch in schweren Jahren hundertprozentig Ja zum Heiland sagt und für ihn durch dick und dünn geht! Also treffen wir uns regelmäßig, um zu beten und auf die Treue im Glauben zu achten. Wir ermahnen uns gegenseitig, falls wir vom Pfad abweichen.«

Der Kardinalkreuzmeister streckte Daumen, Zeige- und Mittelfinger von der Hand. »Christus fordert von uns, dass wir uns ihm mit vollem Herzen hingeben. Darum betrachten wir genau die Bereitschaft, sich selbst zu verleugnen und sein Kreuz auf sich zu nehmen. Möge der Herr euch auf eurem weiteren Weg begleiten.«

GEGENWART

Mit einem Ächzen ließ sich Hutnagl auf den Chefsessel in Rainer Donharts Heimbüro fallen. Er wusste nur zu gut, dass es ein unverzeihlicher Fehler gewesen war, Markus Donhart in den Ritterorden einzuführen. Die Konsequenzen, die Hutnagl zu erwarten hatte, würden verheerend sein. Die Finger zitterten. Mit Mühe traf er die Tasten, als er die Nummer des Generalpräfekten eintippte. Er hörte ein Klicken, gefolgt vom Freiton.

Auf dem Schreibtisch piepste das Handy. Auf dem Display verhöhnte ihn abermals eine Botschaft des Frevlers. *Epimetheus, ich bin unbesiegbar. Bald wird es Zeit, dass du dich der Presse am Mariahilferplatz zeigst.*

Der zweite Piepton drang aus der Hörmuschel. Hutnagl benötigte eine Strategie, um die rollende Lawine doch noch zu stoppen. Die Katastrophe überrollte die *Milites Domini Jesu Christi* und drohte darüber hinaus Mutter Kirche in den Abgrund zu reißen.

Aus dem Hörer kam ein drittes Mal ein lang gezogener Pfeifton.

Endlich knackte es.

»Ja, bitte?«

Hutnagl erkannte den dröhnenden Bass am anderen Ende der Leitung sofort.

»Epimetheus am Apparat. Wie gewünscht via Festnetz.«

»Von wo aus?«, bellte der höchste weltliche Chef.

»War nicht ganz so leicht, aber jetzt können wir uns in Ruhe austauschen. Ich bin im Heimbüro von Rainer Donhart und muss einen dringenden Notfall melden.«

»Willst du mich verhöhnen?« Dass Verärgerung in der Stimme des Generalpräfekten mitschwang, hatte Hutnagl erwartet. »Ich weiß aus Radio, Internet und Fernsehen, was los ist.«

»Ich bin selbst entsetzt! Ich kann es mir einfach nicht erklären.«

»Wie konntest du uns so etwas einbrocken?«

»Ich?«

»Er hätte eigentlich schon bei der ersten Prüfung in Roncesvalles scheitern müssen!«, warf der Generalpräfekt ihm vor. »Das wird eine Untersuchung nach sich ziehen! Als Komtur bist du ab sofort suspendiert.«

Hutnagl schaute zu dem Plakat, das einen 16-jährigen Rainer Donhart in der Jugendgruppe zeigte. In dem Moment fühlte er sich, als wäre er selbst ein Seminarist, der verhalten gegen eine Sanktion des Erziehers protestierte. »Er hat uns alle an der Nase herumgeführt. Auf dem Jakobsweg waren Sie ja dabei.«

Hutnagl hörte ein Schnaufen aus dem Telefonhörer. »Ich hoffe für dich, dass du ihn nicht durch die Prüfungen getragen hast.«

»Natürlich nicht!«

»Lassen wir's dahingestellt.« Der Generalpräfekt stieß seinen Atem hörbar aus. »Aber warum läuft der Frevler noch immer frei herum?«

»Ich versuche ja die ganze Zeit, ihn zu stoppen!« Hutnagls Finger trommelten auf den Schreibtisch. »Außerdem musste ich alles tun, um uns aus der Schusslinie zu bringen.«

»Was konkret?«, bellte der Generalpräfekt.

»Tja.« Hutnagl lehnte sich im Sessel zurück, bis das Kabel des Telefons spannte. »Ich habe die Gefahr schon während der Tatortbesichtigung im Bischöflichen erkannt.«

»Und wie genau?« Die Tonlage erinnerte ihn an den bösen Bullen bei den Verhören in den Fernsehkrimis.

»Das Foto, das er Augustinus in den Anzugkragen gesteckt hatte. Als ich es gesehen habe, war mir sofort klar, dass es kein gescheiterter Schüler war, sondern dass Pankratius dahintersteckt.«

»Und warum hast du nicht gleich nach ihm fahnden lassen?«

»Hab ich ja. Nur war's nicht so einfach.«

»Wieso?«

»Weil er mir eine SMS mit einem Link zu einem Video geschickt hat.«

»Das musst du mir jetzt aber erklären.«

»Ich habe die Besichtigung zu Ende gebracht und mich dann zurückgezogen.«

»Zur Sache!«, bellte der Generalpräfekt.

»Der Clip ist eine Gotteslästerung sondergleichen. Im Rittermantel hat er die Basilika von Mariatrost geschändet.«

»Was! Wie? Erzähl!«

»Er hat sein Gewehr auf den Altar gelegt und sich davor hingekniet. Dann ist er aufgestanden, hat die Waffe genommen und sich umgedreht. Er hat eine Totenkopfmaske getragen und es laut verkündet.«

»Was?«

»Die erste Schale des Zorns hat sich über Augustinus entladen«, zitierte Hutnagl aus der Videobotschaft. »Mein ist die Rache! Lest das Manifest! Nahe ist das Ende der *Milites Domini Jesu Christi*.«

»Eine Kriegserklärung!«, donnerte der Generalpräfekt. »Und warum erfahre ich das erst auf Nachfragen?«

»Weil ich alles dransetzen musste, um unsere Mission aus der Schusslinie zu bringen.«

»Verstehe ich nicht.«

Hutnagl stützte die Ellbogen auf dem Schreibtisch ab. »Im Film marschiert der Frevler über die Angelusstiege den Hügel hinunter. Vor der letzten Figur bleibt er stehen und deutet mit seiner Waffe Schüsse an. Dann kommt eine Laufschrift. Da steht, dass wir heute noch die Operation Emmaus zugeben werden.«

»Was!«, bellte der Generalpräfekt. »Wie?«

»Er will uns dazu zwingen.« Hutnagl ballte die Faust.

»Das kann ihm nicht gelingen, oder?«

»Dagegen kämpfe ich die ganze Zeit.«

»Ja, und wie?« Der Generalpräfekt klang skeptisch.

»Zuerst habe ich die Mara mit der Suche nach Rainer Donhart beschäftigt. Diese Gottlose hätte sich sonst sofort in uns verbissen.«

»Und weiter?«

»Dann habe ich die Reporter in der Kreuzgasse ruhiggestellt. Zugleich habe ich die Cobra in die Wohnung von Pankratius geschickt.«

»Der Gefahr-in-Verzug-Trick?«

»Genau der.«

»Und?«

»Die Cobra hat ihn nicht erwischt. Aber die Wohnung habe ich entschärfen können. Es war allerdings sehr schwierig.«

»Warum?«

»Die Mara war viel zu schnell da. Genau in dem Moment, als ich den Lieferschein in der Dokumentenmappe gefunden habe.«

»DEN Lieferschein? Von Expal? Für San Pedro de Cardeña?« Mit jedem Wort steigerte sich die Stimme des Generalpräfekten.

»Der Schein ist in Sicherheit.«

»Immerhin etwas.« Ein kurzes Schnaufen folgte. »Aber von einer Lösung sind wir noch immer meilenweit entfernt.«

14:08 UHR

Kaplan Benedikt Birkner stand mit verschränkten Armen neben der Holzbüste. Festen Schrittes ging Sabrina auf den Priester zu und reichte ihm die Hand. »Guten Tag, Herr Birkner.«

»Grüß Gott, Frau Inspektor.« Er erwiderte den Handschlag. »Wie kann ich Ihnen helfen?«

»In der Toilette haben wir Munition aus dem Jahr 1934 gefunden.«

»Ich weiß, Frau Inspektor. Ihr Chef hat mir erklärt, dass man sie noch immer problemlos verschießen kann.«

Sabrina nickte. »Ich bin mir sicher, dass sich der Täter etwas dabei gedacht hat, genau diese alten Patronen zu verwenden. Er hat damit gerechnet, dass wir beim Ermitteln durch den Gang mit den Maturafotos gehen werden.«

»Sie glauben, es hat mit dem Maturajahr 1934 zu tun?« Birkners Stirn legte sich in Falten. »Ein Maturant von damals wäre jetzt schon über hundert.«

»Gut gerechnet.« Sabrina lächelte. »Ich möchte es trotzdem sehen.«

»Also gut, gehen wir.«

Sabrina folgte Kaplan Birkner in den Hauptgang hinter der Eingangshalle. Wenig später bogen sie nach rechts in den Flur ab, wo die Absolventen der Vergangenheit auf sie warteten.

1895.

Der erste Jahrgang.

Eine lange Geschichte konnte niemand dem Bischöflichen Gymnasium absprechen. Auf den Fotos der Wende zwischen dem 19. und 20. Jahrhundert entdeckte Sabrina keine Namenszüge. Jahr für Jahr kam in der Belle Époque das gleiche Phänomen zum Vorschein: Stets kämpften angepasste Pennäler und strenge Geistliche um Würde. Nach dem Loch von 1914 bis 1918 trugen die Absolventen auf dem Foto erstmals Namen. Die Gesichter wirkten ernster, danach entspannter, und schließlich spiegelte sich in ihnen tiefe Not.

1934.

Das Produktionsjahr der Munition.

Vor der Gruppe stand auf einem Teppich ein auch für die damalige Zeit altmodisch wirkender Tisch. Darauf lag ein dickes Buch, vermutlich die Bibel. Dahinter saß die Riege der Priester und des Bischofs. Die versteinerten Blicke und die verschränkten Hände zeugten keinesfalls von Offenheit. Die biederen Anzüge der Absolventen sprachen für sich. Manche Abiturienten schmückten ihr Hemd mit einer Fliege, andere griffen zur Krawatte. Die braven Frisuren passten zu den Mienen, die sich um Haltung vor der Kamera bemühten. Sabrina fiel die österreichische Fahne, die zwischen zwei vergitterten Fenstern hing, ins Auge. Inmitten des weißen Streifens prangte ein Zeichen, das nach ihrer Aufmerksamkeit schrie: Ein Kreuz mit vier gleichlangen Querbalken an den Enden.

Kein Wunder, dass Donhart die alte Munition für den Mord am Direktor benutzt hatte. Da war das Symbol wieder aufgetaucht, das Sabrina sowohl auf dem bei der Leiche im Lindenhof platzierten Foto als auch auf dem Siegelring des Anwalts gesehen hatte.

Sabrina las die Nachnamen auf dem Abiturfoto durch und stockte bei zwei Namen.

»Donhart.« Sie trommelte mit dem Finger auf das Bild.

»Fink.« Sabrina wartete einen Augenblick.

Kaplan Birkner schloss zu ihr auf. »Das ist ja interessant. So habe ich das noch gar nicht betrachtet.«

»Fällt Ihnen das hier auf?« Sabrinas Zeigefinger wanderte zum Symbol inmitten der Fahne.

Birkner lächelte. »Ach so, das ist nur das Kruckenkreuz. War damals halt üblich.«

»Und heute ist es mehrmals wieder aufgetaucht. Das erste Mal bei dem Foto, das Sie im Lindenhof aus dem Anzugkragen herausgezogen haben. Auf der Rückseite war der Löwe recht schlecht dazu gezeichnet worden.«

»Donhart und Fink haben den Herrn Direktor gehasst. Und einer von beiden hat ihn erschossen.«

»Das haben Sie mir schon am Vormittag gesagt, doch darum geht's mir nicht.«

»Sondern?« Birkner warf den Kopf ins Genick.

»Um das Hammerkreuz und das Mischwesen aus Löwe und Mensch.«

»Ach so, das ist das Wappen der Ordensritter.«

»Was?« Sabrina verstand nur Bahnhof.

»Die Ritter der Nächstenliebe.«

»Hören Sie auf, mich zu veralbern.« Sabrina verschränkte die Arme und legte die Stirn in tiefe Falten.

»Sie haben einen komplizierten Namen, man kann ihn kaum aussprechen.«

»Ach so?«

»*Ordo Militium Nostri Domini Jesu Christi.*«

»Und auf Deutsch? So, dass ich es verstehe.«

»Soldaten unseres Herrn Jesus Christus. Sie wollen die Nächstenliebe in die Welt tragen. Die Mildtätigkeit ist der zentrale Wert des Christentums. Das zu vermitteln, ist uns ein besonderes Anliegen. Ganz logisch. Unser Bischöfliches Gymnasium kooperiert mit den Rittern.«

»Wie genau sieht dieses Zusammenspiel aus?«

Birkner faltete die Hände. »Wir bieten den Schülern die Möglichkeit, im Laufe eines Einkehrtages gemeinsam mit den Ordensrittern sich mit der Nächstenliebe in der heutigen Zeit zu beschäftigen. In den sechsten und siebten Klassen behandeln wir die Beziehung zu sich selbst, zum Mitmenschen und zu Gott. Sie werden es kaum glauben, aber das Mittelalterliche kombiniert mit dem Modernen gefällt der Jugend.«

Sabrina konnte sich ein Aufstoßen nicht verkneifen. Die erzwungenen Andachten mussten der Horror sein. »Wer aus dem Orden hat so einen Besinnungstag geleitet?«

Birkner nahm die Brille ab und putzte sie. »Das kommt immer drauf an. Wir laden gerne auch Ritter ein, die beruflich erfolgreich sind.«

»Wie zum Beispiel?«

»Ihren Chef. Vor Kurzem hat er zusammen mit unserem Herrn Direktor einen Einkehrtag gestaltet. Einer aus der 7b will nach der Matura die Wallfahrt gepaart mit den großen Exerzitien des Heiligen Ignatius von Loyola machen.«

»Verstehe.« Sabrina grübelte.

Donhart hatte nach der Tat das Foto der Nachkommen in den Kragen des Schulleiters gesteckt. Das Geburtsdatum von Dr. Leopold Ernst ließ sich mit einer Abfrage im zentralen Melderegister ermitteln. Eine Minute später tauchte die Antwort auf dem Display ihres Handys auf. Vor 57 Jahren hatte er das Licht der Welt erblickt.

So wie Hutnagl. Dann ließe sich möglicherweise eine Verbindung zwischen dem Direktor und Hutnagl entdecken. Wenn beide 1964 geboren waren und hier die Schule besucht hatten, mussten sie hier am Anfang der Achtzigerjahre zu finden sein. Sabrina setzte die Zeitreise fort.

Es erschien ihr, als hätte eine Depression die Zeit eingefroren. In den Gesichtern meinte Sabrina jene Enttäuschung zu sehen, die eine gestohlene Jugend mit sich brachte.

Über manchen Jahrgangsbildern thronten riesige Porträts. Es dürfte sich um die Schulleiter der jeweiligen Epoche handeln. Es kam ihr so vor, als sprächen sie über den Absolventen einen Fluch aus.

Ihr entkommt uns nie, auch nach dem Abitur nicht!

Ein kalter Schauer lief Sabrina über den Rücken. Sie ging weiter. Immerhin war man 1970 auf die Idee gekommen, das Absolventenfoto im Schulpark zu schießen.

1982.

Sabrina stoppte.

Wie in den Jahrzehnten zuvor hatte der Lehrkörper die vordersten Plätze für sich in Anspruch genommen. Dahinter standen die Absolventen in drei Reihen. In den Gesichtern las Sabrina Unsicherheit gepaart mit

Aufbruchsstimmung. Nur in der zweiten Reihe wagte es einer, mit weißem Anzug und langen Haaren aus der braven Masse hervorzustechen. Den markanten Spitzbart trug Leopold Ernst schon als Schulabgänger. Jedoch stach ihr ein anderes Antlitz ins Auge: ein Schwarzhaariger mit biederem Seitenscheitel und einem leichten Flaum über den Lippen. Er trug ein fades Sakko und glänzte mit einer langweiligen Krawatte.

Kurt Hutnagl!

Da war die Verbindung, nach der Sabrina gesucht hatte. Fragte sich, wie es mit den Klassenkameraden von 1982 weitergegangen war.

»Herr Birkner, wer ist dieser Schüler?« Sabrina deutete auf die Person im weißen Sakko.

»Ja, das ist der Direktor. Damals war er Maturant in unserem Seminar.«

Sabrina zeigte auf den biederen Absolventen in der ersten Reihe hinter dem Lehrkörper. »Und das hier ist mein Chef.«

»Oh.« Kaplan Birkner faltete die Hände.

»Leopold Ernst und Kurt Hutnagl waren Klassenkameraden. Wissen Sie, ob die zwei später noch Kontakt zueinander hatten?«

Birkner nickte. »Sie haben sich mehrmals im Jahr hier getroffen. Ihr Chef ist ein gern gesehener Gast in unserem Augustinum.«

»Wie war das Verhältnis zwischen den beiden?«

»Aber Sie verdächtigen doch nicht Ihren Chef?« Birkner runzelte die Stirn.

Sabrina stemmte eine Hand in die Hüfte und deutete mit dem Finger der anderen auf den Priester. »Ich stelle hier die Fragen.«

»Selbstverständlich.« Kaplan Birkner senkte die gefalteten Hände und zog die Zeigefinger ein. »Ich wollte Ihnen nicht zu nahe treten.«

»Beantworten Sie meine Frage.«

»Hervorragend war es. Ich würde sagen, sie waren gute Freunde.«

»Keine Konflikte?«, hakte Sabrina nach.

Kopfschütteln.

»Waren Hutnagl und der Direktor aktive Ordensritter?«

»Na klar.« Kaplan Birkner setzte die Brille wieder auf. »Der Ritterorden war beiden ein Anliegen. Der Direktor hat früher in den Tangenten einen Artikel geschrieben.«

Sabrina runzelte die Stirn. »Wo bitte?«

»Das war die Zeitung unserer Schule. Wir haben sie vor ein paar Jahren eingestellt. Aber wir haben alle Ausgaben in ein Buch gebunden. Ich zeig's Ihnen. Folgen Sie mir bitte.«

***

»Das sehe ich genauso.« Hutnagl schnappte sich einen Kugelschreiber. »Unser Problem ist noch lange nicht vom Tisch. Er schickt mir laufend höhnische SMS. Er fühlt sich total auf der Siegerstraße.«

»Ja?«, bellte der Generalpräfekt. »Welche?«

»Er beschimpft mich dauernd.« Hutnagl betätigte mehrmals den Druckknopf.

»Konkreter!«

»Soll ich Ihnen eine vorlesen?« Hutnagl legte den Kuli ab und zog das Handy zu sich. Vorsorglich entsperrte er es.

»Ich bitt dich darum!«

»Zum Beispiel die: Epimetheus, ich bin unbesiegbar. Bald wird es Zeit, dass du dich der Presse am Mariahilferplatz zeigst.«

»Und welche noch?«

»DEINETWEGEN starb Theodor Posetto am Schloßbergplatz! Für skrupellose Existenzzerstörer gibt es Kaliber 7,62. Mach jetzt endlich das, was ich dir auf meinem Blog befehle.«

»Genau dieser Blog bereitet mir Magenschmerzen.«

»Sie glauben doch nicht, dass ich mich diesem Frevler beuge? Wo kommen wir da hin?« Es schien, als hörte Hutnagl das Blut durch seine Ohren rauschen.

»Wir alle waren ihm gegenüber skeptisch eingestellt, nur du nicht.«

Vater, Vater, warum hast du mich verlassen? Der Sturm der Hölle hatte ein Loch in den Boden gerissen, das Hutnagl zu verschlingen drohte. Er sah sich nach einem Haken um, der den Absturz ins Bodenlose vereiteln sollte. Er umklammerte den Hörer. »Das hätte mir nicht passieren dürfen, aber kein Einsatzleiter auf der Welt wird nach der Pfeife eines Mörders tanzen. Ich bin also in die Offensive gegangen.«

»Und wie?«

»Ich habe den Kriminaltechniker darüber informiert.«

»Was!?« Dem Aufschrei folgte ein Seufzer. »Bitte sag mir, dass das nicht wahr ist!«

»Mein Handy wird ohnehin früher oder später in den Fokus der Ermittlungen geraten. Und die Links zum Blog habe ich wohlweislich zuvor gelöscht.«

»Glaubst du wirklich, dass uns das irgendwie nützt?«

»Auf diese Weise habe ich den Verdacht von uns weggelenkt. Ganz nach dem Motto: Ich habe nichts zu verbergen.«

»Mann, o Mann! Als Polizist solltest du wissen, dass du uns nur suspekter gemacht hast. Spätestens, sobald man die SMS vollständig wiederhergestellt hat.«

»Bis dahin wird aber Zeit vergehen.« Hutnagl nahm den Kuli in die freie Hand.

»Die werden wir nutzen.« Der Generalpräfekt ging zu einem väterlichen Tonfall über. »Denn Fehler darfst du dir jetzt keine mehr erlauben!«

»Ich weiß.« Hutnagl zeichnete eine Schlangenlinie auf die Papierunterlage.

»Du kannst dir schon denken, warum ich Code 21 ausgelöst habe.«

Hutnagl schwieg. Er schaute durch die Glastür auf die Nachbarhäuser. Dahinter schimmerte majestätisch das Grün des Rosenbergs. Bei einer Schulwanderung während eines Einkehrtages waren sie vor 45 Jahren zum Café Rosenhain marschiert. Damals hatte dort der Religionslehrer über das Gottvertrauen in der Not gesprochen.

»Es ist sein Blog, Epimetheus«, brach der Generalpräfekt das Schweigen. »Ich will wissen, was du mit diesem Fink zu tun hattest.«

»Ich kenne ihn von der Verbindung her. Er ist cum infamia ausgeschlossen worden, nachdem er den ÖCV und die Franzisca in einem Artikel im Falter diffamiert hat.«

»Erzähl mir nicht den Schnee von gestern!«, schmetterte ihm der Generalpräfekt entgegen.

»Seit dem Ausschluss habe ich keinen Kontakt mehr zu ihm gehabt. Bis heute. So, wie es aussieht, hat Fink etwas mit dem Mord an Augustinus zu tun.« Hutnagl klemmte den Kuli zwischen die Zeigefinger.

»Du hast mir vorhin gesagt, dass dir sofort klar war, dass Pankratius Bruder Augustinus ermordet hat. Und nun soll es auf einmal Fink gewesen sein?«

»Auf der Pressekonferenz in der Kreuzgasse hat er mir in einer Frage exakt beschrieben, was auf dem Foto drauf ist. Es ist egal, ob er es war oder nicht. Ich habe ihn fürs Erste aus dem Verkehr ziehen können. Der wird uns so schnell nicht mehr gefährlich.«

»Sehr gut.« Erstmals klang der Generalpräfekt etwas zufriedener. »Aber unser Problem wird dadurch nicht kleiner, vor allem, wenn ich mir den Traffic auf seinem Blog ansehe.«

»Wie sieht es aus?« Hutnagl nahm den Kuli zwischen die Zähne.

»Warum, meinst du, hat er im Bischöflichen Gymnasium einen Amoklauf vorgetäuscht?«

»Um Aufmerksamkeit zu erregen?«

»Erfasst, mein lieber Epimetheus. Die Zugriffszahlen auf seinem Vimeo-Account schießen durch die Decke. Und auf dem Blog sieht's nicht anders aus.«

»Jössasmaria.« Der Kuli fiel Hutnagl aus dem Mund. Passend zum Schreck piepste das Handy auf dem Schreibtisch.

»Er hat mir wieder was geschickt: Epimetheus, du schwule Sau«, las er dem obersten Chef vor. »Extra für dich habe ich ein Video hochgeladen.«

»Ja, da ist was Neues«, bemerkte der Generalpräfekt. »Auch da haben wir schon über hundert Zugriffe.«

»Ach du heiliger Bimbam!«

»Dann schauen wir's an«, kam der Befehl.

14:16 UHR

Sabrina folgte Kaplan Birkner in die Bibliothek. Zwei dunkle Säulen standen im scharfen Kontrast zu dem hellen Gesamteindruck, den der Raum vermittelte. Gegenüber einer langen Theke mit zwei Büroarbeitsplätzen ging es in ein Labyrinth aus Regalen, die bis an die Decke reichten. Wie überall in Büros harrte inmitten des Schalters so manches Papier in blauen Ablagen der Erledigung.

»Bitte setzen Sie sich.« Kaplan Birkner zeigte auf ein grünes Sofa hinter dem Eingang. »Ich werde nun für Sie den Sammelband holen.«

Ein schwarzer Buchumschlag, auf dem ein rotes Balkenkreuz im Ährenkranz abgebildet war, stach ihr ins Auge. Sie hatte ihn auch in der Täterwohnung gesehen. Da hatte Hutnagl ihr eine DVD in die Hand gedrückt, um sie auf eine falsche Fährte zu locken. Der Titel verriet ihr die richtige Spur: *Milites Domini Jesu Christi.*

»Darf ich hier schmökern?« Sabrina deutete auf das Buch.

»Selbstverständlich.« Kaplan Birkner nahm eine Leiter und verschwand mit ihr hinter dem Durchgang aus zwei raumhohen Regalen.

Sabrina lächelte. Sie hätte den Wälzer auch ohne Erlaubnis in Augenschein genommen. Sie nahm ihn in die Hand, setzte sich auf die Couch und schlug ihn auf.

Sie blätterte weiter zum Vorwort.

ORDENSRITTER IM 21. JAHRHUNDERT IM ZEITLO-
SEN GEISTE JESU CHRISTI
Von Dir. Dr. theol. Leopold Ernst

Sabrina erschauderte. Der Autor des Geleitworts war niemand anders als das erste Opfer von heute. Welches Problem hatte Hutnagl, wenn sie das spitzbekam? Sie beschloss, die Zeilen zu lesen.

Das Rittertum ist seit den Anfängen im Frühmittelalter darauf ausgerichtet, treu im Dienste Gottes, des Herrn, zu stehen und die Gottlosigkeit in all ihren Mäntelchen mit Tugendhaftigkeit zu bekämpfen.

Egal, ob man als Grabesritter, als Johanniter, als Malteser oder Familiare des Deutschen Ordens oder eben als Soldat Jesu Christi dem Rittertum dient, umfasst es folgende Merkmale: Erstens ist ein Ordensritter furchtlos, da er ein absolutes Gottvertrauen besitzt. Ich habe schon viele schwierige Situationen erleben müssen, die ich wegen meiner überdurchschnittlich vertrauensvollen Beziehung zu Gott immer wieder meistern konnte. Zweitens dient ein christlicher Ritter in uneingeschränkter Treue Gott, seinem Herrn. Seine innere Einstellung und seine Werte werden niemals irgendeinem Zeitgeist, sondern ausschließlich den Normen der von Jesus Christus eingesetzten Kirche untergeordnet.

Inzwischen debattiert man darüber, ob Homosexuelle die gleichgeschlechtliche Ehe eingehen können. Allerdings ist die Diskussion müßig, zumal dieses heilige und unauflösliche Treueversprechen in Österreich längst bankrott ist. So wie das Herz der Emmausjünger vor Verzweiflung ob des Todes unseres Herrn Jesus Christus brannte, muss das Herz der Ordensritter wegen der sittlichen Verwahrlosung unserer Gesellschaft brennen.

Sabrina stoppte. Das Vorwort hatte nur schwer verständliche Propaganda geliefert. Sie legte den Wälzer auf den Tisch zurück.

Der vom grünen Linoleumboden gedämpfte Gang von Kaplan Birkner drang an ihr Ohr. Kurz danach kam er hinter den Regalen hervor. In den Händen trug er einen Folianten, dessen Dicke es mit dem Guinness-Buch der Rekorde aufnehmen konnte.

»Da haben wir die Tangenten seit der allerersten Ausgabe. Ihr Chef hat sich in der ersten Nummer mit einem Aufsatz über den Schülerchor verewigt.« Benedikt Birkner hielt ihr den Schmöker hin.

Sabrina übernahm den Folianten und legte ihn vor sich auf der Couch ab. »Mir reichen schon die Artikel, in denen etwas über die Ordensritter steht.«

»Ihr Chef hat uns einen Bericht über den Jakobsweg und die Investitur in Santiago geschenkt. Der müsste eher am Ende zu finden sein.« Kaplan Birkner setzte sich neben sie auf das grüne Sofa.

»Komm mir ja nicht zu nahe!« Instinktiv rückte Sabrina von ihm ab.

»Das könnte mir in der Tat weiterhelfen«, sagte sie und öffnete den Wälzer am hinteren Umschlag. Nach wenigen Seiten stach ihr ein fast seitengroßes Bild ins Auge. Es zeigte den rucksackbepackten Rücken sowie den Hinterkopf eines rothaarigen Mannes, der auf ein Dorf in einem Tal hinuntersah.

Sie stoppte und schlug das Buch in die andere Richtung um. Die Doppelseite dahinter enthielt religiöse

Propaganda, doch ein Kästchen in der unteren Ecke weckte ihr Interesse.

»Unser Absolvent Markus Donhart«, las Sabrina über das Titelbild, »schaut auf seiner Pilgerreise nach Santiago hinab zu seinem zweiten Zielort Zubiri und blickt damit auf einen für ihn sicherlich aufregenden und erfüllenden Sommer.«

Jetzt wird es richtig interessant.

Sabrina blätterte um. Das Bild rechts oben fiel ihr sofort auf. Es zeigte Kurt Hutnagl und Markus Donhart vor der Außenmauer einer riesigen Kathedrale. Mit den Fingern deuteten sie zu den Skulpturen. Links hielt ein aufrecht stehender Löwe ein Ährenrad in den Pranken, dessen Speichen Sonnenstrahlen glichen. Somit klärte sich, woher Dr. Posetto die Inspiration für das Logo seiner Kanzlei erhielt. Daneben prangte das Wappen der Ordensritter.

Sabrina nahm den Artikel auf Seite drei in Angriff:

GEMEINSAM AUF DEM JAKOBSWEG
Konfrontation mit der inneren Schlacht

Die Wallfahrt auf dem Jakobsweg bedeutet für den angehenden Ritter eine besondere Herausforderung. Zwecks Vorbereitung auf das Projekt werden viele intensive Gespräche sowohl innerhalb des Ritterordens als auch mit dem Aspiranten selbst geführt.

Eine solche Wallfahrt darf niemals auf eine ordinäre, sportliche Herausforderung reduziert werden. Deshalb werden die Etappen des Jakobswegs zur Durchführung der großen Exerzitien des Heiligen Ignatius von Loyola genutzt.

Die Anfangsphase dient der Gewissenserforschung und der Betrachtung der wichtigsten Hindernisse zwischen Gott und uns. Zentrale Themen in dieser Woche sind der Sündenfall der Engel, die Ursünde Adams und Evas sowie die sieben Laster Superbia (Stolz), Avaritia (Habgier), Luxuria (Wollust), Ira (Zorn), Gula (Maßlosigkeit), Invidia (Neid) und Acedia (Faulheit).

Sabrina stoppte die Lektüre und atmete durch. Stil und Inhalt passten eindeutig zu Hutnagl. Sie reaktivierte das Handy, rief die Notizapp auf und verglich die Reihenfolge in dem Artikel mit jener in der Notiz über das Drohvideo. Der Amokläufer von Erfurt bestrafte angeblich den Hochmut. Der Täter von Blacksburg ging gegen die Habgier vor, und der Killer von Montreal wollte die Lust auslöschen. Und der Amoktäter von Euskirchen handelte angeblich im gerechten Zorn. Keine Zweifel. Donhart hatte sich nicht von *Seven*, sondern von den Ordensrittern zu dem Video inspirieren lassen. Doch fehlte noch immer ein Anhaltspunkt für das Motiv. In der Hoffnung, den zu finden, setzte Sabrina die Lektüre fort.

Der Übergang von Navarra in die Rioja zu Beginn der zweiten Woche symbolisiert eine Änderung im Fokus der Betrachtungen. Statt des Sünders steht nun das Leben unseres Erlösers im Mittelpunkt der geistigen Übungen. Nach den zwölf Beschauungen über das Wirken unseres Herrn geht es in das Zisterzienserkloster San Pedro de Cardeña. Dort trifft der Aspirant gemeinsam mit seinem Begleiter, dem Kardinalkreuzmeister und dem Generalpräfekten eine Wahl im Angesicht der Passion Jesu Christi. In diesem

Gespräch offenbart der Heilige Geist durch den Kardinal-kreuzmeister den Ordensnamen, den der Aspirant ab der Investitur tragen wird.

Die Leidensgeschichte unseres Herrn ist das Thema in der dritten Woche, wobei die bei den Pilgern gefürchtete Meseta ein perfektes Symbol dafür ist. Der Exerzitien-Übende ist eingeladen und herausgefordert, mit Christus in dessen Leiden hineinzugehen. Es geht vor allem darum, auch zu einem Jesus zu stehen, der angefeindet, gedemütigt, gequält und getötet wird. Nach den Reflexionen über das letzte Abendmahl, dem Blutschwitzen und der Verhaftung im Garten Getsemani, der Geißelung und Kreuzigung erreicht man León.

Die schöne Landschaft des Pilgerwegs nach der Meseta schenkt dem Jakobspilger große Freude und Trost für die bisherigen Strapazen. Passend dazu beschäftigen sich die Exerzitien mit dem Trösteramt, das aus der Auferstehung heraus resultiert. Am Cruz de Ferro bei Foncebadón erlebt der Wallfahrer die endgültige Verwandlung zum neuen Menschen, wie es der Apostel Paulus bezeichnet. Die symbolische Kreuzigung des alten Menschen erfolgt durch den Wegwurf des Sorgensteins, den der Pilger scheinbar sinnlos über mehr als 530 Kilometer im Rucksack geschleppt hat, auf einen Steinhaufen.

Die verbleibenden Etappen auf dem klassischen Jakobsweg nach Santiago de Compostela stehen unter dem Zeichen der Vorfreude auf den Ritterschlag im Rahmen der Investitur. Im Mittelpunkt der Betrachtungen befinden sich nun die Aspekte einer christlichen Lebensführung und wie wir die Herrlichkeit Christi in die Welt tragen und die Macht des bösen Feindes in unserem Land brechen.

Sabrina rieb sich die Augen. Nach dem Lesen solcher Artikel käme eine Tablette gegen Kopfweh durchaus gelegen. Vor allem der letzte Halbsatz bereitete ihr Kopfschmerzen.

»Herr Birkner, als Sie den Notruf abgesetzt haben, hat der Täter den Direktor beschimpft. Hat er da von *mehreren* Schweinen gesprochen, die überall nach der Macht greifen wollen?«

»Ja genau! Wie kommt der Mörder darauf, dass unsere Professoren und Präfekten machtgierig wären?«

Die hat er auch nicht gemeint.

Sabrina antwortete nicht auf die Gegenfrage und blätterte um. Sie beschloss, sich durch die verbleibenden Zeilen zu kämpfen.

Neben der Übersicht über die Pilgerreise möchte ich euch die persönlichen Erfahrungen meines gemeinsam mit dem Absolventen Markus Donhart bestandenen Abenteuers nicht vorenthalten. Besonders bewegend war für mich, gerade bei ihm die Verwandlung vom alten zum neuen Menschen beobachten zu dürfen. Vor der Pilgerfahrt litt Markus Donhart unter einer schlimmen Verwerfung, die er mit Direktor Doktor Leopold Ernst hatte. Doch die Exerzitien haben den Hass bis hin zur Versöhnung schmelzen lassen. Umso größer war meine Freude, als ich mit Markus Donhart, Leopold Ernst und all den anderen Ordensgeschwistern die Investitur in Santiago de Compostela feiern durfte.

Donharts Feldzug ergab keinen Sinn, wenn man dem Artikel Glauben schenkte. Nach der Wallfahrt herrschte diesen Zeilen zufolge eitel Sonnenschein.

Sabrina studierte das Gruppenbild am unteren Rand, das sich quer über das Blatt erstreckte. Mächtig erhob sich im Hintergrund die Kathedrale. Auf dem Steinpflasterboden weilte bei strahlend schönem Wetter eine Gruppe in schwarzen Rittermänteln. Vergoldete Jakobsmuscheln verschlossen die Umhänge in Brusthöhe. Auf der Seite jedes Ritters prangte der Löwe in Gelb und das Kruckenkreuz in Rot.

In der Mitte standen der Direktor, Hutnagl und Donhart. Doch dies waren nicht die einzigen Gesichter, die Sabrina erkannte. Manch prominente Figur aus Kunst, Politik und Wirtschaft gehörte dem Orden an. Dass Doktor Posetto Ordensritter war, überraschte kaum. Die andere Person auf dem Foto umso mehr: Auf einen Peter Almer im Ritterornat wäre Sabrina nie gekommen.

***

Hutnagl atmete schwer. Jede Sekunde des Clips fühlte sich wie ein Hieb mit dem Vorschlaghammer auf seiner Brust an. Dass der Frevler ein Interview mit Norbert Fink über die Operation Emmaus forderte, war an Dreistigkeit nicht zu überbieten. Dass er Ort und Zeit diktierte, schlug dem Fass den Boden aus.

»Tja, Epimetheus«, kommentierte der Generalpräfekt die letzten Augenblicke des Videos. »Jetzt brennt der Hut, nicht wahr?«

Hutnagl schwieg. Er griff sich an den Kopf und richtete sich die Haare zurecht. Ihm schoss der Psalm ins Hirn, den er bei dem Schulausflug auf dem Rosenhain kennengelernt hatte. *Die Bosheit der Frevler finde ein Ende, doch gib dem Gerechten Bestand, gerechter Gott, der du uns auf Herz und Nieren prüfst.*

»Mit dem Auftritt im Bischöflichen hat er ganze Arbeit geleistet«, brach der Generalpräfekt das Schweigen. »Bei den Zugriffszahlen müssen wir davon ausgehen, dass die Presse nicht nur seinen Blog kennt, sondern auch das Manifest. Und du weißt doch selbst, was sich die Zeitungsfritzen zusammenreimen.«

»Ich überlege mir schon die ganze Zeit, wie wir diese Laufmasche stoppen können.«

»Ich werde dir dabei helfen, uns aus der Schusslinie zu bringen«, sagte der Generalpräfekt.

»Danke.« Hutnagl blickte zur Decke und lobte Gott. Immerhin schien der oberste Chef noch bereit zu sein, ihn weiterhin zu unterstützen.

»Was gedenkst du nun zu tun?«

»Einen Presseauftritt kann ich kaum machen.«

»Warum nicht?«

»Dann würde ich nach der Pfeife des Frevlers tanzen.« Hutnagl fragte sich, wieso auch der Generalpräfekt dieses Interview wollte.

»Wir müssen nicht nur die Operation Emmaus, sondern auch unsere Ordensgeschwister beschützen.«

»Ganz meine Rede.« Hutnagl klopfte mit dem Kuli auf die Schreibunterlage. »Aber kaum dadurch, indem ich mich von ihm an der Nase herumführen lasse.«

»Das musst du auch nicht, er soll es nur glauben.«

»Bei einem Presseauftritt wird der Blog garantiert zum Thema. Und damit auch die Operation Emmaus.«

»Epimetheus«, sagte der Generalpräfekt in einem väterlichen Tonfall. »Wir müssen die Medien ganz in unserem Sinne steuern.«

»Und wie?« Hutnagl hatte keinerlei Ahnung, was der Generalpräfekt im Schilde führte.

»Wir werden ihm die Suppe so richtig versalzen, indem wir aus ihm das machen, was die Presse haben will.«

»Äh?« Hutnagl fühlte sich, als wäre er die Ratlosigkeit in Person.

»Bernhard Vogl hat heute ein Interview auf Antenne Steiermark gegeben.«

»Wann bitte hätte ich das hören sollen?« Erstmals keimte leichter Ärger in Hutnagl auf.

»Ganz ruhig, ich helfe dir ja.« Der Generalpräfekt ließ einen Atemzug lang Stille folgen. »Vogl hat gesagt, dass es sich bei ihm um einen gekränkten Ideenfanatiker handelt, der an einer Persönlichkeitsstörung leidet.«

»Also ein gestörter Amokläufer?«

»Touché! Ich würde sagen, Vogl hat uns eine Steilvorlage geliefert und du wirst den aufgelegten Elfer verwandeln. Die Medien möchten und wir brauchen einen gestörten Amokläufer. Damit wäre allen gedient.«

»Ja?« Hutnagl dehnte das A.

»Wir müssen den Feldzug des Frevlers stoppen, koste es, was es wolle. Das sind wir nicht nur den Opfern, sondern allen Ordensgeschwistern schuldig.«

»Ganz meine Rede.« Hutnagl malte ein Fragezeichen auf die Unterlage.

»Amok bedeutet willkürliches Morden«, setzte der Generalpräfekt fort. »Ohne Motiv. Einfach so. Danach fragt jeder nach dem Warum, und keiner weiß die Antwort. Und genau so kommen wir aus dem Schneider.«

»Es würde uns helfen, wenn er zum klassischen Amokläufer würde?« Hutnagl verstand nur Bahnhof.

»Ganz einfach, Epimetheus. Nehmen wir an, es trifft heute noch, sagen wir mal, sechs andere. Leute, die nichts mit uns zu tun haben. Und schon sind wir nach außen hin besonders bemitleidenswert, da wir gleich drei Opfer zu beklagen haben. Wir verkaufen es so, dass der Amokschütze zuerst im ihm bekannten Umfeld gemordet hat. Sollten die Schmierfinken nachfragen, stellst du das als nicht selten dar. Du verweist zum Beispiel auf den Amoklauf von Austin oder das Blutbad von Blacksburg. Ich würde einen Besen fressen, wenn da noch irgendein Hahn nach der Operation Emmaus kräht.«

»Stimmt, so können wir ihn stoppen. Und klassische Amokläufer richten sich oft selbst.«

»Erfasst, Epimetheus.«

Hutnagls Blick fiel auf das Plakat, das den damals 16-jährigen Rainer Donhart in der Jugendgruppe zeigte. Abermals las er die schwarz aufgedruckte Parole.

Suchen. Finden. Die Bibel.

»Bruder Alphäus, ich habe ein kleines Problem. Ich würde ja selbst eine Todsünde begehen, wenn ich ihn zum Amoklauf aufhetzen würde.«

»Nicht, wenn du es im Gehorsam tust. Denk daran, was uns Gott im Buch der Sprichwörter sagt: Gewalttat reißt die Frevler hinweg, denn sie weigern sich, das Rechte zu tun.«

Hutnagl schluckte.

»Du kannst dem Herrn ruhig vertrauen«, bekräftigte der Generalpräfekt.

»Deus lo vult?«

»Erfasst, Epimetheus. Gott will es.«

»Wie soll ich's anstellen?«

»Indem du seine Schwächen ausnutzt. Du müsstest ihn doch am besten kennen, oder?«

Ihm fiel als Erstes die Ungeduld und das aufdringliche Drängen auf die Operation Emmaus ein. Beides konnte er den Reportern schwer verklickern. Denn dann würde er wieder nur im Sinne des Frevlers handeln. Hutnagl seufzte.

»Fällt dir nichts ein?«, fragte der Generalpräfekt.

»Wie wäre es, wenn ich den Medien vorab erzählte, dass ich zu dem Blog Stellung beziehen wolle?«

»Guter Ansatz«, lobte der Generalpräfekt. »Mach den Auftritt so schnell wie möglich. Am besten gleich um drei; wenn's geht, auch früher. Wo tagt der Führungsstab?«

»Zurzeit im Rathaus.«

»Sehr fein, dann zitiere die Reporter ins Media Center.«

»Ich werde dort seine Glaubwürdigkeit massiv in Zweifel ziehen und ihn hie und da etwas provozieren.«

»Das sollte nicht allzu schwer sein. Lieber Epimetheus, ich bete um Gottes Beistand für deinen Auftritt.«

»Ich werde dafür sorgen, dass nicht nur du, sondern auch der Frevler es live aus dem Media Center mitkriegt.«

»Sehr gut. Darf ich dir noch einen Rat mit auf den Weg geben?«

»Ja, welchen?«

»Ruf dir deinen Firmspruch in Erinnerung!« Der Generalpräfekt legte auf.

14:22 UHR

Kein Zweifel. Kurt Hutnagl spielte in allen Fällen eine Rolle. Mit der Braut war er verwandt. So wie der Direktor, der Anwalt und der Fotokünstler gehörte auch der Chef jenem Ritterorden an.

Sabrina erhob sich und ging auf die Theke der Bibliothek zu. »Herr Birkner, darf ich kurz den Rechner benutzen?«

»Selbstverständlich.« Kaplan Birkner deutete auf den Computer. »Nutzen Sie bitte einfach den Gastzugang.«

»Danke.« Sie ergriff die Maus und erweckte den PC zum Leben. Ohne Probleme erreichte sie den Webbrowser, wechselte in den privaten Modus und googelte. Die Namen der vier Mordopfer brachten nichts Brauchbares zutage.

Sabrina fügte »Milites Domini Jesu Christi« hinzu. Der Link am Anfang der Liste führte zur offiziellen Website des Ordens, dessen Domain www.omndjc.faith lautete. Sie überflog den Internetauftritt der Ordensritter. Es bedurfte nur weniger Klicks, um zu erkennen, dass es da keinen Blumentopf zu gewinnen gab. Sie kehrte zu Google zurück.

Eine neue Suche nach Markus Donhart und Kurt Hutnagl brachte eine Liste von lohnenderen Websites. Sie wählte den ersten Eintrag und landete auf einer Facebook-Seite. Das Profilbild erinnerte an eine schlechte Karikatur von Darth Vader. Den Helm hatte er mit einer Totenkopfmaske und das Lichtschwert durch eine Pumpgun ersetzt. Das Titelbild zeigte den Dachstuhl eines lichterloh brennenden Hauses. In den Flammen zeichnete sich das Wappen des Ritterordens ab. Im schwarzen Himmel stand in dicken Buchstaben, wer dahintersteckte:

Markus Donhart, Todesritter der Milites Domini Jesu Christi.

Sabrina klickte auf den Menüpunkt Community und staunte. Der Zeitstrahl wies keinerlei Geschichte auf, und dennoch hatte die Seite in nur wenigen Stunden mehr als hundert Fans gewonnen.

Das jüngste Posting musste dem Zeitstempel zufolge knapp nach dem Mord an dem Brautpaar online gegangen sein. Hier hatte Donhart ein Porträt von Marc Lépine beigefügt.

Epimetheus, du schwule Sau, da schaust du blöd, das Werk des heiligen Amokläufers von Montreal habe ich mit dem Lustmolch Peter Almer alias Dacianus vollendet. Du kannst mich nur stoppen, wenn du aufhörst, mich zu ignorieren.

Wie es aussah, war Hutnagl das Opfer einer Erpressung. Sabrina scrollte zur nächsten Mitteilung, die gegen ein Uhr gepostet worden war. Auf dem Farbfoto eines Gerichtssaals konnte man einem etwa dreißigjährigen Mann im Lackmantel ins Gesicht schauen. In der blutigen Hand hielt er eine Pistole.

Epimetheus, du nimmst mich nicht ernst, aber Gott steht auf meiner Seite. Für Anwälte ohne Manieren gibt es 7,62 mm. Mit Dr. Posetto vulgo Eustachius habe ich die Arbeit des heiligen Amokläufers von Euskirchen zur Vollendung gebracht. Bedenke, Graz befindet sich unter meiner

Kontrolle. Falls du den tragischen Tod am angeblich schönsten Tag im Leben verhindern willst, machst du das, was ich dir befehle.

Der älteste Beitrag hatte das Licht der digitalen Welt genau zur Mittagsstunde gesehen.

Die erste Schale des Zorns hat sich über Todesernst entladen. Mit Augustinus habe ich das Werk des heiligen Amokläufers von Erfurt vollendet. Wer Ohren hat, höre. Wer Augen hat, sehe. Mein ist die Rache! Nahe ist das Ende der Milites Domini Jesu Christi. Spart euch die blöden Warum-Plakate! Lest mein Manifest!

Darunter tauchte die Verlinkung zu Donharts Blog auf. Sabrina machte einen Screenshot von Donharts Postings auf Facebook. Sie druckte ihn aus und legte den Ausdruck neben sich ab. Der Link führte sie auf eine simpel gestaltete Internetseite mit dem schlichten Titel 2036. Unterhalb der Jahreszahl füllte ein karminrotes Hakenkreuz die Website aus. Eine rot-gelb-violette Fahne mit einem dreizackigen Stern folgte dem Nazisymbol. »¡No pasarán!«, lautete die Überschrift.

Sabrina brauchte nicht lange zu scrollen, bis sie die Einleitung erreichte.

Im Juli 1936 versuchten in Spanien die Militärs einen Putsch, der das Land angeblich vor dem Moralverfall bewahren sollte. Es gab keinerlei Warnung vor der Verschwörung der vier Generäle Franco, Mola, Sanjurjo und Queipo de Llano. Aber das spanische Volk stand auf und setzte sich gegen diese Herren zur Wehr.

Nun droht ein ähnliches Komplott durch einen Geheim-
bund. Nach außen tarnt er sich als Ritterorden der Nächs-
tenliebe, doch in Wahrheit wollen sie uns allen die Freiheit
nehmen.

Ich, Markus Donhart, muss zu brutalen Mitteln greifen. Sie
sind notwendig, um das wahrhaft Grausame zu verhin-
dern. Niemand löst den Weichenstellerfall durch blödes
Herumreden. Nein, man muss eine Entscheidung treffen.
Meine Mission ist es, den Güterwagen auf eine Gruppe
Schuldiger zu lenken und gleichfalls viele Unschuldige zu
retten. Das Gleis wurde von Dr. Franz Strohpeter zu Zeiten
Francos gelegt. Kurt Hutnagl hat den Waggon vor sieben
Jahren auf Schiene gestellt. Während der Investitur hat der
Orden die Hemmschuhe entfernt.

FÜNF JAHRE ZUVOR
Kathedrale von Santiago de Compostela, Galicien, Spanien

»Markus Donhart«

Zwei Worte hallten durch das Kirchenschiff. Was für
ein erhebender Moment, ihn aus dem Mund des Priesters am Pult zu hören. Der übergroße Weihrauchkessel,
der an einem dicken Seil hing, symbolisierte den Höhe-
punkt seines Lebens.

Vor den Augen Hunderter fand das historische Ereignis statt. Markus Donhart erhob sich und legte den gefalteten Rittermantel auf den Arm. Feierlich verlas der
Lektor die Namen der Aspiranten für den Ritterschlag.
Nach dem Letzten schritt er gemeinsam mit den anderen Kandidaten zum Tisch Gottes. Donhart verbeugte

sich vor dem Kardinalkreuzmeister, der auf einem Stuhl vor dem Altar Platz genommen hatte.

»Worum bitten Sie?« Die Frage des Kardinalkreuzmeisters schrillte durch die heilige Halle.

»Ich bitte um die Investitur als Soldat unseres Herrn Jesus Christus.« Nicht nur Donharts Stimme zitterte bei diesem Ritual.

»1939«, predigte der Kardinalkreuzmeister, »pilgerte Professor Franz Strohpeter zum Grab des Apostel Jakobus. Er pries den Herren für die wunderbare Rettung seiner Familie aus existenzieller Not. Er verpflichtete sich, gegen das Leid gescheiterter Menschen zu fechten und ihnen wieder auf die Beine zu helfen. Soldat unseres Herrn Jesus Christus zu werden bedeutet darüber hinaus, überall für seine Kirche einzustehen. Sind Sie dazu bereit?«

»Ich bin bereit!«, hallte der Ruf der Aspiranten.

Der Kardinalkreuzmeister ließ sich einen stumpfen Säbel reichen. »Diese Waffe sei ein Symbol für die Verteidigung des christlichen Glaubens und der Kirche. Beherzigt das Wort des Apostel Paulus. Legt die Rüstung Gottes an. Gürtet euch mit Wahrheit, zieht als Panzer die Gerechtigkeit an. Und als Schuhe die Bereitschaft, für das Evangelium zu kämpfen. Greift zum Schild des Glaubens, nehmt den Helm des Heils und das Schwert des Geistes. Das ist das Wort Gottes.«

»Deus lo vult!«, erschallte es aus den Kehlen der Kandidaten.

Markus Donhart stand davor, Geschichte zu schreiben. Was für ein Triumph, Hutnagl den Rittermantel zu übergeben, vor dem Kardinalkreuzmeister in die Knie zu fallen und von Tausenden gaffenden Leuten beobachtet zu werden. Jakobus der Ältere betrachtete ihn von seinem Grab aus. Fehlte nur noch die Liveübertragung im spanischen Fernsehen. Schade, dass der amerikanische Präsident keine Zeit für den Besuch des Gottesdienstes hatte. Jedoch hallte der Applaus durch die Kathedrale hinaus in alle vier Teile der Welt. Auch in den Kreml, in das Weiße Haus und in die Verbotene Stadt.

»Markus, kraft meines Amtes erhebe und ernenne ich Sie zum Ritter der Soldaten unseres Herrn Jesus Christus. Im Namen des Vaters«, der Kardinalkreuzmeister senkte das Schwert mit der Breitseite sanft auf Donharts linke Schulter, »des Sohnes«, er ließ es über den Kopf hinweg zur rechten Seite und wieder zurück wandern, »und des Heiligen Geistes. Amen.«

»Amen«, wiederholte Donhart.

»Pankratius, der Friede sei mit dir.« Der Kardinalkreuzmeister schüttelte ihm die Hand.

»Und mit deinem Geiste.« Donhart erhob sich, verbeugte sich vor dem Kardinalkreuzmeister und ging mit einem Lächeln auf den Lippen auf den Generalpräfekten zu.

»Ich gratuliere dir«, flüsterte der Generalpräfekt.

Die Orgelmusik feierte ihn. Die Messdiener brachten den mannshohen Weihrauchkessel in Position und öffneten ihn. Ein Priester füllte ihn mit Harztabletten und setzte das Gemisch in Brand. Mit einem Klacken wurde der Kessel verschlossen. Eine Rauchwolke trat aus. Die Messgehilfen zogen das riesige Weihrauchfass am Seil hoch. Sie versetzen es in eine heftige Pendelbewegung, sodass es von einem Ende des Doms zum anderen schwang. Markus Donhart hatte es geschafft; er war im

Ritterorden angekommen. Eine Nonne trat an das Lesepult.

»Alleluja!« Ihre Sopranstimme bejubelte den Ritterschlag. »Alleluja.«

»Ich freue mich sehr«, wisperte Hutnagl Donhart ins Ohr. Dann wurde Donhart der Rittermantel angelegt.

GEGENWART

Donhart hatte die selbst ernannten Soldaten Gottes in der Hand. Er hatte Kurt Hutnagl, dem Komtur der Komturei Graz und Steiermark, eine klare Mitteilung zugestellt. Spätestens nach Isabellas Tod und dem Ende des perversen Lustritters Peter Almer alias Dacianus sollte es keinen Zweifel mehr daran geben, wer die Stadt kontrollierte.

Donhart hatte ihm in den Kurzmitteilungen geschrieben, dass ihm keine andere Wahl blieb. Er hatte die Gründe für sein Handeln auf einer Homepage kundgetan, die er heute online gestellt hatte. Früher oder später wusste es jeder: Mit der Heuchelei der *Milites Domini Jesu Christi* machte der Todesritter Markus Donhart ein für alle Mal Schluss!

Wie viele Ordensbrüder brauchte es, bis Epimetheus die Operation Emmaus preisgab? Wenn der aber meinte, dass Donhart das Repertoire ausgeschöpft hatte, lag er voll daneben. In Wahrheit ruhte eine Unmenge an Pfeilen im Köcher, und niemand kannte den wahren Trumpf.

Das Wasser des Todes.

Bis zum Einsatz des ultimativen Mittels blieb ein enormer Spielraum. Donhart schickte die vorbereitete

Mail samt Link zum Blog an die Kleine Zeitung ab. »Bald wird die Welt wissen, was für machtgeile Schweine *Todesernst* und die Ordensritter sind.«

FÜNF JAHRE ZUVOR
Hospital de los Reyes Católicos, Santiago de Compostela, Spanien

»Meine Herren«, sagte *Todesernst* im Innenhof des ältesten und berühmtesten Hotels der Stadt. »Wir sind hier heute zusammengekommen, um die Investitur der Neuritter der Ballei von Österreich zu feiern. Ganz besonders freut es mich, dass die Komturei Graz und Steiermark heuer gleich zwei Ritter in ihren Reihen willkommen heißen darf. Enormer Stolz erfüllt mich, dass Pankratius ein Ordensbruder von mir geworden ist. Ich habe immer schon gewusst, dass er ein von Gott innig geliebtes Kind ist. Also, Donhart, nun verstehst du, warum ich während der Schuljahre hart zu dir sein musste. Dein würdiges Auftreten beim Ritterschlag hat gezeigt, wie sehr ich dir zu deinem Wachstum verholfen habe.«

Donhart lächelte. Er hatte nicht im Entferntesten damit gerechnet, eines Tages von *Todesernst* lobend erwähnt zu werden. *Todesernst* hob nicht den anderen, sondern ihn hervor. Vor der Wallfahrt wäre es ihm nie in den Sinn gekommen, nach nur fünf Wochen sein altes Leben zu verlassen. Im Schein der Fackeln wirkten der Innenhof und die Arkaden des Kreuzgangs wie ein gebührendes Symbol für die geistige Wiedergeburt.

»Gerade das Beispiel Pankratius zeigt uns, dass Jesus niemanden im Stich lässt, wenn er sich auf ihn einlässt.

Er ist ein Zeichen, wie wichtig die Umkehr in der Jugend ist. Pankratius, ich habe stets an dich geglaubt und mich für dich eingesetzt.«

Donhart konnte es kaum fassen. All den Frust, all die Demütigungen der neun Jahre im Bischöflichen Gymnasium verschwanden im Dunkel der fernen Vergangenheit. Er hatte wahrhaftig den über ihn hängenden Fluch vor dem Cruz de Ferro zurückgelassen.

Todesernst fasste sich am Spitzbart. »Meine Herren, wir sind unter uns. Wir müssen heute nicht politisch korrekt sein, sondern dürfen die Dinge beim Namen nennen.«

»Jawohl!« Applaus brandete auf.

Todesernst wartete das Klatschen ab. »Die Verteidigung des Glaubens und der Kirche erfordert dringend die Re-Evangelisierung Europas. Wir haben Zustände erreicht, die absolut untragbar sind. Die Gesellschaft entfernt sich zunehmend von Gott. Der Babycaust ist nur die Spitze des Eisberges. Die sexuellen Perversionen, die dazu führen, werden ohne Skrupel von der EU und vom Staat gefördert. Dass man die Homo-Ehe einführt, ist kein Skandal, sondern zeugt nur von der Verrottung unserer Werte.«

Ein Raunen ging durch die Menge der versammelten Ritter.

»Die Debatte erübrigt sich. Die Ehe wird schon längst nicht mehr als unzertrennliches Band zwischen Mann und Frau ernst genommen. Das, meine Herren, ist der wahre Skandal!«

»Genau so ist es!«, rief ein Ordensritter.

»Oder schauen wir auf die Gottestreue in der Bevölkerung. Früher gab es eine fundiertere Basis, was Religion betrifft. Heute müssen wir den Schülern in den ersten Klassen erklären, wofür Weihnachten und Ostern stehen. Der Atheismus hat eine Schneise in die Welt geschlagen, die ein schreckliches Vakuum erzeugt hat. Kein Wunder, dass so manche in ihrer geistigen Verblendung dem Islam Tür und Tor öffnen.«

Applaus ließ die Arkaden des Kreuzganges erbeben.

»Die Gesellschaft hat sich gegen das Naturrecht massiv versündigt. Wer braucht ein Frauenministerium? Dem verdanken wir nur das Sahnehäubchen des Genderwahns. Das Binnen-I ist ein Lanzenstich in das Herz eines jeden, der, so wie ich, die Sprache liebt. Wir brauchen keinen Quotenzwang, sondern müssen einfach die Regeln der Biologie beachten. Was lehrt uns dagegen Kirchenvater Augustinus, dessen Namen ich tragen darf und der als Schutzpatron über mein Gymnasium wacht? Es entspricht der natürlichen Ordnung, dass die Frauen den Männern dienen. Mit der Rückkehr zum *ius naturae* wird auch die Würde der Damen wiederhergestellt.«

Abermals toste ein heftiger Applaus durch den Innenhof.

»Lassen wir uns nicht zu dem Irrglauben hinreißen, alle Kulturen hätten die gleichen menschlichen Grundwerte. Schauen wir den Tatsachen ins Auge. Multikulti ist komplett gescheitert. Die Volksverführung der Marxisten ist Geschichte. Nun bedroht uns der Islam. Auch die sogenannte Demokratie ist ein Fest der Ineffizienz in der Quatschbude.«

Todesernst deutete zu der Zierhecke, die in die Form eines Kruckenkreuzes zugeschnitten worden war. »Unser erster Generalpräfekt hat dieses Symbol aus gutem

Grund gewählt. Liebe Soldaten Jesu Christi, es liegt an uns, die abartige Entwicklung der letzten 227 Jahre zu stoppen. Möge Gottes Herrlichkeit in Europa neu erstrahlen. Führen wir Mutter Kirche zurück auf den Thron.«

Der Applaus schwoll zu einem Orkan der Hochstimmung an. *Todesernst* wippte mit der flachen Hand. Der Begeisterungssturm ebbte ab.

»Meine Herren, die Hymne erinnert uns an das große Vorbild Francisco Franco. Sie macht uns bewusst, dass wir in seine Fußstapfen treten.« *Todesernst* gab ein Zeichen. Die Bläser stimmten eine Fanfare an. Die rechten Arme erhoben sich zum Gruß. Man spreizte die Schwurfinger. Donhart tat es ihnen gleich. Aus allen Kehlen ertönte der Gesang zur Melodie von *Cara al Sol:*

Der Sonn' geh ich im Rittermantel entgegen,
Den du hast mir gestern rot bestickt.
So wird der Tod mich finden auf meinen Wegen
in Liebe zu dir erstickt.

Ich nehme Platz ein in den Reihen der Kameraden,
Die im Himmel stehen auf den Barrikaden.
Mit unbewegtem Gesicht
Geben sie uns eifrig Licht.

In hoc signo vinces!
Santiago führ uns durch die Zeit!

Gottes Siegesbanner kehren nun zurück,
Leiten uns weiter ins Paradies,
Vier Balken weisen uns den Weg in das Glück

für unser Vaterland.

Frisch blühen die Sitten in Europa auf,
Da das Kreuz zu Jerusalem uns führt.

In hoc signo tu vinces!
Santiago führe uns!

Die Hymne kam zu einem Ende.

»Es lebe Jesus Christus«, rief *Todesernst* den Anwesenden zu.

»Unser König!«, donnerte es über den Innenhof.

»Für unseren Glauben!«, dröhnte der Generalpräfekt.

»Möge er stark bleiben!«, erschallte die Antwort durch den Kreuzgang.

»Vorwärts, Ritter!«, beschwor der Kardinalkreuzmeister.

»Santiago, führe uns!«

Der Generalpräfekt ergriff das Wort und deutete auf den Torbogen. »Meine Herren, kommen wir nun zum angenehmen Teil. Für uns ist eine Tafel hergerichtet worden. Genießen Sie die besten Fisch- und Muschelgerichte, die Galicien zu bieten hat. Folgen Sie mir bitte.«

Minuten später betrat Donhart mit seinen Ordensbrüdern den Speisesaal. Es erschien ihm, als hätte ihn eine mystische Kraft in das 18. Jahrhundert katapultiert. Die hölzerne Decke und die Kronleuchter sowie die Gemälde spanischer Herrscher aus allen Zeiten verstärkten den Eindruck, in eine vergangene Epoche einzutauchen.

»Ich werde heute mit den Brüdern aus der Grazer Komturei speisen.« Der Generalpräfekt zeigte auf einen Rundtisch vor dem Porträt von Amadeus dem Ersten.

Die Täfelchen auf den Tellern ließen keine Zweifel über die Sitzordnung aufkommen. Wie vorgesehen setzte sich Donhart mit *Todesernst*, Hutnagl, Dr. Posetto und Peter Almer an einen Tisch. Die Mischung aus Euphorie und Unbehagen konnte er jedoch kaum leugnen.

Todesernst nahm die Weinkarte in die Hand. »Da habe ich eine großartige Rede gehalten, nicht wahr? Zu Ehren von Epimetheus und seinem Mentee Pankratius nehmen wir eine Flasche Rioja.«

Hutnagl, Donhart und die anderen Ritter lächelten. Die Liveband stimmte spanische Märsche an. Donhart nahm sich die Serviette, faltete sie auf und legte sie sich auf den Schoß.

Der Kellner stellte die Schüsseln ab. »Zum Start gibt es eine Limetten-Rucola-Suppe mit Chili-Jakobsmuscheln.«

»Zwei Flaschen Rioja«, gab *Todesernst* die Bestellung durch.

»Was wählen die werten Herren für den nächsten Gang?«

»Entenmuscheln«, entschied *Todesernst*.

»Gute Idee«, sagte der Generalpräfekt.

»Werde ich auch probieren«, sagte Donhart.

»Hummer«, orderte Hutnagl.

Es vergingen keine fünf Minuten, bis die Bedienung wieder auftauchte und einen Schluck in Todesernsts Glas einschenkte. »Zwei Flaschen Rioja, Rey del Sol.«

»Der Wein ist in Ordnung.« Todesernst lächelte.

Der Kellner umkreiste den Rundtisch und schenkte jedem Ritter Rotwein ins Glas ein.

Der Generalpräfekt verschränkte die Finger. »Wir können heute etwas unverblümter über die Operation Emmaus reden. Sie wird die überfällige Wende in Österreich und in Europa bringen. Denkt daran, dass da beim Hobeln einige Späne fallen werden. Wenn wir Soldaten Jesu Christi an den Schalthebeln der Macht sitzen, wird es auch ein klares Zeichen der Abgrenzung zum Gestern geben. Zuerst ersetzen wir die fetten Ministerien durch schlanke Präfekturen, die wie Wirtschaftbetriebe zu laufen haben.«

»Dann ist Schluss mit diesen linken Spinnereien«, warf Donhart ein.

»Richtig!«, sagte Doktor Posetto mit vollem Mund. »Wir werden endlich sauber durchgreifen, wenn wer Mist baut. Legalen Betrug gibt's dann keinen mehr. Wer insolvent wird, gehört in den Bau. Bei der momentanen Gesetzeslage ist jeder, der Geld verborgt, ein Idiot.«

Todesernst legte den Suppenlöffel zur Seite. »Den Schmarotzern müssen wir das Arbeiten beibringen. Dass Härte durchaus was bringt, sehen wir ja am Beispiel Pankratius. Ihn kann ich mir jetzt auch als Präses in der Präfektur für Arbeitsmoral vorstellen.«

»Präses?« Donhart hatte keine Ahnung, worauf *Todesernst* hinauswollte.

»Vergleichbar mit dem Sektionschef.«

Donhart erhob das Glas Rioja. »Ich freue mich darauf und erhebe den Becher auf den Putsch der *Milites Domini Jesu Christi*.«

»Pankratius, mäßige dich! Dass von dem Tischge-
spräch kein Wort nach draußen dringen darf, versteht
sich von selbst«, mahnte der Generalpräfekt.

Todesernst ließ die Daumen umeinander kreisen. »Die
Stasi war gefürchtet, weil sie Leute psychisch fertigge-
macht hat. Das nennt man Zersetzen. Pankratius, ich
sage es dir: Gegen uns waren die ein Kindergeburtstag.«

Der Generalpräfekt nahm das Messer und schmierte
Butter auf eine Scheibe Weißbrot. »Wenn uns irgendjemand auf die Operation Emmaus anspricht, machen
wir einen auf unnahbar. Also erzählen wir so etwas wie
die biblische Emmaus-Geschichte und dass auch heute
die Gesellschaft den Auferstandenen nicht erkennt.«

Fischiger Geruch stieg in die Nase. Mit Tellern in den
Händen marschierten die Kellner auf sie zu. Auf den
Schalen lag ein gewölbtes Serviettentuch, das in der
Mitte einen Spalt aufwies. »Die Fischer von Galicien riskieren ihr Leben für diese Delikatesse.« Mit Gabel und
Löffel schlug er das Tuch auf. Was Donhart darin erblickte, ließ ihm das Gesicht gefrieren. Es sah aus, als
hätte man eitrige Schnabelköpfe auf schwarze Auto-
schläuche montiert.

»Darf ich es Ihnen zeigen?«, fragte der Ober.

Die Tischrunde nickte. Der Kellner nahm eine Muschel heraus. »Sie müssen sie umdrehen und aufbre-
chen«, sagte er, »mit einer Hand halten Sie den tropfen-
artigen Kopf und mit den Fingern der anderen Hand
den Schaft. Dann drehen Sie ganz vorsichtig, bis sich
die Haut vom Stiel löst.«

Donhart tat, wie ihm geheißen. Er drückte. Es
knackte. Er zog. Aus dem Schlauch trat violettes Fleisch
hervor, das zum Ende hin ins Schweinchenrosa

überging. Mit Unbehagen führte er es in den Mund und biss hinein.

Der Ekel verschwand augenblicklich. Die Frische des Meeres, die Weite des Atlantiks breitete sich in seinem Gaumen aus.

»Pankratius, du hast eine gute Wahl getroffen. Das schauerliche Aussehen der Entenmuscheln ist ein Symbol für die Operation Emmaus. Die sieht auf den ersten Blick ebenfalls grauslich aus, bevor sie ihre wunderbare Wirkung entfalten wird. Und wie das Ernten dieser Tiere ist auch unsere Mission keineswegs ungefährlich.« Der Generalpräfekt nahm einen Krebs vom Teller und zerbrach ihn.

GEGENWART

»Sie haben mir am Telefon gesagt, dass Hutnagl Ihnen einen Mord anhängen will. Erzählen Sie mir genau, worum es geht.« Der Pflichtverteidiger setzte sich zu Norbert Fink und nahm einen Notizblock aus dem Aktenkoffer.

Fink berichtete, wie er am Hasnerplatz einen Schüler aus dem Bischöflichen Gymnasium interviewt hatte. Der Teenager hatte ihm erzählt, dass der Täter *Todesernst* ein Bild in den Kragen gesteckt hatte. Da war in Fink der Verdacht aufgekeimt, es könnte sich um die ominöse Aufnahme handeln. Daher hatte er Hutnagl danach gefragt und es bestätigt bekommen. Das war der zündende Funke gewesen, das tote Projekt wiederzubeleben. In diesem Moment hatte er gewusst, dass die Zeit für ein Buch über die wahrsagerische Fotografie gekommen war. Leider habe Hutnagl ihn in die Falle gelockt und ihm dann unterstellt, er verfüge über Täterwissen.

Der Verteidiger legte den Kugelschreiber zur Seite. »Ihr Buchprojekt in Ehren, aber das mit dem prophetischen Foto war echt blöd. Nehmen wir an, das gibt es. Sogar dann glaubt Ihnen das kein Mensch.«

»Ich weiß. Ich habe es ja selbst bis heute nicht geglaubt. Und das kann ich auch beweisen.«

»Wie?« Der Rechtsanwalt nahm den Kuli wieder in die Hand.

»WhatsApp. Ich habe mit Markus gechattet.« Fink griff in die leere Hosentasche. »Scheiße, die haben ja mein Handy.«

»Ganz ruhig. Ich kümmere mich sofort darum. Aber rechnen Sie damit, dass wir den Chat vor den Augen eines Beamten durchgehen müssen.«

»Okay.«

»Und es wird etwas dauern. Sie wissen, dass sich die Ereignisse gerade überschlagen.«

Fink ballte die Faust. »Mir entgeht die Story meines Lebens. Sobald ich hier raus bin, werde ich diesen Hutnagl verklagen!«

14:35 UHR

Sabrina guckte zu Kaplan Birkner, der auf der grünen Bank am Eingang der Schulbibliothek saß und in das Narrenkästchen schaute. Hing er mit drin? Ahnte er, dass es eng werden könnte?

»Frau Inspektor, das dürfte etwas Spannendes sein, nicht wahr?« Der Priester schien ihre Gedanken erraten zu haben.

»Möglich.« Sabrina lächelte ihm zu und widmete sich dem nächsten Kapitel in Donharts Manifest. Pläne der *Milites Domini Jesu Christi*, lautete die Überschrift.

1. Ende der islamistischen Bedrohung
Der Ritterorden sieht das Christentum von sämtlichen Seiten bedroht. Für ihn ist der Atheismus daran schuld, den sowohl Sozialisten als auch Liberale fördern. Die Demokratie soll durch ein System ersetzt werden, in dem von oben durch Gott und sein Bodenpersonal regiert wird.

Daher plant der Orden mehrere Terrorattentate, die er den Dschihadisten in die Schuhe schieben möchte. Jeder Anschlag hat das Ziel, Zweifel an der offenen Gesellschaft zu schüren. So will er bei den Leuten eine Sehnsucht nach starken Führern wecken. Sobald die Verunsicherung in der Bevölkerung groß genug ist, soll geputscht werden. Nach dem Staatsstreich wollen die Ordensritter alle Einwanderer aus den islamischen Ländern ausweisen. Es soll auch die Nachfahren treffen, wenn sie am Tag der Erhebung nicht der Kirche angehören.

2. Rückkehr zur Gottesfurcht

Die Ritter bauen im Hintergrund eine Geheimpolizei auf. Ein Präfekt für christliche Moral und Glaubenssicherheit wird sie leiten. Ihre wichtigste Aufgabe wird das aktive Eindämmen der atheistischen Einflüsse auf das Volk sein.

Sabrina stoppte. Sie würgte. Dumpfe Angst kroch von ihren Beinen über den Unterleib hoch. Es schnürte ihr die Brust zu. Ihr Bauchgefühl vertrieb alle Zweifel, dass etwas Ungeheures im Busch war. Sie selbst würde bestenfalls nach Tunesien abgeschoben, auch wenn sie ihrem Vater nie begegnet war. Es reichte, dass vor 32 Jahren der Standesbeamte *islamisch* in die Geburtsurkunde geschrieben hatte. Schlimmstenfalls würde sie in den Kerkern der neuen Inquisition vergewaltigt, gefoltert und ermordet werden. Dann würde ihr doch noch das passieren, wovor die kleine Sabrina als Achtjährige fliehen konnte. Ihre Hände zitterten, als sie das Manifest überflog. Es verstärkte sich bei dem Link, der auf das Rechtsverständnis von Dr. Posetto verwies. Sabrina klickte darauf. Rasch flog der Text über den Bildschirm und stoppte vor einem Bild, das neben der Überschrift das Stift Rein in der Nähe von Graz zeigte.

3. Seltsame Justiz im Staate der Ordensritter

Als Präfekt für Gerechtigkeit ist der Insolvenzanwalt Dr. Theodor Posetto alias Eustachius vorgesehen. Dass eine Kinderstube bei diesem Herrn ein Fremdwort ist, weiß jeder. Dass er am Zerstören von Existenzen Freude hat, auch. Er meint, dass das Recht von Gott abgeleitet wird. Für ihn ist in erster Linie Recht, was dem Ritterorden nützt. Ich habe es am eigenen Leib erfahren müssen!

ZWEI JAHRE ZUVOR
Chinesisches Zimmer im Stift Rein, Steiermark, Österreich

Donhart konnte es nicht fassen, wer da auf der Richterbank saß und das Tribunal leitete. Sogar *Todesernst* wäre ihm als Vorsitzender lieber gewesen. Zwischen dem Prior und dem Balleimeister saß der beleibte Typ im Talar der Ordensrichter.

»Ich eröffne die Verhandlung des Ehrengerichts.« Rechtsanwalt Doktor Posetto kniff die Augen zusammen. »Hast du dein Gewissen schon erforscht, Pankratius?«

Donhart schüttelte den Kopf. Er fand beim besten Willen keinen Grund, warum man ihn vor das Ordensgericht zitiert hatte.

Dr. Posetto schlug mit der flachen Hand auf den Richtertisch. »Das habe ich mir gedacht.«

»Ich würde dir dringend raten, reinen Tisch zu machen«, kam der Tipp des Balleimeisters mit säuselndem Unterton.

Herr, was wollen die von mir?!

Donhart sah zur Stuckatur an der Decke, die ein großes Kreuz und mehrere Engel in den Wolken darstellte.

»Stichwort Drohvideo«, hörte er den Prior sagen.

»Äh.« Donhart massierte sich das Ohr.

»Soll das eine Antwort sein?«, donnerte Posetto.

Der Balleimeister hob ein Blatt Papier hoch. »Pankratius, wir haben sehr viele Klagen über dich gehört! Fangen wir mal mit dem an, was du unserem Bischöflichen Gymnasium angetan hast. Wie kann ein Soldat Jesu

Christi Massenmörder verherrlichen? Du hast mit einem Amoklauf gedroht!«

»Wer hat das behauptet?« Donharts Blick fiel auf die Palmen, die ein Künstler vor langer Zeit auf die Wand gemalt hatte.

»Wir wollen einen Grund hören«, feixte der Prior.

»Ich habe doch nichts gemacht.«

»Das glaubst du doch selbst nicht!«, bellte Dr. Posetto. »Ein Erzieher im Bischöflichen Internat hat die Polizei auf das Drohvideo hingewiesen. Wir wissen genau, dass es von dir stammt.«

»Hat Epimetheus was davon gesagt?«

»Das tut nichts zur Sache!«, schrie Dr. Posetto ihn an. »Wir wollen jetzt endlich erfahren, was du mit diesem Machwerk bezweckt hast.«

Donhart schaute zur Wandmalerei auf der Seitenwand. Das aufgemalte Tor, flankiert von zwei chinesischen Türmen, zeigte ihm keinen Ausweg, sondern den Pfad in ein Dickicht. Wie sollte es erklären, worum es ihm bei der Sequenz über das Bischgym ging? Dass man dort den Hochmut förderte, konnte er den Richtern nicht direkt auf die Nase binden. Es musste einen anderen Weg geben, das zu verdeutlichen.

»Wo bleibt die Replik?«, setzte Dr. Posetto nach. »Das kann doch nicht so schwer sein.«

Donhart schluckte. »Ich finde, wir meckern nur und reden um den heißen Brei herum. Was hat sich denn schon getan seit der Wallfahrt nach Santiago? Ich glaube, es wird Zeit zu handeln.«

Der Prior runzelte die Stirn. »Kaplan Birkner einen Schrecken fürs Leben einzujagen und unserem

Bischöflichen Gymnasium mit Amok zu drohen, soll Handeln sein? Das versteht doch kein Mensch.«

»Ich wollte keinen Amoklauf ankündigen, sondern euch aufwecken. Ein bisschen provozieren halt. Wenn doch einer passiert, dann kommen immer diese blöden Plakate mit dem ›Warum?‹. Mit dem Video liefere ich die Antwort.«

Kopfschütteln beim Prior und beim Balleimeister.

»Mit dem Video lieferst du die Antwort?« Posetto lehnte sich zurück und legte die Hände auf dem Tisch ab. »Soso.«

»Glaubt ihr auch den Schmarren, dass die Täter wegen der Ego-Shooter den Bezug zur Realität verloren haben? Dass sie aus einem Anfall von Irrsinn herumballern? Nein, bei Robert Steinhäuser, Tim Kretschmer und Marc Lépine handelt es sich in Wahrheit um Heilige.«

Der Balleimeister legte die Stirn in Falten. »Pankratius, wir können dir nicht folgen.«

»Es handelt sich in Wahrheit um Heilige?« Posetto kniff die Augen zusammen. »Absurder geht's wohl nimmer!«

»Was ist da so schwer dran? Sie haben so wie wir den Kampf gegen den Moralverfall aufgenommen. Tim Kretschmer wurde aus Neid gemobbt, weil er im Tischtennis Pokale gewonnen hat. Robert Steinhäuser flog von der Schule, weil die Direktorin ...«

»Papperlapapp.« Posetto streckte die Beine aus und schloss die Augenlider zur Gänze.

»... und Marc Lépine ist aktiv gegen den feministischen Genderwahn vorgegangen. Die haben sich dem Sittenverfall entgegengestellt. Bei uns wird nur diskutiert! Das finde ich scheiße. Wir müssen endlich aufwachen! Wo bleibt die Operation Emmaus?«

Doktor Posetto löste blitzartig die entspannte Haltung. Er schnellte nach vorn und schlug mit der Faust auf den Tisch. »Pankratius! Jetzt werde nicht unverschämt!«, schrie er. »Was glaubst du, wer du bist, dass du auch nur eine Silbe über unsere Projekte verlieren kannst? Ich sag dir, was du bist: Ein Versager auf ganzer Linie, der dankbar für unsere christliche Nächstenliebe sein sollte.«

Donhart schwieg. War ihm Hutnagl in den Rücken gefallen? Er hatte nur mit ihm über das entschlossene Handeln der Amokläufer geredet. Mit ihm hatte er im Franzlzimmer über den geplanten Machtwechsel gesprochen. Doch Hutnagl hatte immer nur zu ihm gesagt: »Geduld, mein lieber Pankratius, Geduld.«

»Ist dir klar, was dein unchristliches Video angerichtet hat?« Der Prior ließ ein gespenstisches Lächeln folgen.

»Wir werten es als antikirchliche Propaganda.« Der Balleimeister schien ein Häkchen auf sein Papier zu setzen. »Eindeutig ein Bruch des Gelübdes. Beim Ritterschlag in Santiago hast du dem Kardinalkreuzmeister ins Gesicht gelogen!«

»Das wollte ich nicht«, gab Donhart den Reuigen. Warum konnte er niemandem klarmachen, dass der Moralverfall selbst vor dem Bischgym nicht haltmachte?

Dr. Posetto klopfte auf den Tisch. »Nun gut, kommen wir also zum nächsten Thema. Uns ist zu Ohren gekommen, dass du die väterlichen Ermahnungen deines Mentors in den Wind geschlagen hast. Schlimmer noch, du hast ihn im Ungehorsam bedrängt und zu manipulieren versucht.«

Also doch! Hutnagl hat mich verpetzt!

Donhart schluckte. »Ich habe … Ich habe ihn nur gefragt, wann endlich die Operation Emmaus beginnt.«

»Da haben wir es schon wieder!«, schrie Posetto ihn an.

»Dann werden wir den letzten Punkt auch klären.« Der Balleimeister ließ die Daumen umeinanderkreisen. »Stichwort San Pedro de Cardeña.«

»Keine Ahnung«, murmelte Donhart.

»Dem Kloster fehlen 350 Kilo ANFO«, führte der Prior aus.

»Warum sollte ich Dünger klauen? Ich habe damals die 10 Tonnen samt Lieferschein bei den Mönchen abgeliefert.«

»Samt Lieferschein abgeliefert«, wiederholte Posetto. »Und wieso haben wir ihn nicht in unseren Akten?«

Donhart zuckte mit den Schultern. »Der Generalpräfekt hat etwas darauf notiert. Vielleicht hat er ihn ja noch.«

»Vielleicht hat er ihn ja noch«, äffte Posetto ihn nach. Er schlug mit der Faust auf den Tisch. »Das ist ja die Höhe!«

»Ich habe den Lieferschein nicht! Ruft den Generalpräfekten doch an.«

»Pankratius«, warf der Balleimeister ein, »das haben wir doch längst getan. Er vermutet, dass du ihn hast. Aber er will dir eine Chance zur tätigen Reue geben. Und wenn wir schon dabei sind. Wo sind die Gewehre von Dr. Strohpeter?«

»Wo die sind, solltet ihr eigentlich wissen: in Santiago beim Schützenverein Rio Sar!«

Der Balleimeister nickte. »Könnte stimmen. Ich habe vor zwei Wochen mit einer Mosin-Nagant geschossen.«

»Noch Fragen?«, bellte Dr. Posetto. Er blickte nach rechts, dann nach links. »Ende der Beweisaufnahme«, donnerte er. »Schlusswort!«

Donhart schwieg. Der Sturm zerstörte ihn und ließ das Stift Rein stehen.

»Das Ordensgericht wird sich jetzt beraten«, verkündete Dr. Posetto. »Warte draußen in der Cafeteria. Wir rufen dich dann rein.«

Donhart bestellte einen Kaffee, doch er schaffte es nicht, ihn zu trinken. Beim ersten Schluck kam es ihm vor, als verätzte die Brühe seine Lippen. Er ging auf und ab und sah durch die Fenster auf die umliegenden Felder. Die Minuten streckten sich zu Stunden, bis der Balleimeister auftauchte. Mit einem flauen Ziehen im Magen folgte er ihm in das chinesische Zimmer.

Dr. Posetto erhob sich. »Das Gericht ist zu dem Erkenntnis gelangt, dass du den Orden im Ungehorsam bedrängt hast, die Operation Emmaus zu starten. Entsprechende Mahnungen deines Mentors zur Geduld hast du in den Wind geschlagen. Mit dem Video erfüllst du die Tatbestände der gefährlichen Drohung und der antikirchlichen Propaganda. All das zeigt, dass du schwer gegen das Ordensgelübde verstoßen hast.

Deshalb verhängen wir über dich eine fünfjährige Quarantäne.

Damit du in dieser Zeit den Weg zurück zu Gott findest, verpflichten wir dich zu einer Hagiotherapie im Haus der Barmherzigen Schwestern. Ferner ordnet das

Ordensgericht einen Jobwechsel zu Ernst & Partner an. Für die Dauer der Ordenssperre wird dir Bruder Augustinus als Kurator zur Seite gestellt.«

Donhart bebte. Im Geiste verdunkelte er den Raum. In seiner Fantasie schleuderte er einen Blitz auf die Richter des Tribunals. »Meinen Job bei Siemens gebe ich nicht auf, um bei *Todesernst* anzufangen. Und Therapie mach ich sicher auch keine. Ihr könnt mich mal!«

Doktor Posetto lachte. »Freundchen, das werden wir schon sehen. Verlass dich drauf, du wirst tun, was wir dir sagen.«

GEGENWART

Donhart griff nach dem Feldstecher, verließ die Kommandozentrale und ging die wenigen Schritte zur Fensterluke auf der Westseite. Vorsichtig drückte er das Kippbrett ein paar Zentimeter nach außen. Er sah es auch ohne Fernrohr: Vom Übertragungswagen des Fernsehens fehlte am Mariahilferplatz jede Spur. Selbst mit vergrößerter Sicht änderte sich daran nichts. Weit und breit konnte er noch keinen Reporter ausmachen.

Wo blieb vor allem Norbert Fink? Seit einiger Zeit hatte er nichts mehr von ihm gehört. Im Radio gab es von ihm weder aktuelle Berichte über das Bischgym noch über die Großtat am Schloßbergplatz. Von der Aktion im Burggarten ganz zu schweigen. Verharrte Norbert in einer Schockstarre? Das passte nicht zu ihm. Irgendetwas stimmte absolut nicht. In keinster Weise!

Der Todesritter kehrte in das Kommandozimmer zurück, griff zum Prepaid-Handy und hielt inne.

Bist du wahnsinnig?!

Sobald er das Ding anschaltete und Kontakt zu Norbert Fink suchte, würden sie ihn orten. Einen so schweren Fehler durfte er sich keinesfalls erlauben.

Aus dem Radio ertönte eine Fanfare.

»Hier ist Antenne Steiermark mit einer Sondermeldung!« Pauken und Trompeten untermalten die Stimme der Sprecherin. »In der Grazer Mordserie überschlagen sich die Ereignisse. Der Täter hat sich in einem Blog zu dem Amoklauf geäußert. Der Einsatzleiter wird um Viertel vor drei im Media Center Stellung dazu beziehen. Wir werden um 14:45 Uhr live in das Rathaus schalten. Auf unserer Website haben wir einen Videolivestream eingerichtet. Bleiben Sie dran.«

Donhart ballte triumphierend die Faust. Was für ein historischer Augenblick!

Er holte eine Dose Bier aus dem Minikühlschrank und ließ sich genüsslich in den Korbsessel fallen. Dann steckte er sich eine Zigarette an. Die Ordensritter hatten statt des Friedens den Krieg gewählt! Mit diesem fragwürdigen Strafgericht hatten sie ihn eröffnet.

Kein Vierteljahr nach dem Tribunal im Stift Rein war man bei Siemens mit seinen Leistungen nicht mehr zufrieden gewesen. Kurz darauf war Donhart aus der Firma geflogen. Die Jobsuche geriet zum Spießrutenlauf, bis der Orden ihn dort hatte, wo er ihn haben wollte: bei Ernst & Partner in Todesernsts Klauen! Jeden Montag hatte er im Exerzitienhaus der Barmherzigen Schwestern für inhaltsleere Gespräche antanzen müssen. Aber den Therapeuten hatte er locker um den Finger gewickelt. So hatte er dafür gesorgt, dass sich die Ritter in Sicherheit wiegten.

Bis heute!

Donhart rief die Website von Antenne Steiermark auf. Noch herrschte Ruhe im Livestream, doch dies sollte sich bald ändern. Ein Blick auf die Uhr des Rechners genügte, um seine Stimmung zu heben. In wenigen Minuten würde Donhart Hutnagl live bei der Kapitulation verfolgen.

Es zischte, als Donhart die Bierdose öffnete. Der erste Schluck schmeckte wie Champagner der exklusivsten Sorte. Sein Sessel verwandelte sich in einen Thron, die Zigarette in der Hand in eine Havannazigarre und der Couchtisch in einen samtbezogenen Regierungstisch. Der alte Holzboden der Kommandozentrale wurde zu einem Parkett aus Adlerholz.

Markus Donhart hatte sich nicht nur aus seinem durch *Todesernst* und die Ordensritter versauten Leben befreit. Nein, er hatte vielmehr Geschichte geschrieben! Gestern kannte ihn in Graz noch kaum ein Mensch. Kein Steirer konnte mit seinem Namen etwas anfangen, und in Österreich war er ein Niemand. Jetzt war Markus Donhart auf dem besten Weg, in ganz Europa für einen heiligen Schauer zu sorgen. Er hatte geschafft, was ihm keiner zugetraut hatte.

Der Endsieg stand unmittelbar bevor.

14:40 UHR

»Was soll denn bitte eine Hagiotherapie sein?«, wandte sich Sabrina an Kaplan Birkner. »Wissen Sie das zufällig?«

Der Priester faltete die Hände vor der Brust. »Für Krankheiten des Leibes gibt es den Arzt, für die der Seele den Psychologen und für die des Geistes den Hagiotherapeuten.«

»Darum kümmert sich doch der Psychiater, oder?«

»Sie verwechseln etwas, Frau Inspektor. Es geht vielmehr um geistliche Erkrankungen. Also um die Hilfe, die man braucht, wenn die Beziehung zu Gott gestört ist.«

Mit Mühe konnte sie ein Rülpsen unterdrücken. »Ich bin Atheistin.«

»Die Hagiotherapie ist auch für Atheisten da. Sie hilft Ihnen, ein Leben nach dem Gewissen zu führen.«

»Okay, danke.« Sabrina hatte weder Zeit noch Interesse für diese Diskussion. Stattdessen beschloss sie, sich wieder dem Blog des Täters zu widmen. Wenn nur ein Funken von Donharts Ausführungen stimmte, steckte der Stecken ihres Chefs metertief im Dreck. Die Überschrift eines Beitrags, der knapp nach dem Mord am Schloßbergplatz online gegangen war, verstärkte ihren Verdacht.

Will der Einsatzleiter Leben oder nur seinen Ritterorden retten?
Wenn Kurt Hutnagl alias Epimetheus das liest, möge es ihm als Warnung dienen. Bald hat er noch mehr Menschen

auf dem Gewissen, wenn er sich weiterhin in Ungehorsam übt. Ich lasse mich nicht verarschen! Wahrscheinlich hat diese Schwuchtel sich mein Video ›Warum alles!‹ nie angesehen.

Ich habe ihm in besagtem Film eine Botschaft übermittelt. Nun teile ich sie der Öffentlichkeit mit:

Unermüdlich diskutieren die Milites Domini Jesu Christi über die überfällige Operation Emmaus. Daher zeige ich der Welt den Wert entschlossenen Handelns. Es ist höchste Eisenbahn, dass alle die wahren Ziele der Ordensritter kennenlernen.

Was aber hat Hutnagl bei der Pressekonferenz getan? Er hat nur typischen Polizeimist verzapft! Was hat die Cobra verhindert, Herr Einsatzleiter? Nichts! Ich habe Todesernst wie beabsichtigt vor den Augen der Schüler hingerichtet. Die Mission läuft absolut nach Plan A.

Wenn man einen tragischen Tod am ach so schönsten Tag im Leben verhindern will, ist Folgendes zu tun: Hutnagl gibt spätestens um 13:30 Uhr am Mariahilferplatz ein Presseinterview. Es wird von Norbert Fink geführt und live in Radio und Fernsehen übertragen. Im ersten Statement bekennt sich Hutnagl zu seiner Homostörung. Dann wird er die Geheimpläne in allen Details offenlegen. Fink braucht Belege für die Putschpläne des Ritterordens, und Hutnagl wird sie ihm servieren. Wenn er die richtigen Antworten über die Milites Domini Jesu Christi liefert, werde ich mich freiwillig in die Obhut der Justiz begeben. Sollte er jedoch versuchen, mich zu verarschen, gehen weitere Ordensbrüder auf sein Gewissen. Ich frage mich, wie er als Komtur der Komturei Graz und Steiermark damit weiterleben will. An seiner Stelle würde ich darüber meditieren.

Die Polizei kann die Idee vergessen, mich zu orten. Ich bin überall und nirgends. Es liegt nur an Hutnagl, ob es für Graz glimpflich oder tragisch endet.

Sabrina gab den Befehl zum Ausdrucken des Blogbeitrags und schnaubte. In einem Punkt musste sie dem Mörder recht geben. Hätte Hutnagl gleich reinen Tisch gemacht, wäre das Brautpaar noch am Leben. Sie schnappte sich das Handy und wählte die Nummer der Staatsanwältin.

»Was gibt's Neues?«, fragte Opitz.

»Die *Seven*-These ist falsch, und Hutnagl hat es die ganze Zeit gewusst.«

»Das ist jetzt aber harter Tobak.«

»Haben Sie nicht den Eindruck, dass er sich heute seltsam verhält?«

»Ja, er kommt mir etwas durch den Wind vor. Das hat mit dem Foto angefangen.« Opitz ließ ein paar Sekunden verstreichen. »Ist der lettische Vers schon übersetzt?«

»Die dafür zuständige Person ist noch im Urlaub. Da sind wir also nicht weitergekommen.«

»Und sind Sie anderswo schon weiter?«

Sabrina lächelte. »Hutnagl hat mich zum Filmschauen ins Büro schicken wollen. Und ich weiß jetzt warum.«

»Schießen Sie los.«

»Ich habe die Hochzeitsgäste befragt, so weit es halt ging. Von einem Zeugen hab ich erfahren, dass die Feier alles andere als konfliktfrei war. Sie wollten einen Gast beim Festmahl bloßstellen, weil er Dr. Posetto auf Peter Almer angesetzt haben soll.«

»Wollen Sie damit sagen, dass jemand anders als die Ex den Anwalt finanziert hat?«

»Genau das. Zugleich soll der von Almer zwei Aktbilder gekauft, aber nie bezahlt haben.«

»Also erschlichen. Und wer ist dieser ominöse Gast?«

»Hutnagl.«

Am anderen Ende der Leitung folgte ein erstauntes Auflachen. »Das wird ja immer schöner!«

»Das habe ich mir auch gedacht. Ich habe mich gefragt, ob es auch eine Verbindung zwischen dem Direktor und Hutnagl gibt. Nach der Evakuierung der Hochzeitsgäste bin ich zurück ins Augustinum. Und Bingo: Die haben im selben Jahr dort maturiert. Und beide gehören so wie Donhart und Almer den *Milites Domini Jesu Christi* an.«

»Bitte was? Almer? Der Aktfotograf? Das kann nicht sein.«

»Doch. Ich habe ihn im Rittermantel auf einem Gruppenfoto in der Schulzeitung gesehen. Mit darauf waren auch noch Dr. Posetto, der Direktor und Hutnagl. Das Bild gehört zu einem Gastartikel, den Hutnagl vor fünf Jahren über eine Wallfahrt am Jakobsweg geschrieben hat. Kleines Detail am Rande: Die Idee zum Drohvideo hat er von den Rittern, nicht von dem Film mit Brad Pitt.«

»Dann stellt sich mir die Frage, warum Hutnagl auf dieser These so herumgeritten ist.«

»Weil er verschleiern wollte, dass er in den Fall verstrickt ist und von Markus Donhart erpresst wird!«

»Was?« Erstaunen schwang in der Stimme der Staatsanwältin mit.

»Wie es aussieht, dürfte Donhart wegen des Drohvideos mit den Rittern auf Kriegsfuß stehen. In seinem Blog behauptet er, dass der Ritterorden einen Umsturz plant. Nun will er Hutnagl mit den Morden an den Ordensrittern zwingen, dies öffentlich zuzugeben.«

»Ah, das ist es!«

»Was?« Nun war es an Sabrina, überrascht zu reagieren.

»Ich war noch beim Führungsstab, als Hutnagl reingeplatzt ist. Er hat uns hektisch mitgeteilt, dass er Donharts Blog mit der Erpressung entdeckt hat. Die Presse dürfe auf keinen Fall etwas Falsches zusammenreimen. Er hätte die Medien bereits darüber informiert, dass er um Viertel vor drei im Media Center eine Pressekonferenz gibt.«

Sabrina sah auf ihre Armbanduhr. Auf dem Zifferblatt bildeten die Zeiger einen Strich von der Neun zur Drei. »Also jetzt!«

»Ja, genau.« Ein kurzer Seufzer drang durch die Leitung. »Der Landespolizeidirektor war ziemlich sauer und der Bürgermeister auch. Aber dann sind sie mit ihm mitgegangen.«

»Dann wird es Zeit, dass wir ihn zur Rede stellen und Klarheit schaffen.«

»Machen wir das nach seinem Auftritt. Ich will jetzt raus auf den Balkon Luft schnappen. Dann gehe ich auch ins Media Center.«

»Ich fahre gleich los. Wir sehen uns im Rathaus.« Sabrina beendete das Telefonat und wandte sich an Birkner: »Sie haben mir sehr geholfen. Darf ich Sie um einen Gefallen bitten?«

Ein Grinsen huschte über Birkners Gesicht. »Welchen?«

»Ich bräuchte die gesammelte Ausgabe der Tangenten.« Sabrina deutete auf das Buch. »Können Sie mir die borgen?«

»Muss das sein?« Benedikt Birkner runzelte die Stirn und nahm die Brille ab. »Verstehen Sie, die Sammlung ist für uns ein wertvoller Schatz.«

Sie überlegte. Ihr Blick fiel auf den Drucker neben dem Rechner, vor dem sie saß. »Kann man damit auch scannen?«

»Sollte gehen.«

»Versuchen wir es.« Sie öffnete die obere Klappe, legte den geöffneten Wälzer auf das Glas und startete den Scan. Kurz darauf erschien der Artikel über die Wallfahrt nach Santiago samt Gruppenfoto auf dem Bildschirm. Gleich danach druckte sie den Scan aus und nahm den Papierstapel aus dem Ausdruckfach.

»Hat geklappt.« Sabrina schenkte dem Priester ein Lächeln. »Den Sammelband brauche ich jetzt nicht mehr, aber könnten Sie vielleicht eine Büromappe entbehren?«

»Selbstverständlich.« Kaplan Birkner ging zur Theke, nahm einen Flügelordner aus der Ablage und reichte ihn ihr.

»Danke.« Sabrina legte die Ausdrucke in die Mappe, die sie wiederum in ihrer Handtasche verstaute. Dann verließ sie raschen Schrittes die Schule.

14:45 UHR

Hutnagl beugte sich über den Mülleimer, spuckte den Kautabak aus und betrat das Media Center. Dass der Landespolizeidirektor und der Bürgermeister ihn begleiteten, passte hervorragend in sein Konzept. Der Polizeichef und der Stadtchef an Hutnagls Seite verliehen jedem seiner Worte zusätzliche Kraft.

Ein Blitzlichtgewitter prasselte auf ihn ein. Er warf einen raschen Blick auf das Projektionsbild an der Wand. Auf den blauen Streifen des Standardlayouts der Polizei hatte seine Sekretärin das Thema geschrieben.

Amoklauf von Graz?

Dass die nächsten Minuten absolut entscheidend sein würden, wusste er nur zu gut. Der heutige Tag hatte bewiesen, dass das Ordensgericht ein zu mildes Urteil gefällt hatte. Anstatt die ihm gegebene Chance zu nutzen, war der Frevler weiter auf dem Pfad des Teufels marschiert.

Hutnagl richtete die Augen kurz nach oben. Nicht nur Donhart, sondern auch der Generalpräfekt gehörte zu den Zuschauern des Livestreams. Lange hatte er sich mit ihm darüber beraten, wie er den Gewittersturm in eine andere Richtung lenken könnte. Zwar war mit Kollateralschäden zu rechnen, doch mit diesem Plan schaffte man es, sowohl den Ritterorden als auch seine heilige Mission zu retten. Dazu passte die Folie, die er für die Pressekonferenz hatte vorbereiten lassen.

Amoklauf von Graz?

Hutnagl setzte sich an den Tisch hinter die Mikrofone.

»*Jesus, bitte steh mir bei.*« Er blickte nach oben. Sofort tauchte in seinem Kopf jener Vers aus dem Evangelium nach Matthäus auf, den er als Sechzehnjähriger zum Leitfaden für sein Leben auserkoren hatte:

So sorgt nicht, wie oder was ihr reden sollt; denn es soll euch zu der Stunde gegeben werden, was ihr reden sollt.

Gerade in schwierigen Situationen galt es, Gott zu vertrauen.

»Eins, zwo, eins, zwo, Test.« Er trommelte auf das Mikro. »Eins, zwo, eins, zwo, Test. Scheint zu funktionieren.«

Hutnagl sah in die schweigenden Gesichter der Journalisten.

Er räusperte sich und bemühte sich um ein ernstes Gesicht und eine feste Stimme. »Meine Damen und Herren. Wir werden Sie nun auf den neuesten Stand der Dinge bringen, was die heutige Mordserie betrifft. Nach dem Eintreffen der ersten Notrufe aus dem Bischöflichen Gymnasium sind wir von einer polizeilichen Sonderlage ausgegangen. Wie ich in der Kreuzgasse schon ausgeführt habe, spricht der Ablauf der Tat heute früh klar dagegen, dass der Eindringling dort einen Amoklauf geplant hat. Dennoch sind wir zu diesem Zeitpunkt von einem Rachemord durch einen frustrierten Schüler ausgegangen.«

Ein Blick in die Menge genügte. Niemand hatte die Stirn in Falten gelegt. Wie es aussah, kauften sie es ihm ab. Hoffentlich. Ob er damit richtiglag, würde die Fragerunde zeigen.

»Inzwischen wissen wir mehr. Der mutmaßliche Täter ist kein Teenager, sondern ein Reporter.«

»Fink?«, hörte er so manchen tuscheln.

Hutnagl wartete, bis das Raunen abebbte. »Wir haben ihn bereits festnehmen können. Wir kennen zudem den Aufhetzer für den feigen Mord im Bischöflichen Gymnasium. Der Anstifter ist ein von seinem Job überforderter Mitarbeiter von Ernst & Partner. Eigentümer und Geschäftsführer dieser Firma war Dr. Leopold Ernst, also das Mordopfer von heute früh. Es muss dazu noch erwähnt werden, dass die Softwareschmiede eine Institution im Augustinum ist und ihr Büro dort hat. So bietet man den Schülern die Möglichkeit, erste berufliche Erfahrungen zu sammeln.«

Hutnagl schwieg zwei Atemzüge lang. Es galt, weiteres Öl ins lodernde Feuer zu gießen und gleichzeitig die Contenance zu wahren. »Heute Mittag gab es einen Mordanschlag auf einen Anwalt am Schloßbergplatz. Wenig später hat sich Markus Donhart zu seinem Frevel bekannt. Daraufhin wurde sofort eine Öffentlichkeitsfahndung nach ihm eingeleitet. Leider Gottes vergebens. Um circa ein Uhr fielen auf einer Hochzeit im Burggarten Schüsse aus dem Hinterhalt. Es ist uns leider nicht gelungen, das Leben der Brautleute zu retten. Aber wir sind uns sicher, dass auch dieses perverse Attentat auf das Konto von Markus Donhart geht.«

Hutnagl schaute zu Landespolizeidirektor Wernitsch. Die Blitzlichter prasselten auf ihn hinab. Er beneidete ihn ob seines fotogenen Aussehens. Es war ihm nicht anzusehen, dass Wernitsch ein halbes Jahrhundert auf dem Buckel hatte. Mit seinem vollen dunklen Haar spielte er noch immer in der Liga der Jünglinge. Das kantige Gesicht und das Strahlen seiner Augen sowie der Sixpack erfreuten Hutnagl nicht nur visuell. Verführte er ihn zu unkeuschen Gedanken? In der kritischen Gesamtlage kam es darauf an, sich davon nicht ablenken zu lassen.

»Bevor der Einsatzleiter weitermacht«, ergriff Wernitsch das Wort, »wiederhole ich den Fahndungsaufruf. Wir fahnden nach Markus Donhart, 34 Jahre alt, rothaarig, schlank, mit blauen Augen. Wir bitten Sie eindringlich, alle öffentlichen Plätze in Graz zu meiden, bis wir den Täter festgenommen haben.«

Roch Wernitsch den Braten? Wenn die Leute die Warnung befolgten, drohte die mit dem Generalpräfekten besprochene Strategie noch zu scheitern.

»Sollten Sie Markus Donhart sehen«, ergänzte der Bürgermeister, »nehmen Sie auf keinen Fall Kontakt mit ihm auf, sondern wählen unverzüglich den Notruf!«

Hutnagl stockte. Er räusperte sich, schaute zur gläsernen Tür und traute seinen Augen nicht. Sabrina Mara betrat mit finsterem Blick den Raum und nickte der Staatsanwältin zu. Er ignorierte es und ging zu Phase zwei über. »Ich gehe kurz auf die Persönlichkeit des Täters ein, damit Sie sich ein besseres Bild von den heutigen Ereignissen machen können. So wie der Wahnsinnige von Emsdetten hat auch Donhart die Tat in einem Video angekündigt. Darin werden auf perfide Weise frühere Amokläufer als Heilige verherrlicht. Die Videoportale haben inzwischen das gottlose Machwerk dieses durchgeknallten Sonderlings längst von ihren Servern genommen. Dass man einem verrückten Spinner keine Plattform geben darf, versteht sich doch von selbst.«

Hutnagl spürte einen Tritt gegen sein rechtes Bein. Dass der Landespolizeidirektor nicht sonderlich begeistert auf diese Wortwahl reagierte, war zu erwarten. Doch darauf durfte er keine Rücksicht nehmen. Er musste die Sache wie mit dem Generalpräfekten besprochen durchziehen. Gerade hatte er die Lunte gelegt, sie angezündet, und nun kam der Brandbeschleuniger zum Einsatz. »Der Täter erwähnt mich in seinem Blog. Aber das ist eine Verschwörungstheorie, die nichts mit der Realität zu tun hat. Unter anderem verbreitet er absolut hanebüchene Behauptungen über die *Milites Domini Jesu Christi*. Ja, ich sage es Ihnen offen. Ich gehöre diesem Ritterorden seit mehr als dreißig Jahren an. Wir sind ein katholischer Ritterbund der Nächstenliebe. Unser Kampf gilt von der Gründung an ausschließlich dem Abwenden beruflicher Not. Im Besonderen schenken wir immer wieder gestrandeten Existenzen neue Perspektiven. So ein Einsatz erfordert viel Liebe und Geduld. Naturgemäß treffen wir öfter auf schwierige Menschen. Manche bringen psychische Probleme mit. Wie es aussieht, kann sich Markus Donhart aufgrund seiner Persönlichkeitsstörung in keinem Job halten. Da hat er sich an uns gewandt. Wir haben dafür gesorgt, dass er bei Ernst & Partner untergekommen ist.«

Hutnagl nahm das Wasserglas und trank einen Schluck. Es wurde Zeit, den von Bernhard Vogl aufgelegten Elfer zu verwandeln. »Der Ritterorden hat ihm sogar eine Therapie ermöglicht. Ich bin mir sicher, dass da die Kränkungen zur Sprache gekommen sind, die laut Doktor Vogl mit zu den Anschlägen geführt haben. Wie der renommierte Psychiater heute im Interview mit Antenne Steiermark ausgeführt hat, handelt es sich bei Markus Donhart um eine gestörte Persönlichkeit.«

Hutnagl legte eine kurze Pause ein. »Wir stehen Ihnen jetzt für Fragen zur Verfügung.«

Es herrschte gesittete Stille im Media Center. Stumm hoben die Zeitungsfritzen ihre Hand. Vom üblichen Geraune fehlte jede Spur. Hutnagl zeigte auf den Journalisten mit dem gelben Mikro.

»Herbert Bauer, Antenne Steiermark. Unser Kollege Norbert Fink wurde von Ihnen verhaftet. Ist er in die Sache verstrickt? Wenn ja, wie? Wenn nein, warum wurde er dann festgenommen?«

»Es gibt Anhaltspunkte, die klar dafürsprechen, dass er der Täter im Bischöflichen Gymnasium sein könnte. Das werden wir allein von Rechts wegen in den nächsten 48 Stunden genau überprüfen. Momentan liegt jedoch die Priorität bei Markus Donhart.«

Hutnagl deutete auf eine Reporterin in der zweiten Reihe.

»Andrea Müller, ORF. Wir haben Donharts Blog überflogen. Er behauptet, dass man im Orden mit Tarnnamen arbeitet. Donhart soll Pankratius, Sie Epimetheus, der ermordete Direktor Augustinus, der erschossene Rechtsanwalt Eustachius und der getötete Bräutigam Dacianus heißen. Stimmt das? Wenn ja, dann hat die Mordserie nur Ordensmitglieder getroffen. Haben Sie auch Angst um Ihr Leben?«

Typische Weiberfrage. Hutnagl lächelte. »Machen Sie mal halblang. Erstens gibt es bei den *Milites Domini Jesu Christi* keine Tarnnamen, sondern es handelt sich dabei um Ordensnamen. Sie symbolisieren die geistige Wiedergeburt. Die erhält man zum Beispiel bei den Benediktinern mit dem Eintritt und bei uns mit dem Ritterschlag. Davon abgesehen wurde im Burggarten ein

Brautpaar getötet, und die beiden haben mit uns rein gar nichts zu tun.«

Hutnagl ließ seine Worte nachwirken. Die Journalisten nahmen ihm diese Lüge ab. Ihre Körpersprache verriet es eindeutig.

»Und nun zum letzten Teil Ihrer Frage. Wenn ich Angst um mein Leben hätte, wäre ich absolut falsch in meinem Beruf.«

Die Besucher im Media Center nickten. Langsam wurde es Zeit, den Sack zuzumachen. Hutnagl deutete auf eine schmächtige Reporterin in der vierten Reihe.

»Karla Gietl, Kleine Zeitung. In dem Blog wird behauptet, dass die *Milites Domini Jesu Christi* in Österreich einen Putsch planen. Was sagen Sie dazu?«

Hutnagl zwang sich ein Lächeln ab. »Danke für Ihre Frage. Die Verschwörung existiert nur im Kopf des Attentäters. Sie ist genauso real wie die Bajuwarische Befreiungsarmee des Franz Fuchs. Sie können ruhig die ganze Website als ein Sammelsurium von Wahnvorstellungen betrachten. Wir haben es also mit einem gestörten Amokläufer zu tun, den es zu stoppen gilt. Wir werden Sie mit einer Presseaussendung informieren, wenn es neue Entwicklungen gibt. Vielen Dank.«

»Hutnagl!« Wernitschs Ärger war trotz des Flüsterns nicht zu überhören. »Begleiten Sie mich, es gibt etwas zu besprechen.«

»Okay.« Hutnagl sah sich um. Sabrina Mara und Julia Opitz kämpften sich durch die Reportermeute zu ihm vor.

»Herr Wernitsch«, presste die Staatsanwältin hervor, »wir müssen miteinander reden.«

»Nachher«, erwiderte der Landespolizeidirektor.

»Es hat mit diesem Auftritt zu tun!« Sabrina Mara zeigte auf Hutnagl. In ihrer Stimme schwang Zorn mit.

»Meinetwegen«, sagte der Polizeichef. »Dann folgen Sie mir beide zum Führungsstab. Der tagt momentan im Büro des Bürgermeisters.«

14:59 UHR

WAHNVORSTELLUNGEN!

Unfassbar! So ein Arschloch! Das feige Schwein hatte Bernhard Vogl an die Front geschickt, um für ihn das Feld aufzubereiten. Logisch! Damit Hutnagl Donhart als gestörten Amokläufer darstellen konnte.

So eine Sauerei!

Wer hatte Graz unter seiner Kontrolle? Warum ignorierte Hutnagl es noch immer? Glaubte der, dass der Todesritter von Graz am Ende war? Da hatte sich der Herr Komtur getäuscht! Für die *Milites Domini Jesu Christi* gab es kein Entkommen.

Hutnagl wollte einen gestörten Amokläufer haben. Den bekam er jetzt! Die Mosin-Nagant lag nach wie vor auf dem Klapptisch im Nebenraum. Einsatzbereit lagerten die Patronen im Magazin. Er brauchte nur ein Mal zu repetieren, um ein gewichtiges Veto gegen diese Lügen einzulegen. Argument für Argument würde er auf die Stadt schleudern, bis die Heuchler in die Knie gingen.

Donhart klappte den Laptop auf und holte das Fenster des SMS-Anbieters in den Vordergrund. *Du willst einen gestörten Amokläufer?*, tippte er in den Computer. *Gleich kriegst du ihn!* Ein Mausklick reichte, um die Nachricht dem Herrn Einsatzleiter aufs Handy zu spielen.

15:00 UHR

»Bitte setzen Sie sich.« Der Bürgermeister deutete mit der flachen Hand auf den runden Tisch in seinem Büro.

Sabrina setzte sich hin. »Ich verstehe ja, dass Sie unter Stress stehen. Das tun wir alle, aber vor den Medien so über den Täter zu reden, war völlig unprofessionell.«

»Das war gemeingefährlich!«, stimmte der Bürgermeister ihr zu. »Dass er zuhört, kann man sich doch denken.«

Die Staatsanwältin verschränkte die Arme. »Welcher Teufel hat Sie nur geritten? Wie kann man ihn vor der Presse als irr und wahnsinnig bezeichnen?«

»Geht's noch?« Landespolizeidirektor Wernitsch trommelte mit den Fingern auf die Tischplatte. »Als Sie das gottlose Machwerk von einem durchgeknallten Sonderling gebracht haben, habe ich geglaubt, mich tritt ein Pferd.«

Hutnagl hob die Arme. »Entschuldigung. Vier Morde an einem Tag!«

»Ich kannte Sie bisher nicht als Schwätzer, der sich den Revolverblättern anbiedert.« Die Wortwahl fiel für Wernitsch heftig aus.

»Was wollen Sie? Leute wie dieser Donhart sind doch gottlos und von allen guten Geistern verlassen.«

Wernitsch griff sich an den Kopf. »In der Polizeischule lernt man im ersten Kurs, dass man Verbrecher und deren Motive nicht kommentiert. Schon gar nicht bei einem flüchtigen Mörder vor versammelter Presse.«

»Das sagt mir allein der gesunde Menschenverstand«, warf der Bürgermeister ein.

Hutnagl verschränkte die Arme. »Stimmt meistens, aber nicht immer. Ich muss den Reportern ja irgendwas liefern, damit sie sich keinen Unsinn zusammenreimen.«

»Welche Polizeitaktik rät, einen Geiselnehmer zu reizen? Mir fällt da keine ein«, setzte Sabrina den Angriff fort.

»Frau Kollegin, im Bischöflichen Gymnasium hat es kurzzeitig nach einer Geiselnahme ausgesehen. Aber jetzt? Wen soll dieser Irre denn bitte als Geisel nehmen?« Hutnagl legte den Kopf schräg.

Sabrina zog die Büromappe aus der Handtasche. »Chef, wenn wir Glück haben, Ihr Umfeld. Aber wenn wir Pech haben, Graz.«

»Frau Kollegin, trauen Sie dem Frevler nicht ein bisschen viel zu? Eine Stadt in der Gewalt eines Einzelnen? Hören Sie mir bitte auf!«

Ihr Brustkorb schnürte sich zu. Was für eine billige Methode, sie lächerlich zu machen. Sabrina ließ die Mappe mit dumpfem Knall auf den Tisch fallen. »Das sehe ich komplett anders.«

»Wie meinen Sie das, Frau Kollegin?«

Sabrina nahm ein Blatt von dem Papierstapel in der Tischmitte und schnappte sich den Kugelschreiber. Auf das Papier zeichnete sie ein Hammerkreuz. »Dieses Symbol hat uns durch den Fall begleitet. Im Bischöflichen Gymnasium war es auf der Rückseite des Fotos bei der Leiche von Professor Ernst. Am Schlossbergplatz befand es sich auf dem Siegelring von Dr. Posetto. Im Drohvideo taucht es als Knoblauchkreuz beim Amokläufer von Euskirchen auf. Inzwischen wissen wir, dass es zum Wappen der Ordensritter gehört.«

Hutnagl schluckte. »Und das haben Sie auch beim Brautpaar gefunden?«

»Nicht direkt.«

»Eben.«

Hutnagls Handy piepste. Er zog es aus der Sakkotasche. Schnaufte. Schweißperlen bildeten sich auf seiner Stirn.

»Was hat Donhart jetzt gesimst?« Sabrina zog die Blicke der Staatsanwältin und des Führungsstabes auf sich.

Hutnagl atmete schwer. Er schwieg.

»Es ist doch der Täter, oder?«, setzte Sabrina nach.

Hutnagls Zeigefinger zitterte in der Luft. »Ich habe es die ganze Zeit gesagt. Wir haben es mit einem gestörten Amokläufer zu tun.«

»Was hat er Ihnen geschickt?«, hakte der Bürgermeister nach.

Hutnagl fuhr sich mit den Fingern durch die Haare. Sabrina wusste, dass ihr Chef dieses Verhalten nur dann zeigte, wenn er unter enormem Druck stand.

Wernitsch lehnte sich zurück und verschränkte die Arme. »Wir haben nicht ewig Zeit.«

Hutnagl schnaubte, legte das Handy auf den Tisch und las die SMS vor: »Du willst einen gestörten Amokläufer. Gleich kriegst du ihn!«

DRITTER TEIL

Ewige Wachsamkeit ist der Preis der Freiheit.
(Wendell Philips)

15:03 UHR

»Schwere Straftat am Karmeliterplatz!«, krähte es aus den Funkgeräten. »Leblose Frau aus dem Brunnen neben dem Café Stern geborgen. Notarzt ist unterwegs.«

»Jetzt haben wir den Salat!« Sabrinas Atem beschleunigte sich. Feuchtigkeit breitete sich auf ihrer Stirn aus. Sie kroch den Hals entlang zu ihrem Rücken hinab. Donhart drehte durch!

»Die Funkgurke bitte.« Landespolizeidirektor Wernitsch streckte seine Hand in Richtung Sabrina aus. Sie nahm das Gerät vom Gürtel ab und reichte es ihm.

»Hat man einen Schützen gesichtet?«, fragte Wernitsch per Funk.

»Negativ«, kam postwendend die Antwort.

»Ich schicke die Cobra zu euch. Abriegeln und umliegende Gebäude im Auge behalten«, befahl Wernitsch.

»Wir haben einen weiteren Anschlag«, krächzte eine andere Stimme aus dem Walkie-Talkie. »Schwer verletzte Frau vom Freiheitsplatz ins Café Mitte evakuiert. Die Rettung ist verständigt.«

Hutnagl verschränkte die Finger. »Was habe ich gesagt, der läuft Amok.«

»Aber jetzt hat er den entscheidenden Fehler gemacht«, sagte der Bürgermeister. »Er muss im Palais Galler sein. Nur von da aus kann er in so kurzer Zeit sowohl am Freiheitsplatz als auch am Karmeliterplatz in Aktion treten.«

Wernitsch nickte und funkte die Spezialkräfte an. »Der Täter hat sich vermutlich auf dem Dachboden des Palais Galler verschanzt. Dieses Objekt durchsuchen.«

»Verstanden«, bestätigte Axel. »Wir legen los.«

Es kam Sabrina vor, als zermahlte das Rauschen aus der Funkgurke ihre grauen Zellen. Es drohte, jeden Gedanken unmöglich zu machen. Blieb zu hoffen, dass der Mörder in der Falle saß.

Sabrina sah zu Hutnagl. Seine Hände zitterten. Er griff in die Sakkotasche und zauberte seine Kautabakdose hervor. Mit Mühe schaffte er es, sie zu öffnen. Er holte ein Stückchen heraus und legte es in seine Backe. Die Minuten des Wartens dehnten sich.

Endlich meldete sich Axel. Flüche aus dem Hintergrund mischten sich in den Funkspruch. »Dachboden durchsucht! Kein Tatverdächtiger.«

»Nicht schon wieder!«, entfuhr es Hutnagl.

Wernitsch führte das Funkgerät mit Mühe zum Mund. »Hat ihn jetzt wenigstens jemand gesehen?«

»Negativ!«

»Verstanden, Ende.«

Leere breitete sich in Sabrina aus. Wie war das möglich? Wie gelang es einem Amokläufer, unbemerkt in eine Parteizentrale einzudringen? Wie vermochte er von dort aus unentdeckt eine Frau schwer zu verletzen und eine andere zu töten? Wie schaffte er es, dass Axel und seine Leute ihn nicht fanden? Lief Markus Donhart mit einer Tarnkappe durch Graz? Bisher hatte er fünf Menschen und eine Schwerverletzte auf dem Gewissen. In jedem Augenblick konnte er eine weitere Bluttat begehen. Fragte sich nur, wo.

Hutnagl richtete seinen Blick nach oben, als betete er.

Sabrina griff sich ans Kinn. An unsichtbare Amokschützen glaubte kein Mensch. Wenn niemand Donhart bei seinen Taten beobachtet hatte, musste es eine

Erklärung für das Phänomen geben. »Gehen wir auf der Stadtkarte die Anschläge durch. Vielleicht stoßen wir auf ein Muster. Das könnte uns darauf hinweisen, wo er das nächste Attentat plant.«

»Das ergibt Sinn.« Der Bürgermeister stand auf, ging zum Schreibtisch und öffnete die Schublade. Er kramte darin herum und kehrte mit dem Stadtplan zurück. Er legte ihn auf den Tisch und faltete ihn auf.

Mit dem Kugelschreiber zeichnete Sabrina ein Kreuz auf die rosarote Fläche, die das Bischöfliche Gymnasium symbolisierte. »Mord Nummer eins ereignete sich heute knapp nach sieben Uhr in der Grabenstraße. Um drei viertel zwölf kommt es zum zweiten Verbrechen am Schloßbergplatz. Um eins ermordet er das Brautpaar im Burggarten, und jetzt hat er am Karmeliterplatz und am Freiheitsplatz zugeschlagen.«

Der Bürgermeister räusperte sich. »Muster sehe ich zwar keins, aber alle Morde, abgesehen vom ersten, haben in der Altstadt stattgefunden. Sollten wir nicht einen Hubschrauber über der Innenstadt kreisen lassen?«

»Könnte helfen«, meinte Wernitsch.

Hutnagl griff nach dem Funkgerät. »Libelle von Dachstein. Kommen über Draht!«

»Schalten Sie Ihr Handy auf laut«, forderte Wernitsch.

»Okay.«

Wenige Momente später läutete Hutnagls Smartphone. Er nahm das Gespräch an und legte das Mobiltelefon auf den Tisch.

»Was können wir für Sie tun?«, fragte der diensthabende Hubschrauberpilot.

»Markus Donhart hat mehrmals zugeschlagen, jedoch scheint ihn niemand gesehen zu haben. Unsichtbar kann er aber nicht sein. Kreist über dem Stadtzentrum und haltet Ausschau nach ihm.«

»Verstanden.«

Die Zeiger der Wanduhr verharrten auf viertel vier. Sie hielten den Zeitpunkt fest, zu dem das Leben in der Steiermark stillstand und sich jenes der Stadt Graz für immer veränderte.

Es war der Moment, als gedämpfte Schreie an Sabrinas Ohr drangen. Alle blickten auf und drehten die Köpfe in die Richtung des Gebrülls.

Der Bürgermeister ging zum Fenster, sah hinunter und schlug sich die Hand vor den Mund. »Um Gottes willen. Der ballert am Hauptplatz herum.«

»Polizeiinspektion Schmiedgasse«, kam die Meldung aus den Funkgeräten. »Der Täter war jetzt am Hauptplatz aktiv. Zwei erschossen, drei angeschossen. Dort herrscht totale Panik.«

Der Bürgermeister kehrte an den Besprechungstisch zurück. »Das sehe ich. Wir müssen den Irren stoppen, koste es, was es wolle.«

»Können wir wenigstens sagen, woher die Schüsse kamen?«, fragte Hutnagl per Funk.

»Die wurden von oben abgefeuert. So, wie es aussieht, vom Dachboden des Hauses, in dem früher das Café Nordstern war.«

»Riegelt die gesamte Innenstadt ab«, befahl Hutnagl. »Weiträumig.«

»Machen wir.«

Sabrina machte ein Kreuzchen in der Mitte des Stadtplans.

Hutnagl griff zum Handy. Seine Hand zitterte, als er das Gespräch mit den Kollegen im Polizeihubschrauber wieder aufnahm und sie nach ihrem Status fragte.

»Wir sind gerade gestartet und nehmen Kurs auf die Altstadt. Wir fliegen die Mur entlang Richtung Norden.«

»Der Täter hat soeben am Hauptplatz zwei Leute ermordet und drei angeschossen. Er muss irgendwo in der Nähe der Sporgasse oder der Sackstraße sein. Meldet euch per Funk, sobald euch etwas auffällt.«

»Verstanden.«

»Alle von Polizeiinspektion Lendplatz«, krächzte es aus der Funkgurke. »Eine leblose und eine verletzte Person vor der zentralen Feuerwache.«

Hutnagl fiel das Walkie-Talkie aus den Fingern.

Sabrina zeichnete ein Kreuz auf der entsprechenden Stelle ein. Sie blickte auf die Uhr an der Wand. Der Minutenzeiger hatte es kaum weitergeschafft. Innerhalb von drei Minuten konnte Donhart zu Fuß die achthundert Meter Luftlinie nie schaffen. Das funktionierte nur, wenn ein Scharfschütze hinter den Attentaten steckte.

»Leblose auf der Hauptbrücke«, gab das Team aus dem Hubschrauber durch. Eine Pause folgte. »Da geht jemand vor dem Kunsthaus zu Boden.«

Wieder rauschte es. »Wir können den Amokläufer nicht ausmachen.«

»Jesus und Maria!« Hutnagl ballte die Faust.

Definitiv ein Heckenschütze.

Sabrina platzierte auf dem Stadtplan die Kreuzchen an den gemeldeten Punkten. Auf der Karte gruppierten sich die Markierungen in einem Halbbogen um einen violetten Fleck am Schloßberg.

»Werft einen Blick zum Uhrturm!«, funkte Sabrina.

»Eine Frau ist am Mariahilferplatz getroffen worden«, gab der Pilot durch. »Wir haben den Schützen vermutlich gesichtet!«

»Habt ihr ihn ausgemacht oder nicht?«

»Mein Partner hat ein weißes Pulverwölkchen gesehen. Da raucht's im Uhrturm.«

»Da ist ein Gewehrlauf im linken Kippfenster«, berichtete der Kollege Momente später. »Jetzt zieht er ihn zurück. Er ist im Uhrturm, hundertprozentig!«

15:24 UHR

»Saubere Schüsse«, murmelte Donhart. Natürlich hatte ihn das Gebrumm des Helikopters rechtzeitig gewarnt. So war es ein Leichtes für ihn, den letzten Treffer am Mariahilferplatz zu landen und dann zu verschwinden.

Selbstverständlich ungesehen.

Jeder sollte wissen, wer in Graz das Sagen hatte. Spätestens nach den Aktionen am Schloßbergplatz und im Burggarten hätte es für Hutnagl klar sein müssen. Glaubte der Herr Einsatzleiter im Ernst, dass der Todesritter aufgab, wenn man ihn als gestörten Amokläufer darstellte? Dieses feige Schwein nahm unzählige Opfer in Kauf, statt die Pläne des Ordens offenzulegen.

Wahnvorstellungen!

So nicht, Kurt.

Epimetheus, so nicht!

Die letzten Handstreiche am Hauptplatz, am Lendplatz und vor dem Kunsthaus lieferten eine eindeutige Botschaft. Nun gehörte Markus Donhart zu jenen, deren Name für einen heiligen Schauer sorgte.

Robert Steinhäuser rächte den Hochmut der Direktorin.
Seung-hui Cho verurteilte die Habgier der Reichen.
Marc Lépine bestrafte die ungezügelte Lust der Frauen.
Erwin Mikolajczyk verfolgte Unrecht im gerechten Zorn.
Sebastian Bosse leistete Widerstand gegen die Maßlosen.
Tim Kretschmer exekutierte die neidischen Mobber.
Markus Donhart entlarvte die faulen, feigen Ordensritter.

Durch das Fernglas riskierte Donhart einen Blick auf den Lendplatz. Die umgefallene Frau vermochte er nicht mehr auszumachen. Um sie herum hatte sich eine Menschentraube gebildet. Zwei Feuerwehrleute und ein Mann im weißen Kittel stürmten mit einer Trage aus der Feuerwache. Der Arzt löste sich vom Feuerwehrtrupp und lief auf die Schaulustigen zu. Sie machten ihm Platz. Deutlich sah er jetzt die Lady. Der Doktor hockte sich zu ihr, untersuchte sie und schüttelte den Kopf.

Volltreffer!

Die Sirenen auf den Dächern heulten auf.

Sie wurden leiser, dann wieder lauter. Der penetrante Heulton schwoll an, verlor an Kraft, verstummte beinahe, um erneut kräftig umherzuwirbeln. Das Spiel wiederholte sich mehrmals.

Das Sirenensignal bedeutete Gefahr. Man forderte die Bevölkerung auf, in die Häuser zu fliehen. Aus Radio und Fernsehen sollte man erfahren, was zu tun sei.

Donhart wusste genau, was er machen musste. Er verschloss das Kippbrett, stieg vom Klapptisch herab und streckte sich durch.

Zum letzten Mal verhallte das Sirenengeheul.

»Hier ist Antenne Steiermark mit einer Warnung der Behörden für die Stadt Graz.« Die Hintergrundmusik fehlte. Die Radiosprecherin klang bei der Fahndungsdurchsage viel ernster als gewöhnlich.

Donhart grinste. Bis gestern hatte sich jeder über ihn lustig gemacht, doch jetzt war allen das Lachen vergangen. Der Zirkus nutzte den Bullen nichts. Sie hatten keine Chance, ihn zu finden. Wenn es darauf ankommen würde, könnte der Todesritter tagelang ausharren. Für einen Soldaten war es wichtig, niemals vom Feind gesehen zu werden. Galt das schon für gewöhnliche Infanteristen, so betraf es erst recht die Scharfschützen. Die Ausbilder beim Militär hatten ihm das immer wieder eingetrichtert.

»Die Polizei bittet um eine dringende Durchsage!«, sagte die Nachrichtensprecherin. »Wir schalten live in das Rathaus.«

Leise Geräusche angespannten Wartens drangen aus dem Radio.

»Meine Damen und Herren.« Donhart erkannte den Polizeisprecher gleich an der Stimme. Eindeutig Kurt Hutnagl! Bald kam das Eingeständnis, für das er so hart gekämpft hatte. Der Ritterorden knickte ein! Niemand konnte solche Gewissensqualen auf Dauer ertragen. Nun schlug die Stunde seines Triumphes. Er grinste und hielt das Radiogerät ans Ohr.

»Ein Amokläufer hat sich im Uhrturm verschanzt. Der Täter ist äußerst gefährlich. Er feuert auf alles, was sich bewegt! Falls Sie sich in der Altstadt im Freien aufhalten, suchen Sie sofort ein Gebäude auf. Bleiben Sie in Ihren Häusern, bis wir Entwarnung geben.«

Hatte Hutnagl *Uhrturm* gesagt?

Die Hubschrauberpiloten hatten ihn also doch gesehen. Jetzt kannten sie seinen Standort und verkündeten ihn in den Medien. Es handelte sich nur noch um Minuten, bis die Cobra bei ihm eindringen würde.

»Lebend kriegen die mich nie!« Donhart ballte die Faust. Der beste Schütze der Steiermark zog das Ding durch. So, wie es einst Major Hackher gegen Napoleon bis zum bitteren Ende durchgehalten hatte. Für das letzte Gefecht hatte er vorgesorgt. Sollte die Polizei einen Angriff starten, riss er möglichst viele mit in den Tod.

Zeit für Plan B.

Die Ordensritter wähnten sich als die Sieger, aber der Todesritter hatte eine nette Überraschung für sie parat.

Nun war es egal, ob man ihn orten konnte oder nicht. Donhart aktivierte das Prepaid-Handy. Dann fuhr er mit den Fingern über das Mousepad und weckte den Laptop aus dem Schlaf. Der schwarze Bildschirm verschwand. Am Monitor erschienen die zuletzt benutzten Programme. Der Mauszeiger wanderte zu den E-Mails, wo er die vorbereitete Botschaft an die Polizei und an die Kleine Zeitung auswählte. Ein Druck auf die Eingabetaste genügte, um den Alternativplan in Gang zu setzen. In einer SMS an Norbert Fink und Kurt Hutnagl gab er seine aktuelle Handynummer bekannt.

Die wichtigste Aufgabe lag in der Sichtung des Feindes. Der Wehrgang rund um den Uhrturm hatte sich in eine gefährliche Falle verwandelt. Sobald ein Scharfschütze ihn dort erblickte, war es um ihn geschehen. Die Holzwände bedeuteten für eine Kugel aus der Steyr Mannlicher SSG 69 kein Hindernis. Nur im obersten Stockwerk und auf dem Dachboden bewegte er sich einigermaßen sicher - fürs Erste.

Donhart legte sich auf den Tisch, robbte die paar Zentimeter zum Fenster vor und spähte durch die Ritze zwischen Kippbrett und Sims. Wo stand die Cobra? Probierte es die sogenannte Elitetruppe über die 260 Stufen des Kriegssteiges? Der Anblick eines abstürzenden Typen der Spezialkräfte, der auf dem Schloßbergplatz mit lautem Knall aufschlug, brächte etwas Show in die Stadt.

Langsam schloss er die Luke, stieg vom Klapptisch herab und zog sich in seine Kommandozentrale zurück. Vorsichtig wagte er einen Blick auf die Nordseite. Er sah sommergrüne Bäume sowie ein menschenleeres Kaffeehaus, etwa fünfzig Meter von ihm entfernt. Auf der Wiese und den gepflasterten Gehwegen flanierte trotz des schönen Wetters niemand. So sehr er sich auch anstrengte, entdeckte er nirgendwo Polizei.

Zwei Schritte und ein Handgriff reichten, um auf der Ostseite das Kippbrett einen Spalt zu öffnen. Von dort aus konnte die Spezialtruppe ihn angreifen. Hier lag die einzige Straße, die den Schloßberg mit der Altstadt verband. Jeden Moment konnte ein gepanzertes Spezialfahrzeug auftauchen, um die Cobra an den Wehrgang zu bringen. Ein Fenster einzuschlagen und einzusteigen, war für die ein Leichtes. Noch herrschte Ruhe im Laubwald am Abhang des Stadthügels.

Falls sie den Herbersteingarten auf der Südseite als Aufmarschgebiet für ihren Angriff aussuchten, wählten sie zwingend den Tod. Er würde den Park mit Sperrfeuer übersäen. Auf jene Beamten, die es zum Fuß seiner Festung schafften, warteten ein paar Granaten.

Selbst wenn sich die Cobra aus dem Hubschrauber abseilte, würde es nicht nur den Bullen den ewigen Schlaf bringen. Dann käme der ultimative Trumpf zum Einsatz.

Das Wasser des Todes

Donhart grinste und überprüfte die Situation an dieser Flanke. Da erspähte er den Lauf eines Sturmgewehrs, das über die alte Festungsmauer ragte. Dahinter waren die Spezialkräfte in Stellung gegangen. Probierten sie es vom Süden aus? Von dort aus käme niemals der Sturmangriff! Eindeutig ein Ablenkungsmanöver. Aber das durchschaute er.

Ein Brummen näherte sich.

Donhart lief in die Kommandozentrale zurück, drehte das Kippbrett auf der Ostseite und guckte durch den Spalt. Ein grüner Panzerwagen verlangsamte die Fahrt und hielt hundert Meter vor dem Uhrturm an.

Begann der Sturm?

Zeit, die Lage zu checken. Er setzte sich an den Laptop und tippte. Bilder aus dem Inneren des Turms tauchten auf dem Monitor auf. Noch war es überall ruhig.

15:36 UHR

Das Prepaid-Handy vibrierte. Kurz darauf läutete es. Versuchten sie, Donhart mit einem billigen Trick abzulenken? Es brachte ihnen nichts. Lebend bekamen die ihn nie! Falls sie den Uhrturm stürmten, blieb Graz nichts anderes als der Tod. Er nahm das Gespräch an.

»Herr Donhart?« Es war eine weibliche Stimme.

»Wer will das wissen?«

»Konstanze Brandstätter von der Verhandlungsgruppe Süd.«

»Schau, schau, die Bullen.« Donhart zog die Glückszigarette aus der Packung und steckte sie in den Mund.

»Wir wollen mit Ihnen reden.«

»Spät, aber immerhin.« Markus Donhart ließ das Feuerzeug aufschnappen und entflammte den Tabak.

»Möchten Sie mit uns über Ihr Anliegen sprechen?«

»Ich habe keine Ahnung, was es da zu besprechen gibt.«

»Was können wir für Sie tun?«

»Halten Sie mich für gehirnamputiert? Ihr wollt mich ja doch nur verscheißern. Quatschen, damit mich die Scheißcobra fertigmacht. So nicht! Ich sage es euch gleich: So nicht!«

»Sie dürfen mir ruhig vertrauen.«

»So, Psychoschnepfe!« Donhart zerquetschte die leere Schachtel und schleuderte sie gegen die Wand. »Pass mal auf! Nun erzähl ich dir was: Hier lagern 300 Kilo Sprengstoff. Einsatzbereit. Wenn ich will, kann ich euch alle jederzeit vergiften.«

»Ich verstehe Ihr Misstrauen.« Vermutlich lächelte sie herablassend. Donhart spürte es.

»Sie brauchen nicht blöd zu grinsen. Ihr kriegt bald noch ein Video von mir. Dann werdet ihr es sehen! Ich lade es hoch, wenn ihr deppert seid.«

»Ich nehme Sie absolut ernst«, sagte die Psychotante.

»Ach so!« Donhart ließ ein paar Augenblicke vergehen. Er schritt über den Holzboden der Kommandozentrale. »Ich sage es nochmals. Sobald die Cobra auftaucht, knallt es!«

»Eines garantiere ich Ihnen jetzt schon: Solange wir im Gespräch bleiben, passiert nichts.«

Donhart zog an der Kippe und füllte seine Lungen mit Rauch. Endlich nahm sie ihn ernst. Durch die Übernahme der Macht über Leben und Tod war er wer. Er stieß die Tabakwolke so genussvoll aus wie seit Ewigkeiten nicht mehr.

»Sie haben viele Kränkungen erlitten, gell?«

»Hören Sie mir mit diesem Psychomist auf!«

»Sie setzen sich für Moral und Anstand in der Gesellschaft ein.«

»Falsch, Sie oberschlaue Pflaume!«

»Sondern?« Donhart setzte sich in den Korbsessel.

»Ich habe in meiner Mail an die Kleine Zeitung und an euch klar und deutlich geschrieben, was ich will! Kurt Hutnagl redet um vier mit Norbert Fink über die Putschpläne der *Milites Domini Jesu Christi.*« Donhart klopfte mit dem Zeigefinger auf den Couchtisch. »Live im Fernsehen und vor dem Uhrturm!«

»Ich befürchte, dass wir das nicht in zwanzig Minuten schaffen. Es kann etwas länger dauern, bis wir ein Kamerateam und einen Übertragungswagen bekommen.«

Er zog an der Zigarette und ließ die Glut bis zum Filter wandern. Was für Lackaffen! Alle Sender berichteten über seine Mission, und nun behauptete diese Kuh, man könne kein Fernsehteam für ein Interview auftreiben. Höchste Eisenbahn, denen mitzuteilen, dass man ihn nicht ewig hinhalten durfte.

»Die Übertragung beginnt um punkt 16 Uhr!«

»Wir tun unser Bestes, nur bis dann werden wir das nicht schaffen.«

»Was soll die Verarschung?«, donnerte Donhart. Er ließ den Stummel fallen und zerquetschte ihn mit der Schuhsohle. »Sie melden sich, sobald der Ü-Wagen da ist. Außerdem rede ich ab sofort ausschließlich mit Norbert Fink. Und vergesst eure Tricks, sonst jage ich euch den Uhrturm schon vorher um die Ohren!«

***

»So. Die Warnung an die Grazer ist heraus!« Hutnagl kehrte in das Büro des Stadtchefs zurück.

»Das Rathaus bietet Zuflucht für alle, bis die Gefahr gebannt ist«, ergänzte der Bürgermeister.

Sie setzten sich zu den anderen an den Tisch. Die Last auf Hutnagls Schultern wog schwer, jedoch drückte sie ihn nicht mehr zu Boden. Die erste Phase der Strategie, die er mit dem Generalpräfekten besprochen hatte, war aufgegangen. Der Auftritt vor der Presse hatte seinen Zweck erfüllt. Die Zeitungen würden morgen vom Blutbad von Graz schreiben, dem auch drei Ordensritter zum Opfer gefallen waren. Wenn er es geschickt anstellte, war der Rachefeldzug gegen die *Milites Domini Jesu Christi* bald vom Tisch.

»Herr Jesus Christus«, betete er, »hilf uns, den Amoklauf zu stoppen. Sieh das Leid, das Donhart angerichtet hat. Lass nicht zu, dass er weiterhin Böses tut. Ruf ihn zu dir. Zeige ihm deine Gnade.«

Die Zeit für die zweite Stufe war gekommen. Für den Frevler gab es zwei Wege in die Hölle. Entweder durch eigene Hand oder durch die Spezialkräfte. *Amokschütze starb im Kugelhagel der Cobra!*, wäre eine Schlagzeile, mit der jeder leben konnte. Falls die Geschichte mit Donharts Tod endete, vermied man das Strafverfahren und behördliche Ermittlungen. So käme der Ritterorden aus der Schusslinie.

»Wir müssen dem Spuk ein absolut rasches Ende bereiten. Die VG Süd soll versuchen, Donhart in ein Gespräch zu verwickeln. Während sie schwatzen, stürmt die Cobra den Uhrturm und schaltet ihn ohne langes Rumfackeln aus«, schlug Hutnagl vor.

»Abgelehnt«, erwiderte Wernitsch. »Die Verhandlungsgruppe tritt in diesen Minuten mit Donhart in Kontakt. Wir werden jetzt kein Öl ins Feuer gießen.«

»Das ist keine Geisellage, sondern eine Amoklage! Wir können es uns nicht leisten, weiter zu schlafen und uns vor aller Welt zum Kasper zu machen.«

»Wollen Sie auch noch die Cobra in den Tod hetzen, nur um Ihre Befangenheit zu verschleiern?«, kam prompt der Vorwurf von Sabrina Mara.

In Hutnagls Adern kochte es. Es wurde Zeit, ihr die Leviten zu lesen. »Frau Kollegin, Sie beleidigen mich, den Bürgermeister und alle, die gegen diese Krise kämpfen. Haben Sie ein Problem damit, wenn die Cobra ihren Job macht? Dann wechseln Sie den Beruf! Hören Sie auf, mich an Maria Magdalena vor ihrer Bekehrung zu erinnern. Und machen *Sie* jetzt endlich auch Ihren Job!«

»Verlassen Sie sich drauf!«, konterte Sabrina Mara. »Ich sammle die Fakten und nehme sie kritisch unter die Lupe. Und dazu zählt für mich auch das Motiv!«

»Frau Kollegin.« Hutnagl lächelte sie an. »Amokläufe haben per se keinen Grund, und womit haben wir es gerade zu tun?«

»Mit einem Rachefeldzug, Herr Oberstleutnant.« Sabrina Mara hatte den Dienstgrad mit einem Unterton ausgesprochen, der klang, als wollte sie ihn ihm streitig machen.

»Chuzpe haben Sie, Frau Kollegin.«

»Wie war das mit dem Wappen der Ordensritter? Es ist beim Direktor und beim Anwalt aufgetaucht ...«

»... aber beim Brautpaar nicht«, unterbrach er seine Untergebene. »Glauben Sie im Ernst, dass ein Pornograf wie dieser Peter Almer sich bei einem christlichen Laienorden auch nur eine Minute wohlfühlen würde?«

»Ein Pornograf«, wiederholte Sabrina Mara. »Für so einen Perversen kann es in einem Ritterorden keinen Platz geben. Vor allem dann, wenn er gegen Gott lästert.«

»Ihren zynischen Unterton verbitt ich mir!«

»Kennen Sie das Aktfoto *God's Love For Black and White?*«

»Kommen Sie endlich zum Punkt!«

»Ich komme gern auf den roten Punkt, den man bei der Vernissage unters Bild geklebt hat. Der zeigt nämlich, dass es schon verkauft worden ist. Waren Sie vielleicht der Käufer? Nennt Donhart Sie deswegen in seinem Blog dauernd Oberheuchler? Weil Sie *Das letzte Abendmahl* ebenfalls gekauft haben?«

Hutnagl klopfte mit dem Zeigefinger auf das Ziffernblatt seiner Charmex Senator. »Soll das ein Verhör werden, Frau Kollegin? Die Lage ist viel zu ernst, um uns mit Klatsch und Tratsch zu beschäftigen!«

»Beantworten Sie bitte die Frage!«, sprang Staatsanwältin Opitz in die Bresche.

»Nein.«

»Stimmt.« Sabrina Mara zuckte mit den Augenbrauen. »Sie sind nur der Besitzer, aber nicht der Eigentümer. Bis heute hat Peter Almer keinen Cent von seinem Geld gesehen.«

»Und wenn schon, was täte das zur Sache?«

»Sie waren zur Hochzeit eingeladen. Ich verrate Ihnen, warum. Man hätte Sie vor allen Gästen damit konfrontiert. Statt die Bilder zu bezahlen, haben Sie den Anwalt von Almers Ex finanziert, um die Heirat doch noch zu verhindern.« Sabrina Mara zog Posettos Visitenkarte aus ihrer Brusttasche und ließ sie durch die Runde gehen. »Das war übrigens der Anwalt, der heute am Schloßbergplatz erschossen worden ist.«

»Langsam wird's aber eigenartig«, bemerkte Wernitsch.

»War das der Grund, warum Sie Frau Mara zum Filmeschauen ins Büro schicken wollten?«, hakte die Staatsanwältin nach.

Das Smartphone vibrierte und tanzte über die Tischfläche. Hutnagl schaute auf das Display. »*Danke, Jesus, dass du mir geholfen hast!*«, dachte er. »Die Brandstätter von der VG Süd«, sagte er.

15:39 UHR

»Gehen Sie ran, und schalten Sie es auf laut«, befahl Wernitsch.

»Mach ich.« Hutnagl aktivierte den Lautsprecher und nahm das Gespräch an. »Frau Brandstätter, der Führungsstab hört mit. Was gibt's Neues?«

»Donhart hat sich gemeldet.«

Hutnagls Finger umklammerten die Tischkante. »Was soll denn das heißen? Habt ihr ihn angerufen oder er euch?«

»Er hat der Kleinen Zeitung und uns einen Abschiedsbrief per E-Mail geschickt. Darin hat er seine Nummer verraten. Ich habe schon mit ihm reden können.«

»Okay.«

»Gar nichts ist okay!« Konstanze Brandstätter klang so aufgebracht wie die Gottesmutter vor der Kreuzigung Jesu. »Er ist, äh, es ist, das Ganze ist ... ist extrem kritisch. Mein Gespräch mit ihm war leider nicht sonderlich lang. Er wirkt auf mich schwer depressiv und suizidgefährdet. Ganz klar sehe ich das im Abschiedsbrief: Der Mann ist sexuell immens frustriert und zeigt eine intensive Faszination für frühere Amokläufer.«

»Ist das nicht typisch für Amoktäter?« Hutnagl kannte die Antwort, aber die Frage passte perfekt in die Strategie, die er mit dem Generalpräfekten entwickelt hatte.

»Ja«, ein kurzes Seufzen folgte, »vor allem das Blutbad an der Columbine High School in Littleton dient vielen Tätern als Vorbild. Bei Donhart tippe ich aber, dass er sich am Amoklauf von Austin orientiert.«

Hutnagl streckte den Zeigefinger von der Hand. »Ganz klare Sache. Wir haben hier eine Situation, die dringend nach einem raschen Agieren schreit. Also finaler Rettungsschuss.«

»Äh«, gab Konstanze Brandstätter konsterniert von sich. »Uns droht die ärgste Katastrophe seit dem Zweiten Weltkrieg.«

»Die haben wir schon!« Der Bürgermeister stieß einen Seufzer aus. »So viele Tote an einem Tag hatten wir seit 1945 nicht mehr.«

»Er will den Uhrturm in die Luft jagen, wenn wir nicht das machen, was er sich wünscht.«

»Welche Forderungen hat er denn gestellt?«, fragte Sabrina Mara.

»Hutnagl soll Norbert Fink um vier Uhr vor dem Uhrturm ein Fernsehinterview geben. Dabei soll es um die Putschpläne der *Milites Domini Jesu Christi* gehen.«

»Wie stellt er sich das denn vor?« Hutnagl stand auf und beugte sich über das Telefon. »Wie soll ich eine Verschwörung aus dem Zylinder zaubern, die bloß in seinem Schädel existiert? Ganz dasselbe wie seinerzeit die Bajuwarische Befreiungsarmee von Franz Fuchs.«

»Ich sehe es ja genauso. Aber er ist viel gefährlicher, als Franz Fuchs es jemals war. Der hat wenigstens ›nur‹ mit Brief- und Rohrbomben hantiert.«

»Und Donhart?«

»Mit 350 Kilo Sprengstoff und Tabun!«

»Was!?« Hutnagl konnte nicht glauben, was er da gehört hatte. »Der soll Giftgas haben?«

»Behauptet er zumindest«, meinte Brandstätter.

»Wie genau wirkt denn Tabun?«, fragte der Bürgermeister.

»Extrem mörderisch!« Hutnagls Hand fuhr durch sein Kopfhaar.

Wernitsch massierte seine Wange. »Es ist ein Nervengas. Es dringt sowohl über die Haut als auch die Atmung in den Körper ein. Je nach Dosis führt es zu Kopfschmerzen, Erbrechen, Krampfanfällen und Verwirrtheit. Später lähmt es das Atemzentrum, und man erstickt qualvoll. Es ist bereits in kleinsten Mengen absolut tödlich.«

»Um Gottes willen.« Der Kopf und die Hände des Bürgermeisters zitterten. »Was bedeutet das für uns?«

»Dieser Kampfstoff wurde 1988 beim Giftgasangriff auf Halabdscha im Irak eingesetzt. 5000 Leute fanden den Tod, 10.000 erlitten dauerhafte Gesundheitsschäden. All das bei 70.000 Einwohnern. Auf Graz bezogen, rechne ich im schlimmsten Fall mit bis zu 30.000 Opfern.«

»30.000?«, wiederholte der Bürgermeister. Aus seinem Gesicht war jede Farbe verschwunden.

»Gibt es kein Gegenmittel?«, fragte die Staatsanwältin.

»Ich werde die ABC-Abwehrkompanie des Bundesheers anfordern«, antwortete Wernitsch. »Hoffentlich haben die auf die Schnelle genug Atropin.«

»Das Ultimatum läuft in siebzehn Minuten ab«, sagte die Psychologin, »und er will, dass Herr Fink das Interview mit Herrn Hutnagl führt. Wissen wir überhaupt, wo Fink sich aufhält?«

»Ja«, meldete sich Hutnagl. »Bei uns im Bau. Ich habe ihn hopsgenommen. Der steckt entweder mit Donhart unter einer Decke, oder er ist vollkommen durchgeknallt.«

»Wieso?«, fragte der Bürgermeister.

Hutnagl schenkte Wasser aus der Karaffe in sein Glas. »Was soll man sonst von einem Typen halten, der uns weismachen will, dass es so was wie prophetische Fotos gibt? Dass ein lettischer Nostradamus namens Finks vor mehr als 80 Jahren den Mord im Bischöflichen Gymnasium fotografiert hätte.«

»Im Ernst?« Das Gesicht des Stadtpolitikers sprach Bände.

Hutnagl nickte. »Ja, im Ernst!«

»Was wissen wir über das Verhältnis zwischen Donhart und Fink?«, wechselte Wernitsch das Thema.

Hutnagl trank einen Schluck Wasser. »Beide sind seit Jugendtagen gut befreundet. Ich gehe fest davon aus, dass sie das Verbrechen gemeinsam geplant haben.«

»Wenn der Chef Fink festgenommen hat, müsste er auch sein Handy einkassiert haben«, warf Sabrina Mara ein. »Wo ist es? Wir sollten ...«

»Frau Kollegin«, unterbrach Hutnagl sie. »Wo meinen Sie, wird es sein? Vorläufig in der Asservatenkammer, oder?«

»Wir müssen jede Chance nutzen. Wenn er schon im Bau sitzt, sollten wir rasch prüfen, ob wir ihn in die Verhandlungsgruppe einbinden können.«

»Das könnte die Lage durchaus entschärfen«, bemerkte die Psychologin.

Hutnagls Brustkorb zog sich zusammen. Falls er die Strategie nicht gefährden wollte, musste er gegensteuern. »Frau Kollegin, da wünsche ich Ihnen viel Glück. Wenn Sie unsere wertvolle Zeit mit diesem Idioten verschwenden wollen, nur zu. Es bringt nichts, mit Spinnern zu palavern. Und je länger wir mit Terroristen verhandeln, umso lächerlicher machen wir uns. Das einzig Sinnvolle ist es, dass die Cobra in den Uhrturm eindringt und den Frevler ausschaltet! Ganz einfach.«

Wernitsch schlug mit der flachen Hand auf den Tisch. »Hutnagl, mir reicht's. Sie haben jetzt Sendepause, und Sie weichen nicht mehr von meiner Seite, solange die Fahndung nach Donhart noch läuft. Das ist eine dienstliche Anweisung.«

»Ich muss Gott vertrauen«, murmelte Hutnagl. »Möge sein heiliger Wille sich erfüllen.«

»Frau Mara«, wandte sich Wernitsch an Sabrina. »Sie werden mit Fink reden und prüfen, ob man ihm trauen kann.«

»Mache ich«, Sabrina stand auf.

»Und Sie, Frau Brandstätter, kaufen uns noch Zeit.«

»Ich gebe mein Bestes!«, sagte die Psychologin.

»Wir übersiedeln ins Stadtpolizeikommando«, sagte Wernitsch. »Wir treffen uns dort im Verhandlungszimmer. Axel Kleingott von der Cobra werden wir ebenso brauchen.«

»Einverstanden«. Der Bürgermeister schritt zum Schreibtisch und griff zum Telefon. »Ich werde ab sofort eine Ausgangssperre verhängen.«

15:54 UHR

»Antenne Steiermark hat das Programm geändert und berichtet zeitnah von den aktuellen Ereignissen in Graz.«

Markus Donhart hatte Geschichte geschrieben. Egal, wie das hier ausging! Niemand hatte ihm zugetraut, eine Sache durchzuziehen. Jeder hatte ihn als unfähigen Hektiker betrachtet, der nie etwas zustande brachte. Doch seit heute stand sein Name in einer Reihe mit den Großen.

Antenne Steiermark bestätigte es!

Endlich verbreiteten sie im Radio nicht mehr das Märchen, die Cobra hätte im Bischgym einen Amoklauf verhindert. Das Ende von Todesernst bedeutete auch für sie den Anfang der großartigsten Mission aller Zeiten. Die Stimme der Moderatorin zollte ihm Respekt, als sie die Stationen des Feldzugs durchging.

»Man ... man muss ... muss weiterhin noch ... noch mit weiteren Anschlägen rechnen.« Warum stotterte die Sprecherin?

Wieso schwieg sie einen Augenblick?

Donhart ahnte den Grund für die unübliche Stille bei Antenne Steiermark.

Die Ansagerin räusperte sich. »Soeben habe ich folgende dringende Meldung erhalten.«

Eine erneute Pause. »Entschuldigung«, die Radiosprecherin atmete hörbar durch. »Für das gesamte Grazer Stadtgebiet wurde eine Ausgangssperre verhängt. Falls Sie gerade auf den Straßen unterwegs sind, suchen Sie umgehend ein Haus auf. Verschließen Sie sämtliche

Türen und Fenster, bis die Polizei Entwarnung gibt. Bleiben Sie ruhig. Wir halten Sie auf dem Laufenden.«

Donhart rieb sich die Hände. Endlich! Sie nahmen ihn ernst.

Die Mail an die Kleine Zeitung hatte es jedem klargemacht! Hutnagl blieb nichts anderes übrig, als die Putschpläne des Ritterordens offenzulegen. Die Aussendung an die Presse enthielt ein Zauberwort, das die Bullen ein für alle Mal lähmte.

Tabun.

Das Wasser des Todes.

Auf der Armbanduhr marschierte der Minutenzeiger auf die Zwölf zu. Das Handy sollte in jedem Moment bimmeln. Wenn es mit der Kaiserjägermusik klingelte, hatte er Kurt Hutnagl den Marsch geblasen. Ein rustikaler Ton aus dem Mobiltelefon bedeutete, dass Norbert Fink um Anweisungen bat.

Lautes Glockenläuten riss ihn aus der meditativen Stimmung. Das blinkende Display kündigte den Anruf an, doch der Klingelton passte weder zu Hutnagl noch zu Fink. Sie wollten ihn hinhalten und zermürben. Er musste ihnen klarmachen, dass diese Taktik bei ihm nicht funktionierte. Donhart beschloss, das Gespräch anzunehmen.

»Konstanze Brandstätter. Wir möchten Sie verstehen. Worum geht es Ihnen?« Es war die Psychotante, wie er es erwartet hatte.

»Sie wissen genau, was ich will. Ich sage es gern ein weiteres Mal zum Mitschreiben!« Donhart verlangsamte die Wortfolge, als wäre er ein Volksschullehrer während eines Diktats. »Kurt - Hutnagl - wird - sich - vor - den - Uhrturm - stellen. Norbert - Fink - wird - mit

- ihm - ein - Interview - über - die - Putschpläne - der - Milites - Domini - Jesu – Christi - führen!«

»Unsere Gespräche mit dem ORF sind nicht so leicht. Wir brauchen noch etwas Zeit.«

»Ach, wirklich!« Donhart nahm einen tiefen Zug und blies den blauen Dunst in das Mikrofon des Handys.

»Herr Donhart?«

»Also, du Märchenprinzessin. Das ANFO sorgt nur für eine kleine Tabunwolke. Sagt dem ORF, was Tabun so anrichtet. Wenn du ein Milligramm davon abkriegst, krepierst du qualvoll! Ich habe genug für halb Graz!«

»Wir versuchen unser Bestes, aber zaubern können wir nicht. Ich setze alles daran, Ihren Wunsch so schnell wie möglich zu erfüllen.«

»Man merkt es!« Donhart ließ die Zigarette auf den Boden fallen und zerquetschte sie mit dem Schuh. »Wo ist denn Norbert Fink?«

»Wir suchen ihn gerade. Und müssen noch mit ihm reden. Soll ich ihm etwas ausrichten?«

Das Gelaber diente nur dazu, ihn zu zermürben. »Hören Sie auf, mich zu veräppeln!«, böllerte Donhart. »Ich will Norbert Fink! Und zwar auf der Stelle! Sonst fliegt …«

»Warten Sie«, unterbrach sie ihn. »Wir brauchen ein bisschen Zeit, um ihn zu suchen.«

Donhart blickte auf die Uhr. »Er ist jetzt fällig! Verarscht wen anders! Mir reicht es!«

»Wir bringen ihn gleich vorbei. Gleichzeitig machen wir dem ORF Dampf unterm Hintern. Aber das braucht eine Weile. Wollen Sie sich und uns ein wenig Zeit geben?«

Donhart überlegte. Eine halbe Stunde konnte er gebrauchen. Schließlich musste er mit Fink die Fragetaktik besprechen. »Okay, ich verlängere euch die Frist für das Interview. Aber wenn ich Norbert nicht spätestens um halb fünf in der Leitung habe, dann knallt's!«

***

»Wo genau sitzt Fink?«, fragte Sabrina einen Kollegen in Uniform, der am Anfang des Zellentrakts stand.

»Er bespricht sich mit seinem Anwalt.« Der Uniformierte ging auf eine schwere Holztür zu und klopfte an. Daraufhin öffnete er sie und lud Sabrina in den Verhörraum ein.

Das Vernehmungszimmer wurde dem Klischee in jeder Hinsicht gerecht. Ein Metallschrank in der Ecke gehörte zu der kargen Einrichtung aus einem metallenen Tisch und drei Stühlen. Ein erschöpfter Mann mit wirrem Haar blickte ihr durch eine Nickelbrille entgegen. Der elegant gekleidete Verteidiger prägte sich ihr mit einem dichten Vollbart ein.

Sabrina betrat den Raum. »Herr Fink, ich hätte ein paar Fragen an Sie.«

»Gern«, sagte der Rechtsanwalt und wandte sich an Fink. »Machen Sie Ihre Aussagen so, wie wir es gerade besprochen haben.«

Fink nickte.

Sabrina beschloss, den direkten Weg zu gehen. »Kennen Sie Markus Donhart?«

»Wir waren Klassenkameraden im Bischgym und sind seither Freunde geblieben. Ich glaube, ich bin der Einzige, der ihn wirklich kennt.«

»Das trifft sich gut.« Sabrina setzte sich einem Vermittler gleich zwischen dem Rechtsbeistand und Fink an den Tisch. »Stimmt es, dass Sie bei Ihrer Befragung die Geschichte mit dem prophetischen Foto aufgetischt haben?«

»Ja«, gab Fink zu, »ich habe Markus leider diesen Floh ins Ohr gesetzt, als *Todesernst* ihn in Latein hat durchsausen lassen. Nach der Matura habe ich ihm das Bild geschenkt, das *Todesernst* von uns im Lindenhof gemacht hat.«

»Wie kamen Sie an die Ablichtung?« Sabrina öffnete die Notiz-App auf ihrem Smartphone.

Fink lächelte. »Ist hoffentlich verjährt. Ich habe es in einer Pause aus seiner Tasche stibitzt.«

»Schon längst«, gab der Anwalt von sich.

Fink trank einen Schluck Wasser. »Ich habe mehrfach versucht, ihm klarzumachen, dass es nicht von Eižens Finks stammt.«

»Haben Sie den Vers auf die Rückseite geschrieben?«, hakte Sabrina nach.

Fink blickte zum Verteidiger.

»Mein Mandant wird sich dazu nicht äußern«, sprang der Jurist in die Bresche.

»Nun gut, dann probieren wir es anders. Wie hat sich der Floh in Donharts Ohr entwickelt?«, hakte Sabrina nach.

»Er hat sich da in was reingesteigert. Er glaubt, dass das Foto ihm einen göttlichen Auftrag gegeben hat. Markus war von der Idee besessen, dass der Hellseher

Eižens Finks 1936 prophezeit hätte, Markus Donhart würde eine gewaltige Verschwörung aufdecken.«

»Und hat er das?«, bohrte Sabrina.

»Ach wo!« Norbert Fink ließ die linke Hand absinken. »Wie oft habe ich es ihm auszureden versucht, aber umsonst. Markus war total überzeugt davon, dass die Vorsehung für ihn eine spezielle Rolle auserkoren hat.«

»Wie soll Ihr Vorfahre die angeblich prophetischen Fotos denn geschossen haben?«, wollte Sabrina wissen.

»Nun, soviel ich weiß, sind diese Bilder in den Vollmondnächten durch eine Doppelbelichtung entstanden. Einmal hat Eižens Finks beim Aufnehmen der Mondspiegelung auf einem See damit gespielt. Und das Gleiche dürfte *Todesernst* mit dem Foto von uns im Lindenhof ausprobiert haben.«

»Und der Vers auf der Rückseite?«, hakte Sabrina nach.

»Ich habe Markus damals erzählt, dass das die Prophezeiung ist. So wie beim Nostradamus halt.«

»Mein Mandant hat auf seinem iPhone einen WhatsApp-Chat gespeichert, der seine Aussagen klar belegt. Sie können ihn gerne unter die Lupe nehmen.«

»Dann bitte ich Sie darum.« Sabrina setzte ein Lächeln auf.

Fink nahm sein Smartphone vom Tisch, aktivierte es und tippte den Code ein. Kurz darauf überreichte er ihr das Handy.

Sabrina scrollte zum Anfang des Dialogs. Dem Datum über den ersten Zeilen zufolge, hatten sie die Unterhaltung vor drei Monaten begonnen.

Was Fink von sich gegeben hatte, passte zum Inhalt des Online-Gesprächs.

Sabrina überflog die Mitteilungen, die sich um die Aufnahme drehten. Dann sprang ihr der Name des Ritterordens ins Auge. Sie beschloss, jene Botschaft genauer unter die Lupe zu nehmen:

Es ist Zeit, die Prophezeiung des lettischen Nostradamus zu erfüllen. Die Milites Domini Jesu Christi wollen die Macht an sich reißen. Sie haben Firmen, das Militär und die Polizei unterwandert. Sie planen einen Putsch in allen Staaten der EU!!! Es liegt an uns, die Verschwörung aufzudecken. Die Prophezeiung wird durch uns wahr!!!
Was meinst du?

Sabrina las Finks Antwort.

Du traust denen viel zu viel zu! Wie sollen diese Typen z. B. in Frankreich oder Schweden das erreichen? Ich brauche Konkreteres, um aktiv zu werden. Liefere mir eine eindeutige Spur, die man verfolgen kann. Das ist mir zu vage.

Eine Sprechblase verkündete Donharts Reaktion.

Von Todesernst, Hutnagl, Posetto und Almer weiß ich fix, dass die in das Komplott verstrickt sind. Dann gibt es noch Oberst Silvester Wögerer vom Brigadekommando in Klagenfurt. Bei dem bin ich mir auch sicher. Ich habe ihn beim Stiftungsfest gesehen, wie er mit Kurt Hutnagl und Andreas Rottenbach herumgetuschelt hat.
Ich denke, es wird Zeit zu handeln. Beenden wir gemeinsam diese Sauerei. Wann steigt das Interview mit mir auf Antenne Steiermark?

Nach kurzer Zeit war die Antwort gekommen.

Kein seriöser Radiosender bringt eine Reportage, ohne das Behauptete belegen zu können. Du nennst mir ein paar Leute, die wir beide kennen. Das sind nur vage Anschuldigungen. So geht das nicht. Was ich brauche, ist Konkreteres.

Donhart hatte nicht lange auf die Entgegnung warten lassen.

Norbert, warum lässt du mich jetzt im Stich? Ich habe dir gestern geschrieben, was ich über die Milites Domini weiß. Wie kannst du mir das antun? Muss ich zu härteren Mitteln greifen, um Kurt Hutnagl zu entlarven?

Der Chat sprach deutlich dafür, dass Norbert Fink wenig Ahnung von Donharts Plänen hatte und kein Grund mehr bestand, ihn festzuhalten.

Sabrina schob das Handy zu Fink zurück. »Wenn Sie uns das früher gemeldet hätten, wäre all das nie passiert.«

»Nichts für ungut, Frau Inspektor. Die Andeutung ist mehr als kryptisch«, verteidigte ihn der Jurist.

»Das stimmt auch wieder«, gab Sabrina dem Anwalt recht.

Sie wandte sich an Fink. »Aber eines interessiert mich noch: Wieso haben Sie beim Presseauftritt in der Kreuzgasse nach diesem Foto gefragt und es genau beschrieben?«

»Weil ich mir Sorgen gemacht habe. Ich wollte für mich ausschließen, dass es Markus war.«

Sabrina sah dem Reporter in die Augen. »Herr Fink, ich muss mich bei Ihnen für das Missverständnis entschuldigen.«

»Ah, jetzt auf einmal!« Norbert Fink stand auf und ballte die Faust. »Das war die Story meines Lebens! Und ihr sperrt mich ein! Wie soll ich da meinen Job machen? Ich sag es gleich! Das wird Konsequenzen haben!«

»Beruhigen Sie sich!«, bat der Verteidiger. »Sie haben es hinter sich.«

Fink schlug mit der Faust auf den Tisch. »Ich lass mir nicht die Butter vom Brot nehmen! Ich werde euch verklagen!«

»Herr Fink, Sie haben es überstanden«, wiederholte der Rechtsanwalt.

Sabrina legte beide Hände auf die Tischplatte. »Ich kann Ihnen eine viel bessere Reportage anbieten. Was Ihr Buch betrifft, werde ich Ihnen bei Gelegenheit behilflich sein, doch momentan brauchen wir dringend Ihre Hilfe.«

»Na, ihr seid echt komisch!« Fink setzte sich wieder hin. »Zuerst behandelt ihr mich wie einen Mörder, nur weil ich eine Frage stelle, die Herrn Hutnagl nicht passt. Er nervt mich so lange, bis ich ihm irgendein Geständnis liefere. Und jetzt soll ich euch helfen?«

Sabrina blickte auf die Uhr. »Es geht um Menschenleben! Er hat zwölf Leute umgebracht und fünf lebensgefährlich verletzt. Es wird noch viel mehr Tote geben, wenn Sie uns nicht unterstützen.«

»Und wie denn?« Fink verzog das Gesicht. »Markus anrufen und ihn anflehen: Bitte, bitte, bitte, hör mit dem Amoklauf auf?«

Sabrinas Handy piepste. Sie warf einen Blick darauf. *Wie sieht es mit Fink aus? Donhart will ihn spätestens um 16:30 am Telefon.*

Sabrina beschloss, Fink reinen Wein einzuschenken. »Donhart hat sich im Uhrturm verschanzt. Er will so bald wie möglich mit Ihnen reden. Er droht damit, den Uhrturm in die Luft zu jagen und so das Nervengas Tabun über Graz zu verteilen, wenn wir seine Forderung nicht erfüllen. Der Bürgermeister hat eine Ausgangssperre verhängt, und beim Militär rechnet man im schlimmsten Fall mit Tausenden von Opfern.«

»Das ist ja heftig.« Der Verteidiger zupfte sich die Barthaare.

»Puh.« Finks Kinn sank hinunter.

Sabrina atmete durch und blickte Fink in die Augen. »Donhart wünscht, dass Sie vor dem Uhrturm ein Fernsehinterview mit Kurt Hutnagl führen.«

Das Kopfschütteln verriet, was Fink von der Idee hielt. »Ich werde mich garantiert nicht neben eine Giftgasbombe stellen. Das könnt ihr aber so was von vergessen!«

»Das wäre auch völlig unverantwortlich, und das würden wir niemals zulassen«, beschwichtigte Sabrina. »Donhart möchte zuerst nur mit Ihnen telefonieren. Ich gehe davon aus, dass er Ihnen die Fragen diktieren will.«

»Okay.« Fink griff nach dem Smartphone.

Sabrina nahm die Hand des Reporters und drückte sie sanft an den Tisch. »So läuft das nicht. Wir werden das gemeinsam mit der Verhandlungsgruppe machen. Und was ganz wichtig ist: Sobald es um das Interview geht, dürfen Sie auf keinen Fall zu- oder absagen.

Bleiben Sie in diesem Punkt stets vage. Halten Sie ihn einfach hin.«

Fink nickte. »Okay.«

»Schauen wir, dass wir ins Verhandlungszimmer kommen«, sagte Sabrina.

16:15 UHR

»Nicht müde werden«, sagte Markus Donhart zu sich. Die Vorbereitungen für den entscheidenden Kampf forderten ihren Tribut. Wenn er einschlief, schaffte es die Cobra trotz aller Vorsichtsmaßnahmen. Sollte es blöd laufen, fehlte ihm die Zeit, sich eine Kugel in den Kopf zu jagen.

Dass so eine Mission kein Spaziergang war, hatte er vorher gewusst. Im Gegenteil. Er hatte sich auf eine Belagerung eingestellt. Donhart hatte damit gerechnet, dass sie ihn durch eine Hinhaltetaktik zermürben wollten. Dagegen bot die moderne Apotheke Abhilfe. Sie lag im Minikühlschrank am Boden der Kommandozentrale. Er brauchte sich nur zu bücken, um das dunkle Fläschchen herauszuholen. Er schraubte den Verschluss auf und hielt es über den Tisch. Donhart klopfte mit dem Finger auf den Behälter, bis die himmelblaue Tablette herausfiel. Das Wunderding vertrieb jede Erschöpfung im Nu. AD war auf der kreisrunden Pille eingestanzt.

AD stand für Adderall.

Ein Amphetamin.

Er legte das Mittelchen in den Mund und schnappte sich die Dose Red Bull zum Runterspülen. Einen Schluck später landete das Speed im Magen.

Falls die Cobra den Sturm wagte, erlebte sie ein blaues Wunder. Er hatte zwar das As ausgespielt, aber der Joker im Ärmel wartete noch auf den Einsatz. So leicht war es nicht, einen Markus Donhart zu beseitigen.

Das Mobiltelefon vibrierte und tanzte auf dem Couchtisch. Rustikale Töne drangen aus dem Handtelefon. »Norbert ist am Telefon dran«, trällerte ein Schlagersänger. »Norbert ruft dich wieder mal an. Norbert hat nicht ewig Geduld: Gehst du nicht ran, bist du selber schuld!«

Donhart lächelte. Die Psychotante wagte nicht mehr, ihn anzurufen. Nein, das war sein bester Kumpel, und der rief ihn von *seinem* Handy aus an. Gestern noch hatte er ihm genau diesen Klingelton zugeordnet. Er wippte zu der Melodie und hob das Gerät vom Tisch hoch.

»Norbert ist am Telefon dran. Norbert ruft dich wieder mal an. Nor...« Donhart drückte auf die grüne Taste und hielt das Handy ans Ohr.

»Servus! Wie findest du meine Aktion?«

»Markus, altes Haus!« Es handelte sich eindeutig um die Stimme seines engsten Freundes. »Sag, was ist denn in dich gefahren?«

»Heute erfüllt sich, was der lettische Nostradamus prophezeit hat. Ich habe dir immer schon gesagt, dass der Vierzeiler auf der Rückseite mir gilt.«

»Was bedeutet denn der Vers?«, fragte Fink.

»Komm, stell dich nicht blöd«, raunzte Donhart. »Du hast ja erzählt, dass nicht einmal die Lindenblüten um *Todesernst* trauern werden, weil er so viel Leid über Graz bringen wird.«

»Ja, stimmt. Markus, das ist doch eine Wahnsinnsstory, oder?«

»Jetzt siehst du selbst, dass die Prophezeiungen stimmen.«

»Und deswegen machst du diese Veranstaltung?«

Donhart schnaufte. Irgendetwas stimmte nicht mit Fink. »Du willst ein Buch darüber schreiben, oder?«

»Natürlich.«

Donhart kontrollierte auf dem Laptop die Überwachungsbilder. Im Uhrturm herrschte absolute Ruhe; die Cobra wagte es nicht, zu stürmen. »Norbert, du weißt, was ich dir über die *Milites Domini* berichtet habe. Nun kriegst du die Beweise, die du immer haben wolltest! Also: Hutnagl gibt dir ein Liveinterview im Fernsehen und verrät dabei die Putschpläne. Nur so und nicht anders kann man mich stoppen.«

»Die meinen, dass die Verschwörung nur in deinem Kopf existiert. Für die Polizei bist du ein typischer Amokläufer. Leider.«

»Nimmst du mich wenigstens ernst?«

»Natürlich.«

»Machst du das Interview mit ihm?«

»Welche Fragen soll ich ihm denn stellen?«

Donhart nahm eine Zigarette aus der Packung, zündete sie aber nicht an. »Du hältst zu mir, oder?«

»Ich war immer auf deiner Seite.«

»Super! Du weißt, was ich von ihm hören will.«

»Versprich mir bitte, dass du dann damit aufhörst. Okay?«

»Wenn er alles sagt und nichts abstreitet, ist meine Mission erledigt. Ehrenwort.«

Wieso traute Norbert ihm nicht? Fink musste doch wissen, dass Donhart jederzeit zu seinem Wort stand. Hatten sie Fink etwa umgedreht?

»Wirst du Hutnagl nichts tun?«

»Nein, verdammt noch mal!«, donnerte Donhart. »Er soll dir das Interview geben! Der ORF muss es live übertragen. Das kann doch nicht so schwer sein, oder?«

»Nun gut. Ich organisiere dir den Auftritt.«

In Donharts Kopf verwandelte sich die schmale Kommandozentrale in einen feudalen Thronsaal. In Kürze würde jeder den Sinn des entschlossenen Handelns erkennen. »Ich habe gewusst, dass man sich auf dich verlassen kann! Wann bist du mit ihm vor dem Uhrturm?«

»Ich habe eine andere Idee.«

»Und die wäre?« Donhart fuhr mit der Zunge über das weiße Papier der Zigarette.

»Das Buchprojekt. Schreiben wir gemeinsam ein Buch. Über die Prophezeiungen des Eižens Finks. Welche Rolle die *Milites Domini Jesu Christi* darin spielen. Was genau der Prophet dazu gesagt hat. Das schaffen wir auch ohne ein Interview mit Kurt Hutnagl.«

»Was soll das?« Hatte Donhart sich in ihm so getäuscht? Weshalb zog Norbert den Schwanz ein, bevor es überhaupt zur Sache ging?

»Wir brauchen zwar ein paar Wochen, aber dann haben wir eine super Story beieinander.«

»Hat dir das die Polizei ins Hirn geschissen?«, brüllte Donhart. »Das glaubst du doch selbst nicht! Entweder bist du in dreißig Minuten mit Hutnagl und dem Übertragungswagen da, oder der Uhrturm fliegt in die Luft! Ganz einfach!«

»Unser Problem liegt nicht nur beim Ü-Wagen.«

»Sondern?«

»Mein Chef macht mir Stress.«

»Wieso?«

»Er erlaubt mir nicht, dass ich Hutnagl vor dem Uhrturm befrage.«

»Warum veralberst du mich?«

Eine Pause folgte. »Ich nehme dich ja ernst. Ich bin aber nur ein kleines Rädchen bei Antenne Steiermark. Es geht leider nicht so einfach. Die Redaktion will es mir erlauben, wenn es im Media Center des Grazer Rathauses stattfindet. Da müssen wir uns halt noch erkundigen. Die Marketingabteilung setzt sich mit den Zuständigen vor Ort in Verbindung.«

»Du checkst es nicht! Mich interessiert es einen Scheißdreck, was dein Boss oder eure Werbefuzzis schwafeln. Du machst das Interview mit Hutnagl vor dem Uhrturm! Haben wir uns verstanden?«

»Ich würde es ja tun, aber solange Hutnagl dem nicht zustimmt ...«

»... hat diese schwule Sau Tausende Tote zu verantworten!«, unterbrach ihn Donhart. »Gehen wir die Fragen durch, die du ihm stellen wirst. Okay?«

»Ich weiß nicht.«

»Jetzt sag ich dir was! Ich lass mich ungern an der Nase herumführen! Und schon gar nicht von dir. Du bist samt Hutnagl und dem Ü-Wagen um spätestens fünf da. Und dann interviewst du ihn zu den Putschplänen. Sonst fliegt der Uhrturm in die Luft. Das ist mein letztes Wort!« Donhart legte auf.

16:20 UHR

Mamma Mia. Er hat es versemmelt!

Sabrina griff sich an den Kopf. »Herr Fink, wollen Sie, dass wir alle draufgehen?«

Der Reporter hob beschwichtigend die Hände. »Ich habe getan, was ich tun konnte.«

»So kann man es auch sehen!«, sagte Sabrina mit einem sarkastischen Unterton.

»Ich habe Ihnen extra erklärt, dass Sie keine konkrete Zusage machen sollen«, schimpfte Konstanze Brandstätter.

»Ich habe ihm nie irgendwas zugesagt.« Finks Kopf zitterte.

»Natürlich!« Sabrina nahm seine Augen ins Visier. »Mir ist das Herz in die Hose gerutscht, als Sie gesagt haben: ›Nun gut, ich organisiere dir den Auftritt.‹ Ihn dann wieder hinzuhalten, hat ihn nur noch aggressiver gemacht.«

»Ich kenne ihn seit meinem zehnten Lebensjahr. Ich verstehe nicht, warum er sich mir gegenüber so verschließt. Echt!« Das Gesicht des Reporters verzog sich zu einer verzweifelten Fratze.

»Jetzt haben wir den Salat!«, die Psychologin seufzte und machte sich am Laptop zu schaffen. »Er hat uns in der Zwischenzeit ein Video geschickt. Ich glaube nicht, dass er blufft.« Dann drehte sie den Bildschirm, sodass alle im Raum den Kurzfilm ansehen konnten.

Nach dem Start des Clips tauchte in der Mitte des Monitors ein Foto vom Uhrturm auf.

»Hier spricht Markus Donhart! Ich habe jede Möglichkeit, die denkbar ist, in Betracht gezogen.« Der Täter hatte es nicht geschafft, die nervösen Untertöne zu verbergen.

Das Bild verschwand, eine dämmrige Schwärze füllte den Wandschirm aus. Im Dunkel konnte Sabrina die Holztreppe nur schemenhaft erkennen. Nach einem harten Schnitt erschien ein Turmzimmer auf der Bildfläche. Die Kamera schwenkte hektisch.

»Das dürfte das Zimmer des Feuerwächters sein«, kommentierte der Bürgermeister die wenigen scharfen Einstellungen. In einer Fensternische lagerte ein Düngersack, in dem ein Rohr steckte. Kabel verliefen von dem Schaft zu einem Kästchen, auf dem ein Lämpchen blinkte. Entweder hatte Donhart die Bombe aktiviert, oder sie wartete auf einen Funkbefehl. Niemand vermochte das aus der Ferne zu sagen.

»Was ihr seht, ist ANFO«, fuhr der Täter fort. »Breivik hat in Oslo mit 900 Kilo das Ölministerium in die Luft gejagt. Bei mir reicht die Menge, um das Grazer Wahrzeichen in eine Ruine zu verwandeln.«

Es folgte ein Zoom auf ein Apothekerfläschchen, in dem sich eine farblose Flüssigkeit befand.

»Dieses Fläschchen enthält das Wasser des Todes. Ihr kennt es als Tabun. Falls der Uhrturm hochgeht, wird es über die Stadt regnen, und ihr alle werdet qualvoll krepieren.«

Die Kamera schwenkte hektisch in die obere Ecke des Raums und zeigte eine Überwachungskamera. »Kommt nicht auf dumme Ideen! Wenn einer meiner Bewegungsmelder Unbefugte bemerkt, knallt es! Ich empfehle euch: Lasst diese sinnlosen Versuche bleiben!«

Das Video hörte abrupt auf.

»Ich kann ihn ja noch einmal anrufen.« Fink griff nach seinem Mobiltelefon. »Vielleicht gibt Markus doch noch auf.«

»Sicher nicht! Das machen ab sofort ausschließlich wir!«, sagte die Psychologin.

Fink nickte. »Okay.«

»Ihr Handy bitte! Wir wollen sichergehen, dass Sie kein Benzin ins Feuer gießen«, befahl Wernitsch.

»Von mir aus.« Er schob es über den Tisch.

»Wir haben gut 35 Minuten«, Sabrina deutete auf die Wanduhr, »und wir brauchen dringend einen Zugriffsplan. Dafür habe ich eine Idee.«

Sie wandte sich an Axel. Das mulmige Ziehen in ihrer Magengrube verstärkte sich. Dass ihr Einfall irrwitzig war, wusste sie. Allerdings stellte er die letzte Hoffnung dar, Graz heil aus dem Schlamassel herauszubringen.

»Ich bin auf deinen Geistesblitz gespannt, Sabrina.«

»Vor Kurzem ist auf *Futter*, also im Online-Magazin der Kleinen Zeitung, ein Artikel über die Propaganda Due erschienen. Das war ein Geheimbund in Italien, der einerseits zur Mafia und andererseits weit in die Regierung gereicht hat. Sie sollen einen Putsch geplant haben. Ja, es hört sich wie eine typische Verschwörungstheorie an, aber an der war etwas dran. 1981 wurde die Geheimloge aufgedeckt, was zum Rücktritt des italienischen Premiers geführt hat. Es gibt Leute, die behaupten, dass die Propaganda Due seitdem unter einer anderen Flagge segelt. Wenn ihr mich fragt, sind die Parallelen zum heutigen Fall nicht zu übersehen. Es wäre also denkbar, dass es *Milites Domini Jesu Christi* sind.«

Hutnagl wandte sich an die Anwesenden im Raum. »Bestimmt geben sie mir recht, dass das eine etwas gewagte Theorie ist. Aber bitte, Frau Kollegin, fahren Sie fort.«

Sabrina überging die Spitze. »Es ist völlig egal, was ich denke, sondern es zählt, was Donhart meint. Und genau darin liegt unsere Chance. Ich kann ihm auftischen, dass ich die *Futter*-Reporterin Antonia Severn bin, die den Artikel über die Propaganda Due verfasst hat. Ich sage ihm, ich hätte herausgefunden, dass der Ritterorden der Nachfolger der P2 ist, und dass ich ihm glaube.«

»Was soll das bringen?« Axel runzelte die Stirn, verschränkte die Arme und legte den Kopf etwas in die Schräge.

»Ich will ihn dazu bewegen, dass er mich für ein Interview in den Uhrturm lässt. Wenn ich reingehe, muss er die Bewegungsmelder ausschalten.«

Axel atmete durch. Er sah sie an. Die Pupillen verengten sich. »Das ist viel zu gefährlich!«

»Es wird nicht funktionieren«, Konstanze Brandstätter lockerte ihre dunkelblonden Haare, »er weiß ja, wem er seine neue Handynummer gegeben hat. Und du bist nicht darunter.«

»Aber Norbert Fink«, erwiderte Sabrina. »Ich erzähle ihm, dass ich sie von ihm habe. Austausch unter Reporterkollegen sozusagen. Herr Fink, wollen Sie mir die Rufnummer geben?«

»Würde ich ja gerne machen, wenn ich mein Handy hätte.«

Wernitsch schob das Smartphone zurück zum Reporter.

Fink fragte nach Sabrinas Mobilnummer und sandte ihr den Kontakt.

»Wie planst du, den Draht zu ihm aufzubauen?«, wollte die Psychologin von Sabrina wissen.

»Markus Donhart möchte die Verschwörung aufdecken, jedoch nimmt ihn keiner ernst. Der beste Freund lässt ihn im Stich. Da taucht die *Futter*-Reporterin Antonia Severn auf, die ihm nicht nur glaubt, sondern ihn für seinen Mut bewundert und ebenfalls gegen den Ritterorden kämpft. Sie bittet ihn um ein exklusives Interview im Uhrturm.«

»Das könnte vielleicht doch hinhauen«, bemerkte Axel. »Während du ihn beschäftigst, dringen wir ein und greifen im passenden Moment zu.«

»Aber was ist, wenn er ein Live-Gespräch wünscht? Dann will er sicherlich sehen, ob es auch live gesendet wird«, gab Fink zu bedenken.

»Sie waren doch nach dem Mord an Dr. Posetto am Schloßbergplatz?« Hutnagl legte seine Stirn in tiefe Falten. »Der Frevler muss Sie dort gesehen haben.«

»Ich gebe mich als entfernte Bekannte von Jenny Stefanetz aus. Deshalb hätte mich die Polizei im Gasthaus lang und breit verhört. Ich erzähle ihm, dass ich im Gegensatz zu all den anderen die Geschichte glaube, weil er sein Leben dafür riskiert. Und der Kriminaltechniker soll einen Link zu unserer Seite einrichten, damit wir ihm ein Interview vortäuschen können.«

Die Psychologin schlug die Beine übereinander. »Blöd ist der garantiert nicht. Er wird dir die Pressetante wohl kaum abkaufen. Und außerdem: Wir haben die

Innenstadt abgesperrt und eine Ausgangssperre über Graz verhängt. Spätestens wenn er dich am Schloßbergplatz herumspazieren sieht, weiß er, dass du nicht zum *Futter*-Team gehörst.«

Sabrina hielt inne und scannte im Kopf den Platz am Fuß des Kriegssteigs sowie die quer verlaufende Straße ab. Ja, es gab eine Möglichkeit, unentdeckt in die *Alte Münze* zu gelangen. »Niemand kann vom Uhrturm aus in die Sackstraße einsehen. Wir fahren im Streifenwagen rund um den Schloßberg herum, und ich steige durch das Fenster in das Gastzimmer ein. Sobald ich im Wirtshaus bin, werde ich Donhart anrufen.«

Axel blickte auf die Uhr. »Wir haben eine halbe Stunde, bis das Ultimatum abläuft. Ich werde ihr den Umgang mit der Atropinspritze beibringen und mit meinen Leuten den Einsatz durchgehen. Dann mal los.«.

16:31 UHR

Sabrina betrat gemeinsam mit Axel und ihren Kollegen die Ausrüstungskammer. Latexgeruch stach ihr in die Nase.

»Du wirst mit dieser Handtasche vorliebnehmen müssen.« Ihr Freund deutete auf eine schwarze Umhängetasche, die allenfalls vor dreißig Jahren en vogue war.

Sabrina lächelte.

Axel holte einen Schutzanzug in ihrer Größe, faltete ihn und stopfte ihn in die Tasche. Die Gasmaske folgte. Sie sorgte für eine peinliche Beule, doch das war ihr egal. »Sobald wir ABC-Alarm auslösen, bleiben dir für die Maske zehn Sekunden, für den Anzug hast du eine halbe Minute.«

»Okay.«

Ihr Freund griff nach einem übergroßen Kugelschreiber und positionierte ihn auf Sabrinas Oberschenkel. »Wenn du einen fischigen Geruch wahrnimmst oder dir auch nur leicht übel wird, musst du handeln! Und zwar schleunigst! Du setzt dir die Atropinspritze, so, wie ich es dir zeige. Dann drückst auf den Knopf.«

Sabrina nickte und verstaute die Spritze.

»Damit die Reporterin was hergibt.« Axel packte eine Videokamera und ein Mikro dazu.

Axel öffnete ein schwarzes Kästchen und hielt es ihr hin, als wollte er ihr den Verlobungsring schenken. Im Schaumgummi steckte ein hautfarbener Zapfen in der Größe eines Schneidezahns. Sabrina zog ihn aus der Verpackung und platzierte ihn in der linken

Ohrmuschel. Mit der Hand richtete sie die Haare so zurecht, dass sie über das Ohr fielen. Aus einer Schaumgummifurche nahm sie ein als Halskettchen getarntes Mikrofon. Wenig später trug sie ein Herzchen am Dekolleté.

Ihr Freund griff an ihre Schultern. »Damit bleiben wir in Verbindung! Da wäre noch etwas Wichtiges: Pass auf dich auf!«

Sabrina lächelte und legte ihr Handy in die Handtasche. »Bin ja kein kleines Mädchen.«

Er umarmte und küsste sie. »Ich liebe dich.«

»Ich dich auch.« Sabrina erwiderte den Kuss. Das Musical *Mamma Mia!* stand am Anfang ihrer großen Liebe. Nach dem Kinofilm hatte Axel sie in seine Wohnung entführt. Langsam hatte er jede Faser ihres Körpers in Harmonie versetzt. Am Ende hatte es zu einem Akkord geführt, der alles Bisherige in den Schatten gestellt hatte. Seit diesem Moment bestand kein Zweifel mehr zwischen Kopf und Bauch. In ihrem Inneren herrschte vielmehr Gewissheit. Der Richtige war in ihr Leben getreten.

»Dann los!« Axel winkte einen Polizisten in Uniform herbei.

Sie verließen die Ausrüstungskammer und marschierten quer durch die Anlage zu den Polizeiwagen im Innenhof. *Rampenfahrzeug MARS* hieß das schwarze Ungetüm der Cobra, das am anderen Ende des Hofes stand. Der Unterbau glich einem gewöhnlichen Lastwagen, mit dem man die Mannschaften zum Einsatzort transportierte. Auf dem Dach ragte eine ausfahrbare Rampe hervor, welche die Chance bot, die Höhe zum Wehrgang des Uhrturms zu überwinden.

Axel lief zu seinen Leuten und hievte sich auf die Ladefläche.

Sabrina folgte einem Kollegen zu dem neben einem Baum abgestellten Streifenwagen und stieg ein.

»Frage, Verständigung, Kommen«, gab ihr Freund durch. Es verwirrte, seine Stimme nicht nur im Ohr, sondern zugleich aus den Lautsprechern des Wagens zu hören.

»Verbindung klar und deutlich«, antwortete Sabrina.

Der Fahrer reihte sich als Letztes in die Kolonne ein. Gemächlich glitt das Gefolge an den Laubbäumen vorüber. Das Tor öffnete sich. Der Konvoi fuhr in den gespenstisch leeren Stadtpark und teilte sich auf. Das Spezialfahrzeug der Cobra bog ab und verschwand Momente später in der Durchfahrt des mittelalterlichen Stadttors.

Sabrinas Weg führte sie entgegen der Einbahnrichtung mitten durch eine Allee am Landessportzentrum vorbei. So wenig Verkehr hatte in Graz noch nie geherrscht. Es schien, als reiste sie durch die Straßen einer intakten, aber ausgestorbenen Stadt. Als hätte eine Geisterhand alles Leben auf einen Schlag vernichtet und fortgeschafft. Zum ersten Mal vermochte sie im Auto das Knistern der Zweige auf dem Schloßberg zu vernehmen.

»Da vorn müssen wir abbiegen!«, rief Sabrina.

»Blöde Gewohnheit.« Der Fahrer bremste den Wagen abrupt ab und bog in die Nebenfahrbahn ein. An ihr zogen ein Kindergarten, ein Fahrradgeschäft, eine Tanzschule und die Schloßbergbahn vorüber. Auf der Trasse davor Polizei, Militär und Spezialkräfte. Verängstigte Kindergesichter hinter dem Fensterglas einer

Kita. Donhart bedrohte jeden. War er drauf und dran, Axel und sein Team zu vernichten? Ein spitz gestaltetes Schild auf dem Dach eines gläsernen Hauses fiel ihr ins Auge.

»SCHLOSSBERG«, stand darauf.

Von dort konnte man direkt zum Uhrturm schauen.

»Wir fahren in die Sackstraße«, funkte Sabrina.

»Die Kollegen im Wirtshaus wissen Bescheid«, gab Axel durch.

»Wir sind da.« Der Chauffeur hielt an.

Sabrina stieg aus. Sie klopfte an die Fensterscheibe des Lokals. Wenig später öffnete ein älterer Polizist das Fenster. Sie stützte sich am Sims ab und drückte sich nach oben.

»So sieht man sich wieder.« Chefinspektor Teuschl half ihr ins Gastzimmer.

»Stimmt.« Sabrina lächelte ihm zu.

Das piepsende Funktelefon kündigte eine SMS an.

Sabrina holte ihr Smartphone heraus und prägte sich den Link für den falschen Podcast ein, den ihr der Kriminaltechniker zugesandt hatte.

»Wir sind in Position«, vernahm sie Axel im Ohr. »Nimm Kontakt mit Donhart auf.«

»Verstanden.«

16:45 UHR

Das Handy spielte erneut den allgemeinen Klingelton ab. Wollte die Psychotante ihn abermals mit ihrem Gefasel nerven? Wie oft musste Donhart der Zicke noch erklären, dass er keiner von diesen gekränkten und frustrierten Typen war. Warum ging es ihr nicht in den Schädel, dass es sich um die Machenschaften des Ritterordens handelte? Donhart blickte auf die blinkende Anzeige. Die Nummer auf dem Display war nicht die der Psychokuh. Donhart beschloss, das Gespräch anzunehmen. »Was willst du?«

»Spreche ich mit Markus Donhart?«, fragte eine Frauenstimme.

»Mit wem sonst!«

»Sehr gut. Ich bin Antonia Severn vom *Futter*-Team. Kennen Sie dieses Online-Magazin der Kleinen Zeitung zufällig?«

»Das ist cool.«

»Ich habe den Artikel über die Verschwörung der Propaganda Due geschrieben. Und dann habe ich noch etwas weiter recherchiert. Ich bin darauf gekommen, dass es diese Loge noch immer gibt. Kurze Zeit später bin ich auf diesen Ritterorden gestoßen. Die Parallelen sind nicht zu übersehen. Ich möchte daher mit Ihnen ein Exklusivinterview führen.«

»Sie glauben mir?« Bei Donhart schwang eine gehörige Portion Skepsis mit. »Diese Telefonnummer habe ich Ihnen aber nie gegeben!«

»Die habe ich von Norbert Fink. Er arbeitet bei Antenne Steiermark.«

»Und warum melden Sie sich erst jetzt?«

»Meine Redaktion hält absolut nichts von der Story, und sie wollte nicht, dass ich mit Fink darüber rede. Ich habe also in meiner Freizeit recherchieren müssen. Und da ist mir bald klar geworden, dass die Verschwörung bis in die höchsten Kreise reicht. Ich bin sehr beeindruckt davon, wie mutig Sie gegen den feigen Ritterorden kämpfen.«

»Echt?« Donhart klappte das Holzbrett der Fensteröffnung vorsichtig auf und spähte durch den Spalt zum Garten auf der Südseite. Dort rührte sich nichts.

»Ich nehme Sie nicht auf den Arm. Ganz im Gegenteil. Ich finde, dass man diese Leute sofort stoppen muss. Der LKA-Chef ist einer der Widerlichsten. Nach außen tut er so fromm, und in Wahrheit ist er ganz durchtrieben. Mich wundert nicht, dass er *God's Love For Black & White* gekauft hat. Bis heute hat er es nicht einmal bezahlt.«

»Hutnagl ist obergay, aber er will die Schwulen verfolgen.«

»Spannend. Ich bin ganz in Ihrer Nähe. In der *Alten Münze*! Ich habe einen Vorschlag für Sie. Ich komme zu Ihnen hoch. Da können Sie mir in Ruhe alles über die Verschwörung der Ordensritter erzählen!«

Donhart zweifelte, ob es sich um eine Reporterin oder eher um einen Lockvogel handelte. »Wie haben Sie es überhaupt in die *Alte Münze* geschafft?«

»Das war ein Zufall. Ich war mit einem Interviewpartner hier zum Essen. Auf einmal sind die Sheriffs aufgetaucht.«

»Wie wollen Sie an den Polypen vorbei? Für die bin ich ein gestörter Amokläufer!«

»Haben Sie den Brief an die Kleine Zeitung auch an die Polizei gesandt?«, fragte sie scheinheilig.

»Ah, dann wissen Sie, worum es geht!«

Das roch kilometerweit nach einem Lockvogel, der ihn nach Strich und Faden veralberte. Und wenn sie doch eine Reporterin wäre, änderte sich nichts an der Lage. Doch als Faustpfand und lebender Schutzschild war sie zu gebrauchen. Sie bot ihm die Chance, mit der Donhart nicht mehr gerechnet hatte. Wenn er es geschickt anstellte, lieferte sie ihm den Oberheuchler aus. Dann konnte er mit ihrer Hilfe nicht nur das Geständnis des Herrn Komtur erzwingen.

Donhart beugte sich nach vorn und warf einen Kontrollblick auf die Bilder der Kameras auf dem Laptop. »Ich werde Ihnen das Interview im Uhrturm unter einer Bedingung geben!«

»Und die wäre?«

»Kurt Hutnagl wird Sie begleiten.«

»Und wie soll ich das anstellen? Ich kann ihn ja nicht dazu zwingen.«

»Entweder kommt Hutnagl mit, oder ich bringe euch das Tabun.«

»Okay, aber wie stellen Sie sich das vor? Die Polizei wird sich nicht diktieren lassen, was sie zu tun hat.«

»Überlass das ruhig mir«, sagte Donhart mit fester Stimme ins Telefon. »Ich rufe Sie in fünf Minuten zurück!«

»Ehrlich?«

»Ich melde mich hundertprozentig.« Donhart legte auf.

Mit einem Spiegel blickte er durch das Ostfenster des Refugiums. Darin sah er den Panzerwagen der Cobra.

Ein Beamter zielte mit dem Sturmgewehr auf die Fenster des Wehrgangs. Momentan verhielten sie sich noch ruhig. Sollten sie angreifen, blieb ihm der Abgang mit einem lauten Knall. Wie lange dauerte es bis zum letzten Akt? Verblieben ihm noch Stunden oder ging es in Sekunden zu Ende? Diese Gedanken waren Markus Donhart keineswegs neu. Vor einem Jahr waren sie ihm erstmals durch den Kopf geschossen.

EIN JAHR ZUVOR

»Donhart, kommen Sie sofort in meine Direktorenkanzlei«, sagte *Todesernst* am Telefon. »Wir müssen etwas besprechen.«

Was hatte der feine Herr Direktor wohl vor, dass er ihn einem Gymnasiasten gleich während der großen Pause in sein Zimmer zitierte? Wenn er ihn feuern wollte, warum tat er es dann nicht im Chefbüro nebenan?

»Bin schon unterwegs.« Donhart legte auf, verließ seinen Arbeitsplatz und eilte durch die Gänge in den ersten Stock. Er bog in den Flur ab, wo *Todesernst* eine feudale Kanzlei eingerichtet hatte. Sein Magen zog sich zusammen, und ein ungutes Kribbeln breitete sich in seinem Unterleib aus. Er klopfte an.

»Herein!«, rief *Todesernst*.

Vorsichtig öffnete Donhart die Tür.

»Immerhin hast du es geschafft, pünktlich zu kommen. Da haben meine glorreichen Maßnahmen in der Schulzeit doch etwas geholfen.« *Todesernst* zeigte mit dem Zeigefinger auf dem schlichten Stuhl vor seinem großen Schreibtisch.

Es schien Donhart, als hätte man ihn zwanzig Jahre zurückkatapultiert. Es fühlte sich wie ein zitternder Schüler, der sich vor dem allmächtigen Direktor wegen einer Lappalie rechtfertigen musste. Er setzte sich hin.

»Wie geht es dir?«, fragte *Todesernst.*

Nicht schon wieder!

»Gut«, antwortete Donhart. Er wartete auf die Floskel, dass das Gespräch für alle Seiten schwierig sei.

»Wie läuft die Hagiotherapie?«

Donhart stockte. Mit dieser Frage hatte er nicht gerechnet. »Ich ... ich habe ... es läuft ganz gut.«

Todesernst lächelte. »Pankratius, als Kurator mache ich mir Sorgen um dich. Mir scheint leider, dass deine Fortschritte überschaubar sind. Beim Gewissen stehst du noch immer auf der Stufe der Krankheit, und die Aggressionen treten ebenfalls oft zutage.«

Donhart verschlug es die Sprache. Woher wollte *Todesernst* wissen, wie die Sitzungen mit dem Therapeuten verliefen? Oder bestand eine geheime Verbindung zwischen den beiden? Nahmen die es im Zentrum für geistliche Hilfe nicht so genau mit der Schweigepflicht?

»Augustinus, ich bemühe mich ja. Aber manchmal kommt mir blöderweise der Gedanke, dass die Amokläufer Werkzeuge Gottes sind. Wenn so ein Mist in meinem Kopf auftaucht, weise ich Satan in die Schranken.«

»So ein Schmarrn, Pankratius! Deine Lebenseinstellungen sind nach wie vor komplett falsch, und dein Gewissen ist total schwach. Wie erklärst du mir das?« *Todesernst* bewegte sich heftig nach links, schnappte sich ein Papier und reichte es ihm.

Der Dienstvertrag!

»Ich habe eine Stelle mit Textmarker gekennzeichnet. Lies mir das vor, Pankratius!«

In grellem Gelb stach die Klausel hervor, die ihn bald den Job kosten würde. Die Buchstaben tanzten. Verblieben ihm noch Stunden, oder ging es in Sekunden zu Ende?

Donhart stammelte. Er murmelte. Hatte *Todesernst* vor, ihn endgültig in den Abgrund zu stoßen? Er hatte die Gefahr erahnt und sich einen Nebenjob als Stadtführer besorgt. Wie so oft in seinem Leben hatte er Pech. Zufällig war er bei einer Führung am Schloßberg an eine Schulklasse aus dem Bischgym geraten. Der Klassenlehrer musste ihn angeschwärzt haben.

»Pankratius!« Todesernsts Stimme klang wie in den schlimmsten Schultagen. »Du kannst doch lesen. Also lies mir das endlich vor!«

»Nebengeschäfte und Nebenbeschäftigungen, welcher Art auch immer, dürfen vom Dienstnehmer ausschließlich mit schriftlicher Zustimmung des Dienstgebers angenommen werden.«

»Zeig mir mal die Erlaubnis. Na? Sag mir nicht, du hättest das Papier zu Hause vergessen!« Todesernst schlug mit der Faust auf den Schreibtisch. »Ich habe es die ganze Zeit schon gewusst! Mit dir habe ich immer nur Probleme! In einer normalen Firma wärst du jetzt entlassen, und zwar fristlos! Aus christlicher Nächstenliebe werde ich darüber hinwegsehen. Und du kriegst von mir sogar die Genehmigung für diesen Nebenjob. Zumindest bist du dort noch zu gebrauchen. Wenn du Flasche so weitermachst, bist du bald nicht nur den Job los.«

Donhart starrte *Todesernst* an. Seit dem Verhängen der sogenannten Quarantäne hatte er häufiger so ungute Gespräche in den Chefbüros erlebt. Den Verlust der Arbeitsstelle hatte er öfter verkraften müssen, aber nie hatte er sich persönlich bedroht gefühlt. Diesmal verhielt es sich genau andersherum, gerade weil er den Posten behielt.

Todesernst aktivierte den Printer. »Unzuverlässige Minderleister braucht keiner. Ich erwarte von dir, dass du die Hagiotherapie endlich ernst nimmst. Sonst wird sich noch die Präfektur für Moral und Glaubenssicherheit um dich kümmern müssen. Und das wollen wir doch beide nicht, oder?«

Donhart hielt den Atem an. *Todesernst* hatte ihm mit dem ordensinternen Geheimdienst gedroht. Jene Gruppe, die für die Drecksarbeit zuständig war. »Natürlich nicht«, murmelte er.

Todesernst nahm das Blatt aus dem Drucker und legte es vor ihn. »Pankratius, du nimmst dir hoffentlich meine väterliche Rüge zu Herzen.«

Die Buchstaben des Schreibens tanzten vor Donharts Augen. Sie verschwammen. Jedes Wort hallte wie ein Vorschlaghammer in seinem Kopf. Es ging nicht nur um einen Job, den er am liebsten sofort selbst gekündigt hätte. Nein, da stand mehr auf dem Spiel. Viel mehr.

»Unterschreib's! Ich habe nicht ewig Zeit. Die Pause ist gleich vorbei. Deinetwegen werden meine Schüler nicht auf den besten Religionsunterricht warten.«

Scheißheuchler!

Donharts Hände zitterten, als er den Kuli zwischen die Finger klemmte. Wut strömte bis zu seinen

Fingerspitzen. Er krakelte Datum und Unterschrift auf die entsprechende Zeile.

Todesernst nahm die unterschriebene Abmahnung und legte sie in eine Mappe. »Pankratius, du stehst unter Quarantäne! Mach nie etwas ohne Rücksprache mit Epimetheus oder mir, solange wir sie nicht aufgehoben haben. Haben wir uns verstanden?«

»Ja, Augustinus, wir haben uns verstanden.«

Mit ausgestrecktem Zeigefinger wies *Todesernst* zur Tür. »Und jetzt raus!«

GEGENWART

Markus Donhart öffnete die Anrufliste auf seinem Handy. Er setzte den Cursor zwei Einträge tiefer und drückte auf die grüne Taste. Keinen halben Pfeifton später meldete sich die Psychologin von der Verhandlungsgruppe Süd.

»Hören Sie zu, ich werde nicht ewig herumschwafeln«, teilte er der Psychotante mit. »Eine Reporterin wird bald zu mir stoßen! Ihr lasst sie vorbei, und zwar ohne Schikanen. Kapiert?«

»Um wen handelt es sich denn?«

»Antonia Severn.«

»Die von *Futter*?«

»Ja, genau die!«

»Wir dürfen niemanden durchlassen! Möchten Sie vielleicht mit uns über Ihre Forderungen sprechen?«

Donhart nahm die Pistole in die Hand und schlug mit dem Lauf gegen den Tisch. »Sind Sie so blöd, oder tun Sie nur so? Hinhalten bringt euch nichts! Hört endlich mit dieser saudummen Verarschung auf!« Er ließ ein paar Momente verstreichen. »Das Interview wird im Uhrturm stattfinden, und ich habe dieser *Futter*-Tussi gesagt, dass Hutnagl sie begleiten muss.«

»Herr Donhart, das können wir nicht zulassen.«

»Aber Tausende Tote schon! Soll dieser feige Ritterorden mit seiner Verschwörung davonkommen?«

»Wollen Sie mit uns darüber reden?«

»Nein! Sie bringen Hutnagl zu der Pressetante. Und dann lasst ihr sie zu mir durch. Haben wir uns verstanden?«

»Das ist nicht so leicht«, warf die Psychotussi ein. »Selbst wenn er will, braucht er dafür auch die Erlaubnis vom Landespolizeidirektor und vom Innenminister. Es wird etwas dauern, bis wir die erreichen.«

»So, jetzt sage ich dir was, Märchenprinzessin: Mir platzt gleich die Hutschnur! Hören Sie endlich auf, mich zu verarschen!«

»Ich schlage vor, dass wir die Journalistin durchlassen. Und Sie verlängern im Gegenzug Ihr Ultimatum.«

Mit dem Spiegel kontrollierte Donhart den Platz rund um die Kommandozentrale. Der Panzerwagen fuhr los und kroch über die Pflastersteine auf den Turm zu. Sie planten zu stürmen, während er Hutnagl und die Reporterin zu sich ließ.

»Was soll der Panzer vor dem Uhrturm? Ihr zieht ihn sofort zurück!«, schrie er ins Telefon.

»Ich werde das weiterleiten.«

»Zurückziehen habe ich gesagt. Wenn er nicht in einer Minute aus meinen Augen verschwunden ist, jage ich den Uhrturm in die Luft!«

Die Ansage wirkte. Behäbig bewegte sich das gepanzerte Fahrzeug in die richtige Richtung.

»Beim nächsten Mätzchen reicht es mir endgültig!«

Die Psychologin am anderen Ende der Leitung schwieg. Endlich kapierte sie, dass die üblichen Taktiken bei ihm nicht funktionierten. Höchste Zeit, ihr Dampf unterm Hintern zu machen. Donhart sah auf die Zeitanzeige auf der oberen rechten Ecke des Laptop-Monitors. »Spätestens um fünf wird sich Hutnagl bei der Reporterin in der *Alten Münze* melden. Dann wird Antonia Severn mich anrufen, und ich gebe ihr alles Weitere bekannt. Aber damit eines klar ist: Wenn da auch nur irgendeine Kleinigkeit schiefläuft, scheppert es!«

Donhart wechselte die Seite. Er legte sich auf den Klapptisch, robbte zur Luke und hob vorsichtig das Kippbrett. Auf dem menschenleeren Schloßbergplatz rührte sich nichts. Demnächst sollte sich das ändern. In Kürze erfuhr er, ob man ihn abermals verarscht hatte. In diesem Fall fanden nicht nur er, sondern auch noch 30.000 weitere Menschen den Tod.

Donhart atmete durch. Wenn die Reporterin sich ihm tatsächlich ausliefern würde, musste er wachsam sein. Extrem wachsam! Noch viel wachsamer musste er vorgehen, wenn Hutnagl gemeinsam mit ihr aufkreuzte. Zumindest konnte er im schlimmsten Fall sowohl das verlogene Frauenzimmer als auch den Oberheuchler mit in den Tod nehmen.

In der Kommandozentrale überprüfte er noch einmal die Bilder der Überwachungskameras. Alles verhielt sich nach wie vor ruhig. Nichts stand dem im Wege, zum Prepaid-Handy zu greifen und die Nummer des Lockvogels aus der Liste vergangener Gespräche auszuwählen.

»Markus?«, meldete sie sich.

»Ja, wer sonst. So, hör mir genau zu. Ohne Hutnagl gibt es kein Interview. Das weiß die Polizei jetzt. Ich habe denen gesagt, dass er sich bei dir melden muss.« Donhart sah auf die Uhr. »Dafür hat er noch neun Minuten. Sobald er bei dir auftaucht, rufst du mich an. Ist das klar?«

»Natürlich.«

»Ich warte auf deinen Anruf.« Donhart legte auf und ließ sich in den Korbsessel fallen. Sollte Hutnagl sich bis zum bitteren Ende weigern, regnete das Wasser des Todes auf Graz. Niemand konnte die größte Katastrophe aller Zeiten verhindern. Wenn Hutnagl hingegen die Verschwörung zugab, wäre Donhart der zweite Graf von Stauffenberg, nach dem man in Zukunft Plätze, Schulen und Gebäude benannte.

»Sie haben ja gehört, was Donhart will«, sagte die Psychologin zu Hutnagl.

Hutnagl sah sich um. Ernste Gesichter weit und breit. Alle im Verhandlungszimmer starrten ihn an. »Erwarten Sie im Ernst, dass ich mich einem gestörten Amokläufer ausliefere?«

Landespolizeidirektor Wernitsch räusperte sich. »Ihnen ist schon klar, dass die Eskalation auf Ihre Kappe geht, oder? Ich habe die SMS an Sie nicht vergessen. Und dass Sie dauernd Öl ins Feuer gegossen haben.«

Hutnagl schwieg. Wernitsch hatte recht. Er hatte den Frevler erfolgreich provoziert, um die Ordensbrüder vor dem Tod zu bewahren und die Mission des Ritterordens zu schützen. Das konnte und durfte er nie und nimmer preisgeben. Die Morde hatte nur einer zu verantworten, und das war nicht er.

»Sie sehen Ihre Fehlleistung also ein«, bemerkte Wernitsch.

Im Gegenteil! So habe ich dem Herrn gedient.

Zeit, an das Kreuz Christi zu denken. In diesem Zeichen hatte Kaiser Konstantin den Sieg über Maxentius davongetragen. In diesem Zeichen hatte der heilige Georg den Drachen besiegt, und in diesem Zeichen nahm Kurt Hutnagl den letzten Kampf mit dem Frevler auf. Er faltete die Hände und legte sie auf dem Tisch ab.

»*Denn wer mein Jünger sein will, der verleugne sich selbst, nehme sein Kreuz auf sich und folge mir nach.*« Jesu Stimme klang kraftvoll in seinem Kopf. »*Denn wer sein*

Leben retten will, wird es verlieren, wer aber sein Leben um meinetwillen verliert, wird es gewinnen.«

»Jetzt können Sie einiges gutmachen!«, kam die deutliche Forderung von Wernitsch.

Heiliger Georg, betete Hutnagl, *du hast in deiner Zeit auf Erden erfahren, dass Dienen hart sein kann. Gib mir die Tapferkeit, um das Kommende zu überstehen.*

Was ist eine geheuchelte Beichte wert?, schoss es durch sein Hirn. *Wenn Maras Plan aufgeht, braucht es nicht mal das.* Hutnagl stand auf, schritt zum Fenster und drehte sich um. »Einverstanden, ich möchte da aber etwas klarstellen.«

»Ich bin ganz Ohr.« Wernitsch verschränkte die Arme.

»Ich stehe zu dem, was ich auf der Pressekonferenz gesagt habe. Doch als Christ und Polizist sehe ich es als meine Pflicht an, mich für die Operation zur Verfügung zu stellen. Falls notwendig, werde ich ein Geständnis abliefern, so, wie es der Frevler wünscht. Um es klar zu sagen: Sollte es so weit kommen, ist das lediglich gespielt. Bringen Sie mich zu Kontrollinspektorin Mara in die *Alte Münze.* Wir dürfen keine Zeit verlieren.«

17:00 UHR

»Ich hoffe, Sie sind inzwischen verkabelt«, sagte Sabrina zu Hutnagl. »Ich werde den Täter jetzt anrufen.«

»Natürlich, Frau Kollegin.« Hutnagl zog den Mundwinkel nach unten. »Stoppen wir endlich den Frevler!«

Stumm holte Sabrina das Handy aus der Tasche und wählte Donharts Nummer. Sie musste nur wenige Sekunden warten, bis sie ihn an der Strippe hatte. »Ich habe Kurt Hutnagl an meiner Seite. Er ist zu unserem Interview bereit.«

»Zeigt euch am Schloßbergplatz. Ich will den Oberheuchler und Sie sehen.«

Hutnagl nickte Sabrina zu. Vorsichtig schritt sie über die Schwelle zum Biergarten und spähte nach links. Der Blick auf den Schloßberg würde nie mehr derselbe sein. Oberhalb der grünen Zweige lugte die Spitze des Uhrturms hervor. Die Grazer hatten ihn seinerzeit vor Napoleon und vor Kurzem vor dem Zahn der Zeit gerettet. Ab sofort erinnerte das Wahrzeichen sowohl an die Solidarität der Bürger als auch an sinnloses Sterben.

Linksseitig führte eine Treppe zum Kriegssteig. In der Mitte ging es zur Märchengrottenbahn. Rechts verwies ein Plakat über dem Höhlenportal auf den Dom im Berg.

»Ihr fahrt mit dem Schlossberglift rauf, und du meldest dich, wenn ihr oben seid«, befahl der Massenmörder.

»Okay.«

Donhart hatte das Gespräch beendet. Sabrina verstaute das Handy in der Handtasche.

»Wir gehen jetzt los«, flüsterte sie, um per Minifunk Axel und dessen Truppe diskret zu informieren.

Sabrina ließ den Biergarten hinter sich und ging über die Steinfliesen des Schloßbergplatzes auf die rechtsseitige Katakombe zu. Bei jedem Schritt klapperten die Absätze ihrer Halbschuhe auf dem Steinboden, bis sie den Stolleneingang erreichte und im Inneren des Schloßbergs verschwand. Hutnagls Atem verriet seine Nervosität. Kühle Luft löste die warme Frühlingsluft in der Stadt ab. Sie marschierte entlang eines Metallstegs auf ein blau schimmerndes Licht zu. Vor dem Aufzug stellten sich ihnen zwei Polizisten in den Weg.

Sabrina öffnete die Tasche und hielt sie den Kollegen hin. »Die Gasmaske sollte als Ausweis reichen.«

»Wir wissen Bescheid«, bemerkte der etwa Vierzigjährige nickend.

Der blutjunge Partner führte eine mit Barcode bedruckte Karte der Grazer Linien in die Einbuchtung auf dem Laserscanner. Die Flügel der Durchgangsschranken gingen auf. Sabrina lief durch und betrat die Fahrstuhlkabine aus dickem Glas. Hutnagl folgte ihr.

Nach einem Druck auf die Lifttaste schlossen sich die Türen. Der Lift setzte sich in Bewegung. Er beschleunigte. Die Spirale der Eisenstufen drehte sich rund um die gläserne Kabine. Über ihr schimmerte es in gespenstischem Blau, als befände sie sich im Auge eines Wirbelsturms.

Die Gondel verlangsamte das Tempo und stoppte ihre Fahrt in einem Glaswürfel. Die Lifttüren glitten auseinander. Sie stiegen aus. Aus der Handtasche holte

Sabrina das Handy. Dann drückte sie auf die Wiederholungstaste. Ein lang gezogener Ton, rauschende Stille, erneut der Warteton, schließlich ein Knacken.

»So, ganz langsam zum Eingang«, befahl Donhart.

Gemächlich spazierten Sabrina und ihr Begleiter los. Sie ließen das evakuierte Restaurant *aiola upstairs* hinter sich. Der Weg führte über eine kurze Steintreppe hinab auf eine asphaltierte Straße. Die Trasse verlief in einem weiten Bogen zum gepflasterten Platz vor dem Uhrturm. Zwei Minuten später standen sie vor der hölzernen Eingangstür.

»Nun wird der Herr Komtur die Handschellen benutzen.«

»Wieso?«, stellte sich Sabrina blöd.

Hutnagl schaute nach oben und machte sich daran, sein Sakko in aller Ruhe zu durchstöbern. »Wir müssen Zeit schinden«, flüsterte er.

»Erst, wenn wir drin sind«, wisperte Sabrina.

Hutnagl nickte und zog die Handschellen hervor.

»Er hat sie dabei!«, sagte sie ins Telefon.

»Anlegen«, kam prompt der Befehl. »Ihr werdet ein bisschen Händchen halten.«

»Seine Hand an meine binden?«, gab Sabrina die Begriffsstutzige.

»Was denn sonst!«

Sabrina legte Hutnagl die eine Handschelle an dessen rechtem Arm an und ließ die andere über ihrer linken Hand einrasten. »Erledigt«, teilte sie Donhart mit.

»Ich werfe euch den Schlüssel runter. Sie machen die Tür auf, und ihr geht rein. Dann sperrt ihr wieder zu. Wehe, ihr verarscht mich!«

»Sie können mir vertrauen.«

»Ich hoffe es für euch!« Donhart klang forsch, aber der unsichere Unterton war herauszuhören. Sie blickte rauf. Der große Minutenzeiger wirkte wie ein Speer, der in jedem Moment auf sie herabzustürzen drohte.

»In drei Minuten seid ihr bei mir oben.«

Am Fenster über dem fünf Meter hohen Ziffernblatt tauchte ein Gegenstand auf. Wenig später rasselte es. Es pfiff. Mit einem Patsch schlug der Schlüsselbund auf. Sabrina bückte sich und griff nach ihm.

»Den Roten nehmen«, wies Donhart sie an. »Absperren nicht vergessen! Erst weitergehen, wenn ich es sage!«

»Den Roten nehmen«, wiederholte Sabrina. »Okay, ich sperre die Tür auf und komme jetzt rein.« Sie öffnete die Eingangstür, betrat das Grazer Wahrzeichen und tat so, als würde sie die Tür hinter sich verschließen.

»Okay, hochkommen«, befahl Donhart.

»Wir nähern uns jetzt an«, flüsterte Axels Stimme in ihrem linken Ohr. »Halte ihn hin! Lenk seine Aufmerksamkeit auf dich!«

Eine schmale Holztreppe führte hinauf. Kam es ihr nur so vor oder knirschte das Holz bei jedem Schritt? Eigentlich sollte das nicht sein. Man hatte den Uhrturm vor Kurzem renoviert. Dafür sprach das glänzende Weiß der Wände. Die Treppe verlief um die Ecke. Gleich danach erreichte sie mit Hutnagl im Schlepptau den ersten Stock. Sabrina stoppte, hielt inne, spähte in das Turmzimmer. Weder rankten moderne Kabel um das uralte Uhrwerk, noch steckte Dynamit zwischen den Zahnrädern. Nirgendwo vermochte sie ein verdächtiges Päckchen auszumachen.

»Nicht so schüchtern!« Donhart klang angespannt.

Sabrina zuckte zusammen. Sie bemerkte die Videokamera rechts oben in der Ecke. »Überall Kameras! Markus, du hast ja an alles gedacht! Wow, echt toll!«

»Gegrüßet seist du, Maria«, betete Hutnagl flüsternd.

»Lass dieses Zimmer links liegen!« Donhart hörte sich gepresst an, als stünde er knapp vor der endgültigen Explosion.

»Wohin soll ich gehen?«, fragte Sabrina. »Hast du die Bewegungsmelder auch ausgeschaltet?«

»Quassle nicht so viel herum, sondern bring endlich diesen Oberheuchler rauf!«

Sabrina verließ das Uhrwerkzimmer und öffnete das hüfthohe Holzgatter, das die Touristen vom Weitergehen in die oberen Stockwerke abhalten sollte. Nach ein paar steilen Stufen erreichten sie den zweiten Stock. Sabrina griff zur Türklinke, drückte sie und zog. Die Tür rührte sich kein bisschen. »Ich kann nicht weiter!«

»Ich weiß«, sagte Donhart mit einem arroganten Unterton. »So leicht darf man es der Cobra nicht machen.«

Sie blickte sich um. Vor der Feuerstelle lagen eine abgenutzte Matratze, eine Kühltasche und eine Metallkiste. Hier wohnte im Mittelalter der Turmwächter. Diente es heute als Kerker für eine Geisel?

Es surrte.

»Sie ist nun offen. Sie gehen brav mit dem Oberheuchler durch und schließen sie dann wieder. Kommen Sie hoch, aber zügig!«

»Wir steigen jetzt ein«, hörte Sabrina im Kopfhörer. »Lenke ihn ab.«

***

»Ich gehe jetzt los«, vernahm Axel Kleingott Sabrina am linken Ohr.

»Vorsichtig rauffahren«, wies er den Fahrer via Helmfunk an. Behäbig setzte sich das Rampenfahrzeug in Bewegung und verließ die schmale Gasse am Fuß des Schloßbergs. Es kroch surrend über das Kopfsteinpflaster. Sie fuhren um die Kurve und erreichten den asphaltierten Teil der Auffahrt.

Es hörte auf zu rumpeln. Bäume, Sträucher und Wiesen lösten die Häuser ab. Die Straßenlaternen aus der Kaiserzeit glitten an der rechten Seite vorbei. Ein Holzkreuz mit der lebensgroßen Darstellung Jesu stand an der Kehre. Sein Leben raste durch den Kopf, als sie die Serpentine hinter sich ließen. Die Kindheit im SOS-Kinderdorf, die Schulzeit, die vergebliche Suche nach den Eltern. Dann die Polizeischule, Verkehrskontrollen, der Weg zur Cobra. Die Aufnahme in die Elitetruppe, die Ausbildung und souverän bestandene Einsätze. Diverse Techtelmechtel, Maria, ihr tragischer Tod unter einer Lawine, tiefe Trauer. Dann die Begegnung beim Polizeiball, die neues Licht in sein Leben brachte: Sabrina.

»Anhalten«, befahl er dem Fahrer ein paar Meter vor einem Metallbogen. Noch sah man den Uhrturm nicht, doch nach der Arkade konnte jeder sie sehen. Sollte Donhart die Cobra bemerken, überlebte es am Schloßberg niemand.

Es klappte nur dann, wenn es Sabrina gelang, die Aufmerksamkeit des Täters auf sich zu lenken. Ein Tanz auf dem Vulkan, zu dem es keine Alternative gab. Nun lag es an Sabrina, die Führung bei diesem Tanz zu übernehmen. Ihnen blieb nichts anderes übrig, als wie eine Königskobra auf den richtigen Moment zu warten.

Die Sekunden streckten sich zu Minuten, in denen er nichts von ihr hörte. Dann endlich telefonierte sie mit dem Täter und ließ sich von ihm vor den Uhrturm lotsen. Nach einer schier endlos langen Zeit vernahm Axel Kleingott von Sabrina die Worte, auf die er sehnsüchtig gewartet hatte: »Okay, ich sperre die Tür auf und komme jetzt rein.«

»Wir nähern uns jetzt an«, informierte er Sabrina. »Halte ihn hin! Lenk seine Aufmerksamkeit auf dich!«

Er bedeutete dem Team, sich bereit zu machen. »Wir holen uns den Wehrgangerker links. Der Fahrer soll nach dem Bogen die Rampe auf maximale Höhe ausfahren.«

»Verstanden«, bestätigte der Kollege am Steuer des Spezialfahrzeugs. Kleingott ging als Erster hinter der Leiter in Stellung. Er warf einen Blick auf den Stahlträger, dem er bald sein Leben und das seiner Leute anvertrauen würde.

Er atmete durch.

»Go!«

Sie setzten sich in Bewegung. Nach der Arkade fuhr das Rampensystem auf dem Dach des gepanzerten Lastwagens surrend aus. Steiler und steiler streckte sich das Ding nach oben, während sie im Schritttempo über die Pflastersteine auf den Uhrturm zufuhren. Zwei Meter davor hielten sie.

»Los!« Kleingott rannte die Rampe hinauf, klappte die Aluminiumleiter am Ende um und lehnte sie leise auf die Wandbretter des Wehrgangs. Es langte nicht bis zur

Fensteröffnung, doch ein Klimmzug sollte das Problem elegant lösen. Er positionierte den Saugnapf auf der Scheibe und umkreiste ihn mit dem Glasschneider in der anderen Hand. Lautlos zog er das Glasstück heraus und reichte den Kollegen, die es wiederum im Fahrzeug ablegten. Er griff an den Hebel auf der Innenseite und drückte das Fenster nach innen auf. Das Vabanquespiel war zum Glück wie geplant gelaufen. Dank Sabrina! Jetzt galt es, sie herauszuholen.

»Wir steigen ein!«, flüsterte er in das Helmmikro. »Lenke ihn ab.«

»Verdammt viel Sprengstoff hier. Wow«, hörte er sie im linken Ohr des Einsatzhelms. »Und die Flüssigkeit in der Glaskugel da?«

»Lass die Finger davon!« Donharts Anspannung drang trotz der elektronischen Verzerrung des Helmlautsprechers durch. »Das ist Tabu!«

Der Schock verlieh Axel Kleingott zusätzliche Kraft.

»Also los«, murmelte er und hielt sich am Fenstersims fest. Einen Klimmzug später ließ er sich langsam auf den Holzboden fallen. Er blickte sich um. In den Fugen sah er nichts, an den Ecken des Erkers fiel ihm keinerlei technisches Gerät auf. Vorsichtig spähte er in die Quergänge, die vom Häuschen wegführten. Zumindest dort entdeckte er nichts Auffälliges. Markus Donhart dürfte nicht mit ihrem Eindringen an dieser Stelle gerechnet haben. Möglich, dass Donhart den Wehrgang beim Installieren der Kameras und Bewegungsmelder vergessen hatte. Egal. Die Situation erlaubte es ihm, die Teamkollegen zu sich zu holen.

Kleingott winkte seinen Partner zu sich, der die Fensterleiste umklammerte und sich hochzog. Er griff nach

dem Gurt des Kollegen und zog ihn in das Wehrgang-
häuschen. Ein Plumpsen begleitete die Landung.

Mist!

»Haben Sie das auch gehört?« Donharts Stimme im
linken Ohr verhieß nichts Gutes!

»Da muss etwas umgefallen sein«, sagte Sabrina.
»Vielleicht da! Soll ich es richten?«

»Fingern Sie nicht blöd herum! Kommt endlich rauf!«

»Gut gemacht!«, flüsterte Kleingott ins Mikro. »Geh
langsam weiter.«

»Okay, okay.« Man konnte sie nicht nur über den im
Helm eingebauten Funkempfänger wahrnehmen.
»Wohin?«

»Komm rauf, aber dalli!«, schrie Donhart.

Die Zeit drängte.

»Vertrau mir!«, sagte Sabrina. Eine Tür quietschte in
Kleingotts Nähe.

»Zumachen und absperren!« Donhart war ebenfalls
ohne Headset zu verstehen.

Es klackte zwei Mal.

Scheiße!

Erst jetzt erreichte der Letzte aus dem Zugriffsteam
den Erker.

»Und nun geht ihr brav die Treppe nach oben!« Donharts Befehl ließ keine Zweifel offen.

»Hör mir zu«, erklang Sabrinas Stimme im Ohrclip.
»Ich finde es toll, wie du das machst! Wir ziehen es gemeinsam durch, nicht wahr? Das ist dein Glückstag
heute. Ich habe Hutnagl an meiner Seite. Was soll die
Cobra tun? Glaubst du, dass die stürmen?«

»Die riskieren das nie! Und wenn, fliegt der Uhrturm
in die Luft«, sagte Donhart.

»Ich hätte mir so gern noch den hölzernen Rundgang angesehen. Der hat mich schon als Kind so fasziniert. Ob da ebenso Kameras hängen?«

»Schnauze!«, befahl Donhart. »Weitergehen!«

Kleingott erkannte, dass Sabrina ihre Worte nicht an den Täter, sondern an ihn richtete. Mit den Fingern wies er zwei seiner Leute an, den Wehrgang zu umrunden und nach Minikameras sowie Bewegungsmeldern Ausschau zu halten. Sie nickten und tappten auf leisen Sohlen davon.

Kleingott klappte einen Minicomputer auf, der an der kugelsicheren Weste hing. Auf dem Monitor konnte er die Übertragungsbilder der einzelnen Helmkameras verfolgen. Am Bildschirm auf dem Viertel oben links beobachtete er die Gruppe A, wie sie einen Blick ins Turmzimmer warf. An der Wand gegenüber erhob sich ein Stoß aus Säcken mit explosivem Kunstdünger. In einigen Spalten steckte eine gefüllte Glaskugel. Der Trupp des Partners bewegte sich ein Stückchen weiter. Sie schlichen um die Ecke. Auch hier sah er in der Helmkamera einen Haufen Sprengstoff.

Kleingott zeigte auf sich und einen anderen Kollegen. Mit der offenen Hand deutete er auf das Gesäß und startete in die entgegengesetzte Richtung. Sein Kamerad folgte ihm, vorbei an den gefährlichen Düngerbeuteln, zur Wandöffnung. Bei jedem Auftreten zitterte die Flüssigkeit in den Glaskugeln. Einen Schritt darauf stand er im einzigen Zimmer des dritten Stocks. Auf der gegenüberliegenden Seite tauchte Team A auf. Kleingott blickte sich um. Die Stapel kannte er zu Genüge, hinter der roten Tür hatte Markus Donhart Sabrina in seiner Gewalt. An der Decke wölbte sich eine Halbkugel aus Plastik hervor.

Der Bewegungssensor! Mist. Dieser Hund hat an alles gedacht!

»Hallo, Epimetheus!«, bellte Donharts Stimme im linken Ohr. »Du hast gewiss nichts dagegen, wenn ich die Bewegungsmelder wieder einschalte.«

Das darf doch nicht wahr sein!

»Rückzug! Sofort«, befahl Kleingott in gedämpfter Lautstärke.

Sie schafften es im letzten Moment aus dem Turmzimmer. Kleingott stolperte über die Schwelle. Reflexartig klammerte er sich an einen Düngersack. Er bemerkte den Fehler zu spät! Eine Glaskugel schlug auf dem Holzboden auf. Sie zerbarst. Eine farblose Flüssigkeit trat aus.

Scheiße!

Immerhin hatte der Sensor das zerbrechende Glas nicht registriert. Trotzdem war es nur eine Frage der Zeit, bis das tödliche Gas mit Sabrina in Kontakt kam.

»ABC-Alarm!«, flüsterte Kleingott. Er griff zur Tasche am Rücken, holte die Schutzmaske heraus, setzte sie auf und zwang sich, ruhig zu atmen. Die Plastikfenster der Maske liefen dennoch an. Er zog den Polyesteranzug samt Handschuhen an.

»Melde Flüssigkeitsaustritt, vermutlich Kampfstoff!«, tippte Kleingott in den Handcomputer. Er sandte die Meldung ab.

»Hier ABC-Abwehrkompanie«, hörte er nach 30 Sekunden im rechten Ohr. »Wir analysieren, Ende.«

Der Major hatte leicht reden. Er saß in einem luftdichten Panzer und brauchte lediglich die Ergebnisse der

Messfühler abzulesen. Wenn er Tabun in der Luft bestätigte, wäre Sabrina längst hinüber.

Kleingott zeigte dem ABC-Spezialisten in seinem Trupp den dunklen Klecks rund um die Scherben auf dem Holzboden. Vorsichtig kroch der Kollege zu dem Fleck. Er öffnete einen Behälter auf dem Tragegürtel. Daraus zog er ein Röhrchen und Papierstreifen. Er ging in die Hocke und machte sich an die Arbeit.

Kleingott konnte nur noch beten, dass Sabrina trotz allem Ruhe bewahrte und Hutnagl nicht in Panik geriet. Es blieb kaum Zeit, um ihnen das Leben zu retten. Sobald Sabrina oder Hutnagl sich eine Spritze ins Bein jagten, checkte es auch Donhart. Dann sprengte er garantiert der Uhrturm. Kleingotts Puls schoss in die Höhe. Der Schweiß sorgte für ein Brennen in den Augen. Er zwang sich, den Schmerz sowie die Sorgen zu ignorieren, regelmäßig durch die Maske zu atmen und sich auf den Einsatz zu konzentrieren.

»Sabrina, Kurt, bleibt ruhig!«, flüsterte Kleingott in das Mikrofon. »Wir checken es ab. Rede mit ihm! Egal, worüber. Ich will euch immer hören. Sabrina, sag ihm, dass du mitten in den Recherchen über die Verschwörung steckst.«

17:15 UHR

Sabrina atmete schwer. An ihren Chef gefesselt kam sie im vierten Stock an. Im Turmzimmer wartete Donhart etwa sechs Meter von ihr entfernt neben dem Minikühlschrank und hielt die Pistole auf sie gerichtet. »Auf die Korbbank setzen!« Er deutete mit der Waffe nach links.

Axels Rat schoss ihr ins Hirn. »Was ich über die P2–Verschwörung herausgefunden habe, ist heftig. Es ist mir nicht mehr aus dem Kopf gegangen. Dir dürfte es ähnlich ergehen. Ich bewundere deinen Mut.«

»Ach, wirklich?« Donhart zeigte das herablassende Lächeln, das Sabrina bereits bei dem jüngeren Bruder des Täters gesehen hatte. »Ich habe gesagt, ihr sollt euch hinsetzen!«

Sabrina ließ sich in die Korbsessel fallen und riss wegen der Fessel an der Hand Hutnagl mit sich.

»Bisserl sachter, Frau Ko… Kommentatorin«, herrschte Hutnagl sie an.

Nicht nur der Frust stand Markus Donhart ins Gesicht geschrieben. Abgekämpft und aufgedreht zugleich setzte er sich auf den Korbstuhl etwa fünf Meter von ihr entfernt am anderen Ende des schmalen Raums. Seine blassblauen Augen wirkten starr, als stünde er unter Drogen. Die roten Haare lugten schweißnass über dem Stirnband hervor.

»Warum so nervös?«, höhnte Donhart.

Die Situation war wie ein Abklatsch eines absurden Theaterstücks. Sabrina hockte mit Hutnagl im obersten Stock des Uhrturms und lauschte den Worten eines

Amokläufers. Ihr zu Füßen lag eine in zwei Teile zerbrochene Gipsskulptur, die ein Mischwesen aus Löwe und Mensch darstellte. Sabrina erkannte das Hammerkreuz. *Wahrscheinlich das Ordenssymbol*, dachte sie. Jedoch hatte all das seine Bedeutung verloren, als Axel den ABC-Alarm ausgelöst hatte, den Hutnagl und Sabrina ignorieren mussten. Wie viel Zeit blieb noch, bis die gefährliche Realsatire in den grauenvollen letzten Akt überging?

»Also hat Epimetheus jetzt eine Freundin! Hast du etwa auch eine Hagiotherapie gemacht? Bist du nun vom Schwulsein geheilt?« Donharts eiskalter Unterton wirkte lähmend.

»Pan... Pankratius ... Markus ... warum nur?«

»Das fragst du noch?« Donhart führte die Pistole an den Mund und blies über die Mündung. »Stichwort Quarantäne!«

»Quarantäne?«, hakte Sabrina nach.

»Zigmal habe ich dem Ritterorden meine Ernsthaftigkeit gezeigt, aber sie haben es einfach ignoriert. Blöd diskutieren ist das Einzige, was der Orden kann. Wie sehr der Moralverfall fortgeschritten ist. Immer debattieren sie darüber, dass man endlich etwas gegen die Abtreibungen unternehmen müsse. Aber passiert ist nie was. Wie eine Gebetsmühle habe ich ihnen erklärt, dass christliche Werte entschlossenes Handeln erfordern. Deshalb habe ich das Video über die heiligen Amokläufer ins Netz gestellt. Anstatt die Mahnung ernst zu nehmen, haben sie die Quarantäne über mich verhängt.«

»Ja, Ihr Clip ist cool«, versuchte Sabrina zu beschwich-
tigen, »aber ich verstehe nicht, was Sie mit der Quarantäne sagen wollen.«

Die Pistole in Donharts Hand verstärkte die wegwerfende Handbewegung. »Quarantäne. Dass ich nicht lache. Habt ihr wirklich geglaubt, dass ich so ein Trottel
bin, den man locker mit einer billigen Hagiotherapie
abspeisen kann? Frau Severn, die Ritter haben mich
isoliert und zersetzt. Sie haben alle Hebel in Bewegung
gesetzt, damit ich meinen Job bei Siemens verlor und
keinen anderen mehr fand. Damit ich bei Ernst & Partner lande.«

Donhart starrte Hutnagl an. Seine Augen schienen
aus den Höhlen zu treten, die Halsschlagadern stachen
aus dem Hals hervor. »Ihr Schweinepriester habt mein
Leben zerstört. Nun greift ihr überall nach der Macht.«

Sabrina erinnerte sich daran, dass genau diese beiden
Sätze am Morgen im Bischöflichen Gymnasium knapp
vor dem ersten Mord gefallen waren. Da hatte sie es für
eine typische Tirade eines sich rächenden Schülers gehalten. Doch jetzt erschienen jene Worte in einem
neuen Licht.

»Sie wissen nicht«, Donhart verzog die Mundwinkel,
»was ich im Chefbüro dieses feinen Herrn Direktors gefunden habe.«

EIN JAHR ZUVOR

Donhart verließ die Direktorenkanzlei und eilte
durch die Gänge weg von den lärmenden Kindern in
ruhigere Trakte. Raschen Schrittes bog er in den Flur
ab, der am Biologiesaal vorbeiführte. Am liebsten hätte

er die Glasfenster zu den Kubikeln eingeschlagen und die ausgestopften Tiere in Brand gesetzt. Schöner wäre es, wenn das menschliche Skelett nicht aus Kunststoff, sondern aus den Überresten von *Todesernst* bestünde.

Er hatte ihn abgemahnt!

Bloß weil es den Ordensrittern nicht in den Kram passte, dass Donhart sich als Stadtführer etwas dazuverdiente.

Mit einem Schnaufen riss er die Glastür auf. Er verließ den Bereich des Gymnasiums und lief weiter durch die verwinkelten Korridore des Augustinums. Nein, das durfte er nicht auf sich sitzen lassen. Auf keinen Fall. Da war eine Gegendarstellung fällig. Gleich schrieb er sie. Bald würde *Todesernst* eine ordentliche Replik per Mail kriegen.

Donhart stoppte.

Hielt inne.

Todesernst hatte ihm mehr als den Jobverlust angedroht.

Angekündigt, dass die geheime Präfektur für christliche Moral und Glaubenssicherheit sich um ihn kümmerte. Wenn die wollten, machten sie kurzen Prozess mit ihm. Da half ihm kein Arbeitsgericht auf der Welt.

Höchste Eisenbahn, aktiv zu werden.

Es galt herauszufinden, wer für den ordensinternen Geheimdienst arbeitete. Für den feinen Herrn Direktor stand eine Religionsstunde an. Wertvolle Zeit, die er im Chefbüro der Firma Ernst & Partner nutzen konnte.

Neue Kraft kehrte in ihn zurück. Er bog in einen schmalen Gang ab und ging beschwingten Schrittes die letzten Meter zu den Räumlichkeiten von Ernst & Partner.

Seine Arbeitskollegen starrten ihn an. »Wie war das Gespräch mit dem Boss?«, wagte einer, ihn zu fragen.

Donhart grinste und öffnete die Tür zum Chefbüro. »Ich habe einen wichtigen Auftrag von ihm erhalten.«

»Welchen?«

»Das darf ich jetzt noch nicht sagen. Ich muss ein paar Unterlagen zusammenstellen. Ich mach mich gleich an die Arbeit«, log er und schloss die Chefbürotür hinter sich.

»Jesus, zeige mir deine Wege. Leite und lehre mich«, betete er, wie er es auf dem Jakobsweg gelernt hatte. Sein Blick fiel auf einen schwarzen Aktenordner in einer verglasten Vitrine. *Emmaus*, stand auf dem Etikett. Eindeutig in *Todesernsts* Handschrift. Was für ein Glück, dass Todesernst jeden Mist ausdruckte und nur auf die Sicherheit eines Glasschranks vertraute. Blöd für ihn, dass er vergessen hatte, den Schrankschlüssel abzuziehen. Endlich sah es umgekehrt aus. Diesmal war es *Todesernst*, der einen Fehler gemacht hatte.

Donhart öffnete die Schranktür, holte die Klemmmappe heraus und legte sie auf den edlen Schwarznuss-Schreibtisch. Ein Schauer lief ihm über den Rücken, als er den Ordner aufschlug. Auf dem Inhaltsverzeichnis in bunten Farben stach in hellroter Schrift das Wort »Personalia« ins Auge. Seine Finger griffen zum roten Registerblatt, und er führte die Blätter über die Drähte aus Federstahl zur anderen Seite. Das Trennblatt folgte. Sofort erkannte er das Ordenswappen. Die Überschrift verursachte einen Wirbelsturm in seinem Bauch.

Verlaufsbericht über die Quarantäne bei Pankratius

Er blickte auf. Hoffentlich störte ihn niemand, wenn er den Bericht durchlas. Donhart setzte sich in den feudalen Ledersessel und studierte das Ordensdokument.

Die nach der Sitzung des Ordensgerichts im Stift Rein eingeleiteten Zersetzungsmaßnahmen haben für die notwendigen beruflichen Misserfolge bei Pankratius gesorgt. Es ist uns gelungen, ihn zum Gehorsam zu zwingen, sodass Pankratius, wie von den Ordensrichtern angeordnet, ein Dienstverhältnis in meiner Firma Ernst & Partner eingegangen ist.

In diesem Zusammenhang muss ich positiv hervorheben, dass die Durchsetzung des Gerichtsspruchs uns wertvolle Erfahrungswerte für künftige Aktionen der Präfektur für christliche Moral und Glaubenssicherheit geliefert hat.

Die Ordensstrafe der Quarantäne scheint bei Pankratius nicht die gewünschte Wirkung zu zeigen. Nach wie vor versagen die Maßnahmen der Hagiotherapie; er ist weder willens, für die Heilung seines Geistes zu beten, noch bemüht er sich, an seiner Aggressivität zu arbeiten. Der Hagiotherapeut ist davon überzeugt, dass er absolut keine Fortschritte macht, sondern dass im Gegenteil die Krankheit an den »spirituellen Organen« des Gewissens, des Charakters, der Religiosität, der Hoffnung, der Geschlechtlichkeit, der Geduld und der Demut bis an die Grenze zum geistlichen Tod fortgeschritten ist.

Das stimmt auch mit meinen eigenen Beobachtungen überein. Trotz meiner Ermahnungen zeigt Pankratius weiterhin ein aggressives Verhalten. Noch immer verherrlicht er frühere Amokläufer (z. B. den Massenmörder von Erfurt) als heilig. Nach wie vor versucht Pankratius, uns zum Ausführen der Operation Emmaus zu drängen, um als Präses die Präfektur für Arbeitsmoral zu leiten. Um es ein für alle Mal festzuhalten: Pankratius ist der Allerletzte, den man in irgendeine verantwortungsvolle Position hieven darf.

Es ist davon auszugehen, dass Pankratius darüber hinaus an einer psychischen Erkrankung leidet. Dennoch ist aufgrund seines Wissensstandes über die Operationen Karfreitag und Emmaus davon abzuraten, das Problem mit einer psychiatrischen Intervention zu lösen. Selbst wenn wir Pankratius als völlig gestört darstellen können, bewerte ich das Risiko, dass die Operationspläne trotzdem nach außen dringen, als zu groß. Es ist anzunehmen, dass der eine oder andere Pseudopfaffe Pankratius doch noch ernst nehmen könnte.

Insgesamt treten sein Widerwille und sein Ungehorsam stets aufs Neue in Erscheinung. So hat er letztens eigenmächtig ohne meine schriftliche Erlaubnis einen Nebenjob als Stadtführer angenommen. Ich werde daher Pankratius bei nächster Gelegenheit abmahnen. Sofern Pankratius sich weiterhin weigert, sich unserer Ordensgemeinschaft unterzuordnen, werde ich gegen Pankratius die Kündigung aussprechen. In diesem Fall bitte ich die Präfektur für christliche Moral und Glaubenssicherheit, Pankratius mit Zersetzungsmaßnahmen in den Suizid zu treiben. Sollte das nicht gelingen, ist er im Zuge der Operation Emmaus aktiv zu liquidieren.

Donhart hatte das Gefühl, als öffnete sich der Boden unter seinen Füßen, um ihn mit Haut und Haar in der unendlichen Schwärze zu verschlingen. Sein Herz sauste mehr als vier Stockwerke in die Tiefe, um weit unterhalb des Kellers aufzuschlagen.

Donhart stand auf, ging ans Fenster und sah auf den Verkehr in der Grabenstraße hinab.

Sie hatten vor, ihn umzubringen, sobald *Todesernst* ihm kündigte. Über ihm schwebte das Schwert des Damokles. Spätestens zum Zeitpunkt des Putsches der *Milites Domini Jesu Christi* fiel es. Es sei denn, Donhart verwandelte sich zuvor in einen Todesritter, der den Ritterorden spektakulär zerstörte.

GEGENWART

»Wird wohl nichts werden mit eurer Operation Emmaus!« Der Frevler deutete grinsend zu dem Gewehr, das neben ihm stand. »Damit hast du nicht gerechnet, dass ich den Bericht von Todesernst über mich finde, nicht wahr, Epimetheus?«

Hutnagl schwieg.

Augustinus, wie konntest du nur so unvorsichtig sein?

Nun kam es umso mehr darauf an, Ruhe zu bewahren und kein weiteres Öl ins Feuer zu gießen.

»Es wird Zeit für das Interview«, wandte sich Donhart an Sabrina. »Wie lautet der Link?«

»www.futter.at/podcast«, kam es von ihr wie aus der Pistole geschossen.

Mit einer Hand tippte der Frevler auf dem Laptop herum, während er mit der anderen die Walther P38 hielt. »Wenigstens verarscht ihr mich nicht. Damit das so bleibt, werde ich den Herrn Komtur darüber informieren, was bei einer falschen Antwort passiert.«

Hutnagl atmete still durch. Donhart hatte die getürkte URL geschluckt.

Der Massenmörder blies über die Mündung der Knarre. »Das Magazin ist gefüllt. Epimetheus, ich verpasse dir einen Sixpack, wenn du glaubst, mich verscheißern zu können. Wird so wie bei der IRA ablaufen. Je eine Kugel in die Knie, in die Ellbogen und in die Sprunggelenke.«

Das zu erzählen, was der Frevler hören wollte, war das Gebot der Stunde. Wahrscheinlich führte die angedrohte Folter dazu, dass er den Rest seines Lebens als Krüppel verbrachte. Schweiß bildete sich nicht nur auf seiner Stirn, sondern tauchte seinen gesamten Kopf in eine ungute Nässe. An der Hand zog es. Er beobachtete, wie sich Sabrina Mara nach unten beugte, das Funkmikrofon aus der Tasche holte und es einrichtete.

»Fang an«, forderte der Frevler.

»Mein Name ist Antonia Severn. Ich bin Reporterin bei *Futter*, dem Online-Magazin der Kleinen Zeitung. Ich sitze gerade mit Markus Donhart und Kurt Hutnagl im Uhrturm. Beide gehören dem Ritterorden *Milites Domini Jesu Christi* an. Das Interview wird etwas unkonventionell verlaufen. Markus Donhart wird zwei Rollen spielen. Er wird zum einen meine Fragen beantworten, zum anderen wird er gemeinsam mit mir Kurt Hutnagl zu den Putschplänen des Ordens befragen. Die erste Frage richtet sich an Markus Donhart: Warum?«

Die grinsende Fratze des Frevlers erinnerte Hutnagl an den üblen König, den er bei der geistlichen Übung vom guten und bösen Herrscher vor sich sah. »Nach einem göttlichen Blutbad kommt ihr immer wieder mit diesem depperten ›Warum?‹. So wie in Erfurt, in Emsdetten und in Winnenden! Dafür ein dröges ›Why?‹ in Blacksburg und ein idiotisches ›Pourquoi?‹ in

Montreal! Jedes Jahr gibt es am 10. März im Amtsgericht von Euskirchen so ein blödes Gedenkschweigen. Die sechs Krieger des Herrn haben es kundgetan: Auf Dauer kann sich niemand ungestraft im Sündenpfuhl suhlen. Und ich bin der siebte heilige Amokläufer. Ein Werkzeug Gottes. Ich habe die Faulheit der feigen Ordensritter bestraft. Mehr noch: Dank meiner Großtat werden die teuflischen Pläne jener Leute ein für alle Mal vereitelt.«

Unsinn! Satan hat dich im Griff.

»Herr Hutnagl, was sagen Sie dazu?«, fragte Sabrina Mara.

Mit der freien Hand wischte sich Hutnagl den Schweiß von der Stirn. »Markus Donhart hat recht. Für die Welt sind wir ein karitativer Orden der christlichen Nächstenliebe, der gescheiterten Menschen guten Willens wieder auf die Beine hilft. Aber in Wirklichkeit wollen wir den Staat im Sinne Gottes des Herrn verändern.«

»Wie soll das konkret aussehen?«, hakte Sabrina nach.

Hutnagl überlegte. Ihm fiel nichts ein, wie er ihn zufriedenstellen konnte, ohne die Ordensbrüder zu verraten.

»Na, wie wohl?«, spottete der Frevler. »Es wird doch nicht so schwer sein, ihre Frage zu beantworten.«

»Auf dem Weg nach Emmaus hatten die Jünger den auferstandenen Herrn nicht erkannt, denn sie waren mit Blindheit geschlagen. Auch heute verschmäht die Gesellschaft die Lehren Jesu, und sie nageln ihn damit erneut ans Kreuz.«

»Den offiziellen Scheiß kannst du dir in den Arsch schieben.« Donhart führte den Daumen zum Hahn seiner Waffe. »Linkes oder rechtes Bein?«

Hutnagl schwieg.

»Links oder rechts?«, wiederholte Donhart energischer.

»Links«, stammelte Hutnagl.

»Fein«, höhnte der Frevler. »Knie oder Sprunggelenk?«

»Okay, okay.« In dieser Situation half es, die Putschpläne ansatzweise preiszugeben. »Mit der Operation Emmaus soll Europa zurück zum Naturrecht finden. Dazu wollen wir zuerst in Österreich, Italien und Spanien an die Macht. So soll das Evangelium wieder unter die Leute kommen.«

»Geht ja.« Donhart nahm den Finger vom Hahn, ohne ihn zu spannen. Mit der Pistole deutete er zu einem Säckchen in der Ecke.

Hinter den Ohren spürte Hutnagl den Schweiß. Ihm fiel das rote X auf weißem Hintergrund sofort auf. Er kannte das Logo dieses Unternehmens verdammt gut.

Der Frevler richtete die Waffe auf ihn. »Frau Mara will wissen, was es mit dem ANFO auf sich hat. Ich persönlich habe für den Generalpräfekten eine Ladung von zehn Tonnen von Burgos nach San Pedro de Cardeña gebracht.«

Hutnagl überlegte, was er dem Mörder auftischen sollte, um Zeit zu gewinnen. »Das war nur Dünger für das Weingut der Zisterzienser.«

Der Abzug der Walther P38 spannte sich. »Epimetheus, beim nächsten Mal schieße ich dir fürs blöde Lügen ins Knie.«

Hutnagl griff nach ihrer Hand. Die Finger umklammerten Maras Handballen. Zugleich schämte er sich, dass er, der gestandene Ermittler, sich wie ein Muttersöhnchen verhielt.

»Nun, Pankratius. Wir wollten Bomben bauen für Anschläge auf sündige und öffentliche Plätze. Wir haben geplant, sie den Dschihadisten in die Schuhe zu schieben. Operation Karfreitag hätte jedem klargemacht, wie groß die islamische Bedrohung wirklich ist.«

»Operation Karfreitag als Vorbereitung für Operation Emmaus?«, kam prompt die Nachfrage von Sabrina Mara.

Hutnagl nickte.

»Ein islamistisches Attentat hat ja was Gutes«, imitierte der Frevler Hutnagls Stimme und betätigte die Sicherung der Waffe. Der Hahn entspannte sich, ohne dass sich ein Schuss löste.

Donhart wechselte in seine normale Stimmlage. »Die Leute sollen sich in die Hose machen, damit ihr Heuchler euch als Retter aufspielen könnt. Gell. Aber ihr habt die Rechnung ohne den Wirt gemacht. Ich weiß noch genau, wie ihr euch wegen der 350 Kilo ANFO in die Hose gemacht habt.«

»Mir war klar, dass du dahintersteckst«, erwiderte Hutnagl.

Das arrogante Grinsen des Frevlers verdeutlichte seine widerliche Einstellung. »50 davon habe ich für die Forschung gebraucht. Den Rest habe ich in kleinen Portionen hierhergebracht. Immer zwischen zwei und drei Uhr nachts. Niemandem ist aufgefallen, wie ich alles in den Nachtschichten präpariert habe. Aber es reicht locker für den Uhrturm, und es wird das Tabun über Graz verteilen.

Damit ihr wisst, dass ich nicht bluffe, habe ich den Lieferschein von damals zu meinen Dokumenten gelegt. Ich bin mir sicher, dass ihr den schon gefunden habt.«

Hutnagls Gesicht gefror.

SIEBEN STUNDEN ZUVOR

Der Versuch, Mara mit der Suche nach dem Bruder des Täters zu beschäftigen, war fehlgeschlagen. Niemals hätte Hutnagl erwartet, dass sie den Durchsuchungszeugen so schnell auftrieb. In jedem Moment tauchte sie mit Rainer Donhart in der Täterwohnung auf. Hutnagl eilte die zwei Stockwerke hinauf. Ihm verblieben wenige Minuten, um die brenzligsten Indizien aus dem Weg zu räumen, die auf die *Milites Domini Jesu Christi* hinwiesen.

Auf der Kommode lag es.

Das Handy des Frevlers.

Hutnagl nahm es in die Hand und überlegte, wie er damit verfahren sollte. Es im eigenen Sakko verschwinden zu lassen, konnte er vergessen. Genauso hirnrissig war die Idee, es in die Toilette zu werfen und die Spülung zu betätigen. Das Smartphone hatte die Polizei auf die Grillparzerstraße 77 hingewiesen. Da brach nur viel früher die Erklärungsnot aus. Noch blieb Zeit, um zu überlegen, wie er seine private Nummer auf dem Telefon des Täters begründete.

Hutnagl legte das Täterhandy auf die Kommode zurück und lief auf Axel Kleingott zu. »Haben Sie etwas Auffälliges entdeckt?«

»Er dürfte mit Sprengmittel experimentiert haben.«

»Wo?« Er eilte an Kleingott vorbei ins Wohnzimmer.

»Im Hobbyraum.«

Hutnagl flitzte in den Raum nebenan. Die Plastikfiguren auf einem Werktisch bewiesen, dass es sich in der Tat um einen Bastelraum handelte. Auf dem Schreibtisch lagen einige Zeichnungen. In der Ecke lagerten pinke Kügelchen auf einem Plastiksack. Die Aufschrift und das aufgedruckte Logo erhöhten den Puls. Eindeutig ein Sack Kunstdünger aus dem Hause Expal. Der Rußfleck an der Wand verriet, dass der Frevler in diesem Zimmer damit experimentiert hatte.

Hutnagl wandte seinen Blick vom Brandfleck ab und widmete sich dem Tabletop. Die Spielfiguren waren an den Rand geschoben worden, um einem Haufen Papier Platz zu machen. Kleingott wies auf den Stapel. »Ich befürchte, er hat im wahrsten Sinne des Wortes an einem Bombenprojekt gearbeitet.«

»Na toll! Franz Fuchs 2.0« Hutnagl nahm die Pläne unter die Lupe. Auf den Blättern war stets eine Tür im Aufriss zu sehen. *Sicherung gegen Unbefugte*, stand auf allen Skizzen. Die Entwürfe zeigten den Fortschritt der Bombe. Der Silvesterknaller entwickelte sich zu einer Rohrbombe. Statt Schwarzpulver plante Donhart, Nitroglyzerin und ANFO einzusetzen. Die Zündvorrichtung reifte von einer Schnur zu einem elektronischen Meisterwerk.

»Hier deutet nichts auf eine Sprengfalle hin«, bemerkte Kleingott. »Er wird mit unserem Besuch hier gerechnet haben.«

»Es dürfte so wie beim Fuchs sein. Er wird sie in seinem Versteck installiert haben.«

»Wenn es eine Zweitwohnung ist, könnten wir mit etwas Glück hier einen Mietvertrag finden.«

»Das ergibt Sinn.« Hutnagl ging auf einen Schrank in der Ecke des Hobbyraums zu. »Ich hab da so ein Gespür im kleinen Finger, dass er die Dokumentenmappe hier gelagert hat.«

»Was wetten wir?«, fragte Kleingott.

»Wie wär's mit einem Bier heute nach Dienstschluss?«

»Einverstanden.«

Hutnagl öffnete die gläserne Schranktür. Auf dem obersten Fach lag ein in die Jahre gekommenes Buch, auf dessen Umschlag ein antikes Mikroskop und eine Brille abgebildet waren. In einem weißen Balken stand der Titel in schlichter Schrift.

Schieß- und Sprengmittel.

»Ah, jetzt wird es interessant«, murmelte Hutnagl. Er zog den Wälzer heraus. Der Verdacht, dass der Frevler an einer Bombe gearbeitet hatte, festigte sich. Stellte sich die Frage nach dem Typ der Höllenmaschine. Franz Fuchs hatte einen riesigen Blumentopf, gefüllt mit Nitroglyzerin, Nägeln, Sprengstoff und Gips, vorgesehen. Was Markus Donhart in die Luft jagen wollte, stand in den Sternen.

Neben dem Fachbuch lag die braune Ledermappe mit dem Schriftzug *Dokumente.*

»Kleingott, Sie zahlen.« Hutnagl holte die Mappe aus dem Schrank und schlug sie auf. Sie enthielt das, was zu erwarten war: die vergilbte Geburtsurkunde, den Taufschein aus dem Jahre Schnee und die Zeugnisse bis zum Abitur. Die Noten verrieten, wie sehr sich Markus Donhart im Bischöflichen Gymnasium gequält hatte.

Lediglich eine Eins in Chemie, eine Zwei in Physik, eine Drei in Musik und Turnen ragten oft als Inseln im Meer der Vierer hervor. Als Klassenlehrer hatte seinerzeit Bruder Augustinus unterschrieben.

Nach der Bestätigung des Orientierungsjahrs folgte eine Unmenge bedeutungsloser Urkunden. Bei keiner handelte es sich um einen Mietvertrag. In der letzten Folie steckte ein Schriftstück, das er lieber nicht gefunden hätte.

Ein Lieferschein.

Das rote X auf weißem Hintergrund fiel ihm sofort auf.

Das Logo gehörte zur Firma Expal.

Ein führender Sprengstoffhersteller.

Weltweit aktiv.

Mit Sitz in Burgos.

Der Blick auf den Schein genügte, um seinen Herzschlag zu beschleunigen. Bei der Lieferadresse handelte es sich um ein Zisterzienserkloster in Spanien.

Eine spezielle Abtei.

San Pedro de Cardeña.

Bei Burgos.

Empfänger war niemand anders als der Generalpräfekt, der mit seinem Klarnamen auf dem Papier stand.

Die einzige Position auf dem Lieferpapier ließ ihm das Herz in die Hose rutschen.

ANFO.

Sprengtauglicher Dünger.

400 Packungen à 25 Kilo.

Damit hätte ein Breivik elf Ölministerien in Oslo in die Luft sprengen können.

Gott sei Dank war Hutnagl im Bilde darüber, wo sich der Großteil davon befand. In einer Lagerhalle des Weinguts der Zisterzienserabtei. Dummerweise nicht alle. Kurz vor Silvester hatten die Mönche bei der Inventur bemerkt, dass 14 Säcke fehlten. Sie hatten es bei der Guardia civil angezeigt, doch kurz danach war die Geschichte im Nirwana versickert.

Hutnagl war drauf und dran, den Kriminalfall aus der Provinz Burgos zu lösen. Dass der Frevler den Lieferschein als Trophäe mitgehen ließ, goss zusätzliches Öl ins Feuer. Man konnte zwar sowohl die Tatzeit eingrenzen als auch den Dieb benennen, aber das nützte weder der Abtei noch der spanischen Gendarmerie.

Schon gar nicht den *Milites Domini Jesu Christi*. Im Gegenteil, die Rückseite des Lieferzettels enthielt mehr Sprengstoff als die zehn Tonnen ANFO, um die es ging. Die Sache drohte aus dem Ruder zu laufen und äußerst unangenehm zu werden.

GEGENWART

Sabrina drehte den Kopf zu Hutnagl. Sein Gesicht schien einen Moment lang zu gefrieren. Doch ihr entging das kurze Lächeln nicht, das folgte. Dass ihr Chef alles darangesetzt hatte, sie von der Täterwohnung fernzuhalten, lag auf der Hand. Vermutlich hatte er nach dem Lieferzettel gesucht, ihn gefunden, ihn mitgehen und später verschwinden lassen. Sie schwor sich, danach zu suchen, falls sie die brandgefährliche Realsatire überlebte.

»Was steht auf der Rückseite des Lieferscheins?«, fragte Sabrina.

»Epimetheus!« Donhart richtete die Waffe auf Hutnagl.

Hutnagl brachte kein Wort heraus.

Donhart lachte und spannte den Hahn. »Na, Epimetheus!«

»Ein ... ein Entwurf für die ... die Operation Karfreitag.«

»Präziser!«, schrie ihn der Massenmörder an.

»Islamistische Anschlagsziele«, stammelte Hutnagl.

»Wen hattet ihr im Visier?«, fragte Sabrina.

»Zum Beispiel die Regenbogenparade in Wien oder den Freidenkerbund ...«

»... oder Charlie Hebdo in Paris«, unterbrach Donhart. »Aber da waren die echten Islamisten schneller. Und nun komme ich euren miesen Plänen zuvor! Heute bringe ich euch den Karfreitag! Und Osternacht werdet ihr keine erleben! Tja, das sieht auch Gott so! Drum hat der Herr mir Doktor Posetto vor die Flinte geführt, ich habe nur abdrücken müssen. Das war total einfach. Der wird wohl nicht mehr Präfekt für Gerechtigkeit werden.«

»Eure Version vom Justizminister?«, fragte Sabrina.

Donhart deutete mit seiner Waffe auf Hutnagl. »Beantworte ihre Frage, du Oberheuchler!«

Hutnagl schwieg.

»Beantworte sie! Oder soll das Knie dran glauben?« Donharts Gebrüll stach wegen des Mikroohrhörers direkt ins Ohr. Mit Mühe gelang es ihr, sich nicht an die Ohrmuschel zu fassen.

»Ja«, antwortete Hutnagl.

»Aber beim Ordensgericht hat er gezeigt, was von ihm zu halten ist«, setzte der Massenmörder die Tirade fort.

»Und so ein Rabauke will Minister sein? Ihn hat mein heiliger Zorn getroffen, ganz im Sinne von Erwin Mikolajczyk. Das war eigentlich ein netter Zufall, dass Jesus ausgerechnet durch Jenny Stefanetz gewirkt hat. Ihr verdanke ich, dass ich bei diesen Scheißheuchlern gelandet bin.«

»Herr Donhart, wie genau hat Frau Stefanetz Doktor Posetto vor Ihre Flinte geführt?«, hakte Sabrina nach.

Donhart lachte. »Gott hat sie benutzt, um mir zu helfen. Ihr Deppen von der Polizei seid zu spät gekommen, nachdem ich das Werk des heiligen Amokläufers von Erfurt vollendet hatte. Und ihr habt mein Theater vom Schulamoklauf wie geplant gefressen. Das hat mir die nötige Zeit geschenkt, hierher zum Uhrturm zu kommen. Doch zuvor habe ich mir noch einen Abstecher auf die Franzisca erlaubt. Epimetheus, rate mal, wer dort aufgekreuzt ist?«

»Jennifer Stefanetz?«, fragte Hutnagl.

Donhart blickte auf den Monitor, dann zum Fenster. Mit der Pistole in der Hand lief er zum zweiten Fensterloch. »Richtig. So wie damals, als sie mich zum Affen gemacht hat und du, Epimetheus, mich für den Ritterorden angeworben hast. Du hast mir lang und breit erklärt, dass Jesus mich für Höheres vorgesehen hat. Ich weiß, was du von mir wolltest, du Schwuchtel.«

Hutnagls Stimme driftete ins Väterliche. »Pankratius. Ich bin vor mehr als vierzig Jahren nach Santiago gepilgert. Da ist mir klar geworden, dass ich die Schwierigkeiten aus meiner Neigung mit dem Kreuzesopfer zu vereinen habe. Und genau das und nichts anderes habe ich getan.«

Donhart spuckte Hutnagl vor die Füße. »Pah. Du schwule Sau hättest bis auf *Todesernst* alle Opfer verhindern können. Du hättest bloß beim ersten Presseauftritt die Machenschaften des Ordens offenlegen müssen. Dann wäre sogar Posetto, dieser Rowdy, noch am Leben. Aber du hast den üblichen Polizeimist verzapft. Dem Komtur ist sein Scheißorden viel wichtiger als jedes Menschenleben.«

»Herr Donhart, ich will wissen, wie Frau Stefanetz Ihnen Doktor Posetto vor die Flinte geführt hat«, hakte Sabrina Mara nach.

Donhart legte die Waffe auf den Tisch, ohne sie loszulassen. »Wie ihr Weiber halt so seid, hat auch Jennifer mit mir tratschen müssen. Ausführlich hat sie mir erzählt, was für ein Arsch Peter Almer ist, als ob ich das nicht längst gewusst hätte. Dass sie es ihm jetzt heimzahle und sich mittags mit Posetto in der *Alten Münze* treffen wolle. Wegen einer Unterhaltsklage. Dass ich nicht lache. Niemals hätte dieser Kerl dem Almer auch nur einen Cent aus der Tasche gezogen. Der wollte die Klage so gestalten, dass sie leer ausgeht. Ist doch alles nur ein abgekartetes Spiel.«

»Wie?« Sabrina verstand nur Bahnhof.

Donhart lachte auf. »Erkläre es ihr, Epimetheus!«

Hutnagls Lippen zitterten. »Mir war es … es nicht recht. Ich bin ja deshalb nicht hin. Peter Almer hat es sich zu leicht gemacht und das Privilegium Petrinum in Anspruch genommen.«

»Was?«, erwiderte Sabrina. Hutnagl hätte es ihr auch auf Chinesisch sagen können.

»Die Option auf eine katholische Scheidung zugunsten des Glaubens«, warf Donhart ein. »Geht bei

Ungetauften wie eben bei der Stefanetz. Da reicht ein Okay vom Papst, und schon ist die Kirche für die neue Ehe bereit. Statt hochkant aus dem Ritterorden rauszufliegen, hat der Herr Fotokünstler mit Glanz und Gloria im Dom heiraten dürfen. Aber die prunkvolle Hochzeit im Burggarten habe ich diesem Pharisäer gründlich vermiest.«

»Warum haben Sie die Braut erschossen?«, wollte Sabrina wissen. »Gehört sie auch zum Orden?«

»Nein«, warf Hutnagl ein. »Jesus hat auch nur Männer als Apostel berufen.«

»Ich habe Isabellas Leben ausgelöscht«, polterte Donhart, »damit jeder weiß, wie egal diesem Herrn Komtur das Leben seiner Nichte ist, wenn es um den Orden geht. Ihr Heuchler habt längst den Pfad Gottes verlassen. Ihr nennt euch Soldaten des Herrn und seid doch nur billige Söldner ohne Anstand. Und Peter Almer war der Allerschlimmste!«

»Wieso?«, fragte Sabrina.

»Wie war es möglich, dass der Herr Fotokünstler eine derart bombastische Feier ausrichten konnte? Der Rubel ist weder bei ihm noch bei seiner Familie gerollt. Dafür haben aber die *Milites Domini Jesu Christi* Geld wie Heu. Sag mal, Epimetheus, weshalb man Kohle für Almers Scheißhochzeit hatte.«

Donhart erhob sich mit der Pistole in der Hand und sah hektisch aus dem Fenster. Er warf einen Blick auf den Laptop-Monitor. Sabrina nutzte die Gelegenheit, griff in Hutnagls Sakkotasche nach dem Schlüssel der Handschellen und ließ ihn unter ihrem Oberschenkel verschwinden.

17:33 UHR

Donharts angespannte Stimme zu hören, linderte Kleingotts Sorgen. Solange er flüssig sprach und sowohl Sabrina als auch Hutnagl klare Antworten gaben, hatte das Tabun sie nicht erreicht. Ihr Bewusstsein schien sich nicht zu trüben, und allein das zählte.

»Wasser!«, sagte der ABC-Spezialist. Er kam mit dem Gasprüfröhrchen in der einen Hand und einem Streifen Indikatorpapier in der anderen auf ihn zu. Der Chemiker deutete mit dem Röhrchen auf die tiefblauen Flecken auf dem hellblauen Papier. »Das ist mit Sicherheit kein Kampfstoff.«

Eine Welle der Erleichterung floss durch Axels Körper. Sie versetzte die Schweißtropfen auf dem Gummi seiner Maske in Schwingung. Die gröbste Gefahr war fürs Erste gebannt.

»Ausgetretener Stoff ist H_2O«, funkte Kleingott die ABC-Abwehr an.

»Verstanden«, bestätigten die Militärs.

»Es ist alles in Ordnung«, informierte er Sabrina und Hutnagl. »Versucht, die Bewegungsmelder abzuschalten. Sobald ihr es geschafft habt, soll einer von euch ihm sagen, dass er der Beste ist. Wenn ihr ihn unter Kontrolle habt, gebt das im Klartext durch. Viel Glück!«

***

»Los, Epimetheus«, sagte Donhart etwas lauter, »verrate ihr, warum der Orden die Hochzeit finanziert hat. War doch eine Anerkennung, oder? Sag's ihr!«

»Ja, er war mein Assistent.«

Sabrina sah ihren Chef an. »Wie soll ich das verstehen?«

Hutnagl schluckte. »Wir wollen das Heil aus Russland in den Westen bringen. Die Wiedervereinigung der drei christlichen Kirchen ist unser Ziel. Almer unterstützt mich dabei.«

»Epimetheus, du rüttelst am Schussbaum!«, wetterte Donhart. Er spannte den Hahn der Walther. »Ich will keinen Mist hören, Freund. Dein Blabla interessiert niemanden. Sag endlich, wobei dir Almer hilft und wieso du wirklich die Hochzeit geschwänzt hast.«

»Chef, das würde mich jetzt auch interessieren«, rutschte es Sabrina heraus.

Ich blöde Kuh!

»Es ist alles in Ordnung«, hörte sie Axels Stimme im Kopfhörer.

Nichts ist in Ordnung, ich habe es versemmelt.

Am liebsten hätte sich Sabrina für den Fehler grün und blau geschlagen, wenn sie nicht mit Handschellen an Hutnagl gefesselt gewesen wäre.

Donhart richtete die Waffe auf Sabrina. »Glaubst du, dass ich der totale Depp bin?! Ich habe dich beobachtet, als du mit dem Spurenheini am Schloßbergplatz gewerkelt hast. Ich weiß genau, was du bist! Eine Bullenschlampe! Aber das Spielchen hat mir Epimetheus gebracht. Da sieht man abermals, dass auch du Gottes Werkzeug bist und er dich für meine Mission benutzt.«

Sabrina starrte Donhart an. Ihr Blut kochte. Jedes Wort aus seinem Mund schlug mit der Macht eines auf die Brust angesetzten Vorschlaghammers auf ihr Herz.

Donhart sah zu Sabrina Mara und deutete mit der linken Hand auf Hutnagl. »Und nun wirst du brav bekannt geben, warum ihr Scheißritter die Hochzeit von Peter Almer finanziert habt.«

Hutnagls Lippen bebten. »Er hilft mir beim Aufbau der Präfektur für christliche Moral und Glaubenssicherheit.«

»Almer hat doch *God's Love For Black & White* und andere Aktfotos gemacht«, warf Sabrina ein.

»Maskirovka, nicht wahr, Epimetheus?« Donhart steckte sich die Zigarette an.

Hutnagl schnaufte. »Er hatte den Auftrag, Gotteslästerer herauszufiltern. Und am besten geht es, wenn er die perversen Bilder zum Verkauf anbietet. Wer Interesse daran zeigte, landete auf der Liste. Und dass ich die Bilder nicht offiziell zahle, ist doch logisch.«

»Almer war so etwas wie ein informeller Mitarbeiter der neuen Stasi?«, fragte Sabrina.

»Nicht ganz.« Donhart nickte. »Er hätte eine wichtige Rolle in der Präfektur für Glaubenssicherheit gespielt. Dieser bisexuelle Gigolo wollte dauernd Spaß haben und dabei seine Opfer als Ehebrecherinnen brandmarken. Passt gut zu ihm, diesem Arsch. Na, Epimetheus, hast du auch ein Verhältnis mit ihm? Warst du deswegen nicht auf der Hochzeit? Weil du eifersüchtig auf deine Nichte bist?«

»Pankratius, warum hast du uns verraten?« Hutnagl wirkte verzweifelt.

Donhart ließ die glosende Zigarette aus dem Mund fallen und zerquetschte sie mit der Schuhsohle. »Weil ihr mich verarscht habt! Die ganze Zeit! Für euch Scheißritter bin ich nur der Verlierer! Der niemals was auf die Reihe gekriegt hat. Aber heute hat sich das geändert! Und nun bin ich derjenige, der euch verarscht.«

Donharts glasige Augen strahlten einen Moment lang. Er stand auf. Ging zwei Schritte auf sie zu. Stellte sich breitbeinig hin. Richtete die Pistole auf Hutnagls Knie aus.

Jetzt oder nie!

Sabrina zog die Beine an. Konzentrierte sich auf die Waffe. Sie ließ die Füße vorschnellen und traf Donharts Handgelenk. Ein Schuss löste sich. Die Knarre fiel ihm aus der Hand. Mit einem Fußtritt schickte sie die Walther auf die schlitternde Reise über den Holzboden.

»Scheiße!« Donhart sprang zum Laptop. »Wir werden jetzt alle sterben!«

Sabrina nahm den Schlüssel von der Korbbank, führte ihn ins Schlüsselloch, öffnete die Handschelle.

»Schnappen wir ihn!«, rief sie ihrem Chef zu.

»Endstation, Frevler!«, donnerte Hutnagl.

»Bald verbreite ich das Wasser des Todes!«, brüllte der Massenmörder.

»Niemals!« Wut kochte in ihr hoch. Mit massiver Kraft riss sie Donhart vom Rechner weg. Er strauchelte und stürzte zu Boden.

»Ihr seid an allem schuld!«, stammelte er.

Sabrina reagierte nicht auf das Gemurmel. Stattdessen warf sie sich auf seinen Rücken und griff nach seinem Oberarm. Sie streckte Donharts Ellbogen durch und zwang seinen Arm in eine schmerzhafte Position.

»Au, ihr tut mir weh!«, plärrte er.

»Aber beim Einstecken bist du der volle Versager!«

»Mach die Bewegungsmelder aus!« Axels Stimme im Ohrclip klang forsch.

Was Axel gerade durchgab, war nett, aber schwer umzusetzen, denn sie kannte den Code nicht! Die einzige Chance lag in der Fernbedienung, die Donhart nach dem Reaktivieren der Bewegungssensoren in die Hosentasche gesteckt hatte.

»Chef, durchsuchen Sie die Taschen.«

»Schön ruhig bleiben, Pankratius«, riet Hutnagl.

Donhart atmete tief, als mobilisierte er seine letzten Reserven.

Vorsichtig drehte sie ihn, um Hutnagl den Griff in Donharts rechte Hosentasche zu ermöglichen. Kurz darauf surrte die Funkzentrale der Alarmanlage. Die Leuchtdiode sprang von Rot auf Grün. Ein entferntes Surren, gefolgt von einem Klacken drang an ihr Ohr. In wenigen Momenten war der Spuk vorbei.

»Bewegungssensoren deaktiviert!«, gab sie durch.

»Wir kommen«, hörte sie Axel.

»Ihr Arschlöcher«, donnerte Donhart. Mit jähem Ruck warf er Sabrina ab.

Shit!

Wie konnte ihr das nur passieren? Für einen Augenblick hatte sie den Halt am Ellbogen leicht gelockert, aber das hatte gereicht. Der Verbrecher hatte ihren Fehler ausgenutzt.

Donhart zog die Knie an und ließ die Beine in ihre Richtung schnellen.

Ein Schmerz durchzuckte ihre Brust. Die Rippen taten weh. Ihr blieb kaum Luft zum Atmen. Sie japste.

Hutnagl fiel Donhart an.

Vergebens.

Donhart drehte sich weg. Kurz danach sprang er auf und machte einen Schritt hin zum Laptop. Sein Zeigefinger schwebte über der Tastatur des Laptops.

Ein Lichtblitz!

Krachen.

Schreie.

Instinktiv warf sich Sabrina auf den Boden. Sie sah nur die Stiefel der Spezialkräfte im Qualm.

»Arschloch!«, schrie Donhart.

Kräftige Arme berührten sie an den Schultern. »Alles in Ordnung, Brinchen?«

»Täter fixiert!«, rief Axels Partner.

»Ja, Axel.« Sabrina ließ sich von ihm auf die Beine helfen.

Der Rauch lichtete sich. Zwei Kollegen bewachten Donhart, der neben dem Computer stand. Die Hände am Rücken gefesselt.

»Herr Donhart«, wandte sich Axel an den Amokläufer. »Sie sind verhaftet.«

Donhart spuckte Hutnagl ins Gesicht. »Du Scheißheuchler brauchst nicht zu glauben, dass du jetzt gewonnen hast.«

Axel schob ihn aus dem Turmzimmer. »Ihre Straftaten von heute reichen locker für ein Leben hinter Gittern.«

17:48 UHR

Sabrina verließ mit Hutnagl den Uhrturm. Mit einem breiten Lächeln auf den Lippen kam Landespolizeidirektor Wernitsch auf sie zu. Er reichte ihr die Hand und klopfte ihr mit der anderen auf die Schulter. »Spitze gemacht, Leutnant Mara! Ich bin stolz, Sie in meiner Truppe zu haben.«

»Danke.« Sabrina lächelte und erwiderte den Handschlag. Wärme breitete sich in ihrer Brust aus. Sie konnte es kaum fassen, was sie gehört hatte. Man hatte sie zum Polizeioffizier befördert und dabei den Chefinspektor übersprungen.

Sie hörte Hutnagl brummen.

»Nun zu Ihnen«, wandte sich Wernitsch an Hutnagl. »Die Staatsanwältin wartet im Einsatzleitwagen auf uns. Sie möchte ein paar Fragen abklären.«

Hutnagl seufzte. »Muss das auf der Stelle sein?«

»Ja, es ist dringend.«

»Ich wüsste nicht, was es da jetzt akut zu klären gäbe, aber wenn sie meint, bitte.«

»Frau Mara, würden Sie uns begleiten?«, bat Wernitsch.

Sabrina nickte. Sie gingen über die Pflastersteine zum Einsatzleitwagen und stiegen ein. Sabrina setzte sich neben die Staatsanwältin, während Wernitsch und Hutnagl gegenüber Platz nahmen. Hutnagl zog die Kautabakdose aus der Sakkotasche, legte sie auf die Tischplatte und öffnete sie. Er holte das letzte Stückchen heraus und ließ es im Mund verschwinden.

»Herr Hutnagl, Sie machen auf mich den Eindruck, dass Sie etwas zu verbergen haben.« Staatsanwältin Opitz griff zu der blauen Flügelmappe, die auf dem Tisch lag. Sie schlug die Mappe aus dem Bischöflichen Gymnasium auf, die beim Ausbruch der Hektik im Rathaus zurückgeblieben war. »Ich habe sie mir während der Verhandlungen mit dem Täter durchgesehen. Da ist mir so manches untergekommen, was ich mit Ihnen klären will.«

»Ihr Verhalten war alles andere als professionell«, warf Wernitsch ihm vor.

»Wie meinen Sie das?« Hutnagl fuhr mit dem Zeigefinger über seinen Schnauzer.

Wernitsch legte die Unterarme auf den Tisch. »Das wird ein Nachspiel für Sie haben. Die ganze Zeit haben Sie auf den Tod des Täters hingearbeitet. Man könnte fast meinen, dass an Donharts Behauptungen etwas dran ist.«

»Unsinn!«, bemerkte Hutnagl. »Kein Wort davon ist wahr. Ich habe doch vor dem Einsatz schon gesagt, dass ich diese windige Beichte nur spiele, um Graz vor dem Tabun zu bewahren.«

»Ja, das haben Sie gesagt.« Sabrina überkreuzte die Beine. »Aber ich frage mich, warum Sie dann alles versucht haben, um mich von der Täterwohnung fernzuhalten.«

»Frau Kollegin, wir können stolz darauf sein, dass wir gemeinsam den Irren im Uhrturm gestoppt haben.« Hutnagl lehnte sich zurück und lächelte.

»Lenken Sie nicht vom Thema ab«, bellte Wernitsch.

»Als Einsatzleiter muss ich meine Entscheidungen nicht rechtfertigen. Vor den Untergebenen erst recht nicht. Das waren taktische Gründe, ganz einfach.«

»Frau Mara, warum glauben Sie, hat Hutnagl Sie bei Ihren Ermittlungen behindert?«, hakte Opitz nach.

»Dass etwas nicht stimmt, ist mir erstmals bei der Tatortbesichtigung im Bischöflichen Gymnasium aufgefallen. Erinnern Sie sich daran, dass er gesagt hat, wir sollten uns nicht verzetteln, als es um den Vers auf der Rückseite des Fotos ging?«

»Ja, ja«, Opitz nickte, »wissen wir nun mehr darüber?«

»Bis jetzt habe ich noch nichts von den Dolmetschern gehört.«

Hutnagl grunzte. »Kauft ihr mittlerweile auch schon diesem Norbert Fink seinen Stuss ab? Etwa dass es prophetische Fotos gibt?«

»Das weniger.« Lächelnd trommelte Sabrina mit den Fingern auf die Tischplatte. »Das Symbol auf dem Bild hat mich auf die richtige Spur gebracht. Es hat etwas gedauert, bis ich dahintergekommen bin, dass es sich um einen Rachefeldzug gegen den Ritterorden handelt. Ich hätte es schneller herausgekriegt, wenn Hutnagl nicht dauernd auf *Seven* herumgeritten wäre. Nach dem Mord an dem Brautpaar sollte ich mir eigentlich den Film anschauen und nicht die Hochzeitsgäste befragen.«

»Daran kann ich mich erinnern«, sagte die Staatsanwältin.

»Frau Opitz, das waren kriminaltaktische Überlegungen. Da war die These noch heiß, dass er *Sieben* nachspielt.«

»Von dem Film mit Brad Pitt hat er sich nicht zu seinem Drohvideo inspirieren lassen«, sagte Sabrina.

»Sondern, Frau Kollegin?«

»Von den Ordensrittern.«

»Das ergibt Sinn«, warf Opitz ein. »Das geht durchaus aus dem Artikel in der Schulzeitung hervor. Da wird lang und breit über die sieben Laster geschrieben. Darin steht, dass man während der Wallfahrt nach Santiago über die Todsünden nachdenken soll. Diese Pilgerreise ist Voraussetzung, um ein Mitglied im Ritterorden zu werden. Warum, Herr Hutnagl, haben Sie uns nie gesagt, dass Sie ihn auf dieser Reise begleitet haben?«

»Weil es irrelevant ist. Ja, ich bin damals mit ihm ein paar Etappen gepilgert. Aus christlicher Nächstenliebe heraus. Das ist ja nicht verboten! Wäre ja noch schöner.«

»Das Gruppenbild vor der Kathedrale in Santiago ist auch interessant«, warf Sabrina ein.

»Lass mich mal sehen«, bat der Landespolizeidirektor die Staatsanwältin.

»Moment.« Opitz nahm ein Blatt aus der Mappe und reichte es ihm. »Tja, da haben wir in der Tat einige bekannte Gesichter«, stellte er fest. »Almer, Posetto, Ernst, Donhart und Hutnagl.«

Hutnagl runzelte die Stirn. »Ist doch offensichtlich. Donhart hat uns als Opfer auserkoren. Meine Ordensbrüder und mich! Und dann ist er auf die anderen los. Ganz so, wie es auch in Austin oder in Blacksburg war.«

»Das sehe ich nicht so«, entgegnete Sabrina. »Zwischen dem Mord an dem Brautpaar und dem Blutbad in der Innenstadt liegt Ihr ominöser Presseauftritt im Media Center.«

»No na net, Frau Kollegin! Ich habe ja vor ihm gewarnt. Und klar gesagt, dass jederzeit was passieren kann. Leider habe ich recht gehabt.«

»Na, na, so war's nicht. Ich war ja dabei!« Wernitsch schüttelte den Kopf. »Sie haben es ja förmlich drauf angelegt.«

»Ich hätte eine These dafür«, warf Sabrina ein.

»Ja?« Wernitsch faltete die Hände.

»Damit wollte uns Hutnagl die ersten Mordopfer als Teil eines Amoklaufs unterjubeln. So weit geht nur jemand, der verschleiern will, dass an Donharts Ausführungen doch etwas dran ist.«

»Lächerlich, Frau Kollegin. Einfach nur lächerlich!«

»Interessante Theorie«, sagte die Staatsanwältin. »Können Sie die auch untermauern?«

Sabrina atmete durch. »Hutnagl hat alles versucht, um mich von der Täterwohnung fernzuhalten. Zuerst schickte er mich auf die Suche nach dem Durchsuchungszeugen. Als ich mit dem Bruder in der Grillparzerstraße ankam, war die Razzia bereits in vollem Gange. Axel hat mir erzählt, dass Hutnagl wie von der Tarantel gestochen in Donharts Wohnung gestürmt ist und herumgewühlt hat. Im Uhrturm hat der Täter verraten, was Hutnagl so verzweifelt gesucht hat. Einen Lieferschein über zehn Tonnen Sprengstoff an die Abtei in San Pedro de Cardeña.«

»Das ist doch absurd«, sagte Hutnagl mit erhobenem Zeigefinger. »Ich habe mein Geständnis nur gespielt! Das ist doch nicht so schwer zu kapieren.«

Sabrina verschränkte ihrerseits die Arme. Sie musste voll auf Risiko gehen, wenn sie ihren Chef und den Ritterorden zu Fall bringen wollte. »Ich kann mir schon denken, wo ich den finde. Wie wäre es mit einer Personendurchsuchung bei Hutnagl?«

»Frau Kollegin, wir sind durch eine schwierige Situation gegangen. Das haben Sie wohl nicht ganz verkraftet.«

»Als ich den Schlüssel für die Handschellen aus Hutnagls Sakkotasche gefischt habe, da habe ich im Anzugfutter etwas Papierenes gespürt. Und ich bin mir sicher, dass das der Lieferschein ist.«

»Wollen Sie sich jetzt komplett zum Affen machen, Frau Kollegin?«

»Nein, ich kann mir schon denken, wann Sie ihn an sich genommen haben. Können Sie sich daran erinnern«, wandte sich Sabrina an die Staatsanwältin, »wie wir in der Täterwohnung vor Donharts Rechner versucht haben, das Kennwort des Bildschirmschoners zu knacken?«

Opitz nickte.

»Da haben Sie uns gesagt«, Sabrina deutete mit dem Kopf auf Hutnagl, »dass Sie einen Blick in die Dokumentenmappe werfen wollen. Ihnen ist es nie um das Passwort, sondern nur um den Lieferschein gegangen.«

»Da haben wir Gefahr im Verzug!«, stellte Opitz fest.

Hutnagl schnaufte. Er stand auf, legte das Sakko ab und reichte es Opitz. »Bitte sehr.«

Die Staatsanwältin gab Sabrina das Jackett.

Mit wenigen Handgriffen zog sie ein gefaltetes DIN-A4-Blatt aus der Innentasche hervor. »Was haben wir denn da?«

Sabrina faltete den Zettel auf. Wie vermutet handelte es sich um den Lieferschein. Das rote X auf weißem Hintergrund fiel sofort ins Auge. Die Schriftzüge unterhalb des Logos gaben Auskunft über den Lieferanten und den Empfänger.

»Das ist ja interessant«, sagte Sabrina.

»Was denn?«, fragten Wernitsch und Opitz im Chor.

»Empfängeradresse ist die Abtei San Pedro de Cardeña. Aber die Rechnung ging an Hjalmar Birowsky.«

»Den BKA-Chef?« Verwunderung spiegelte sich in Wernitschs Zügen.

»10 Tonnen ANFO.« Sabrina drehte den Lieferschein um und legte ihn auf den Tisch. Die Handschrift der Liste kam ihr bekannt vor. Sie hatte sie schon einmal bei einem Seminar auf einem Flipchart gesehen. Sie gehörte dem Vortragenden über Führungslehre. Der Verdacht, dass der Generalpräfekt niemand anderes als der Leiter des Bundeskriminalamts war, verstärkte sich.

»Operation Karfreitag dürfte also keine Wahnidee sein«, sagte Sabrina und las einzelne Einträge laut vor. »Charlie Hebdo in Paris, die Giordano-Bruno-Stiftung in Oberwesel, die Regenbogenparade in Wien, der Tuntenball in Graz.«

»Sieht doch nicht nach einer gespielten Beichte aus.« Wernitsch zog das Papier zu sich. »Das ist Ihre Handschrift, oder? Was bedeutet Pankratius-500 beim Grazer Congress? Wollten Sie da Markus Donhart als islamistischen Attentäter einsetzen?«

Hutnagl spuckte den Kautabak auf den Teller, der vor ihm auf dem Tisch stand. »Ich verweigere ab jetzt jede Aussage ohne Anwalt.«

Wernitsch verzog das Gesicht. »Herr Hutnagl, Sie sind ab sofort vom Dienst suspendiert.«

»Und Sie werden Herrn Donhart Gesellschaft leisten. Ich nehme Sie wegen des dringenden Verdachts auf Hochverrat vorläufig fest«, ergänzte Opitz.

Hutnagl sah die Staatsanwältin mit großen Augen an.

»Ab zum Landesgericht für Strafsachen. Der Ex-Chef hat einen Termin beim Haftrichter«, sagte Sabrina zum Fahrer.

»Und ich werde den Ritterorden behördlich auflösen lassen«, beteuerte Wernitsch.

AM TAG DANACH

Norbert Fink hatte es trotz des Stresses geschafft, sich eine Stunde für ein wichtiges Treffen im Operncafé freizunehmen. Er spähte an der Zeitung vorbei, die er dicht vor seinem Gesicht hielt. Er zweifelte, ob die gefeierte Heldin zu ihrem Wort stand. Vermutlich war sie noch immer sauer auf ihn wegen seines Fehlers bei den Verhandlungen mit Markus Donhart. Fink las auf der letzten Seite des *Standards* die Kolumne über den Kopf des Tages.

Die Kriminalgeschichte der Steiermark hat neben Jack Unterweger und Franz Fuchs mit Markus Donhart einen weiteren prominenten Schwerverbrecher. Ein gescheiterter Student ist in Graz zum Amokläufer geworden. So weit das Klischee. Dennoch kam es zu einer Premiere. Niemand hatte damit gerechnet, dass das Blutbad mit der Festnahme des Einsatzleiters enden würde. Nun fragen wir uns, ob der Täter ein tragischer Held ist, der uns mit untauglichen Mitteln vor einem weitaus größeren Irrsinn bewahren wollte. Wir dürfen gespannt auf die Amoklaufprozesse warten.

Bei der Sache gab eine wesentlich tiefere Ebene. Sie hatte mit dem Foto zu tun, das Markus *Todesernst* in den Anzugkragen gesteckt hatte. Die Ereignisse vom Tag zuvor zeigten Norbert Fink klar und deutlich, dass er das Buchprojekt über den lettischen Nostradamus reaktivieren musste.

Fink spähte zur Eingangstür und erkannte die farbige Polizistin sofort. Er legte die Zeitung ab und winkte mit der Hand. Sabrina Mara erwiderte die Geste, lief auf seinen Tisch zu und umarmte ihn zur Begrüßung.

Sie setzte sich. »Ich habe Ihnen mein Wort gegeben, Ihnen bei Ihrem Buch behilflich zu sein, und ich habe da etwas für Sie. Ehrlich gesagt war ich selbst ziemlich erstaunt, als ich es gesehen habe.«

Fink ließ sich wieder nieder und trank einen Schluck Kaffee.

»Ich habe das Bild abfotografiert und den Vierzeiler an die Dolmetscher geschickt. Ich habe die Sprache feststellen lassen, und die haben das Ganze an das Institut für Baltistik an die Uni Greifswald weitergeleitet. Heute Morgen habe ich die Antwort von denen erhalten. Und die hat's in sich.«

Sabrina öffnete ihre Handtasche, zog das ausgedruckte Schreiben heraus und gab es Fink. »Aber Sie haben es nicht von mir.«

»Versprochen.« Fink widmete sich dem Ausdruck der Mail.

Bei dem mehrfach auf der Aufnahme angeführten Symbol handelt es sich um das Kreuz der Göttin Māra. In der baltischen Mythologie wird sie als Mutter und Behüterin der Natur und des Landes verehrt.

Der vorgelegte Vers repräsentiert eine typische Daina. Diese Vierzeiler wurden seit Urzeiten mündlich überliefert und sind das zentrale Element der lettischen Kultur. Sie beschreiben die Götter, die Geburt und das Schicksal des Menschen sowie das Leben nach dem Tod. Schätzungen zufolge sind etwa 1.200.000 Dainas schriftlich fixiert.

Die Übersetzung der von Ihnen vorgelegten Daina lautet wie folgt:

Es weinen nicht die Lindenblüten
um die Seele dieses Menschen.
Sagt Mara hellsehend:
Schmerz den Grazer Müttern.

»Okay.« Das war nicht gerade das, was Fink sich erhofft hatte. Enttäuscht legte er das Papier zur Seite.

»Wir haben im Bischöflichen Gymnasium nach dem Mord am Direktor Kaplan Benedikt Birkner in die Tatortbesichtigung eingebunden«, plauderte Sabrina Mara aus dem Nähkästchen. »Und er hat der Leiche das Foto aus dem Anzugkragen herausgezogen. Da bin ich ziemlich sauer geworden. Ich habe ihm gesagt, dass ich befürchte, dass der Täter noch weitere Menschen ermorden wird. Und ihn gefragt, ob er sich überhaupt den Schmerz einer Mutter vorstellen kann. So, als hätte ich den Mord an dem Brautpaar im Burggarten vorhergesehen.«

Dann war der Vers also doch eine Prophezeiung!

Fink griff nach seiner Tasse und trank den letzten Schluck Kaffee.

ENDE

GLOSSAR

A

Ablativ

Der Ablativ ist in mehreren lebenden und toten Sprachen ein grammatikalischer Fall, der eine Trennung ausdrückt.

Im Lateinischen hat er neben der Trennung weitere Funktionen. Der Ablativ wird bei Mittel und Werkzeuge (mit, durch), Begleitangaben (»in Begleitung von«) und Ortsangaben (in, an, auf) eingesetzt.

Agape

Nach Festmessen oder sonstigen großen Anlässen wie z. B. Hochzeiten wird eine Agape abgehalten. Diese ist entweder öffentlich oder halböffentlich. Die Besucher erhalten eine Kleinigkeit zum Essen und ein Glas Wein.

Alter Herr

Mitglied einer Studentenverbindung, der in der Regel das Studium abgeschlossen hat.

Amicitia

Lateinisch für Freundschaft. Die Lebensfreundschaft ist eines der vier Prinzipien in den katholischen Studentenverbindungen. Im Alltag sind die Mitglieder von katholischen Verbindungen verbindungsübergreifend per Du. Oft äußert sie sich dadurch, dass man anderen Mitgliedern aus dem CV bei Jobbewerbungen hilft.

Ausschluß cum imfamia
Der Betroffene wird mit Schimpf und Schande ausgeschlossen und kann auch in Zukunft nicht mehr wieder aufgenommen werden. Es handelt sich um die höchste Strafe, die eine katholische Verbindung verhängen kann.

Auvinen, Pekka-Eric
Amokläufer von Jokela in Finnland. Der 18jährige tötete am 7. November 2007 acht Menschen im Schulzentrum von Jokela, ehe er sich selbst schwere Schussverletzungen zufügte, an denen er später erlag.

B
Babycaust
Kampfbegriff von militanten Abtreibungsgegnern. Damit soll die Abtreibung in die Nähe Holocausts gerückt werden.

Bajuwarische Befreiungsarmee (BBA)
Der Briefbomber Franz Fuchs hatte seine Attentate im Namen dieser rechtsgerichteten Terrorgruppe ausgeführt. Nach der Festnahme stellte sich heraus, dass es sich bei der BBA um ein Hirngespinst des Täters handelte.

Basilika
Eine Basilika ist der Ehrentitel für eine besonders wichtige Kirche. Meist handelt es sich dabei um Wallfahrtskirchen, Kathedralen oder Dome.

Biertulpe
Bei einer Biertulpe handelt es sich um ein Bierglas, das wie eine Tulpe aussieht.

Bocadillo
Ein spanisches Sandwich. Oft werden sie mit Schinken, Käse, oder Salami in einem kleinen Baguette zubereitet.

Bosse, Sebastian
Amokläufer von Emsdetten. Bosse kündigte seine Tat auf YouTube an und drang am 20. November 2006 in seine ehemalige Schule ein. Dort schoss er auf Menschen, zündete Rohr- Rauch und Brandbomben, ehe er sich selbst tötete. Wie durch ein Wunder gab es bei diesem Amoklauf keine weiteren Toten.

Breivik, Anders Behring
Attentäter von Oslo und Utøya. Am 22. Juli 2011 jagte er mit einer selbstgebastelten Bombe das Ölministerium in Oslo in die Luft. Danach fuhr er auf die Insel Utøya und schoss wahllos auf die Teilnehmer eines Jugendlagers der Sozialdemokraten, wobei 69 Menschen den Tod fanden.

Brevier
Beim Brevier handelt es sich um ein Stundenbuch, das die Texte der Stundengebete der katholischen Kirche enthält. Ein katholischer Priester ist verpflichtet, diese Gebete an den gebotenen Stunden zu sprechen.

Bude

Die Bude ist das Vereinslokal einer Studentenverbindung. Ob es sich dabei um ein paar Kellerräume oder um ein feudales Haus handelt, ist egal.

Bundesbruder

Die Mitglieder innerhalb ein und derselben Studentenverbindung verstehen sich als Bundesbrüder.

Bursch

Ein aktives Mitglied einer Studentenverbindung, das noch studiert, aber die Probezeit hinter sich hat.

C

Cho, Seung-Hui

Amokläufer von Blacksburg, Virginia. Am 16. April 2007 ermordete er 32 Menschen auf dem Campus der polytechnischen Hochschule in Virginia. Während des Eindringens der Polizei beging er Selbstmord.

Cobra

Die österreichische Spezialeinheit Cobra zählt zu den besten Antiterroreinheiten der Welt. Der Name Cobra geht auf die Fernsehserie der Siebzigerjahre »Cobra, übernehmen Sie« zurück. Die Cobra tritt bei Geiselnahmen, Amokläufen, grenzüberschreitenden Lagen und Festnahmen von Gewaltverbrechern in Aktion. In Deutschland ist sie mit der GSG9 und dem SEK vergleichbar.

Couleurstudent
Ein Couleurstudenten ist ein Mitglied einer Studentenverbindung, unabhängig ob es sich um einen 14-jähri-
gen Schüler in einer Mittelschulverbindung oder einen
100-jährigen verdienten Akademiker handelt.

Cruz de Ferro
Das Cruz de Ferro (Eiserne Kreuz) befindet sich am Ja-
kobsweg zwischen Foncebadon und Manjarin in den
Montes de León. Der Pilger legt dort einen Stein ab, um
sich symbolisch von seinen Sorgen und den erlittenen
Kränkungen zu befreien.

D
Deus lo vult!
Spätlateinisch für »Gott will es.« Mit diesem Ruf löste
Papst Urban II den ersten Kreuzzug aus. Der Ausruf
zeugt von religiösem Sendungsbewusstsein, das auch
mit Gewalt seine Ziele durchsetzen will.

Doctor cerevisiae et vini (Dr. Cer.)
Der Doktor des Bieres und des Weines ist die höchste
Auszeichnung, die in katholischen Studentenverbindungen verliehen wird. Mit diesem Ehrentitel werden
selten jene Mitglieder ausgezeichnet, die sich zeit ihres
Lebens besondere Verdienste für die Verbindung erworben haben. Die »Promotion« zum Doktor des Bieres
und des Weins erfolgt in einem sehr festlichen Rahmen.

Dollfuß, Engelbert

Bundeskanzler Österreichs vom 10. Mai 1932 bis zum 25. Juli 1934. Unter seiner Kanzlerschaft wurde Österreich in eine Diktatur verwandelt. Er fiel im Bundeskanzleramt dem Mordanschlag im Zuge des letztlich gescheiterten Naziputsches von 1934 zum Opfer.

E

Einen Caesar bekommen.

Die Texte Caesars gelten unter Lateinern als leicht übersetzbar, da sich der römische Feldherr genau an die lateinische Grammatik hält. Wenn ein Lateinlehrer eine Passage aus den Memoiren über den gallischen Krieg zum Übersetzen gibt, dann bekommt der Schüler einen Caesar.

Eminenz

Anrede für Geistliche im Kardinalsrang

Erste Allgemeine Verunsicherung (EAV)

Die EAV ist eine 1977 gegründete, österreichische Rockband. Ihren Namen hat sie von der Ersten allgemeinen Versicherung abgeleitet. Die Band hatte vor allem in den 1980er Jahren große Erfolge gefeiert und ist nach wie vor aktiv.

Exerzitien

Es handelt sich hierbei um religiöse Übungen im christlichen Bereich, die abseits des täglichen Lebens durchgeführt werden. Der Übendende versucht dabei, seine Beziehung zu Gott zu vertiefen.

F

Falter
Der Falter ist ein wöchentlich erscheinendes Stadtmagazin aus Wien. Die Zeitung gilt als politisch links stehend.

Fastenmesse
Eine heilige Messe, die während der Fastenzeit gelesen wird.

Feldhof
Es handelt sich um den umgangssprachlichen Namen der Landesnervenklinik Sigmund Freud im Westen der Stadt Graz. Sie umfasst 780 Betten für Menschen mit psychischen und neurologischen Erkrankungen aus der Steiermark und dem südlichen Burgenland.

Frater
Lateinisch für Bruder. In Mönchsorden sind die Fratres jene Mönche, die keine Priesterweihe erhalten haben.

Friedrichsbau
Teil der Grazer Burg. Er wurde 1447 unter Kaiser Friedrich dem III errichtet und befindet sich beim Einfahrtstor in die Anlage.

Fuchs
Probemitglied in einer katholischen Studentenverbindung.

Fuchs, Franz

Briefbombenattentäter, der zwischen 1993 und 1997 mehrere Anschläge mit Sprengsätzen verübt hatte. Er ist ebenso für das Attentat in Oberwart verantwortlich, dem vier Roma zum Opfer fielen. Er wurde am 1. Oktober 1997 verhaftet und wurde am 10. März 1999 zu lebenslanger Haft und Unterbringung in eine Anstalt geistig abnormer Rechtsbrecher verurteilt. Am 26. Februar 2000 erhängte er sich in der Zelle in der Haftanstalt Graz Karlau.

Futter (www.fttr.at)

Online-Dienst der Kleinen Zeitung. Zielgruppe sind junge Erwachsene zwischen 18 und 25 Jahren.

H

Hackher, Franz Xaver zu Hart

Der 1764 geborene Oberst kommandierte 1809 die Truppen am Grazer Schloßberg gegen die anstürmenden Franzosen unter Napoleon. Es gelang ihm, die Festung mit knapp 900 Mann gegen eine mehr als fünffache Übermacht zu verteidigen. Ihm zu Ehren wurde hundert Jahre danach am Schloßberg ein Denkmal in Form des Hackher-Löwen gesetzt.

Hagiotherapie

Es handelt sich um ein pseudowissenschaftliches Verfahren, das vom Theologen Tomislav Ivančić erfunden wurde. Ziel ist es, das geistige und moralische Leiden mittels Gesundbeten zu heilen. Ein Patient gilt als geheilt, sobald er sein Leben im Sinne der katholischen Ideologie ausrichtet.

Hammerkreuz
Siehe Kruckenkreuz

Hochwürden
Veraltende Anrede für katholische Geistliche. Sie wird in der Regel für Priester benutzt.

I

Investitur
Die Aufnahme neuer Ritter in einem Ritterorden wird Investitur genannt. Dies erfolgt zunächst in einem Festgottesdienst, in dem auch der feierliche Ritterschlag erfolgt. Danach wird die Aufnahme der neuen Ritter in den Orden mit einem Festschmaus gefeiert. Das Rahmenprogramm rund um eine Investitur kann mehrere Tage dauern.

Ignatius von Loyola
Ignatius von Loyola war Soldat, der am 20. Mai 1521 in der Schlacht von Pamplona schwer verwundet wurde. Nach der Genesung gründet er den militärisch organisierten Orden der Jesuiten.

J

Jerusalemkreuz
Siehe Kruckenkreuz

K

Kanadier

Der Kanadier ist ein altmodischer Polsterstuhl mit tiefer Sitzfläche. Charakteristisch sind die breiten Armlehnen aus Holz und die sockelartigen Stuhlbeine.

Kaplan

Ein Kaplan ist ein Priester der katholischen Kirche, der einem anderen Pfarrer unterstellt ist und noch keine Alleinverantwortung für eine Pfarre trägt. Meist sammelt ein Jungpriester die ersten seelsorgerischen Erfahrungen als Kaplan, wobei er teilweise die Aufgaben des Pfarrers übernimmt. Er wird als Stellvertreter des Pfarrers gesehen und daher auch Pfarrvikar genannt.

Karlau

Sie ist die drittgrößte Strafvollzugsanstalt Österreichs. In ihr werden Haftstrafen von drei Jahren bis lebenslang vollzogen.

Karlsbau

Teil der Grazer Burg. Er wurde in den Jahren 1570 und 1571 errichtet und schließt an den Friedrichsbau an. Der Renaissancebau grenzt andererseits an den Burggarten.

Kastner

Kurzname des Innenstadtkaufhauses Kastner & Öhler. Eröffnet wurde es 1873 von Carl Kastner, nachdem er den Zug nach Zagreb verpasst hatte. Heute werden in den sechs Stockwerken des Stammhauses Dinge des alltäglichen Gebrauchs sowie Kleidung und Sportartikel verkauft.

Katholische Verbindung
Katholische Studentenverbindungen orientieren sich an den vier Prinzipien Religio (Bekenntnis zum katholischen Glauben), Patria (Heimatliebe), Scientia (Wissenschaftlichkeit) und Amititia (Freundschaft). Aufgrund der christlichen Einstellung lehnen alle katholischen Verbindungen die Mensur strikt ab.

Kleine Zeitung
Es dreht sich um das führende Regionalblatt in der Steiermark und Kärnten. Sie wurde 1904 gegründet und ist in der Region sehr beliebt.

Kretchmer, Tim
Amokläufer von Winnenden und Wendlingen. Kretschmer drang am 11. März 2009 in die Albertville-Realschule ein, wo er 10 Menschen erschoss und neun Personen schwer verletzte. Als er die Polizei sah, ergriff er die Flucht, die ihn nach Wendlingen in ein Autohaus führte. Dort fielen ihm zwei weitere Menschen zum Opfer, ehe die Polizei ihn stoppen konnte.

Kruckenkreuz
Das Symbol wurde erstmals vom Kreuzritter Gottfried von Bouillion als Wappen eingesetzt. Es diente von 1099 bis 1291 als Emblem des Königreichs Jerusalem. In katholischen Orden und Vereinigungen wird es nach wie vor sehr gerne verwendet. Im austrofaschistischen

Ständestaat hatte die vaterländische Front die Kruckenkreuzflagge der Staatsfahne gleichgestellt. In der Zwischenkriegszeit wurde es auf die Münzen im Nennwert von 2 und 5 Groschen geprägt.

L

Landeshauptmann
Vorsitzender einer Landesregierung in Österreich.

Lépine, Marc
Amokläufer von Montreal. Am 6. Dezember 1989 drang Lépine in die polytechnische Hochschule ein und ermordete gezielt 14 Frauen, während er 10 weitere Frauen und vier Männer verletzte. Das Blutbad endete mit Lépines Suizid.

M

Matura
Abitur

Maturieren
Das Abitur erfolgreich ablegen.

Mikolajczyk, Erwin
Amokläufer von Euskirchen. Nachdem Mikolajczyk am 9. März 1994 wegen Körperverletzung zu einer Geldstrafe von 7200 Mark verurteilt worden war, kehrte er bewaffnet in das Amtsgericht von Euskirchen zurück. Dort erschoss er sieben Menschen und sprengte sich mit einer Rucksackbombe in die Luft.

N

Noviziat

Das Noviziat ist eine Probezeit, in der ein neues Mitglied in einem katholischen Orden prüft, ob das Ordensleben wirklich etwas für ihn ist. Diese Phase endet mit dem Gelübde, lebenslang dem Orden anzugehören und sich dessen Regeln zu unterwerfen.

O

Offizialdelikt

Straftaten, welche von der Staatsanwaltschaft von Amts wegen verfolgt werden müssen, nennt man Offizialdelikte. Im Gegensatz dazu wird bei Antragsdelikten (wie z. B. die üble Nachrede) die Behörden nur dann aktiv, wenn der Geschädigte einen Antrag auf Verfolgung stellt.

Ö

Österreichischer Cartellverband (ÖCV)

Es handelt sich hierbei um den Verband der katholischen, farbentragenden Verbindungen Österreichs. Der ÖCV ging 1933 aus dem gesamtdeutschen CV hervor, nachdem in Deutschland die Nazis an die Macht gekommen waren.

Österreichische Volkspartei (ÖVP)

Die ÖVP war seit 1945 eine staatstragende Partei und stellte mehrmals den Bundeskanzler. Aus ihren Reihen kommen in der Steiermark meist die Landeshauptleute. Sie vertritt christlich-soziale Standpunkte und ist Teil der konservativen Fraktion im EU-Parlament.

P
Pater
Lateinisch für Vater. In katholischen Mönchsorden sind die Patres jene Mönche, die auch Priester sind.

Patria
Lateinisch für Vaterland. Dieses Prinzip umfasst in den Studentenverbindungen im ÖCV das klare und unmissverständliche Bekenntnis zur Republik Österreich und zur österreichischen Nation.

Pfarrvikar
Siehe Kaplan.

Präfekt
Lateinisch für Vorsteher. In katholischen Internaten werden die Erzieher in der Regel so genannt.

Primaner
Es handelt sich um einen Schüler in der ersten Klasse eines Gymnasiums. In Deutschland wäre ein »Primaner« ein Schüler der fünften Klasse.

Prior
Vorsteher eines Mönchsklosters bei bestimmten katholischen Orden wie zum Beispiel bei den Dominikanern.

R
Religio
Das Prinzip verlangt das Bekenntnis zum katholischen Glauben. Man kann durchaus auch als versteckter

Atheist im ÖCV sein, sofern man Mitglied in der katholischen Kirche bleibt.

Rotary
Rotary bildet ein weltweit aktives, sozial engagiertes Netzwerk. Das Rotary-Verfahrenshandbuch aus dem Jahr 2001 beschreibt eine »Weltgemeinschaft von Berufsleuten«. Der Wahlspruch der Rotarier lautet: Service above self.

S

Sakristei
Die Sakristei ist ein Nebenraum in einer Kirche, der meist in der Nähe des Altars liegt. Darin werden die Gegenstände aufbewahrt, die man für einen Gottesdienst benötigt. Darin befindet sich die liturgische Kleidung für den Priester und die Messdiener.

Schlagende Verbindung
Mitglieder von schlagenden Studentenverbindungen betreiben das Mensur genannte studentische Fechten, das strengen Regeln folgt. Pflichtschlagende Verbindungen schreiben ihren Mitgliedern das Fechten einer bestimmten Anzahl von Mensuren vor. Freischlagende Verbindungen stellen ihren Mitgliedern das Fechten von Mensuren frei, während nichtschlagende Verbindungen dies ihren Mitgliedern verbieten.

Schloßberglied
Das Lied »Träumend sah ich vom Schloßberg nieder« wird in den Studentenverbindungen von Graz oft gesungen. 1925 von Oskar Walzel komponiert, besingt das

Lied die Freuden des Studentenlebens. In der dritten Strophe wird der Abschied von der Universität bedauert und die berühmte Zeile »Ex und dann zerschellt das Glas« gesungen.

Spiritual
In Knabenseminaren und Priesterseminaren der katholischen Kirche handelt es sich um einen Seelsorger, der die Rolle des Chefideologen spielt und vor allem für die Glaubenstreue zuständig ist.

Steinhäuser, Robert
Amokläufer von Erfurt. Am 26. April 2002 ermordete Steinhäuser im Gutenberggymnasium elf Lehrer, zwei Schüler, eine Sekretärin, eine Referendarin und einen Polizisten, ehe er sich selbst tötete.

Studentenverbindung
Es handelt sich um Vereine von Studenten, die bestimmte Bräuche fortführen und denen auch ehemalige Aktive nach dem Ende des Studiums angehören.

T
Tabun
Tabun ist das erste einsatzfähige Nervengas und wurde 1936 vom Chemiker Gerhard Schrader in den IG Farben entdeckt. Es wirkt in geringsten Dosen absolut tödlich, wobei Granaten mit diesem Kampfstoff im Allgäu gelagert wurden. Nach dem Zweiten Weltkrieg wurden sie in der Nord- und Ostsee versenkt.

Theologie
Die Theologie ist ein religiös-ideologisches Fachgebiet,
in welchem das Wesen Gottes und sein Wirken in der
Welt »untersucht« wird.

Todsünde
Bei den Todsünden handelt es sich laut katholischer
Lehre um jene Vergehen, mit denen der Mensch »grob
und willentlich« die Gemeinschaft mit Gott verlässt. Zu
den sieben Todsünden zählen der Hochmut, die Habgier, die Lust, der Zorn, die Völlerei, der Neid und und
Faulheit.

U

Unterweger, Jack
Serienmörder, der zwischen 1990 und 1992 in Österreich, Tschechien und den USA wütete. Unterweger
hatte bereits 1974 wegen Mordes an Margret Schäfer lebenslang erhalten. Im Gefängnis hat er sich zum Litera-
ten entwickelt. Im Mai 1990 wurde er bedingt entlassen
und als Resozialisierungsbeispiel gefeiert. Bis die Mordserie begann und der Verdacht rasch auf Unterweger
fiel. 1994 wurde er wegen Mordes in neun Fällen erneut
zu lebenslanger Haft verurteilt. In der Nacht nach der
Urteilsverkündung hat er sich in der Zelle erhängt.

V

Volontär
Praktikant bei einer Zeitung, der in der Redaktion erste
journalistische Erfahrungen sammelt und dafür ein ge-
ringes Entgelt erhält.

W

Weichenstellerfall

Klassisches moralisches Gedankenexperiment, in dem man entscheiden muss, ob man durch Stellen einer Weiche einen Menschen töten darf, um mehrere Leute zu retten. Dieses Dilemma wird Theaterstück »Terror – Ihr Urteil« von Ferdinand von Schirach thematisiert. Darin hat man zu urteilen, ob ein Kampfpilot, der ein von Terroristen entführtes Passagierflugzeug abgeschossen hat und so 50.000 Leute im Stadion gerettet hat, schuldig des Mordes in 164 Fällen ist.

NACHWORT DES AUTORS

Die Idee zu diesem Roman trug ich schon lange in mir. Sie entstand vor der Jahrtausendwende, als ich den Spielfilm *Turm des Schreckens* über den Amoklauf von Austin in Texas vom 1. August 1966 sah. Nach dem Film stellte ich mir die klassischen Fragen, die nach derartigen Taten auftauchen.

Warum?

Was motiviert eine Person, in blinder Wut möglichst viele Mitmenschen zu erschießen?

Wie verlief in der Regel das Leben eines Amokläufers vor der Tat?

All diese Fragen brannten in mir, weshalb ich mich intensiv mit dem Phänomen beschäftigte. Das Wort Amok stammt aus dem Malaischen und beschreibt eine Person, die ohne Motiv auf andere Menschen in Tötungsabsicht losgeht und dabei in Kauf nimmt, selbst getötet zu werden.

Bis zum Beginn des 20. Jahrhunderts war man der Meinung, dass Amokläufe nur in Vollrausch möglich seien. Später ging man dazu über, dahinter eine schwere psychische Störung zu vermuten. Inzwischen gilt es diese Annahme als widerlegt. Es ist vielmehr so, dass viele Faktoren nötig sind, bis es zum willkürlichen Massenmord kommt.

Als es 2002 zum Amoklauf von Erfurt kam, setzte ich mir das Ziel, in einen Roman eine Figur Amok laufen zu lassen. 2005 beschloss ich, dieses Projekt in Angriff zu nehmen. Dadurch versuchte ich, das Phänomen zu erfassen und dem Leser Einblick in die Gedankengänge eines Amokschützen zu ermöglichen. Mir ist bewusst, dass dies stets nur eine Näherung an die Persönlichkeit eines derartigen Täters sein kann.

Während ich mit dieser Buchidee schwanger ging, holte mich die Realität immer wieder ein. So kam es 2006 zum Amoklauf von Emsdetten und 2009 zu jenem in Winnenden. Als ich die Berichte darüber las und recherchierte, dass sich die Täter oft mit ihren »Vorgängern« identifizieren, kam mir die zündende Idee. Markus Donhart sollte sich in diese »Tradition« einreihen, indem er die Amokschützen als »Heilige« verherrlichte, die sich gegen die sündhafte Gesellschaft stellten.

Am 20. Juni 2015 holte mich die Realität abermals in aller Brutalität ein. Bei der Amokfahrt von Graz fuhr der Täter mit bis zu 100 km/h durch die Innenstadt. Dabei tötete er drei Menschen und verletzte 36 Passanten teils schwer, ehe er sich selbst der Polizei stellte.

Die Stadt unter Bürgermeister Siegfried Nagl reagierte vorbildlich auf diese Katastrophe. »Graz trauert«, lautete das Motto der sieben Trauertage nach der Tat. Die Stadttrauer endete mit einem Trauerzug, der entlang der Route der Amokfahrt vom Griesplatz zum Hauptplatz führte. Dort nahmen 16.000 Menschen an der Kundgebung teil, wo man der Opfer dieser Wahnsinnstat gedachte. Am Ende dieser Trauerfeier verwandelten sich Trauer und Fassungslosigkeit in neue Hoffnung.

Das Landesgericht für Strafsachen sprach die einzig gerechte Strafe für den Täter aus: lebenslange Haft wegen dreifachen Mordes und Mordversuchs in 108 Fällen.

Dass ich dieses Verbrechen im Nachhinein nicht in mein Werk einbaue, versteht sich von selbst. Man sieht jedoch, dass Fakt und Fiktion oft ineinander verschwimmen. Bei einem Roman trifft dies immer zu. Ich habe beim Verfassen der Geschichte versucht, mich so nahe wie möglich an die reellen Gegebenheiten einer derartigen Lage zu halten. Allerdings erfordert die Dramaturgie, dass ich die Zuständigkeit einzelner Kriminalbeamter stark verändern musste. Ich bitte die echte Polizei, mich deshalb nicht zu verhaften.

Die Spezialeinheit Cobra entstand als Reaktion auf die Terroranschläge in den Siebzigerjahren. Ihren Namen verdankt sie in der Tat der Fernsehserie Kobra, übernehmen Sie. Damals verglich die Presse die Einheit mit jener Truppe in der Serie, die für die unmöglichen Aufträge zuständig war.

Im Buch nimmt der Gerichtspsychiater Dr. Bernhard Vogl Stellung zu den Morden im Bischöflichen Gymnasium und auf dem Schloßbergplatz. Dieses fiktive Radiogespräch lehnt sich stark an das reale Interview an, das der Psychiater Dr. Reinhard Haller der Neuen Züricher Zeitung über den Täter von Oslo und Utøya gegeben hat.

Die meisten der Schauplätze sind real, doch nach einer KAV Franzisca und nach den Milites Domini Jesu Christi sowie nach der Beratungsfirma Frinis Consulting wird man in Graz vergeblich suchen. All diese Organisationen sind fiktiv. Ebenso gibt es in Grazer Grillparzerstraße kein Haus mit der Nummer 77.

Rasch fündig wird man jedoch, wenn man in Graz das Bischöfliche Gymnasium aufspüren will. Es ist eine der sieben Institutionen des Augustinums. Die Softwarefirma Ernst & Partner zählt aber nicht dazu; sie existiert nur in diesem Roman.

Wer dort in einen Gang im ersten Stock einbiegt, entdeckt die Galerie, welche die Maturafotos ab 1895 zeigt. Wie im Buch beschrieben fehlen kriegsbedingt die Jahrgänge der Weltkriege. Die Porträts ehemaliger Internatsleiter und früherer Direktoren gibt es seit dem Umbau im Jahre 2009 nicht mehr. Ebenso ist der beklemmende Flair dieses Ganges seit damals Geschichte. Ich habe von der literarischen Freiheit Gebrauch gemacht, jenen Flur in das Erdgeschoß zu verlegen. Ferner habe ich das Foto von 1934 verändert. In Wirklichkeit ist darauf keine Kruckenkreuzflagge zu sehen. Es gab damals auch keine Absolventen namens Donhart und Fink.

Die in dem Buch erwähnten »Fakten« über Lehrer und Schüler sind allesamt frei erfunden. Dies gilt vor allem für Direktor Leopold Ernst, Kaplan Benedikt Birkner, Markus Donhart und Norbert Fink.

Der Baum im Lindenhof ist in der Tat über hundert Jahre alt. Dort werden alle möglichen Events veranstaltet und so kam mir die Idee, da auch eine Fastenmesse und im Rahmen dieser den ersten Mord stattfinden zu lassen.

Im Roman steckt der Täter seinem ersten Opfer ein Foto mit einem lettischen Vers in den Kragen. Dieser wurde leicht von einer echten Daina abgewandelt. Im Original geht es um den Schmerz der Mütter Rigas. Ich habe kurzerhand in der Daina das Wort Rīgas durch das Wort Grācas ersetzt. Und somit den Ort des Geschehens nach Graz verlegt.

Man wird den Propheten Eižens Finks aus Riga für Fiktion halten, doch den gab es wirklich. Er wurde 1885 in eine Zirkusfamilie geboren. Vor dem Ersten Weltkrieg arbeitete er als Fotograf. In der Zwischenkriegszeit machte er sich als Wahrsager einen Namen, der weit über die Grenzen Lettlands hinaus reichte. So hatte er 1925 korrekt den tödlichen Autounfall des Außenministers Zigfrīds Anna Majerovics und 1927 den Tod des lettischen Präsidenten Jānis Čakste vorausgesagt. Besonderes Aufsehen erreichte ein Vorfall auf einem Ball, wo Finks der reichsten Frau des Landes den Hungertod in bitterster Armut voraussagte. Auch das traf 1941 durch die sowjetischen Deportationen nach Sibirien in tragischer Weise ein. Während seiner letzten Lebensjahre prophezeite er, Lettland würde in jenem Jahr wieder frei sein, in dem die Ziffern von vorne und von hinten gelesen, gleich wären. Dies sollte sich 1991 erfüllen.

Knapp vor seinem Tod im Februar 1958 meinte er, sein Leben würde in Zukunft mehrere Künstler inspirieren. 2002 wurde ein Musical über seine Vita komponiert. So gesehen ist BLUTIGES GELÜBDE ebenfalls eine erfüllte Prophezeiung. Zumindest kam mir die Idee mit dem prophetischen Foto, als ich von Eižens Finks hörte. Allerdings hat er weder mit lettischen Dainas gearbeitet noch einen Amoklauf in Graz prophezeit.

DANKSAGUNG

Eine Romanidee zu finden, ist leicht. Diese aber erfolgreich umzusetzen und das Buchbaby gut auf die Welt zu bringen ist um Eckhäuser schwieriger. Ich behaupte sogar, dass es ohne die Hilfe vieler Menschen gar nicht zu schaffen ist. Nun ist die Zeit gekommen, mich bei allen zu bedanken, die diesen Erfolg überhaupt ermöglicht haben.

Wem gilt mein erster Dank?

Ihnen.

Fürs Lesen.

Sie haben Ihre Zeit und ihr Geld geopfert, um sich mit dieser Geschichte zu befassen. Umso mehr freut es mich, dass Sie sich mit dem Nachspann dieses Buchs beschäftigen. Wenn Sie Lust haben, können Sie mir ihre Meinung zu dem Buch auf meiner Webseite kundtun oder eine Rezension auf Amazon verfassen. Besuchen Sie mich einfach im Internet unter:

www.pauldecrinis.at

Oder schreiben Sie mir gleich eine Mail an:

pld@pauldecrinis.at

Ich freue mich, Sie auf den sozialen Medien zu begrüßen. Sie finden mich auf Facebook unter Paul Decrinis – Autor. Auf Instagram firmiere ich unter meinem Klarnamen paul.decrinis.

Einen Roman in einem Verlag zu veröffentlichen gehört zu den Großen Fünf der Safari meines Lebens. Am 21. September 1968 startete diese Reise in Wolfsberg in

Kärnten und führte mich zu meinen Eltern **Gert** und **Eileen Decrinis**. Euch danke ich für die Liebe, die Unterstützung und die Geduld in guten und schwierigen Zeiten. Buddha sagte, dass es zwei Wesen gibt, denen wir all das Gute, das wir erfahren haben, selbst mit allem Gold und Silber dieser Welt nicht vergelten können. Ich gebe dem Erhabenen zu 100% recht.

2016 drohte das krachende Scheitern dieses Projekts. Im Juli jenes Jahres zeigte sich, dass der Plot des »fertigen« Romans überhaupt nicht funktionierte. Damit begann eine der schwersten Krisen meines Lebens. In dieser schwierigen Zeit zwischen dem 4. Juli 2016 und dem 24. Juni 2019 eilten mir drei großartige Personen zu Hilfe, denen gegenüber ich tiefe Dankbarkeit empfinde.

Auf der Criminale 2017 begann ein sehr fruchtbares Coaching durch **Jennifer B. Wind**, die mein Manuskript als Testleserin überprüfte. Sie entdeckte nicht nur eine gravierende Schwachstelle zu Beginn des Romans, sondern lieferte zugleich eine perfekte Lösung für einen guten Einstieg. Danach lehrte sie mich die Kunst, ein Projektkonzept zu schreiben, das Agenten überzeugen musste. Schließlich klärte sie mich über die Stolperfallen in den Anschreiben auf. Ihr verdanke ich, dass ich am 24. Juni 2019 den Vertrag mit der **Agentur Ashera** unterzeichnen konnte.

Zu dem großen Trio zähle ich die Lektorin **Annette Scholonek**. Dank ihr erlernte ich Zug um Zug die Kunst, ein stringentes Exposé zu verfassen und tödliche Flanken zu vermeiden. In den Monaten dieses Pingpongs reifte das Projekt zu einer gut komponierten Geschichte.

Der Dritte in dieser illustren Runde ist mein Testleser **Mark-Denis Leitner**. Am 8. August 2016 hatte ich mit ihm ein sehr produktives Treffen am Schwarzlsee. Anhand Blake Snyders »Save The Cat« gelang es uns, einen neuen Plot zu entwickeln und dabei einen Großteil der bereits geleisteten Arbeit zu retten.

Ich habe ein schlechtes Gewissen, weil ich erst jetzt die tollen Agentinnen **Alisha Bionda** und **Uschi Zietsch** erwähne, die mich am 24. Juni 2019 in den Kreis der Asheras aufnahmen und stets an mich und an dieses Werk geglaubt haben. Ohne euch hätte ich es niemals geschafft, erfolgreich in einem Verlagshaus zu landen.

Spezieller Dank geht an das Team von **dp DIGITAL PUBLISHERS**, die das Risiko eingingen, *BLUTIGES GELÜBDE* auf den Markt zu bringen. Hier ist an allererster Stelle meine Lektorin **Birgit Förster** zu nennen. Ihre Inputs haben das Buch enorm bereichert. Sie sorgte dafür, dass im Roman weniger geraucht wird und stattdessen Sabrina Mara und ihr Partner Axel Kleingott stärker hervortreten. Die Chemie zwischen uns hat von Anfang an gestimmt und ich hoffe, dass wir später wieder aufeinandertreffen werden.

Riesiger Applaus steht den Grafikern zu. Nicht nur meine Freunde und Bekannten lobten das Cover als genial. Ebenso bedanke ich mich bei **Alexandra Fölker, Annika Pech** und ihrem Team für die sehr gute Zusammenarbeit beim Vermarkten des Buchs.

Großen Dank möchte ich dem Kriminalbeamten **Günther Kelz** aussprechen, der eine grobe polizeiliche Schwachstelle gleich zu Beginn des Romans aufdeckte. Ursprünglich sollte das Buch mit einer Geiselnahme im Bischöflichen Gymnasium losgehen. Allerdings wäre in diesem Fall die Geschichte nach wenigen Seiten zu Ende, da bereits spätestens nach zehn Minuten die erste Streife vor Ort wäre. Das hat zwar noch etwas Hirnschmalz erfordert, aber letztlich kam ein deutlich besserer Einstieg in die Story heraus. Großer Dank steht **Oberstleutnant Mag. Herbert Fuik** zu, der mir einen Einblick in die Polizeiarbeit und in die Arbeit der Spezialeinheit Cobra sowie der Verhandlungsgruppe Süd gegeben hat. Etwaige Fehler diesbezüglich in diesem Werk gehen auf meine Kappe.

Ein besonderes Danke geht an den Leiter des Bischöflichen Internats **Stephan Jauk**. Als ich das Projekt startete, hat er mich durch die Schule geführt. Nach dem Umbau traf ich mich mit ihm und der echten Schuldirektorin **Mag. Renate Höck**, wo wir über das im Roman geplante Szenario des Mordes im Lindenhof diskutierten. Danach führten sie mich in die Ahnengalerie, wo ich mir einen Eindruck über die Absolventen im Lauf der Zeit verschaffen konnte. Hier bedanke ich mich ausdrücklich für das herzliche Entgegenkommen.

Ein Erstling schafft es ohne Probeleser und kompetente Lehrer nie, eine für Verlage brauchbare Reife zu erlangen.

Stellvertretend für alle Schreiblehrer geht mein Dank an **Kathrin Lange**, **Stefan Ulrich Mayer** und **Olaf Kutzmutz** von der Bundesakademie in Wolfenbüttel. Auf meiner Reise habe ich von euch sehr viel lernen dürfen.

Besonderer Dank und Anerkennung für seine Tätigkeit als Testleser geht an **Harald Wilfer**. Er hat mich bereits in den Zeiten als blutiger Anfänger begleitet und niemals den Glauben an mich verloren. Dank seines

Gespürs gelang es uns immer wieder, logische Fehler zu finden und ausmerzen.

Aus dem Kreis der Testleser möchte ich **Sandra Weber** hervorheben, die mir wertvolle Tipps bezüglich des Dekantierens von Weinen gegeben hat. Ohne ihren Input hätte der Prior von Roncesvalles den Antikwein, Jahrgang 1965, einfach so ins Weinglas eingeschenkt. Ebenso wäre ohne ihre Hilfe die Beschreibung des Geschmacks der Entenmuscheln und des Festmahls im noblen Hospital de los Reyes Católicos in Santiago schiefgegangen.

Dieses Buch durchlief mehrere Phasen, bis es Verlagsreife erlangte. Daher gab es mehr als einen Durchgang, womit das Team der Testleser sehr umfangreich wurde. Im Lauf der Zeit umfasste es **Gert Decrinis, Jennifer B. Wind, Mark-Denis Leitner, Sandra Weber, Renate Koch, Romy Leyendecker, Herbert Fuik, Andreas Hönigl, Oliver Buslau, Alexander Muzyczka, Sebastian Humpel, Erika Winkler, Achim Ertl** sowie **Alex Conrad**. Euer ehrliches Feedback hat dem Manuskript in allen Phasen sehr gutgetan.

Ein sehr produktives Schreibwochenende auf Mallorca durfte ich mit **Alex Conrad** verbringen. Sie gab mir während dieser Tage sehr gute Anregungen für die Entwicklung des Plots.

Mein Anliegen war es von Anfang an, mich möglichst nahe an der Realität zu halten. Dazu traf im Zuge der Recherchen und auch später Menschen in verschiedensten Funktionen, bei denen ich mich an dieser Stelle bedanke. **Brigitte Böhm** hat mich durch den Uhrturm geführt und mir dadurch ermöglicht, den Ablauf des Amoklaufs aus Sicht des Täters leichter vorzustellen und zu beschreiben. Ebenso geht mein Dank an **Frau Mag. Athanasia Toursougas-Reif**, die mir in Ehe -und Familienrechtsfragen einen wertvollen Hinweis gegeben hat. Ein Dankeschön geht an **Martina Haas**, die mir die Orangerie im Grazer Burggarten gezeigt hat.

Ich bedanke mich bei meinen Lesern **Christel Pommer** und **Michael Kammerer**, die mich auf den einen oder anderen Druckfehler im *VERDACHT* hinwiesen, sodass diese im Zuge der Neuauflage korrigiert werden konnten.

Zu guter Letzt bedanke ich mich beim inneren Schweinehund, dass er mich an dem Buch arbeiten ließ. Großen Dank schulde ich zudem meiner trotzigen Hartnäckigkeit. Sonst hätte ich garantiert wegen der Rückschläge längst aufgegeben.

Graz, im Februar 2021
Paul Decrinis